Un été dans les Hamptons

SARAH MORGAN

Un été dans les Hamptons

Traduit de l'anglais (Royaume-Uni) par
JEANNE DESCHAMP

Harper Collins POCHE

Titre original :
HOLIDAY IN THE HAMPTONS

HARPERCOLLINS FRANCE

83-85, boulevard Vincent-Auriol, 75646 PARIS CEDEX 13
Tél. : 01 42 16 63 63

www.harpercollins.fr

ISBN 979-1-0339-0711-4

Chers lecteurs,

J'adore écrire sur le thème de l'amitié, et tout particulièrement de l'amitié entre sœurs. Fliss, mon héroïne dans *Un été dans les Hamptons*, a une jumelle, mais sa sœur et elle ont des personnalités complètement différentes. Quoi de plus fascinant que deux personnes d'aspect identique mais qu'à l'intérieur tout oppose ? Fliss est une battante qui ne lâche jamais rien et elle se montre très protectrice envers sa sœur mais, sous des dehors solides, elle a aussi une extrême vulnérabilité. Lorsque son ex-mari resurgit, elle est forcée d'affronter des problèmes qu'elle pensait avoir laissés loin derrière elle. Mais Fliss n'est plus celle qu'elle était à dix-huit ans (d'ailleurs, qui d'entre nous traverserait les années sans changer ?) et elle s'apprête à découvrir que le temps qui passe modifie la donne.

Ce livre explore la façon dont notre relation à l'autre évolue au fil du temps — pas seulement la relation entre homme et femme, mais aussi entre grand-mère et petite-fille, entre sœurs (et entre femme et chien !), le tout sur fond d'été, de dunes et d'océan.

Mon premier aperçu des Hamptons était une vue d'avion, et j'ai été fascinée par ces longues étendues de sable clair, le déroulé des dunes et le pointillé des voiles blanches se détachant sur un océan scintillant. Les Hamptons, c'est le lieu de détente favori des New-Yorkais désireux de s'évader de la folie de la ville, et ils m'ont paru constituer le décor idéal où situer un roman estival.

Où que vous soyez cet été, j'espère que ce livre vous offrira l'évasion dont vous avez besoin.

Affectueusement,

Sarah

Pour Flo,
Avec toute mon affection et mes remerciements
pour l'aperçu que tu m'as donné
de la vie de jumelle.
Tu es la meilleure.

« Le cœur humain renferme des trésors cachés, gardés en silence, scellés en secret, des pensées, des espoirs, des rêves, des plaisirs, dont les charmes seraient brisés s'ils étaient révélés. »

Charlotte Brontë

Prologue

De tous les anniversaires de dix-huit ans au monde, celui-ci battait les records absolus de l'horreur.

Fliss sprinta à travers le jardin envahi par les mauvaises herbes qui entourait la maison sur trois côtés. Elle ne sentait ni la morsure aiguë des orties ni la douleur cinglante des herbes hautes fouettant ses mollets nus. La douleur était dans son cœur et dans sa tête. Et elle effaçait tout le reste.

La vieille porte de jardin rouillée lui érafla la hanche lorsqu'elle la franchit au pas de course. Une détresse noire alimentait chaque foulée alors qu'elle courait sur le chemin herbeux qui menait à travers lesdunes jusqu'à la plage. Personne ne pouvait plus la rattraper maintenant. Elle trouverait un endroit où elle serait inaccessible. Loin de tous. Loin de *lui*. Et elle ne retournerait pas à la maison tant qu'il n'en serait pas parti. Le gâteau d'anniversaire resterait inentamé, les bougies non-allumées, les assiettes intouchées. Il n'y aurait pas de *Happy Birthday to You* entamé en chœur, pas de félicitations, pas de fête.

Que restait-il encore à fêter, d'ailleurs ?

Aux marges de sa tristesse venaient gronder des vagues de colère et de grands sursauts de rage. Et, encore en dessous de la rage, il y avait la mortification. Une mortification qu'elle s'appliquait de toutes ses forces à ne pas laisser paraître. *Ne jamais montrer à une brute que l'on a peur. Ne jamais s'autoriser à être vulnérable.* C'était ce que son frère lui avait enseigné. Et leur père, comme elle l'avait constaté déjà depuis des années, était une brute doublée d'un tyran.

Si elle avait dû donner une caractéristique susceptible de définir son père en deux mots, cela aurait été « en colère ». Et elle n'avait jamais réussi à comprendre pourquoi il était habité par la rage à ce point. Elle aussi, il lui arrivait de partir en vrille. Même Daniel, son grand frère toujours si calme, s'énervait de temps en temps. Mais, dans ce cas, il y avait toujours une bonne raison. Alors que les colères de leur père flambaient d'un coup sans qu'on puisse jamais déceler un élément déclencheur logique. C'était comme s'il nageait déjà dans la rage en se réveillant chaque matin.

Des mots cognaient à l'intérieur de sa tête, au même rythme que ses pas martelant le sol. *Je le hais. Je le hais. Je le hais.*

Ses pieds frappaient le sable. Le vent s'engouffrait dans ses cheveux et les faisait voler autour de sa tête. Elle aspira une grande bouffée d'air iodé et sentit le goût de la mer sur ses lèvres. Plissant les yeux de toutes ses forces pour stopper les larmes, elle essaya de remplacer l'écho grinçant de la voix de son père par la bande-son familière des mouettes et du ressac.

Aujourd'hui aurait dû être une radieuse journée d'été, mais son père n'avait pas son pareil pour engloutir l'idée même de lumière. Le ciel avait beau être plus bleu que bleu, il jetait une ombre noire quand même. Et c'était tous les jours pareil. Même l'anniversaire de ses dix-huit ans ne faisait pas exception. Il avait toujours eu l'art de la dézinguer en quelques phrases.

Elle essaya de courir plus vite que la douleur. Plus vite que les mots. Son souffle lui déchirait la poitrine, et son cœur battait comme des poings s'acharnant sur un punching-ball.

« Nous bousiller la vie, c'est à peu près tout ce que tu sais faire. Tu ne sers vraiment à rien, ma pauvre fille ! Tu n'as rien dans la cervelle, tu fais toujours tout de travers, tu... »

Si elle était aussi nulle qu'il le prétendait, il ne lui restait plus qu'une chose à faire : se jeter dans l'océan et disparaître. *Non. Non, non, et non !* Il serait trop content d'être débarrassé d'elle. Il pouvait toujours courir pour qu'elle lui donne cette satisfaction.

Depuis quelques années, elle s'appliquait activement à se montrer à la hauteur de l'opinion déplorable qu'il avait d'elle. Pas pour le plaisir de semer le chaos dans la famille, mais parce que les règles qu'il imposait ne tenaient pas debout et que, de toute façon, il n'était jamais content, quoi qu'elle fasse.

Mais pourquoi avait-il fallu qu'il débarque *aujourd'hui* alors que sa présence n'était même pas prévue ?

Les mois d'été sans lui étaient toujours une oasis de paix et de douceur dans le désert déprimant de leurs vies. L'été, le temps s'écoulait en toute sérénité avec juste son frère, sa sœur, leur mère et leur grand-mère, pendant que leur père, resté en ville, déchargeait sa sacro-sainte colère sur ses collègues de bureau.

Toute l'année, Fliss attendait ces précieuses semaines estivales où le soleil chassait les ténèbres. Rien n'entrait dans la maison à part l'écho de leurs rires et les grains de sable qu'ils traînaient sous leurs pieds nus. Le soir, ils se couchaient quand ils voulaient et, le matin, ils se réveillaient tout excités, le cœur léger, avec les promesses de la journée plein la tête. Quand l'envie les en prenait, ils portaient un petit déjeuner improvisé jusqu'à la plage pour le plaisir de commencer la journée les pieds dans l'eau. Son choix ce matin-là — son choix d'anniversaire — avait été de petit-déjeuner au bord de l'océan avec un panier plein de pêches mûres à point. Elle essuyait le jus parfumé sur son menton au moment où elle avait entendu les pneus de la voiture de son père crisser sur le gravier de l'allée.

Sa sœur jumelle devint livide. La pêche qu'elle tenait lui tomba des mains pour aller s'écraser dans le sable. Hérissé de grains minuscules, le beau fruit lisse prit soudain un aspect dur et abrasif. *Comme la vie*, pensa Fliss tout en s'appliquant à dissimuler son désarroi.

Les traits marqués par la panique, leur mère se hâta de glisser ses pieds nus dans ses sandales tout en rassemblant ses cheveux éparpillés par le vent d'une main qui tremblait comme un rameau secoué par la tempête. Durant l'été, elle n'était plus la même femme. Les gens extérieurs à leur famille pensaient que sa transformation était due au rythme apaisé de la vie au bord de l'océan, mais Fliss savait ce qu'il en était réellement : si leur mère s'épanouissait, c'était uniquement parce que leur père était loin.

Et voilà maintenant qu'il leur tombait dessus par surprise. Qu'il *s'autorisait* à faire irruption dans leur petit monde insouciant fait de rires, de ciel bleu et d'océan.

Leur frère, d'un calme olympien comme toujours, prit le contrôle de la situation.

— C'est probablement juste une livraison, déclara-t-il d'un ton rassurant. Ou un voisin.

Mais aucun d'entre eux n'était dupe. Leur père conduisait comme il menait le reste de sa vie : rageusement, en faisant hurler son moteur et gicler les graviers sous ses roues. « En colère » était son slogan, sa devise, sa carte de visite.

Fliss avait su d'emblée que c'était lui, et la pêche juteuse et sucrée avait pris un goût amer dans sa bouche. Elle était habituée à ce que leur père leur empoisonne la vie le reste de l'année. Mais allait-il maintenant gâcher même leur répit estival ?

Le ciel d'un bleu sans nuages paraissait soudain vitreux et triste. Il était clair pour elle que, tant que leur père serait là, elle traînerait une humeur exécrable, comme un bagnard traîne son boulet et sa chaîne.

Elle était déterminée à mettre autant de distance entre elle et lui que possible. C'est pourquoi elle choisit de fuir sur la plage plutôt que de se réfugier dans sa chambre.

Ses tongs la gênaient pour courir, et elle ralentit son rythme, juste le temps de les retirer. Lorsqu'elle reprit son élan, le sable était doux et frais sous la plante de ses pieds. À distance, elle vit l'écume blanche des vagues heurtant la roche et entendit mugir le ressac.

Quelque part derrière elle, quelqu'un cria son nom. Fliss secoua la tête et accéléra sa foulée.

Elle ne voulait voir personne. Pas comme ça, alors qu'elle se sentait à vif et vulnérable. Offrir un visage impassible pour ne pas montrer qu'elle souffrait était devenu une seconde nature chez elle. Mais aujourd'hui, il ne semblait pas y avoir un espace suffisant à l'intérieur d'elle-même pour contenir toutes les émotions qui y bouillonnaient. Toute la zone du cœur en débordait, et elles lui montaient à la tête. Lui picotaient les yeux avec insistance. Mais elle ne pleurerait pas pour autant. Jamais, en temps normal, elle ne versait la moindre larme. Elle refusait d'offrir cette satisfaction à son père. Si elle avait les yeux mouillés, c'était juste à cause de la piqûre du vent, rien d'autre.

— Fliss !

Elle entendit de nouveau son nom et faillit trébucher parce que cette fois elle avait reconnu la voix. *Seth Carlyle.* Fils aîné de Matthew et de Catherine Carlyle. Une des vieilles fortunes de l'île. Des gens fins, respectables et estimés.

Aucun squelette dans les placards de cette famille-*là*. Pas de scènes, pas de hurlements, pas de progéniture tremblant de peur. Elle était certaine que Catherine Carlyle ne rasait pas les murs telle une ombre pour éviter d'attirer l'attention de son mari. Et Fliss ne parvenait même pas à imaginer Matthew Carlyle occupé à jurer, à tempêter et à insulter ses enfants. Chez les Carlyle, les assiettes servaient pour déposer les aliments et ne volaient pas en éclats contre les murs. Seth, cela dit, n'avait jamais dû inspirer de honte ni de dégoût à son père. C'était le fils en or, l'aîné idéal.

Seth était aussi l'ami de son frère. S'il la surprenait en train de craquer, il le dirait à Daniel qui, une fois de plus, viendrait s'interposer entre elle et leur père. Les instincts protecteurs de Daniel l'avaient amené à se placer sur la ligne de tir si souvent qu'elle avait cessé de compter les attaques qu'il avait réussi à dévier sur sa personne. Cela ne la dérangeait pas qu'il prenne la défense de sa jumelle, parce qu'en situation de stress Harriet se mettait à bégayer si fort qu'elle ne pouvait pas toujours se défendre, mais Fliss ne voulait pas que leur frère s'attire des ennuis à cause d'elle. Elle était combative de nature. Et, telle qu'elle se sentait en ce moment, elle était prête à commettre un massacre.

Sourde à l'appel de Seth, elle continua de courir le long de la plage. Il ne perdrait pas son temps à la suivre, de toute façon. En voyant qu'elle ne réagissait pas, il retournerait se joindre à leur petite bande pour reprendre leur match de beach-volley. Ou leur baignade.

Ou le surf. Toutes ces activités auxquelles elle s'était promis de participer plus tard dans la journée. Avant que son père ne débarque sans prévenir pour le week-end en anéantissant tous ses projets.

Fliss courut jusqu'à l'endroit où des rochers aux arêtes pointues barraient l'accès à la suite de la plage. Elle les escalada sans hésiter, indifférente à la douleur aiguë au creux de sa paume, et atterrit en douceur sur le sable de la crique.

Ce coin des Hamptons, elle le connaissait depuis sa naissance. Les étés qu'elle passait chez sa grand-mère avec son frère et sa sœur constituaient le versant heureux de ses souvenirs d'enfance.

— Fliss ?

De nouveau, la voix de Seth s'éleva dans son dos. Plus grave, cette fois. Plus sombre, aussi. Et *proche*. Elle jura en silence.

— Laisse-moi tranquille, Seth.

Il n'en fit rien mais négocia à son tour le bloc de rochers escarpés et la rejoignit d'un bond. Il était souple et athlétique, la largeur de ses épaules occultant l'éclat du soleil. Il n'avait rien d'autre sur le dos qu'un short de bain. Des gouttes d'océan scintillaient sur son torse nu. À l'école vétérinaire où il étudiait, il pratiquait la natation de façon intensive et les quatre étés qu'il avait passés à travailler comme surveillant de baignade avaient développé ses pectoraux. Tout le monde sur la péninsule connaissait l'histoire : Seth Carlyle avait risqué sa vie pour sauver celle de deux ados imprudents qui avaient tenté une sortie en mer en canot pneumatique malgré le drapeau rouge. Voilà le genre de mec qu'était Seth. Il faisait toujours tout bien.

En contraste direct avec elle qui faisait toujours tout mal — ne faisait que ce qu'il ne fallait pas faire.

Fliss avait passé tout l'été à écouter les filles de la

plage s'extasier sur Seth. Et il n'était pas difficile de comprendre ce qui les attirait chez lui. Il était brillant, presque toujours de bonne humeur, sûr de lui sans la ramener pour autant. Et sexy. Mortellement sexy, avec ce corps puissant, longiligne et musclé, cette peau qui prenait la couleur du bronze dès les premiers soleils. D'un grand-père italien, il avait hérité des cheveux et des yeux noirs comme le jais. Seth avait l'âge de son frère. Autrement dit, il était trop vieux pour elle. Son père aurait été horrifié par les cinq années d'écart entre eux. *Les filles de ton âge fréquentent des garçons, pas des hommes !*

En regardant Seth s'avancer vers elle, Fliss sentit quelque chose en elle se tendre et vibrer. Sa libido n'avait clairement pas intégré la consigne paternelle. Soit c'était ça, soit l'attirance sexuelle se moquait des questions d'âge.

Ou alors elle avait envie de lui *uniquement* parce qu'elle savait que son père en péterait un câble ?

Seth se planta devant elle.

— Qu'est-ce qui ne va pas, Fliss ?

Pourquoi lui posait-il cette question ? Elle avait des années de pratique derrière elle question impassibilité, malgré ses coups de mou et ses plongées en pleine déprime. Mais Seth avait un talent particulier pour voir derrière ses masques. Il ne se laissait pas aveugler comme les autres par ses sourires de commande.

Elle avait dit un jour à Harriet en plaisantant qu'il fonctionnait comme un appareil de radiographie ou un scanner à IRM. Mais la vérité, c'était qu'il était d'une effrayante perspicacité. Ou peut-être aurait-il été plus juste de dire qu'il était perspicace *et* que ça lui faisait très peur.

Si elle avait eu envie que les autres sachent qu'elle

avait souvent le moral à zéro, elle le leur aurait dit d'elle-même.

— Tout va très bien pour moi, merci.

Elle ne lui avoua pas qu'elle venait de se faire descendre en flèche par son père. Elle n'en parlait jamais à personne. Cela servirait à quoi que les autres soient au courant ? Elle détestait que les gens se montrent compatissants envers elle. Jamais elle n'accepterait d'admettre que les paroles de son père avaient un tel impact sur elle. Pas seulement parce qu'elle préférait se taire et tout garder pour elle. Il y avait aussi une autre peur sous-jacente : celle de conférer une réalité aux accusations de son père simplement en les formulant. Elle refusait de donner voix au doute discret mais obsédant que ce dernier pourrait avoir raison à son sujet. Et si elle était *réellement* la nulle de chez nulle qu'il voyait en elle ?

Seth ne se laissa pas rebuter par son attitude dissuasive.

— Tu es sûre ? Parce que tu n'as pas vraiment l'air d'une femme qui fête l'anniversaire de ses dix-huit ans.

Une femme.

Il parlait d'elle comme d'une femme.

Fliss en eut le vertige. Là, en ce lieu et en cet instant, elle vit le gouffre de l'écart d'âge entre eux s'évanouir. Tout comme s'évanouirent ses doutes et ses inhibitions. Elle se sentait puissante. Elle se sentait forte. Elle se sentait *femme.*

— J'avais envie d'être seule, c'est tout.

— Pour ton anniversaire ? Ce n'est pas un jour à vouloir être seule. Surtout quand on vient d'avoir cet âge-là.

Elle connaissait Seth depuis des années, mais ils s'étaient rapprochés comme jamais au cours de cet été. À la différence de son père, Seth n'avait jamais paru horrifié par ses « délires ». Lorsqu'elle avait décidé de nager nue dans l'océan en pleine nuit, sa jumelle, Harriet, l'avait suppliée de renoncer à son projet, mais Seth s'était contenté d'en rire. Il ne s'était pas joint à elle, mais il avait attendu, perché sur les rochers, jusqu'à ce qu'elle ressorte de l'eau saine et sauve. *Parce que Seth Carlyle était le type même de l'homme responsable.*

Il ne l'avait ni jugée ni sermonnée, cela dit. Après lui avoir tendu un drap de bain, il avait sauté de son rocher comme si sa mission était accomplie. Il ne l'avait jamais touchée. Elle, elle crevait d'envie qu'il le fasse. Mais elle savait que, s'il gardait un œil sur elle, c'était juste parce que son frère et lui étaient amis et que Seth Carlyle se sentait toujours responsable de tout et de tout le monde.

Elle se surprit une fois de plus à vouloir lui jeter les bras autour du cou. Ce qui prouvait bien à quel point elle était elle-même tout le contraire de *responsable.*

Par mesure de précaution, elle croisa les bras sur la poitrine pour être sûre qu'ils n'aillent pas se loger soudain autour des épaules de Seth.

Il baissa les yeux.

— Tu t'es coupé la main. Tu devrais faire attention sur ces rochers. Ça fait mal ?

— Non.

Décroisant les bras, elle se mit les mains dans le dos. Une moitié d'elle-même priait pour qu'il s'en aille alors que l'autre avait envie de le retenir de toutes ses forces.

— Pourquoi tu pleures, si tu n'as pas mal ?

Parce qu'elle pleurait ? Fliss passa le revers de ses mains sur ses joues et les retira tout humides.

— J'ai dû me projeter du sable dans les yeux en courant.

Il pensait qu'elle pleurait à cause de la blessure qu'il avait sous les yeux. Il ne savait rien des blessures morales qu'elle cachait au fond d'elle-même.

— Et pourquoi tu courais comme ça ?

Seth lui prit doucement les bras et les ramena devant elle. Puis il lui fit pivoter les poignets pour examiner la coupure. Il avait de grandes mains fortes et en comparaison la sienne paraissait toute menue au creux de sa paume. Délicate.

Et s'il y avait bien une chose qu'elle ne voulait pas paraître, c'était délicate. *Sa mère* était délicate. Et la voir naviguer sur les eaux tumultueuses de son couple, c'était comme assister au combat d'une pâquerette contre un ouragan. Fliss se voulait solide — et plus hérissée qu'un fagot d'épines. Être le genre de plante dissuasive à laquelle on évitait de se frotter. Elle était fermement résolue à bien gagner sa vie pour ne jamais, *jamais,* se retrouver coincée dans la situation que subissait sa mère.

« Si je quittais votre père, je vous perdrais tous les trois. Il fera en sorte qu'on me refuse le droit de garde et je n'ai ni les moyens ni le réseau nécessaire pour me battre. »

Seth pencha la tête, et quelques mèches de cheveux noirs lui tombèrent sur le front. Elle mourait d'envie d'y porter la main, d'y glisser les doigts, d'éprouver la douceur de ses cheveux sous ses paumes. Mourait d'envie de pétrir les beaux muscles saillants de ses épaules, même si elle savait d'avance qu'elle ne trouverait là aucune douceur. Le corps de Seth était dur et fort. Puissant. Elle avait eu l'occasion d'en faire l'expérience l'année précédente lorsqu'un copain l'avait jetée à l'eau et que Seth avait plongé pour la récupérer. Être tenue dans les bras de Seth était une expérience qu'aucune fille — aucune femme — n'aurait oubliée de sitôt.

Troublée, elle se força à concentrer son attention sur son visage. Une petite bosse marquait l'arête de son nez, souvenir d'une blessure de football qui remontait à l'été précédent. Il avait aussi une cicatrice sous le menton depuis qu'il s'était ramassé une planche de surf dans la figure et qu'on avait dû lui faire quatorze points de suture.

Fliss s'en fichait qu'il porte des marques sur le visage. À ses yeux, Seth Carlyle incarnait ce qu'on pouvait concevoir de plus parfait au monde.

Quelque chose en lui faisait qu'il était différent de tous les autres. Pas seulement parce qu'il avait quelques années de plus qu'elle. Il était aussi quelqu'un de sûr. Plus clair dans sa tête, surtout. Il savait ce qu'il voulait et orientait sa vie en conséquence. Chez Seth, même le fait d'être sérieux et dans les clous devenait sexy. Il faisait des études de véto, et elle avait la certitude qu'il réussirait brillamment dans sa spécialité. Seth Carlyle ferait la fierté de son père.

Tout comme elle, Fliss Knight, ferait toujours le désespoir du sien. Elle n'éveillait chez lui que mépris, exaspération et colère. Jamais son père n'avait été fier d'elle.

Et elle ne voulait pas rabaisser Seth à son niveau.

Elle arracha sa main de la sienne et replia les doigts au creux de sa paume pour s'interdire de le toucher.

— Pourquoi tu ne vas pas rejoindre les autres ? Tu gâches ton temps alors qu'il fait super beau.

— Je ne gâche rien du tout. Je suis exactement là où j'ai envie d'être.

Le regard de Seth était rivé sur son visage. Il lui adressa soudain un de ses larges sourires spontanés qui donnaient à Fliss la trompeuse impression d'être la seule femme sur cette planète. Elle aurait eu du mal à dire ce qui lui fit le plus d'effet : cette façon dont ce sourire infléchissait la courbe des lèvres de Seth ou celle dont le coin de ses yeux noirs se plissait imperceptiblement.

La sensation de trouble lui gagna le ventre. Après s'être sentie rejetée, non désirée, c'était un choc d'expérimenter le sentiment opposé.

Que se passerait-il si elle glissait les bras autour du cou de Seth et qu'elle posait les lèvres sur les siennes ? Perdrait-il pied et se laisserait-il aller à mal agir pour la première fois de sa vie ? Peut-être prendrait-il sa virginité là, sur place, dans le sable ? Là au moins, son père aurait de sérieuses raisons de la traiter de tous les noms.

L'idée lui fit froncer les sourcils. Même en pensée, elle refusait que son père vienne ternir sa relation avec Seth.

— Tu n'as rien à faire ici. Avec moi, je veux dire.

Elle s'adossa contre le rocher et lui jeta un regard féroce destiné à le repousser. Mais ces techniques ne fonctionnaient jamais avec Seth.

— J'ai vu une voiture devant chez toi. C'était ton père ? Normalement, il ne vient jamais en été, si ?

Elle frissonna comme si elle venait de tomber tête la première de sa banquise.

— Il est arrivé, ce matin, oui. En nous faisant la surprise.

Le regard de Seth ne dévia pas du sien.

— Pour fêter ton anniversaire ou pour le foutre en l'air ?

Il savait.

Fliss frémit d'horreur et de honte. Pourquoi ne pouvait-elle pas avoir une famille normale, comme tout un chacun ?

— Bonne question. Mais je me suis barrée avant d'avoir la réponse.

— Il voulait peut-être te remettre ton cadeau personnellement.

— Tu penses à ton père à toi, là. Ce n'est pas tout à fait le style du mien.

Les mots lui avaient échappé avant qu'elle ait pu les ravaler.

— Mon père est venu sans cadeau, ajouta-t-elle après un silence.

— Dans ce cas, ça tombe bien que j'en aie prévu un.

D'une main, il s'appuya au rocher, juste au-dessus de la tête de Fliss. De l'autre, il prit quelque chose dans la poche zippée de son short de bain.

— J'espère qu'il te plaira.

S'arrachant non sans mal à la contemplation de ses biceps, elle regarda fixement la pochette en velours crème reposant dans la paume de Seth.

— Tu as un cadeau pour moi ?

— Ce n'est pas tous les jours que l'on a dix-huit ans.

Une femme *de dix-huit ans,* avait-il dit. Seth lui avait acheté un cadeau ou, en tout cas, avait pris le temps de choisir quelque chose à son intention. Cela voulait dire qu'elle comptait pour lui, alors ?

Son estime d'elle-même tristement asséchée se gorgea de cette pensée. La tête lui tournait, et elle luttait contre le vertige. Plus encore que le jour où elle avait apporté en douce une bouteille de vodka sur la plage.

— C'est quoi ?

— Ouvre et tu verras.

Elle lui prit le petit sac en velours des mains et reconnut le logo argenté en forme de coquillage. Ce n'était pas un cadeau à deux balles que Seth lui offrait.

Harriet et elle étaient passées à plusieurs reprises devant ce bijoutier lorsqu'elles avaient l'occasion d'aller en ville. Mais les prix étaient tels qu'elles avaient à peine osé regarder dans la vitrine. L'argent, cela dit, n'était pas vraiment un problème lorsqu'on s'appelait Carlyle.

Elle renversa le contenu de la pochette dans sa paume et, sous le charme, en oublia un instant de respirer. C'était un pendentif, un coquillage en argent avec sa chaîne. Le cadeau le plus délicat, le plus touchant, le plus précieux qu'elle ait jamais reçu.

Oubliant sa ferme résolution de rester à distance, elle se jeta à son cou. Seth sentait le soleil, la mer et l'homme. Elle huma longuement son odeur. Chaude. Virile. Émoustillante. Trop tard, elle se souvint qu'elle ne portait qu'un short minuscule et un débardeur. Autrement dit, rien. À peine un semblant de barrière les séparait, comme si elle avait été nue contre lui. Sa peau glissa contre la sienne, et elle resserra les doigts sur ces épaules tant convoitées. Sous la douceur hâlée de la peau, elle rencontra la résistance des muscles, leur troublante sinuosité. Et elle rencontra surtout la pression dangereusement excitante du corps de Seth contre le sien.

Sa conscience lui commandait avec insistance de mettre un terme à cet enlacement. Son père aurait été fou s'il l'avait vue. Il détestait qu'elle traîne avec des garçons.

Mais Seth n'était pas un garçon, n'est-ce pas ? Seth était un *homme.* Un homme qui voyait en elle une femme. En cela, il était le premier. Et elle songea que c'était peut-être le plus beau cadeau d'anniversaire du monde qu'il lui offrait en plus du collier.

Face à son père, elle se sentait comme une riendu-tout, alors qu'avec Seth… Seth faisait qu'elle se sentait importante.

Seth faisait qu'elle se sentait être… tout.

— Fliss…

Sa voix était rauque, et ses mains glissèrent sur ses hanches, la maintenant immobile.

— Ce n'est peut-être pas très malin ce qu'on fait… Tu étais en colère et malheureuse, et…

— Plus maintenant.

Avant qu'il puisse dire autre chose, elle pressa sa bouche contre la sienne. Elle perçut la fraîcheur saline de ses lèvres et son léger raidissement de surprise. S'il la repoussait maintenant, elle mourrait de honte sur place. Là, directement sur le sable. Foudroyée.

Mais Seth ne fit rien pour l'éloigner. Il l'attira contre lui, au contraire, avec des mains fermes et sûres, la capturant solidement dans son étreinte. Comme de très loin, en arrière-plan, elle entendait encore le va-et-vient de l'océan mais ici, au creux secret des dunes, il n'y avait que Seth et l'indescriptible magie de ce premier baiser.

Comme il penchait la tête pour mieux l'embrasser, elle songea que l'anniversaire de ses dix-huit ans avait basculé d'un coup du sinistre au sublime. Ce n'était plus le pire jour de sa vie mais le meilleur. Très vite, toute pensée de son père s'évanouit, effacée par le jeu érotique de la langue de Seth, par les caresses intimes de ses mains. Rien n'existait plus au monde hormis les sensations qu'il éveillait. Qui l'aurait cru ? Comment aurait-on pu imaginer que Seth, le fils idéal, puisse avoir ce côté *bad boy* ? Où avait-il appris à pratiquer l'art du baiser de cette façon ?

Elle se dit qu'elle méritait bien de vivre une parenthèse romantique le jour de son dix-huitième anniversaire.

Qu'elle méritait ce moment de grâce et de pur plaisir.

Jamais auparavant, avec rien ni personne, elle n'avait éprouvé des sensations aussi grandioses.

Et jamais auparavant encore, braver les interdits de son père ne lui avait paru aussi louable.

Chapitre 1

Dix ans plus tard...

— Je pense qu'on devrait envisager de développer notre activité.

Fliss se débarrassa de ses chaussures au beau milieu de la pièce et poursuivit son chemin pieds nus jusqu'à la cuisine.

— Tu as vu notre planning pour le mois prochain ? renchérit-elle. On n'a plus un seul créneau de libre. Le nombre de personnes qui nous recommandent a doublé et les demandes augmentent sans arrêt. C'est le moment de tirer profit de notre réussite et d'agrandir notre entreprise.

Toujours plus loin, toujours plus haut : elle exultait.

Occupée à nourrir un chiot dont elle avait la garde temporaire, sa sœur se montra moins enthousiaste.

— Agrandir comment ? On couvre déjà tout l'est de Manhattan.

— Je sais. Mais ce n'est pas l'aspect « promenade pour chien » de notre activité que je te propose de développer.

Elle avait longuement réfléchi, étudié les chiffres et analysé la concurrence. Et, depuis quelques jours, sa tête était pleine de nouvelles possibilités entrepreneuriales qui pourraient se dessiner pour elles.

— Je pense qu'on devrait étendre nos activités à des créneaux offrant de meilleures marges bénéficiaires. Proposer des services supplémentaires, autrement dit.

Harriet serra plus étroitement le chiot dans ses bras.

— Comme quoi, par exemple ? Nous dirigeons une entreprise de services proposant des promenades pour chiens ponctuelles ou régulières. Nous sommes les Woof Rangers. Tu songes à élargir côté félins ? Les Miaou Sisters ou un truc de ce genre ?

— Il nous arrive déjà d'aller nourrir des chats lorsque leur propriétaire nous le demande, je te rappelle. Mais, non, je pensais plutôt au dog-sitting à domicile. Garder l'animal chez lui pour une nuit. S'en charger pendant les vacances de son maître.

— Tu veux que j'aille coucher chez un inconnu ? Merci bien. Laisse tomber.

— *Par définition,* l'inconnu en question serait absent. Si les propriétaires étaient présents, ils n'auraient pas besoin d'un dog-sitter.

Harriet plissa les narines.

— Franchement, ça ne m'attire pas du tout. J'aime bien être chez moi. Et comment je ferais pour assurer l'accueil des animaux en attente d'adoption ?

— Je n'ai pas encore réfléchi à cet aspect du problème.

Fliss savait que ce n'était même pas la peine de proposer à sa sœur de réduire son activité d'accueil. Pour Harriet, il était hors de question de tourner le dos à un animal en difficulté.

Tout comme il était hors de question pour elle de faire de la peine à sa jumelle.

Enfant, puis adolescente, protéger Harriet avait toujours été une priorité pour elle. La protéger de leur père, déjà pour commencer. Puis de toute autre forme de menace, sans discrimination.

C'était ce désir de protéger Harriet qui lui avait donné l'idée de monter leur petite entreprise de services. Et, si elle voulait développer leur activité aujourd'hui, elle devait s'y prendre en douceur, étape par étape.

Elle consulta son téléphone pour voir si de nouvelles demandes étaient tombées.

— Tout ce que je veux, c'est essayer de diversifier nos propositions. Je n'ai encore rien de précis en tête. Tu n'as pas besoin de t'inquiéter.

— Je ne suis pas vraiment inquiète. Mais je ne comprends pas d'où te vient ce besoin d'expansion, tout à coup. Quelqu'un s'est plaint d'un de nos promeneurs de chien, ou un truc comme ça ?

— Pas du tout. Nos promeneurs sont les meilleurs de tout New York. Principalement grâce à ton mystérieux instinct qui fait que tu repères au premier coup d'œil les gens qui font juste semblant d'aimer les animaux. Notre système de recrutement est excellent et notre taux de déperdition quasi nul.

— Alors pourquoi cette soudaine envie de changement ?

— Elle n'a rien de soudain. Quand on dirige une entreprise, on est amené à la faire évoluer. Qui dit business, dit forcément changement. Il ne faut pas oublier que les concurrents sont sur les rangs.

Des concurrents nombreux, même, d'après les recherches qu'elle avait faites. Mais elle ne communiqua pas cette information à Harriet. Rien ne servait de l'alarmer.

— Tu m'as assuré toi-même que ceux qui s'établissent comme promeneurs de chien indépendants sont loin d'être fiables pour la plupart. Les gens qui aiment leurs animaux ne les confieront jamais à des promeneurs qui n'ont pas fait leurs preuves. Nous n'avons jamais perdu un seul client. Les gens nous font confiance.

— C'est pourquoi ils n'auraient aucune hésitation à nous confier leurs animaux chez eux l'espace d'un week-end, par exemple. Je pense que c'est le bon moment pour élargir notre offre. Autre projet qui me trotte dans la tête : mettre en place des cours de dressage à l'obéissance. J'en connais certains à qui cela pourrait faire le plus grand bien.

Harriet se mit à rire.

— C'était qui, cette fois-ci ? Le problème vient du chien ou de son maître ?

— Du chien. Ce cher Petit Ange.

— Le caniche ? Celui qui appartient à la rédactrice en chef de je ne sais plus quel magazine *trendy* ?

— Celui-là même.

Fliss fronça les sourcils en pensant au caniche en question. Elle ne partageait pas la tolérance de Harriet pour les animaux avec de gros problèmes de discipline.

— S'il y a un chien au monde qui ne mérite pas son nom, c'est bien celui-ci. Vu de l'extérieur, il peut avoir l'air angélique, mais à l'intérieur c'est un vrai démon.

— Je suis d'accord. Mais ce n'est pas à cause d'un seul caniche qui ne sait pas se tenir qu'on est obligées de remettre tout notre fonctionnement en question. Notre activité se porte bien, Fliss. Tu as fait du bon boulot.

— *Nous* avons fait du bon boulot.

Elle vit Harriet rougir lorsqu'elle mit l'accent sur le « nous ».

— C'est toi qui fais le plus gros.

— N'importe quoi. Tu crois qu'on serait arrivées là où nous en sommes sans ta contribution ?

— C'est toi qui trouves les clients, toi qui t'occupes

de la paperasse et qui fais les comptes, toi qui passes tous les appels difficiles.

— Et toi, tu rends les animaux heureux, ce qui fait le bonheur de leurs maîtres et nous vaut d'innombrables recommandations par bouche-à-oreille et des milliers de commentaires positifs sur les réseaux sociaux. Notre activité, c'est autant la tienne que la mienne, Harriet. On est complémentaires, toi et moi. On s'est bien débrouillées jusqu'à présent, mais j'ai l'intention de faire encore mieux.

Harriet soupira.

— Pourquoi ? Qu'est-ce que tu essaies de prouver ?

— Rien du tout. J'estime ne plus rien avoir à prouver. Ce n'est quand même pas anormal de vouloir développer son activité, si ?

— Non. Si c'est vraiment ce que tu désires, il n'y a rien à redire. Mais j'aurais aimé prendre un peu de temps pour apprécier ce que nous avons construit jusqu'ici. Je n'ai pas envie de passer ma vie à foncer chaque fois vers l'étape suivante, sans jamais nous donner un temps de répit pour profiter de nos acquis. D'ailleurs, si on s'agrandissait, il faudrait qu'on trouve d'autres locaux.

— J'y ai déjà pensé, figure-toi. Je me disais qu'on pourrait se dégotter un lieu où il y aurait de la place pour installer de vrais bureaux. Comme ça, notre appartement ne serait plus envahi par la paperasse et je pourrais peut-être récupérer mon lit. Et mettre la main sur la machine à café, par la même occasion.

Elle leva le nez de son téléphone et posa un œil sombre sur les documents entassés sur le comptoir de la cuisine. Les piles semblaient s'élever un peu plus haut chaque jour.

— Dans le temps, il y avait une machine à café par

ici. Avec un peu de chance, je la retrouverai avant de mourir d'un syndrome de privation de caféine.

— Je l'ai déplacée pour la mettre hors de portée de Sunny. Il mâchouille tout ce qu'il arrive à se mettre sous la dent.

Avec le chiot toujours coincé sous le bras, Harriet se leva. Elle poussa les chaussures abandonnées au beau milieu de la pièce et se dirigea vers la cuisine où elle souleva une des montagnes de papier.

— Il y a un message sur le répondeur. Je ne suis pas arrivée à temps pour décrocher. C'est un futur nouveau client, je crois.

— Je le rappellerai. Je sais que tu détestes parler au téléphone avec des gens que tu ne connais pas.

Fliss sortit une barre énergétique d'un des placards de la cuisine et vit sa jumelle froncer les sourcils.

— Ne me regarde pas comme ça. Du moment que je mange...

— Il ne s'agit pas de manger pour manger. Il s'agit de s'alimenter correctement.

— C'est très sain et équilibré, les barres énergétiques.

Fliss mit la machine à expresso en marche.

— Donc, pour en revenir à notre projet...

— Je n'ai pas envie de passer mes nuits dans les appartements des autres. J'aime bien dormir dans mon propre lit. Donc il faudrait qu'on embauche et l'embauche a un coût. Je ne suis même pas sûre qu'on puisse se le permettre, si ?

— Si tu avais été un minimum attentive pendant notre dernière réunion interne, tu ne me poserais pas cette question.

— Tu parles de la « réunion » où on avait commandé des pizzas qui étaient une vraie tuerie et où j'étais occupée à nourrir une portée de chatons au biberon ?

— Oui, voilà. C'était celle-là.

— Dans ce cas, je crains de ne pas avoir su t'accorder ma pleine et entière attention. Rappelle-moi les grandes lignes.

— Ce ne sont pas les grandes lignes qui devraient t'intéresser mais la dernière ligne de notre bilan. Et nos résultats sont excellents.

La tête bourdonnante, Fliss remplit deux mugs de café. À chaque nouvelle réussite, le bourdonnement semblait s'amplifier.

— Meilleurs même que dans nos rêves les plus déjantés. Même si le côté déjanté n'a jamais été ta tasse de thé, ajouta-t-elle en regardant sa sœur.

— Hé ! j'en ai plein, des rêves déjantés !

— Déjantés comment ? Tu te visualises en tenue d'Ève à te tortiller et à gémir dans des draps de soie avec un mec aussi magnifique qu'excité ?

Harriet rougit jusqu'aux oreilles.

— Pas trop, non.

— Alors, fais-moi confiance, tes rêves ne sont *pas* déjantés.

Fliss porta son mug à ses lèvres, but une grande gorgée et ronronna de plaisir, anticipant l'entrée en action de la caféine.

— Mes rêves ne sont pas moins valables que les tiens sous prétexte qu'ils sont différents, protesta Harriet en replaçant le chiot dans son panier. Nos rêves parlent de nos désirs profonds, nos aspirations les plus secrètes.

— Les miennes n'ont rien de très secret : nue, draps de soie, beau mec, beaux pectoraux.

— On peut avoir d'autres désirs que celui-là. Je ne suis pas intéressée par les coups d'un soir.

— Qui a dit que je fixais la limite à un seul soir ? Si le mec a les atouts nécessaires, je suis prête à prolonger d'un jour ou deux. Jusqu'au moment où la faim et la soif nous pousseront hors de notre antre.

Harriet soupira.

— Parfois j'en arrive à me demander si on a vraiment le même ADN, toi et moi.

— Je me pose souvent la question.

Aussi souvent qu'elle se félicitait du cadeau du destin que représentait sa sœur. Comment les gens faisaient-ils pour survivre sans jumeau ? Même si elle avait eu le sentiment de grandir cloîtrée dans une pièce sans air, Harriet avait été son oxygène. Ensemble, elles avaient découvert qu'un problème partagé devenait moins lourd, comme si elles pouvaient s'alléger en divisant la charge en deux. Et, même si elle avait conscience d'être beaucoup plus secrète et réservée que sa jumelle, elle se rassurait en se disant qu'elle protégeait Harriet en évitant de décharger ses angoisses sur elle. Toute sa vie, elle s'était appliquée à épargner sa sœur.

— C'est parce que je suis ta jumelle que je connais tes rêves aussi bien que je connais les miens. Toi, ton idéal, ce serait d'avoir une maison adorable, un jardin avec des capucines, un beau médecin qui serait fou d'amour pour toi et une vaste ménagerie. Mais c'est un rêve qu'il vaut mieux oublier. Le seul endroit où ce genre de scénario aboutit, c'est dans les romans sentimentaux. Et maintenant, revenons à nos moutons. Je pense que les Woof Rangers pourraient proposer sans problème du dog-sitting et du dressage à l'obéissance. Considère qu'il s'agit juste d'un prolongement de ce que nous faisons déjà.

— Attends une seconde ! protesta Harriet en fronçant les sourcils. Tu affirmes que l'amour n'existe que dans les livres ?

— Le genre d'amour dont tu rêves, oui.

— Et notre frère, alors ? C'est de la fiction, peut-être, ce qu'il vit avec Molly ?

— Daniel est sérieusement amoureux, ce n'est pas moi qui te dirais le contraire. Mais des Molly, il n'y en a pas trente-six mille. Et ils disent eux-mêmes que, s'ils cohabitent, c'est uniquement parce que leurs chiens sont devenus inséparables.

Sous le regard appuyé de Harriet, elle finit par hausser les épaules.

— Bon, OK. Ils ont l'air plutôt heureux ensemble, mais ils sont l'exception qui confirme la règle. Et, si ça se passe bien entre eux, c'est parce que Molly est psy et de surcroît spécialisée dans le relationnel de couple. Cela lui donne un avantage injuste sur le reste d'entre nous.

— Peut-être qu'au lieu de développer notre activité tu pourrais décider de prendre un peu plus de temps pour toi. Depuis qu'on a commencé, il y a cinq ans, tu as bossé non-stop. C'est à peine si tu t'arrêtes de temps en temps pour faire une pause.

— Pas cinq ans. *Six.*

Fliss sortit un yaourt du réfrigérateur.

— Pourquoi voudrais-tu que je prenne du temps pour moi ? J'adore les situations de stress. Être speedée et surmenée, c'est ma drogue de prédilection à moi. Et puis c'est un plaisir de bosser pour nous. D'être libre d'organiser ma vie professionnelle comme je l'entends. Nous avons la chance d'être nos propres maîtres, Harriet.

Elle referma la porte du frigo de la pointe de son pied nu et vit Harriet frémir.

— Moi aussi, j'aime ce qu'on fait. Mais j'aime aussi les moments de ma vie qui n'ont rien à voir avec le boulot. Tu as réussi au-delà de toute espérance, Fliss...

Et tu n'as rien à prouver à personne, ajouta-t-elle après une légère hésitation.

— Je n'ai jamais éprouvé le besoin de prouver quoi que ce soit à qui que ce soit.

Le mensonge lui glissa des lèvres alors que la voix dans sa tête hurlait plus fort qu'à l'ordinaire. *Nulle, inutile et incapable. On ne fera jamais rien de toi...*

— Il ne t'arrive jamais d'avoir envie d'autre chose, dans la vie ?

— D'autre chose ?

Fliss planta une petite cuillère dans son yaourt en se disant qu'il était temps de changer de sujet. Cette conversation avec Harriet était en train de dévier vers des zones où elle n'était pas très à l'aise.

— Je suis jeune, je suis libre et je vis à New York. Et tu voudrais que j'aie envie *d'autre chose* ? À quoi pourrais-je aspirer de plus ? J'ai le monde à mes pieds et je vis la vie dont tout le monde rêve. Non, sérieux, c'est l'essence même de l'accomplissement de soi, il me semble ?

Harriet chercha patiemment son regard.

— Tu ne l'as toujours pas fait, je parie ?

Le cœur de Fliss se mit à cogner dans sa poitrine. Son appétit s'évanouit.

Avoir une jumelle présentait d'énormes avantages, mais cet aspect-*là* constituait un inconvénient majeur. Elle pouvait cacher ce qu'elle ressentait au reste du monde, mais la dissimulation ne marchait pas avec sa sœur.

Elle reposa son yaourt et décida de faire un effort supplémentaire. Elle ne voulait pas que Harriet sache à quel point elle était terrifiée. Cela ne servirait qu'à angoisser sa sœur pour rien.

— J'étais à deux doigts d'y aller, en fait. Ma décision

était prise, le bâtiment était dans mon champ de vision et j'avais mémorisé ce que je voulais lui dire...

— Mais ?

— Mes pieds ont refusé d'obéir aux ordres. Ils étaient comme collés au trottoir. Puis ils ont pivoté d'eux-mêmes et ils sont partis dans la direction opposée. J'ai essayé de les apostropher. « Pieds, faites demi-tour ! » leur ai-je ordonné sèchement. Mais crois-tu qu'ils m'auraient écoutée ?

Depuis quand était-elle devenue à ce point pathétique ? Elle tenta un haussement d'épaules qu'elle espérait désinvolte.

— Sois sympa, Harriet, et ne me dis pas ce que je sais que tu vas me dire.

— Et qu'est-ce que je vais te dire, d'après toi ?

— Tu vas observer d'un ton calme et indulgent que ça fait déjà trois semaines que Daniel est tombé sur lui à la clinique et...

— Sur *Seth*, l'interrompit Harriet. Il est tombé sur Seth. Essaie au moins de prononcer son nom. Ce sera déjà un début.

Le début de quoi ? Elle ne voulait rien débuter du tout. Juste laisser au passé ce qui appartenait au passé.

Mais elle ne pouvait pas en vouloir à sa sœur de la pousser dans ses retranchements, car elle n'avait pas été très communicative sur ce coup-là. Et s'était appliquée à ne rien confier à Harriet des angoisses qu'elle traversait.

— Seth...

Le nom lui resta coincé dans la gorge.

— Cela fait donc trois semaines que Daniel est tombé sur lui — pardon, sur *Seth* — à la clinique vétérinaire. Et le projet, c'était que je reprenne le contrôle de la situation et que j'aille le voir de ma propre initiative plutôt que de prendre le risque de le croiser à l'improviste dans la rue, ce qui pourrait être embarrassant.

— Et tu as décidé de changer de stratégie ?

— Pas officiellement, non. C'est juste que la stratégie ne fonctionne pas. Je ressens une certaine gêne à la mettre en œuvre.

Cela au moins, elle pouvait le reconnaître sans trop se compromettre. Admettre une « certaine gêne », c'était autre chose que de confesser un état de franche terreur.

— Au fond, je me demande si une rencontre inopinée dans la rue ne serait pas plus facile à gérer qu'une entrevue en face à face, à la clinique.

— Je peux comprendre que tu trouves ça un peu délicat, mais...

— Un *peu* délicat ? Tu es comme ces gens qui parlent d'une petite brise quand il souffle un vent à décorner les bœufs. Ce n'est pas « un peu délicat », c'est *méga*-délicat. C'est le summum du délicat. C'est...

Elle chercha un mot plus approprié et renonça.

— Laisse tomber. Aucun terme n'a été inventé qui puisse traduire pareille situation.

D'ailleurs, même si le terme avait existé, elle ne l'aurait pas utilisé. Elle ne voulait pas que Harriet sache à quel point cette histoire la torturait.

— La situation en question pouvant se définir ainsi : revoir son ex, échanger quelques phrases banales, puis bye, terminé.

— Tu as réussi à présenter une situation hautement complexe et embarrassante comme... comme si ce n'était rien, dit Harriet.

— C'est peut-être une bonne façon d'aborder le problème, non ? Il n'est pas toujours conseillé de compliquer ce qui peut être simple.

Harriet posa le panier du chiot par terre et se redressa.

— Cela fait dix ans maintenant, Fliss. Je sais que ça a été traumatique, mais…

— Traumatique, traumatique… Il ne faut pas dramatiser quand même.

Pourquoi avait-elle la bouche aussi sèche ? Elle sortit un verre du placard et se servit de l'eau.

— C'était trois fois rien, au fond.

— Ce n'était pas « trois fois rien », non. Mais les événements entre vous relèvent du passé. Tu as construit une nouvelle vie et lui aussi.

— Je n'y repense jamais, d'ailleurs.

Elle avait menti sans une hésitation, même s'il était rare qu'une journée s'écoule sans qu'elle y pense, au contraire. Souvent, elle se demandait à quoi aurait ressemblé la vie de Seth s'il ne l'avait pas rencontrée. Et parfois, dans ses rares moments d'indulgence envers elle-même, elle s'interrogeait sur ce qu'ils auraient pu vivre ensemble, elle et lui, si les circonstances avaient été différentes.

Harriet scrutait ses traits avec un mélange d'inquiétude et d'exaspération.

— Tu es sûre ? Parce que ça n'a pas été une période facile.

— C'est vrai. Mais tu viens de le dire toi-même : tout cela remonte quand même à dix ans.

— Mais il n'y a jamais eu quelqu'un d'autre depuis. Jamais rien de sérieux, en tout cas.

— C'est juste la faute à pas de chance. Je n'ai rencontré aucun homme pour qui ça a fait tilt.

Aucun homme qui soit à la hauteur. Aucun homme avec qui elle avait ressenti le dixième de ce qu'elle ressentait autrefois avec Seth. Il y avait des jours où elle se demandait si elle avait réellement éprouvé ce qu'elle pensait avoir éprouvé avec lui, ou si son cerveau adolescent avait magnifié ces sensations.

— Je déteste quand tu te refermes comme ça et que tu ne dis rien de ce qui se passe en toi. Je peux comprendre que tu cachais tout à papa. Et même à Daniel. Mais avec *moi*...

— Je ne te cache rien.

— Fliss...

— OK. Peut-être que je ne te dis pas toujours tout, mais je n'y peux rien. C'est ma nature, d'être secrète.

— Non, ce n'est pas ta nature. Tu as *appris* à devenir secrète. Et nous savons l'une et l'autre pourquoi.

Avec un soupir, Harriet se baissa pour retirer une chaussure de la gueule du chiot.

Fliss avait les yeux rivés sur sa sœur. Une envie presque compulsive de se confier éclipsa momentanément son réflexe de tout garder pour elle.

— Il m'arrive d'y repenser de temps en temps, en fait. De repenser à lui. À nous.

Pourquoi avait-elle dit cela ? Entrouvrir la porte des confidences, c'était prendre le risque de laisser déborder le flot et de noyer tout son entourage.

Harriet se redressa lentement.

— Tu repenses à quels moments de votre histoire ?

À tout. À cet anniversaire fatidique. Au baiser sur la plage. Aux mains de Seth. À ses lèvres et à son rire. À l'odeur de soleil et d'océan sur sa peau. À l'élan de passion qui les avait saisis et emportés pieds et poings liés.

Elle gardait de cette scène des souvenirs d'une acuité presque surréelle. Et n'avait pas oublié grand-chose non plus de ce qui avait suivi.

— Oublie ce que je viens de te dire, Harriet. Je n'y repense pas vraiment, en fait.

— *Fliss !*

— Bon, OK, OK. J'ai encore un certain nombre de souvenirs en tête. Mais je m'en accommodais plutôt bien jusqu'au moment où Daniel a débarqué en annonçant que Seth bossait maintenant à New York.

Laisser le passé derrière soi était une chose. Mais que faire lorsqu'il venait soudain vous mordre les talons ?

— Tu crois qu'il sait que j'habite tout près de son lieu de travail ?

New York était une ville de huit millions d'habitants. Huit millions de gens pressés qui couraient en tous sens pour vaquer à leurs occupations quotidiennes. C'était la ville de tous les possibles, mais une de ces possibilités, justement, était d'y vivre de façon anonyme, en se fondant dans le décor. Une option qui jusqu'à présent lui avait convenu à la perfection. Mais que restait-il de l'anonymat en question maintenant que Seth Carlyle exerçait à la clinique vétérinaire où elles se rendaient régulièrement ?

— Je ne peux pas te dire si Seth le sait ou non, Fliss. Ce n'est pas comme si vous aviez gardé le contact ces dix dernières années, lui et toi.

— C'est vrai. On a complètement coupé les ponts.

Pour elle, cela avait été la seule façon de s'en sortir. Trancher net. Aller de l'avant. Ne jamais jeter ne serait-ce qu'un coup d'œil en arrière.

Seth n'avait pas cherché non plus à la joindre. Elle en concluait qu'il avait appliqué la même politique de son côté.

Harriet récupéra le chiot fugueur pour le remettre dans son panier.

— Je sais que tu appréhendes ces retrouvailles, mais vous avez fait un sacré chemin en dix ans, tous les deux. Vous avez construit une vie chacun de votre côté.

— Je sais. Mais j'aurais préféré qu'il choisisse de poursuivre la sienne ailleurs que sur mon turf. Ce serait quand même plus simple de pouvoir se déplacer dans le périmètre immédiat de mon domicile sans avoir à faire le guet à chaque coin de rue comme une fugitive en cavale.

— C'est ce que tu fais ? Tu es sur le qui-vive comme ça ?

Harriet avait l'air tellement choquée que Fliss regretta d'en avoir trop dit.

— Mais non, je rigole. C'était juste une façon de parler.

— Si tu avais mis ton projet à exécution et que tu étais allée le saluer à la clinique en disant : « Coucou, c'est sympa de te revoir, j'espère que tout roule pour toi ? », tu serais tranquille maintenant et tu ne serais pas obligée de raser les murs chaque fois que tu sors d'ici. Une fois que tu l'auras revu, la tension retombera et ça ne te paraîtra plus du tout aussi insurmontable.

— Je l'ai vu, en fait, admit Fliss dans un murmure. Il était à la réception de la clinique la semaine dernière lorsque j'ai fait ma première tentative d'approche.

C'étaient les cheveux de Seth qui avaient d'abord attiré son regard. Puis la façon dont il inclinait la tête pour écouter ce que lui disait l'assistante vétérinaire.

Seth avait toujours su écouter comme personne. Dix ans s'étaient écoulés depuis qu'elle l'avait touché ou même approché pour la dernière fois, mais tout dans sa personne, dans sa façon d'être, lui avait paru douloureusement familier.

Harriet la regardait avec des yeux ronds.

— Tu l'as vu ? Et tu ne m'as rien dit ?

— Il n'y avait rien à raconter. Et ne t'inquiète pas, lui ne s'est aperçu de rien.

— Comment tu le sais ?

— Parce qu'au moment où il allait se retourner je me suis jetée au sol comme un combattant des forces spéciales en mission secrète. Et je suis restée là sans bouger jusqu'au moment où j'ai eu la certitude qu'il était parti. Il a juste fallu que j'empêche un passant d'appeler les pompiers. Je n'étais pas très fière de moi, je dois dire. Et, en même temps, c'est rassurant, parce que les New-Yorkais sont tellement speedés qu'on croit toujours qu'ils enjamberaient un corps tombé au sol sans même s'en apercevoir. Pourquoi tu me regardes comme ça ?

— Tu t'es jetée au sol, Fliss. Et tu fais semblant de croire que « ce n'est rien » et qu'il n'y a pas de quoi fouetter un chat ?

— Je ne fais semblant de rien du tout.

Fliss grinça des dents. Sa sœur n'avait donc rien à faire ce matin ? Aucun chien à promener ?

— Tu as raison. Il faut que j'arrête de différer. Il est temps que j'aille le saluer, que ce soit fait et qu'on n'en parle plus.

À la simple pensée de cette rencontre, son cœur et son pouls s'accélérèrent au rythme d'une batucada effrénée. C'était la réaction classique de type « soit tu luttes, soit tu fuis ». Et son corps semblait opter pour le sauve-qui-peut général.

— Tu veux que je t'accompagne, Fliss ?

— Pas vraiment. Ce qui m'arrangerait, ce serait que tu te fasses passer pour moi et que je puisse rester dans mon trou pendant que tu règles ça à ma place.

Elle vit l'inquiétude assombrir le regard de sa jumelle et pesta contre elle-même d'en avoir trop dit une fois de plus.

— Je plaisante, bien sûr !

— Tu es sûre ?

— Évidemment. Si je te laissais faire ça, je perdrais le peu de respect que j'ai encore pour moi-même. Il faut que j'y aille et il faut que j'y aille *seule*.

— Souviens-toi de ce qu'a dit Molly. L'important, c'est de maintenir le contrôle de la situation. Prends rendez-vous pour Sunny, par exemple. Ça justifiera ta présence là-bas et ça vous fera un sujet de conversation sur lequel vous rabattre. Si tu te sens mal à l'aise, tu pourras toujours parler vaccins, traitements et hygiène alimentaire animale.

— *Si* je me sens mal à l'aise ?

— Prépare une ou deux phrases simples et apprends-les par cœur... Quand je pense que c'est moi qui te donne ce genre de conseil ! C'est vraiment le monde à l'envers. Tu es toujours super à l'aise avec les gens. Et c'est moi, normalement, qui m'empêtre toujours dans mes mots et qui suis incapable d'aligner deux phrases.

— Tu as raison. Ça devrait être simple, facile. Alors pourquoi est-ce que ça ne l'est pas ?

— Probablement parce que tu as laissé beaucoup de choses irrésolues derrière toi.

— Le divorce a été prononcé. On ne peut pas dire que j'ai laissé la situation en suspens.

— Tu étais amoureuse de lui, Fliss.

— N'importe quoi. C'était juste un *crush.* Un engouement d'adolescente. Une histoire de sexe et de plage qui nous a menés un peu plus loin que prévu...

Sa voix se perdit dans un murmure alors qu'elle soutenait le regard inflexible de Harriet.

— Tu recommences à minimiser les choses, à nier, à refuser de parler *vraiment* de toi.

— Crois-moi, il vaut mieux pour toi que je ne m'étale pas.

Elle se raidit lorsque Harriet la prit dans ses bras.

— Hé ! ça veut dire quoi, ça ?

L'étreinte de sa sœur se resserra autour d'elle.

— Je ne supporte pas de te voir souffrir.

C'était précisément pour cette raison qu'elle préférait cacher ses coups de blues et ses blessures.

— Parce que tu as bon cœur, dit Fliss. Tu es la bonne jumelle et moi la mauvaise.

— Je déteste quand tu dis des choses pareilles. Si tu savais comme j'aimerais avoir quelques-unes de tes qualités !

— Il n'y a pas de place en toi pour des qualités supplémentaires. Tu les as déjà presque toutes.

— J'ai horreur que tu me dises que je suis « bonne ». Je ne suis pas bonne et, un de ces jours, je vais faire un truc vraiment moche pour te le prouver.

— Tu es viscéralement incapable de faire le mal. Mais, si tu décides d'essayer, préviens-moi quand même. J'adorerais te voir à l'œuvre. Je te signale que tu es en train de m'étrangler, Harriet. Il me faudrait au moins deux tasses de café de plus pour être en état de supporter ton affection débordante.

Elle avait surtout très peur de trop en dire. L'affection de Harriet agissait comme une clé qui ouvrait une part enfouie d'elle-même qu'elle préférait garder verrouillée.

— Il n'y a rien de mauvais en toi, Fliss.

— Essaie de raconter ça à Seth et au reste de la famille Carlyle.

Et à leur père, surtout.

— Seth avait un avenir magnifique devant lui avant de me connaître.

Elle se resservit un grand verre d'eau.

— Tu plaisantes ? Seth est devenu véto comme prévu. Ça ne paraît pas trop pourri, comme métier, a priori. Et pourquoi prends-tu toute la responsabilité sur toi ? Il a fait ses choix, Fliss.

Pouvait-on vraiment affirmer que Seth avait choisi ? En repensant aux détails, Fliss sentit le feu lui monter aux joues. Même à sa jumelle, elle avait omis de mentionner certains aspects de leur histoire. Personne au monde n'était au courant, d'ailleurs.

Elle haussa les épaules.

— Peut-être. Mais assez discuté pour aujourd'hui.

Elle se sentait toute retournée — un peu comme ces boules à neige que l'on secoue —, et des émotions d'ordinaire dormantes tourbillonnaient follement dans sa tête. Comment, après tant d'années, pouvait-elle se sentir encore aussi nerveuse, aussi troublée ? Quand cela allait-il s'atténuer ? Le phénomène était aussi injuste que pénible.

— Si Seth a décidé de s'installer ici, rien ne m'empêche de quitter New York de mon côté. Ce serait une solution.

— Ce ne serait pas une solution, ce serait une fuite. C'est ici que tu as développé ton activité. Tu adores New York. Pourquoi partirais-tu d'ici ?

— Parce que depuis qu'il est là je ne suis plus tout à fait certaine d'aimer New York tant que ça.

— Et tu voudrais aller où ?

— On m'a dit beaucoup de bien d'Hawaï.

— Il ne manquerait plus que tu ailles t'exiler à Hawaï ! Alors tu vas faire appel à ta guerrière intérieure et, hop, tu te présentes à la clinique. « Ah tiens, Seth, ça va ? Et tes parents ? Toujours en forme ? » Puis tu le laisseras parler. Et, lorsqu'il aura fini, tu t'apercevras que tu n'as pas vu le temps passer et tu prendras congé. Mission accomplie. Qu'est-ce qui te dit qu'il ne sera pas content de te voir ?

— Notre relation ne s'est pas terminée sur une note franchement positive.

— Tu avais dix-huit ans, Fliss ! Tu as mûri et lui aussi. Il est probablement marié, à l'heure qu'il est.

Le verre que Fliss tenait à la main lui glissa d'entre les doigts et roula au sol.

— Il est marié, tu crois ?

Qu'est-ce que ça pouvait lui faire, au fond ? Quel rapport avec la situation ? Qu'est-ce qui ne tournait pas rond chez elle, à la fin ?

— Je n'en sais rien s'il est marié ou non. J'ai juste émis l'hypothèse qu'il l'était peut-être. Mais j'aurais mieux fait de me taire, apparemment.

Pragmatique comme toujours, Harriet ramassa le verre et entreprit d'éponger. Fliss la regarda faire en se mordillant la lèvre.

— Tu vois maintenant pourquoi je ne peux pas aller lui parler ? Je suis incapable de contrôler mes émotions. Mais toi, si. Tout bien réfléchi, je crois qu'il vaut vraiment mieux que tu y ailles à ma place. Vous échangerez deux ou trois banalités et le tour sera joué. Toi, ça ne te fera ni chaud ni froid d'avoir Seth devant toi.

Harriet se redressa.

— La dernière fois où on a échangé nos rôles, on avait douze ans.

— *Quatorze.* Tu oublies le coup où je me suis fait passer pour toi en cours de SVT.

— C'est vrai ! À cause de cette brute qui passait son temps à me persécuter à cause de mon bégaiement. Johnny Hill. Tu lui as mis un grand coup de poing dans la figure. Comment ai-je pu l'oublier ?

— Je ne sais pas. Ça a été un grand moment de bonheur, en tout cas.

— Tu rigoles ? Tu as eu au moins huit points de suture sur le crâne. Tu as encore la cicatrice.

— Mais après ça, il t'a fichu la paix, non ? Et personne d'autre ne s'est avisé de venir t'emmerder.

Fliss sourit et passa le bout des doigts sur la balafre cachée sous sa chevelure.

— Grâce à moi, tu as eu la réputation d'être une

vraie furie. Donc tu me dois un service en retour. Va voir Seth. Sois moi. C'est facile. Contente-toi de dire et de faire ce que normalement tu ne ferais ni ne dirais jamais, et tu seras tout à fait convaincante.

Harriet eut un sourire en coin.

— Tu n'es pas si infréquentable que ça, Felicity Knight.

— Peut-être plus maintenant, mais je l'ai été. Et Seth en a payé le prix.

— Arrête ! protesta Harriet d'une voix ferme. Arrête de dire ça. Arrête de le penser.

— Comment veux-tu que j'arrête de le penser puisque c'est la vérité ?

Elle avait payé le prix fort, elle aussi, mais il semblait que la dette continuait de courir.

— Si je pouvais trouver un moyen d'éviter de le voir, je le ferais. Je n'ai aucune idée de ce que je pourrais bien raconter à un homme dont j'ai fichu la vie en l'air.

À quelques pâtés de maisons de là, Seth Carlyle passait un sale quart d'heure avec un cocker mal luné.

— Il y a combien de temps qu'il est comme ça ?

— Comme ça comment ? Hargneux ?

— Je veux dire : depuis combien de temps avez-vous noté qu'il boite ?

— Ah...

La propriétaire du chien fronça les sourcils.

— Je dirais, une semaine, à peu près.

Seth examina méticuleusement l'animal. Lorsque le cocker gronda, il desserra la pression de ses doigts.

— Désolé. Je ne voulais pas te faire de mal. Il faut juste que je regarde ta patte de près pour voir ce qui l'empêche de fonctionner.

Attentif à s'exprimer d'une voix calme et à manipuler l'animal avec respect, il le sentit se détendre petit à petit sous ses doigts.

— On dirait qu'il vous apprécie.

La dame le considéra d'abord avec étonnement puis avec un début de respect.

— Le Dr Philips dit que vous êtes venu lui donner un coup de main. Que vous êtes un véto de haut vol qui exerçait dans un hôpital de pointe, en Californie.

— Je ne sais pas si je suis un vétérinaire de haut vol, mais j'ai exercé en Californie, oui.

— Mais quelle idée d'en être parti ! Vous en avez eu marre de tout ce soleil et de ce ciel bleu ?

— On pourrait dire ça comme ça, oui.

Seth sourit et reporta son attention sur le chien.

— Je vais pratiquer quelques examens complémentaires pour avoir une idée plus nette de la situation.

— Ça vous paraît grave ?

— A priori, je pense qu'il s'agit d'une lésion des tissus mous, mais il faut d'abord écarter quelques diagnostics différentiels.

Il donna ses instructions au technicien vétérinaire, puis effectua quelques tests et examina les radios.

— Bon... Il faudra qu'il évite de faire trop d'exercice pour le moment.

— Et comment est-on censé empêcher un chien de bouger ?

— Confinez-le dans des espaces restreints.

— Plus de promenades à Central Park, alors ?

— Il faudra attendre un peu pour cela. Et veiller à ce qu'il passe du temps tranquille couché dans sa caisse.

Une fois qu'il eut fini de prendre ses notes de consultation, il se dirigea vers l'accueil.

— Meredith ?

— Ah, docteur Carlyle...

Les joues de la jeune femme se teintèrent de rose et elle laissa tomber le magazine qu'elle feuilletait sous son bureau.

— Je peux faire quelque chose pour vous ? Vous voulez un café ? Un bagel ? N'importe quoi d'autre ? Vous n'avez qu'à demander. Nous vous sommes tellement reconnaissants d'être venu nous donner un coup de main.

La lueur dans son regard disait assez ouvertement que le « n'importe quoi d'autre » était à entendre au sens large. Mais Seth ignora l'invite non formulée tout comme la lueur d'espoir dans les yeux de la standardiste.

— Tout va bien pour le moment, merci. Il n'y a pas eu d'appels pour moi pendant que j'étais en salle d'examen ?

Meredith consulta le carnet ouvert devant elle.

— Si. Une certaine Mme Cook m'a demandé de vous transmettre que la plaie de Buster a bien meilleur aspect depuis quelques jours. C'est un des assistants qui a pris l'appel. Et Geoff Hammond a téléphoné au sujet de son toutou. J'ai transféré l'appel à Steven.

— C'est tout ?

Il ressentit une pointe de déception. Désireuse de lui faire plaisir, Meredith vérifia de nouveau.

— Pas d'autre message, non.

Elle leva les yeux.

— Pourquoi ? Vous attendiez quelqu'un de particulier ?

Mon ex-femme.

— Non.

La raison pour laquelle il avait posé la question n'était pas de celles qu'il souhaitait divulguer.

Il y avait plusieurs semaines qu'il l'attendait, en fait. En y réfléchissant, il s'apercevait qu'il traitait Fliss un peu comme il aurait procédé avec un animal craintif et blessé. En faisant preuve d'une infinie patience. Sans geste brusque ni mouvements précipités.

Il ne pouvait même pas se raconter qu'elle ignorait peut-être qu'il se trouvait à New York. Le surlendemain de son entrée en fonction à Manhattan, il était tombé sur Daniel, le frère aîné des jumelles. La confrontation n'avait pas été une partie de plaisir. À en juger par le degré de tension dans l'air, il avait déduit que l'animosité de Daniel Knight à son encontre n'avait pas diminué au fil des années. Daniel avait forcément dû mentionner cet épisode à Fliss, donc celle-ci savait qu'il était dans le secteur. La fratrie Knight était si soudée qu'ils auraient aussi bien pu être cousus ensemble, comme des frères siamois en version triplés. Il suspectait que cette forte proximité était due au moins en partie à leur enfance difficile. En grandissant, ils avaient appris à faire bloc tous les trois. Seth n'en voulait pas à Daniel d'avoir voulu protéger Fliss. Elle avait eu besoin de soutien à l'époque. Un soutien qui, en aucun cas, ne lui avait été apporté par son père.

Il l'avait connue lorsqu'elle avait quatorze ans — adolescente filiforme, avec des jambes interminables. Les trois Knight faisaient partie de la bande qui se reformait chaque été sur la plage pendant les longs mois heureux qu'ils passaient chaque année dans les Hamptons. Au premier coup d'œil, il était impossible de distinguer Fliss de sa jumelle, mais il suffisait de passer quelques minutes en leur compagnie pour savoir à laquelle des deux on s'adressait. Harriet était pensive et réservée alors que Fliss, impulsive et sauvage, se ruait à l'assaut de la vie comme si elle menait un régiment au combat. Elle était toujours la première à l'eau et la dernière à en sortir, nageant et surfant jusqu'à ce que les derniers rayons de soleil finissent de se consumer à la surface de l'océan. Fliss était audacieuse, téméraire, loyale et farouchement protectrice dès qu'on s'en prenait à sa sœur. Elle était aussi très casse-cou, mais il avait toujours suspecté qu'un fond de désespoir sous-tendait ses actes de bravoure, presque comme si elle se mettait au défi en permanence. Il avait souvent eu l'impression qu'elle se menait la vie un peu trop dure, comme si elle était déterminée à prouver à la terre entière qu'elle n'avait peur de rien.

Ce premier été, il ne savait encore rien au sujet de sa famille. Tout le monde dans le coin connaissait Eugenia, sa grand-mère, une vieille dame adorable qui vivait là depuis toujours ou presque. Quant à Daniel, Fliss et Harriet, on savait juste qu'ils venaient passer tous leurs étés chez elle avec leur mère. Une mère qui restait quasiment invisible durant ces deux mois. À la différence de la sienne, très impliquée dans la vie sociale et associative, que ce soit dans les Hamptons où ils passaient l'été ou à leur domicile le reste de l'année, au nord de l'État de New York.

Petit à petit, les rumeurs au sujet de la famille Knight avaient commencé à se répandre. Au compte-gouttes, tout d'abord, au détour d'une allée ou à la caisse de l'épicerie du coin. Quelqu'un qui passait par là avait entendu des éclats de voix, puis le vrombissement rageur d'une voiture qui s'éloignait à une vitesse peu compatible avec l'étroitesse des routes de l'île. La nouvelle s'était chuchotée un peu partout, enrichie de divers commentaires, et avait fini par arriver jusqu'à lui : *des problèmes dans le couple... Une famille dysfonctionnelle...*

Seth avait rarement eu l'occasion de croiser le père de Fliss. Toutes les impressions qu'il avait de cet homme, il les tenait de Fliss et de Harriet, de la façon dont elles réagissaient chaque fois qu'il était question de lui.

— Docteur Carlyle ?

La voix de Meredith le ramena au présent, lui rappelant que, s'il était venu à New York, c'était pour aller de l'avant et pas pour revenir en arrière.

Il avait vu Fliss deux fois depuis qu'il était arrivé à Manhattan. D'abord à Central Park, le jour même de son arrivée. Elle se baladait avec deux chiens, un dalmatien exubérant et un berger allemand indiscipliné qui avait l'air de lui en faire voir de toutes les couleurs.

Elle était trop loin pour qu'il puisse orchestrer une rencontre, et il s'était contenté de la suivre des yeux en prenant note des changements survenus en elle.

Ses cheveux, qui avaient gardé leur nuance blond sable, étaient relevés au sommet de sa tête dans un style que l'on pouvait qualifier d'improvisé. Fine et athlétique, elle marchait avec détermination et un soupçon d'impatience. C'était son allure, sa façon de se mouvoir qui l'avait convaincu que c'était bien Fliss et non pas Harriet qu'il avait sous les yeux.

La femme qu'elle était devenue était forte et rayonnante d'assurance, mais cela ne le surprenait pas. Fliss n'avait jamais reculé devant aucun combat.

Il avait très envie de découvrir son visage, de plonger son regard dans le sien et de voir dans ses yeux le moment où elle le reconnaîtrait. Mais elle était trop loin et n'avait pas tourné la tête pour regarder en arrière.

La seconde fois, il l'avait repérée alors qu'elle se tenait juste devant la clinique. La façon dont elle s'était figée pile à l'entrée, comme si elle hésitait à repartir en courant, lui avait procuré la certitude, là encore, que c'était bien à Fliss qu'il avait affaire et pas à sa sœur. Il s'était dit qu'elle rassemblait son courage pour l'affronter et, l'espace d'un instant, il avait cru qu'ils étaient enfin sur le point de se lancer dans *la* discussion qu'ils auraient dû avoir une décennie plus tôt. Mais il avait été témoin du moment exact où elle s'était dégonflée et où elle avait pris la fuite.

La voir disparaître comme elle était venue avait suscité chez lui une réaction d'intense frustration. Et renforcé encore sa détermination à faire en sorte qu'ils ne restent pas sur ce silence. Il était temps que Fliss et lui se parlent.

Coûte que coûte.

La dernière fois qu'ils avaient été en présence l'un de l'autre, l'atmosphère avait été sursaturée d'émotions violentes. L'air entre eux était devenu irrespirable, comme si d'épaisses volutes de fumée avaient tout envahi. Peut-être que si elle s'était montrée moins fermée, plus disposée à parler, ils auraient pu surmonter la crise tant bien que mal. Mais Fliss, fidèle à elle-même, s'était repliée sur ses défenses, oscillant entre le mutisme obstiné et le déni systématique. Et même s'il avait eu des sentiments pour deux, à l'époque, il n'avait pas réussi à briser le mur de résistances qu'elle avait érigé. De l'intimité qui les avait brièvement liés, il ne restait plus aucune trace.

Il refusait de croire que le lien entre eux n'avait été que physique, mais il devait reconnaître que le côté sexuel avait pris une place majeure dans leur relation. S'il avait pu revenir en arrière et tout recommencer, il s'y serait pris autrement. Mais le passé était derrière eux et il ne pouvait agir que sur le présent.

Ils étaient restés sans nouvelles l'un de l'autre depuis dix ans, donc ces retrouvailles seraient compliquées pour elle comme pour lui. Mais des explications s'imposaient entre eux et elles n'avaient déjà que trop tardé. Si elle refusait de venir à lui, il ne lui restait qu'une solution.

Aller à elle.

Pendant des années, il avait essayé de ne plus y penser et de laisser leur histoire s'enliser lentement dans les méandres d'un passé que l'oubli recouvrirait peu à peu. Mais le temps n'avait pas fait son œuvre. Et la conclusion avait fini par s'imposer : s'il voulait enterrer cet épisode, il allait falloir passer par une rencontre frontale.

Il voulait une *vraie* conversation entre elle et lui — une conversation restée en suspens dix années durant. Il voulait des réponses aux questions demeurées en attente. Et, plus que tout, il voulait retrouver la paix intérieure.

Pour qu'enfin il puisse tourner la page, passer à autre chose, et vivre. Tout simplement vivre.

Chapitre 2

Le téléphone de Harriet sonna à cinq heures et demie du matin alors que Fliss était déjà sur le point de passer la porte d'entrée. Elle avait été réveillée aux aurores par un de leurs promeneurs qui souffrait d'une gastro carabinée après une soirée trop arrosée. Il n'était plus en état de se traîner hors de son lit et encore moins d'aller sortir un chien bourré de vitalité. La pensée de Barney le bouledogue, attendant patiemment dans l'appartement de son propriétaire à Tribeca une délivrance qui ne viendrait pas, l'avait arrachée au confort de son lit une bonne heure avant qu'elle ne trouve normalement l'énergie de se lever.

Au moins, c'était juste pour promener un chien.

La simplicité dans les rapports était une qualité qu'elle appréciait chez les animaux. Jamais un chien ne lui demandait de s'exprimer sur des sujets dont elle ne voulait pas parler.

— Harriet ? Ton téléphone sonne !

Elle cria le nom de sa sœur et jura en entendant ruisseler la douche.

Inutile d'espérer que sa jumelle entende quoi que ce soit avec le fracas de l'eau. Les yeux rivés sur le mobile, Fliss hésita, partagée entre l'urgence de partir pour affronter les foules du métro et l'attrait presque irrésistible qu'offrait la perspective d'un nouveau client.

Bah... Ils rappelleraient.

Mais il n'était pas dit que Harriet décrocherait, car elle détestait parler au téléphone avec des inconnus... Et ce serait un nouveau contrat qui leur filerait sous le nez.

— Bon, allez zut.

Elle referma la porte d'entrée, vit le nom qui s'affichait et fronça les sourcils en prenant l'appel.

— Grams ?

— Harriet ? Oh ! je suis tellement contente d'avoir réussi à te joindre, ma chérie.

— En fait, c'est...

Fliss était sur le point de rectifier, mais sa grand-mère poursuivit sur sa lancée.

— Je ne veux surtout pas t'inquiéter, mais j'ai fait une chute.

— Une chute ? Comment ? Où ? C'est grave ?

— J'ai trébuché dans le jardin. C'est ballot, non ? Je voulais essayer de m'attaquer aux mauvaises herbes. Mais la grille est tellement rouillée que j'ai eu toutes les peines du monde à l'ouvrir. Tu te souviens comme elle a toujours grincé ?

— Oui, je me souviens très bien.

Le regard de Fliss se perdit par la fenêtre de l'appartement. Elle se revit en train d'huiler les gonds pour pouvoir s'éclipser de la maison sans bruit et rejoindre Seth en pleine nuit.

— Tu n'as rien de cassé, au moins ? Tu es où ?

— À l'hôpital. Tu le croiras si tu veux, mais je suis dans la même chambre que la dernière fois, lorsqu'ils m'ont retiré ma vésicule il y a dix ans !

— À l'hôpital !

Comment pouvait-elle penser à Seth alors que sa grand-mère lui annonçait qu'elle était hospitalisée ?

— C'est affreux !

— Non, non, la chambre n'est pas affreuse du tout. Au contraire. J'ai une très belle vue sur le jardin et j'en suis très satisfaite. Et l'équipe soignante est formidable. Vraiment.

— Je veux dire que c'est affreux que tu sois à l'hôpital. Pas que c'est affreux que tu aies une jolie chambre.

— Tant que je suis ici, il n'y a aucun problème. Ce qui va devenir vraiment compliqué, par contre, c'est le retour chez moi. L'ennui, c'est qu'ils ne veulent pas me lâcher tant que je ne peux pas leur certifier qu'il y aura quelqu'un à la maison pour garder un œil sur moi. À mon avis, c'est faire beaucoup d'histoires pour pas grand-chose, mais j'ai quelques hématomes et apparemment j'ai perdu connaissance, et je suis restée un moment inconsciente.

Sa grand-mère prit une brève inspiration.

— Alors je me demandais si... Dieu sait que je m'en veux de t'embêter avec ça, parce que je sais que vous êtes débordées de travail, toutes les deux, mais y aurait-il moyen que tu viennes passer une ou deux semaines ici à la maison pour me dépanner ? Juste en attendant que je sois de nouveau sur pied. Je suis trop loin du village pour me débrouiller sans voiture et, comme je ne peux pas conduire, je vais être un peu coincée. Tu crois que Fliss pourrait se passer de toi quelque temps ? Il faudrait que tu quittes New York temporairement, mais tu adorais venir ici l'été, avant.

Il faudrait que tu quittes New York.

Les meilleures paroles qu'elle ait entendues depuis longtemps.

Ses doigts se crispèrent sur le téléphone de Harriet. Ses pensées couraient à toute vitesse.

— Quitter New York, tu dis ? Tu veux que je passe l'été chez toi ?

— Quelques semaines devraient suffire. J'aurai besoin de ton aide pour assurer les courses et la cuisine ainsi qu'un minimum de ménage. Juste le temps que je retrouve ma mobilité. Et puis il y a Charlie, bien sûr. Je ne pourrai pas le promener et il a besoin d'exercice.

Fliss frémit. Charlie était le chien de sa grand-mère, un beagle opiniâtre qui ne démordait pas d'une idée dès qu'il en avait une en tête. Cerise sur le gâteau : c'était un aboyeur invétéré, si bien que les rares visites de Fliss à sa grand-mère se soldaient toujours par un mal de tête retentissant.

Réprimant sa réaction spontanée, elle se souvint juste à temps qu'elle se faisait passer pour Harriet.

— Comment il va, mon petit Charlie ?

Elle faillit s'étrangler en prononçant ces mots. Comment sa sœur s'arrangeait-elle pour être toujours aussi gentille, positive et bien intentionnée ?

— Il déborde un peu trop d'énergie pour moi en ce moment. Et tu as toujours su t'y prendre, avec lui. À mon âge, je n'aurais probablement pas dû adopter un nouveau chien, mais sa compagnie me fait tellement de bien... Malheureusement, je ne pourrai pas m'occuper de lui si je suis obligée de fonctionner au ralenti quelque temps.

— Ce n'est même pas la peine d'y penser, en effet. Je vais m'arranger pour venir, Grams.

Fliss leva les yeux lorsque Harriet apparut dans le séjour, enveloppée dans un drap de bain. À l'autre bout du fil, leur grand-mère exprima son soulagement.

— Tu ferais ça pour moi ? Oh ! c'est vraiment

gentil de ta part, ma chérie. Tu as toujours été une si bonne fille.

Oh ! non, elle n'était pas une « bonne fille ». Et c'était bien là le problème. Même maintenant qu'elle se préparait à faire une bonne action, elle agissait pour de mauvaises raisons. Mais elle s'occuperait de sa grand-mère et c'était le résultat qui comptait, après tout. Le fait qu'elle ait un motif personnel pour vouloir fuir New York n'altérait en rien le sens de son action, si ?

— Quand vont-ils te laisser rentrer chez toi, Grams ?

— Après-demain, à condition que tu puisses venir me chercher à l'hôpital. Il faudra que tu loues une voiture...

— Aucun problème. Tu peux compter sur moi.

Ivre de soulagement, elle prit une grande inspiration. Le nuage qui avait pesé sur son moral ces dernières semaines se dissipait. La solution idéale à son problème s'offrait d'elle-même, sur un plateau. Non seulement elle ne s'envolerait pas pour Hawaï mais elle n'aurait même pas besoin de quitter l'État de New York.

— Prends soin de toi, Grams. J'embrasserai Fliss de ta part.

Elle mit fin à l'appel et affronta le haussement de sourcils de Harriet.

— Tu t'embrasses toi-même maintenant ? Intéressant.

— Elle a cru que j'étais toi.

— Et il ne t'est pas venu à l'esprit de la détromper ? Du genre : « Moi c'est Fliss, pas Harriet » ?

— C'est ce que j'allais faire lorsqu'une idée de génie m'est venue d'un coup.

— Je tremble.

— Tu te souviens que je t'ai parlé d'aller vivre à Hawaï ? Finalement, cela ne sera pas nécessaire. Je vais passer l'été dans les Hamptons.

— L'été dans les Hamptons ?

Fliss adressa un large sourire à sa sœur.

— Les Hamptons, oui, tu te souviens ? Des plages, des petits villages, le sable et le ressac, les glaces en cornet qui te coulent sur les doigts, la circulation en bord de mer, les touristes ?

— Je sais tout ce qu'il y a à savoir sur les Hamptons. Je sais aussi que c'est un endroit que tu t'appliques généralement à éviter.

— Je l'évitais parce que j'avais peur de tomber sur Seth, mais Seth vit désormais à Manhattan. Si je vais dans les Hamptons, je pourrai aller et venir normalement au lieu de raser les murs. Et Grams a besoin de moi.

— Besoin de toi ou besoin de moi ?

— Nous sommes interchangeables, Harriet.

— Pourquoi a-t-elle fait appel à nous, d'ailleurs ? Il est arrivé quelque chose ?

— Elle a été hospitalisée à la suite d'une chute. Mais ils veulent bien la laisser rentrer chez elle à condition qu'il y ait quelqu'un à la maison pour l'aider.

Harriet porta la main à sa bouche.

— Oh non ! Pauvre Grams. Pourquoi tu ne lui as pas dit que c'était toi au téléphone ?

— Si je le lui avais dit, elle aurait demandé à te parler. C'est ta compagnie qu'elle veut, pas la mienne. Je dois être la dernière personne au monde qu'elle puisse souhaiter avoir comme infirmière.

Un instant — juste une fraction de seconde —, elle se surprit à se demander ce que cela ferait d'être celle que tout le monde réclamait.

— Et elle a probablement de bonnes raisons de se méfier de mes compétences, ajouta-t-elle, la mine sombre.

Harriet soupira.

— Fliss...

— Quoi ? On ne va pas se raconter des salades entre nous. Je ne suis pas douce et maternelle comme toi, mais je te jure que, si tu es d'accord pour me laisser partir et toi pour rester ici, je la bichonnerai comme une pro. Je ferai tout ce que tu aurais fait toi : je l'aiderai à prendre sa douche. Je serai à l'écoute et compatissante. Je promènerai Charlie deux fois par jour.

— Tu n'as jamais supporté son Charlie.

— J'ai juste un petit problème avec sa surdité sélective, c'est tout. Je déteste la façon qu'il a de renifler absolument tout ce qui lui tombe sous la truffe. La dernière fois que je l'ai sorti, il a failli me déboîter l'os du bras.

— C'est un beagle. Autrement dit, un chien de chasse.

— Il n'est pas censé chasser quand je le promène en laisse.

— Charlie est le chien idéal pour Grams. Elle marche moins vite qu'avant, et ça permet à Charlie de prendre tout son temps pour renifler tout ce qu'il a à renifler. Je trouve que les beagles sont des chiens passionnants. On pourrait les résumer en gros à des truffes sur pattes.

— Toi, tu trouves *tous* les chiens passionnants. Et Charlie n'a rien d'attendrissant quand il nous en met plein les oreilles avec ses glapissements. Mais je gérerai, c'est promis. Je gérerai tout ce qu'il y a à gérer et, s'il faut câliner Charlie, je câlinerai Charlie. Je te ferai des rapports téléphoniques réguliers. Et tout ce que tu me demanderas, je le ferai. Je peux même me lancer dans la confection de tes cookies aux pépites de chocolat, si tu veux.

— Ah non !

Le visage de Harriet exprimait une franche inquiétude.

— Surtout pas ça. Tu mettrais le feu à la maison.
— OK, OK. Pas de panique. *No cookies.*

Fliss se laissa tomber sur la chaise la plus proche. Son soulagement était si intense à la perspective de ce répit inattendu qu'elle prenait conscience, par contraste, de la tension horrible dans laquelle elle avait vécu ces dernières semaines.

— S'il te plaît, Harriet. J'ai vraiment besoin de m'absenter d'ici quelque temps. Savoir Seth dans les parages me rend folle. Je n'arrive plus à me détendre. Je ne dors pas la nuit et, quand je ne dors pas, je suis d'une humeur de chien galeux en permanence.

— Ça, j'avais remarqué, oui. Bon, très bien, vas-y.

Harriet se sécha la pointe des cheveux avec son drap de bain.

— Mais à une condition, ajouta-t-elle, que tu dises la vérité à Grams. Tu ne peux pas faire semblant d'être moi avec elle. C'est la ligne rouge que je refuse de franchir.

Fliss ne fit pas de commentaire.

Des lignes rouges, elle en avait tellement franchi dans sa vie qu'elle finissait par ne plus très bien savoir de quel côté elle se situait.

— Je ne peux pas le lui avouer avant de partir d'ici. Elle risque de me dire que ce n'est pas à *ma* compagnie qu'elle aspire.

À cette pensée, quelque chose se noua dans sa poitrine. La vérité, c'est que tout le monde voulait toujours Harriet. Harriet était douce et fragile, secourable et généreuse de sa personne. Elle était d'une nature chaleureuse et d'un caractère toujours égal. Ce n'était pas Harriet qui se serait jetée nue dans l'océan au cœur de la nuit. Elle n'aurait jamais menti à un homme ni fait sauvagement l'amour sur une plage en plein jour.

— Mais je te promets de passer à des aveux complets dès que je l'aurai récupérée à l'hôpital.

— Tu es sûre que c'est bien malin de prendre la fuite comme ça, sérieux ? Tôt ou tard, il faudra que tu reviennes ici et que tu voies Seth. Tu ne fais que différer l'inévitable.

— Différer l'inévitable, c'est déjà une énorme bulle d'oxygène, dans l'état où tu me vois. « Ne jamais faire le jour même ce que l'on peut reporter à la semaine suivante. »

Harriet replia sa serviette avec soin.

— D'accord. Mais tu n'attends pas : dès l'instant où Grams monte dans ta voiture, tu lui dis tout.

— Je lui dis tout, promis.

— Tu racontes ce qui s'est passé et tu lui précises que tu es Fliss.

— Il en sera fait comme tu me le demandes.

— Et tu laisses tomber les bains de minuit à poil.

Fliss ouvrit les deux mains, paumes offertes.

— Hé, calme-toi. Je suis un ex-mauvais sujet entièrement repenti.

— Tu ne piqueras pas de tomates dans les jardins privés ?

— Elles étaient excellentes, ces tomates. Et la famille qui vivait là s'était absentée pour l'été. Enfin, c'est ce que je croyais, du moins.

Fliss rit tout bas jusqu'au moment où elle croisa le regard de Harriet. Elle reprit son sérieux.

— Par mesure de sécurité, j'achèterai mes tomates sur un des stands de producteurs en bord de route, c'est promis. Je m'abstiendrai d'une libre récolte des fruits de la terre, même si personne ne les ramasse et qu'ils doivent finir en poussière. Je serai exemplaire, réfléchie et respectueuse du bien d'autrui.

Harriet lui jeta un long regard pensif.

— Et qu'est-ce que je dis si je me retrouve nez à nez avec Seth ?

— Tu es sûre que tu ne veux pas jouer à être moi ?

— Sûre.

— Parce que tu trouverais ça malhonnête ?

— Déjà, pour commencer. Mais il y a aussi que je suis une très mauvaise actrice. Imagine qu'il me salue avec un *French kiss* maison, en pensant que je suis toi ?

Tu serais la femme la plus heureuse de la planète.

Le ventre de Fliss se serra.

— Aucun risque de ce côté-là. Rien ne dit que tu le croiseras, d'ailleurs. Et si tu le vois, tu lui souris et tu lui dis : « Bonjour, *ciao.* » Ou un truc comme ça...

Elle haussa les épaules.

— Si je savais ce qu'il fallait lui dire, je le lui dirais moi-même. Je ne pense pas que vous soyez amenés à vous voir, de toute façon.

— C'est pourtant bien parce que tu as peur de le rencontrer que tu pars d'ici à toutes jambes... Et n'oublie pas que je fréquente assidûment cette clinique vétérinaire.

— Dans ce cas, tu pourrais bien tomber sur lui, en effet. Mais comme tu seras toi et non pas moi, ça passera comme une lettre à la poste... Donc tu acceptes de garder la boutique pendant que je serai dans les Hamptons ? Je te promets que je continue à m'occuper de tout sur le plan administratif. Et si l'idée de passer tel ou tel appel te donne un nœud au ventre, je m'en charge sans problème.

— Bon, ça marche.

Harriet se dirigea vers la chambre et s'immobilisa au moment de franchir le seuil.

— Évite quand même de mettre le feu à la maison de Grams.

— Pas d'essai culinaire malencontreux, c'est promis.

Elle était prête à promettre absolument n'importe quoi. Tout ce que sa sœur lui demanderait, elle le ferait sans regimber. Elle ne pouvait pas vivre ici en sachant que Seth travaillait à deux pas de chez elle et qu'il risquait de surgir sous son nez à chaque coin de rue. Il était devenu *vital* pour elle de prendre la tangente et de disparaître de New York pendant quelque temps.

— Maman voudrait savoir si tu te joindras à nous dans le Vermont pour le week-end du 4 juillet.

Une trace d'irritation transparaissait dans la voix de Vanessa. Connaissant sa sœur cadette, Seth savait qu'il avait tout intérêt à ne pas relever. Vanessa avait la passion de l'organisation dans le sang et personne d'autre qu'elle ne vivait sa vie d'une façon qu'elle jugeait satisfaisante. Si elle avait été un animal, elle aurait été un chien de berger, toujours occupée à ramener les moutons dans le rang, en les plaçant dans l'ordre qu'elle estimait convenable.

— Je ne pourrai pas me joindre à vous, non. Je travaille.

— Un jour férié ?

— Au risque de te surprendre, Vanessa, les animaux ne choisissent pas toujours de tomber malades en fonction des contraintes du calendrier.

— Tu n'es quand même pas le seul véto de tout l'État de New York ! Tu ne peux pas t'arranger pour échanger tes jours de garde avec quelqu'un d'autre ? Il faut que je prévoie nos effectifs exacts. J'ai loué deux chalets au bord d'un lac, à Snow Crystal, une station de montagne dans le Vermont. Ça va être idyllique. Et le changement de cadre fera le plus grand bien à maman. Tout sera nouveau pour elle.

Ce sera l'occasion de découvrir le paradis du sirop d'érable, du cidre de terroir et des super randos en montagne. Cerise sur le gâteau : la station a aussi la particularité d'abriter un des meilleurs restaurants gastronomiques de la région. Je n'arrête pas de lire des articles au sujet de son chef. Elle est française. Et tu sais que maman adore tout ce qui a trait à la France. Mais ce qui compte surtout, c'est que rien là-bas ne lui rappellera papa.

Une lame de tristesse laboura la poitrine de Seth. La mort de son père avait été aussi soudaine qu'inattendue, et était encore suffisamment récente pour que *tout* lui rappelle sa présence. Il n'aurait su dire si ces souvenirs étaient précieux ou cruels ou les deux à la fois, mais s'il y avait une chose qu'il savait avec certitude, c'était qu'un voyage dans le Vermont ne rendrait pas sa perte plus facile à vivre.

— Organise ton planning sans moi.

— J'organise mon planning *avec* toi et c'est pour ça que je t'appelle.

Il y eut un petit silence sur la ligne puis Vanessa enchaîna prudemment :

— Je pensais que tu pourrais proposer à Naomi de venir avec nous.

Ce fut au tour de Seth d'être gagné par l'irritation.

— Et au nom de quoi voudrais-tu que j'invite Naomi, je te le demande ?

— Parce qu'elle est encore amoureuse de toi ! Tu es sorti avec elle pendant presque un an, Seth.

— Et nous avons rompu il y a déjà dix mois.

— Parce qu'il y a eu la mort de papa et que nous sommes tous passés par une sale période. Aucun d'entre nous n'était vraiment lui-même ces derniers temps.

La rupture avec Naomi avait des raisons plus profondes que cela. *Beaucoup* plus profondes même.

— Ne reviens pas là-dessus, Vanessa.

— Eh bien si, j'ai l'intention d'y revenir, justement. *La famille...*

— Et pourquoi maintenant, spécifiquement ?

— Parce que je ne comprends pas ton attitude. Tu rencontres la femme idéale et tout à coup, sans aucune raison, tu mets fin à la relation !

— Ce n'est pas ton problème, OK ? Il n'est pas utile que tu comprennes. C'est mon histoire. Ma vie.

— Quelle histoire ? Le problème, il est bien là, Seth. Tu n'as plus personne ! Tu vivais une relation de rêve avec Naomi, tout était parfait et il a fallu que tu détruises tout. Franchement, ça me dépasse. J'adore Naomi. Maman *adore* Naomi.

— Oui, OK, c'est formidable. Mais je vais peut-être te surprendre là encore : il ne suffit pas que ma famille *adore* la personne avec qui je suis. J'estime que le minimum syndical, c'est que je l'aime aussi.

— Mais qu'est-ce qui t'empêche de l'aimer, merde ? Naomi est adorable ! C'est la douceur incarnée. Qu'est-ce que tu lui reproches ?

— Je ne lui reproche rien. Et tu as raison, c'est une fille douce et agréable.

— Donc, on est d'accord pour une fois ! Ma question est donc la suivante : qu'est-ce qui ne tourne pas rond chez *toi* ?

Le problème, c'était qu'en matière de saveurs il ne penchait pas pour le suave. Il recherchait le pimenté, plutôt. Le coup de fouet d'une sensation un peu plus âpre, un peu plus stimulante. Le sucré onctueux qui pourrissait les dents n'était pas très attractif à ses yeux. Mais il n'avait pas l'intention de partager ce détail avec Vanessa. Leur benjamine, Bryony, ne se serait jamais permis d'interférer dans sa vie privée de cette façon, elle au moins.

— Lâche-moi, Vanessa, OK ?

— Je ne peux pas. Tu es mon frère et Naomi est mon amie.

Et pour Vanessa, cela suffisait. Elle avait décidé que Naomi et lui étaient faits l'un pour l'autre, et il ne lui restait plus qu'à se conformer à sa vision de l'amour parfait.

« Seth, il veut pas jouer à mon jeu ! », avait-elle pleurniché durant toute leur petite enfance. Ce souvenir le fit sourire. Il n'était pas entré dans son jeu à l'époque et il n'y entrerait pas plus aujourd'hui.

— Si tu tiens à Naomi, je te conseille de renoncer tout de suite à ces manœuvres. En te mêlant de cette histoire, tu ne fais que lui donner de faux espoirs. Et ce n'est pas un service à lui rendre.

— Je pensais que peut-être, si vous passiez du temps ensemble dans le Vermont, tous les deux, les choses...

— Il n'y a plus *rien* entre Naomi et moi, Vanessa. Et si tu lui laisses entendre que peut-être, si le cadre s'y prêtait, on pourrait se rabibocher, elle et moi, tu ne fais qu'entretenir chez elle des illusions qui l'empêchent de passer à autre chose. Ce qui me paraît aussi cruel qu'inutile.

— Est-ce cruel de vouloir te voir marié et heureux un jour ?

— J'ai *déjà* été marié.

Un silence tendu tomba sur la ligne.

— Ce mariage-là ne compte pas. Il n'était pas réel.

Pour lui, il avait compté. Chaque heure de sa brève vie de couple avait compté. Et, même avec le recul, l'impression de réalité se maintenait.

— Tu as dit tout ce que tu avais à me dire, Vanessa ?

— Je sais que ça ne te plaît pas que je te le rappelle, mais vous vous êtes mariés à *Las Vegas*, Seth. Quelle valeur peut-on attribuer à une union contractée dans un cadre comme celui-là ? La seule explication qui me vienne à l'esprit, c'est que tu l'as fait dans l'intention aussi louable qu'irréaliste de la soustraire à l'autorité tyrannique de son père. Tu as passé ta vie à toujours vouloir sauver tout et tout le monde. Mais elle n'avait pas besoin d'être protégée. Toi, tu as un côté chevaleresque à l'ancienne. Et elle en a abusé.

Seth réprima un sourire. Sa chère sœur ne pouvait pas le voir à l'autre bout du fil, bien sûr — et c'était tout aussi bien comme ça.

— Qui te dit que je suis aussi chevaleresque que tu le crois ? Tu ne me connais peut-être pas aussi bien que tu le penses.

— Je sais que tu ne l'aurais jamais épousée si elle ne t'avait pas forcé la main.

— Tu crois qu'elle m'a traîné menotté jusqu'à la porte de la chapelle Elvis ?

— OK. Si c'était un *vrai* mariage, comment se fait-il que nous n'ayons pas été invités ?

— Parce qu'il est impossible de t'inviter toi sans que tes opinions ne s'invitent avec.

— Tu as fait de la peine à maman.

Il se raidit, conscient qu'elle disait la vérité. Conscient aussi que sa sœur savait frapper pile là où ça faisait mal.

— Il faut que je te laisse, Vanessa. J'ai des patients à voir.

Et une ex-femme à retrouver.

— Désolée. J'ai peut-être été un peu trop loin...

— Tu vas toujours un peu trop loin.

— ... mais ça ne se passe que quand on parle d'*elle*. Tu l'as revue, je suppose ? C'est pour ça que tu as accepté ce boulot sur New York.

Il n'avait pas besoin de lui demander qui était la « elle » en question. Ne pas répondre aurait été une possibilité, mais cela n'aurait servi qu'à prolonger la conversation.

— Je ne l'ai pas encore revue, non.

— Pas encore ? Autrement dit, ça fait partie de tes projets. Mais qu'est-ce que tu as dans la tête, bon sang, pour te laisser obséder par elle comme ça ? Ou peut-être que ce n'est pas dans ta tête que ça se situe et que c'est juste un afflux de pure testostérone qui t'embrouille le cerveau ?

Elle soupira.

— Oups, désolée. C'est juste que je voudrais te voir heureux. Peut-être que ce ne serait pas si mal, finalement, si vous arriviez à vous parler. Une fois que tu l'auras eue en face de toi, tu pourras peut-être enfin l'évacuer de tes circuits internes.

L'évacuer de ses circuits internes. Comme si Fliss était une addiction qu'il s'agissait de traiter. Ou un poison dont on recherchait l'antidote.

— Mes circuits internes vont très bien, mais je te remercie de m'accorder ton autorisation.

— Je déteste quand tu es sarcastique.

— Et je déteste ton besoin d'organiser la vie des autres aussi bien que tu maîtrises la tienne.

— Tu me rends folle, tu le sais ?

— C'est le devoir d'un frère d'entretenir un brin de folie chez sa sœur.

Vanessa soupira.

— Pas ce genre de folie-là, non. Réflexion faite, cela ne me paraît pas conseillé *du tout* que tu cherches à la revoir. Tu es incapable de prendre des décisions rationnelles lorsqu'elle est dans le secteur. Elle t'a arraché le cœur à mains nues, Seth, puis elle s'en est servie comme d'un ballon de foot.

— « Elle » a un nom.

— Felicity. Fliss...

Vanessa s'en étouffa presque.

— Tu as ta voix calme, lente et mesurée, et je sais que ça signifie que tu as envie de m'étrangler, mais Fliss te court-circuite les neurones. Depuis le début. C'est... c'est une diablesse.

Une diablesse ? Il n'y avait que Vanessa pour employer un vocabulaire aussi daté. Seth laissa remonter un souvenir de Fliss, revit la lueur espiègle dans ses yeux de chat et la courbe malicieuse de ses lèvres. Peut-être que « diablesse » ne lui allait pas si mal, tout compte fait, et qu'il était *addict* à sa forme particulière de diableries.

Qui sait s'il n'était pas aussi gravement atteint que sa sœur avait l'air de le croire ?

— C'est bon, Vanessa ? Tu as fini ?

— Arrête de m'interrompre ! Je ne veux pas te voir souffrir une seconde fois, c'est tout. J'ai la faiblesse de tenir à toi.

— Merci, mais tu n'as pas d'inquiétude à avoir. Je sais ce que je fais.

— Tu en es sûr ?

La voix de sa sœur se faisait hachée, comme sous l'effet des larmes.

— C'est toi qui as maintenu la famille debout au moment de la mort de papa. Tu nous as tous soutenus, tu es resté ferme et solide comme un roc. Tu as des épaules larges, Seth, mais *toi* sur qui t'appuies-tu ? Si tu ne veux pas renouer avec Naomi, trouve une autre femme. Je ne veux pas que tu passes le reste de ta vie en version solo.

— Nous ne remplissons pas l'arche de Noé, Vanessa. Tout le monde n'est pas obligé de se constituer en couple.

— D'accord. Le sujet est clos. Je ne dis plus rien. Tu es assez grand pour prendre tes propres décisions.

Parlons de la maison, plutôt. Tu sais que maman veut la vendre.

Tout en lui se cabrait à cette idée.

— Il est encore trop tôt pour prendre une décision aussi radicale.

— Je sais que tu préférerais qu'on la garde. Mais maman ne peut même pas supporter l'idée d'y retourner.

— Elle changera peut-être d'avis dans quelque temps.

— Pas sûr, non. Qu'est-ce que ça change pour toi, Seth ? Tu retapes ta propre maison en bord de mer. Une fois qu'elle sera terminée, tu n'auras plus besoin d'*Ocean View* .

Ocean View . Il songea à la grande maison qui avait fait partie de son environnement depuis toujours. Peut-être que Vanessa avait raison sur ce point : et si c'était pour lui-même qu'il se raccrochait à ce lieu et non pour leur mère, comme il s'obstinait à vouloir le croire ?

— Je prendrai contact avec un agent immobilier à la première occasion pour faire estimer la propriété, dit-il.

— Très bien. Je compte sur toi, alors ?

— Je m'en occupe, oui.

C'était comme s'il l'entendait cocher mentalement une case sur sa liste. Vanessa ne vivait que par la grâce des listes. Une action qui n'y figurait pas ne pouvait tout simplement pas avoir lieu. Il imagina sa sœur, crayon à papier en main, prête à rayer l'item « Trouver une femme pour Seth ». Elle avait hérité ses tendances organisationnelles de leur mère qui était une hôtesse hors pair. Quiconque était reçu chez les Carlyle se voyait toujours accueilli avec chaleur, générosité et un réel souci de faire plaisir. Au fil des étés dans les Hamptons, un joyeux tourbillon d'amis et de parents avait toujours défilé en continu. Mais, malgré les va-et-vient incessants, les menus servis ne péchaient jamais par la moindre redite. Leur mère établissait des fiches, inventoriait les goûts de chacun, ce qu'ils n'aimaient pas, prenait note des mariages, des divorces et des histoires de cœur — le tout soigneusement tenu à jour pour éviter les impairs. Et elle avait une équipe complète à sa disposition pour la seconder.

Vanessa était tout aussi systématique et organisée. La différence, c'était que sa sœur tenait plus du sergent instructeur que de l'hôtesse conviviale.

— Tu réfléchiras alors, pour le 4 juillet ?

— Je n'ai pas besoin de réfléchir. Je sais que je suis de garde.

— Dans ce cas, je viendrai te voir un de ces prochains jours et on déjeunera ensemble. Ah oui, et...

— ... Et quoi ?

— S'il te faut à tout prix la revoir... Fais ce que tu as à faire, mais arrange-toi pour ne pas en prendre plein la figure, cette fois-ci. Promis ?

Chapitre 3

Elle loua une voiture décapotable car, tant qu'à rouler en direction de la plage par une chaude journée d'été, autant profiter à fond du trajet. Le montant de l'assurance à lui seul était à pleurer. Par chance, les larmes n'avaient jamais été son style. Son activité se portait bien. Elle était jeune, célibataire, libre de ses faits et gestes, et se préparait à passer quelques semaines dans les Hamptons. Avec la ferme intention de profiter à fond de ses semi-vacances improvisées. Elle laissait ses problèmes — ou plutôt devrait-elle dire « son problème » au singulier — derrière elle.

Pas mécontente d'elle-même, Fliss quitta New York par la Long Island Expressway puis emprunta la Route 27. Un axe qu'elle trouva embouteillé, comme tout le laissait prévoir. Les voitures se traînaient, pare-chocs contre pare-chocs. Coincée dans un océan de tôle, elle progressait de quelques centimètres, s'immobilisait, repartait de nouveau pour une distance de fourmi et voyait sa patience sérieusement mise à mal à mesure que le temps passait. Pianotant des doigts sur le volant, elle contemplait d'un œil sombre la marée de véhicules avançant au pas. Trop de monde partout et qui n'allait nulle part. Ça circulait presque aussi mal qu'à Manhattan. Sauf qu'à Manhattan elle ne poussait jamais le masochisme jusqu'à prendre le volant d'une voiture.

Bon. On reste calme… On respire.

Harriet lui recommandait régulièrement de se mettre au yoga ou autre méditation de pleine conscience, mais trop d'énergie en Fliss cherchait un exutoire. Elle n'avait rien d'une femme douce. Si Harriet s'adonnait religieusement au *qi gong* et au *Pilates*, elle trouvait pour sa part un plus grand bonheur dans la pratique du karaté et du *kickboxing*. Il n'y avait rien de plus gratifiant à ses yeux que de mettre un bon direct du droit ou de balancer un coup de pied arrière retourné à l'adversaire. Sa compagnie n'était ni reposante ni sereine, difficile de le nier. Mais quoi ? Il n'était écrit nulle part qu'elle ne pouvait pas essayer de faire semblant. Effleurant le cadran, elle changea de playlist et passa du rock flamboyant qui avait reflété à merveille la trépidation new-yorkaise à quelque chose de moins surexcité.

S'interdisant de penser à Seth, elle se força à réfléchir à son activité professionnelle. Harriet voulait que les Woof Rangers restent une structure modeste. Alors que de son côté elle rêvait de leur donner une dimension supplémentaire. Il faudrait qu'elle trouve le moyen de convaincre sa sœur que la diversification était la meilleure option pour elles, tout en gardant en tête qu'elles aimaient leur boulot, mais chacune pour des raisons très différentes. Harriet se félicitait de travailler avec des animaux, ce qui lui permettait de gagner sa vie tout en restant dans sa zone de confort. De son côté, Fliss s'épanouissait dans la tension et l'adrénaline, et trouvait excitant d'étendre leur business. Chaque nouveau client représentait une brique supplémentaire dans le mur de sécurité financière qu'elle avait construit autour de Harriet et elle.

Jamais elle ne se retrouverait en situation de dépendance envers qui que ce soit. Elle gagnait son propre argent, restait libre d'organiser sa vie comme elle l'entendait et ne recevait d'ordre de personne.

Inutile ? Bonne à rien ? Pas tant que ça, si ?

Tout en rongeant son frein dans les bouchons, Fliss s'efforçait donc de garder son attention centrée sur ses préoccupations professionnelles. Elle luttait pour penser à tout et à n'importe quoi sauf à Seth. Mais le fait même d'essayer de ne pas penser à lui ne semblait servir qu'à le ramener à son esprit avec plus de force. Peut-être parce qu'elle retournait à la plage. Qu'elle se dirigeait vers le lieu où elle avait passé ses plus beaux moments d'enfance et d'adolescence. Là où la terre rencontrait la mer.

Là aussi où Seth et elle s'étaient rencontrés. Et connus — dans tous les sens du terme.

À l'embouchure de la rivière Peconic, Long Island (que les Amérindiens appelaient Paumanok) se divisait en deux péninsules. Fliss prit la direction de South Fork, qui menait vers la partie la plus convoitée de l'île. Elle attendit d'avoir atteint une ligne droite à peu près dégagée et mit le pied au plancher. Elle allait beaucoup trop vite mais tant pis. Elle avait enfin la route pour elle et, après avoir roulé au pas pendant une heure, elle voulait l'ivresse de la vitesse.

Lorsque les routes de campagne se firent plus étroites, elle ralentit et prit sur la droite, traversant à vitesse réduite de jolis villages datant du XIXe siècle avant d'atteindre la mer. C'était ici que l'élite new-yorkaise choisissait de passer ses étés. Les très riches y avaient leurs habitudes, ainsi que d'autres qui l'étaient moins mais faisaient semblant d'en être en louant une maison de bord de mer quelques semaines chaque été.

En passant devant une ferme, elle repéra un stand qui débordait de fruits et de légumes frais. Sur une impulsion, elle s'arrêta et attrapa son sac sur le siège passager. Sa grand-mère étant hospitalisée, elle n'avait peut-être pas grand-chose dans son frigo. Si elle faisait quelques courses maintenant, elles auraient au moins quelques aliments frais à se mettre sous la dent. Et aucun risque de mettre le feu à la maison si elle se contentait de préparer une salade.

Elle portait un short en jean et un T-shirt sans manches, mais, après deux heures passées à cuire dans la voiture décapotable sous un soleil de plomb, elle avait hâte de se débarrasser du peu qu'elle avait sur le dos et de se jeter à l'eau. *Nue ?* Elle sourit en se rappelant la promesse que lui avait arrachée sa jumelle. Pendant ce séjour, elle ferait de réels efforts pour rester calme et dans le rang. Et la tâche ne serait pas forcément facile, car il régnait une chaleur entêtante qui grillait les neurones et favorisait les débordements de toutes sortes.

Elle enfila une casquette de base-ball et rabattit la visière. Les chances qu'elle rencontre une personne de sa connaissance étaient ténues, mais elle n'était pas d'humeur à faire la conversation. Tête basse, elle attendit en tapotant nerveusement du pied que la famille devant elle choisisse des fruits pour leur pique-nique de midi — *allez, allez, décidez-vous* — puis s'avança pour procéder à ses achats. Les pêches étaient charnues et juteuses, les fraises et les laitues fraîchement cueillies, et il y avait une montagne de tomates rutilantes. Elle fit sa sélection, puis prit le tout en photo et l'envoya à sa sœur.

Preuve que je n'emprunte rien dans les jardins d'autrui.

À côté du stand de producteur, un *food-truck* dernier cri proposait des expressos *macchiato.* Fliss sirota son café en se disant que pour le moment sa vie en exil se déroulait sans heurt. Normalement, il fallait être en zone urbaine pour bénéficier d'un café de cette qualité, mais les Hamptons étaient les Hamptons. Même si ce coin de Long Island était relativement peu peuplé, on y trouvait quasiment la même diversité de produits qu'en ville.

Elle avait oublié le plaisir de déambuler au grand air, avec le soleil qui vous chauffait la peau et l'odeur de l'océan qui grisait les narines. Ces sensations la ramenaient à l'enfance, à ces moments vibrants d'espoir où ils débarquaient de la ville avec sa mère, Daniel et Harriet, et où l'été déroulait ses promesses devant eux.

Chaque année, ils chargeaient la voiture très tôt le matin pour faire le trajet avant les grosses chaleurs du jour. Elle n'avait jamais oublié la tension douloureuse de ces départs à l'aube. Elle revoyait encore l'expression orageuse de leur père, entendait la voix douce de leur mère murmurant des paroles d'apaisement. Parler ainsi à leur père, c'était comme étaler du miel sur des toasts carbonisés. On avait beau essayer de sucrer et d'adoucir, le goût amer du brûlé subsistait quand même.

Très tôt, enfants, ils avaient appris à jauger son humeur. Lorsque son frère s'installait à table le matin et marmonnait : « orageux, aujourd'hui » ou « couverture nuageuse épaisse et légère menace d'averse », tous savaient que son bulletin du jour ne parlait pas de la météo extérieure.

Alors, quand ils quittaient leur père pour l'été, ils priaient tous pour que les conditions « météorologiques » du moment jouent en leur faveur. Laissant Harriet courir se terrer à l'arrière de la voiture, elle aidait Daniel à charger leurs affaires dans le coffre, entassant leur barda en vrac dans sa hâte de précipiter leur départ. *Allez, vite, vite. Finissons-en et filons d'ici.*

Le suspense durait toujours jusqu'à l'ultime seconde. Ils n'étaient jamais certains à cent pour cent de pouvoir s'échapper. Imprévisible et colérique, leur père était susceptible à tout moment d'inventer un prétexte pour les retenir.

Elle se souvenait du nœud de peur qui lui serrait la gorge pendant qu'ils bourraient à la hâte leurs sacs à l'arrière de la voiture. Si leur père décidait d'annuler leur départ, tout leur été serait gâché. Ce n'était que lorsque la voiture démarrait et s'engageait dans la rue qu'un vent de liberté soufflait enfin sur eux, saluant leur évasion. C'était un peu comme atteindre la lisière d'une forêt sombre et oppressante et retrouver le soleil, la lumière et de larges horizons. La perspective d'un été sans leur père s'étendait devant eux comme une route ouverte sur l'infini.

Petit à petit, elle voyait le visage de leur mère se détendre, ses doigts livides se décrisper sur le volant.

Son frère, fort de son statut d'aîné, s'octroyait toujours le siège avant. Fliss revoyait Daniel poser une main protectrice sur celle de leur mère.

— Tout va bien se passer maintenant, maman.

Personne n'était dupe. Ils savaient que ce n'était qu'un répit. Mais ils étaient disposés tous les quatre à entrer dans l'illusion. Et plus ils mettaient de kilomètres entre eux et la maison, plus leur mère se transformait.

Ils changeaient tous, d'ailleurs, y compris elle-même. Elle laissait son ancienne vie et ses humeurs moroses à Manhattan, comme un serpent se débarrasse de sa mue.

Fliss regarda autour d'elle et constata que les Hamptons avaient toujours cet effet magique sur elle. Pourquoi avoir attendu qu'une crise majeure survienne dans son existence pour retrouver enfin ces lieux qu'elle aimait tant ? À part quelques brèves visites à sa grand-mère, elle n'avait plus jamais séjourné au bord de l'océan depuis la fin de son adolescence.

Elle jeta son gobelet de café vide dans une poubelle et reprit la route. C'était dans cette partie de l'île que l'on trouvait le patrimoine immobilier le plus convoité de tous les Hamptons. Elle passa devant de longues allées sinueuses, de hautes haies fleuries et d'immenses demeures avec des toits à pignons et des lattes de cèdre grisonnantes attaquées par les vents et l'océan. Certaines de ces imposantes demeures patriciennes étaient habitées toute l'année. D'autres ne servaient qu'en été à des résidents occasionnels, les « simples touristes » qui encombraient les magasins, surchargeaient les routes étroites et exaspéraient les gens du coin. Mais la plupart de ces propriétés appartenaient aux vieilles fortunes ou aux traders de génie de l'Upper East Side.

À la maison de sa grand-mère, il manquait les dimensions imposantes et les dispositifs de sécurité sophistiqués dont bénéficiaient la plupart de ses voisines proches, mais elle compensait largement par le charme ce qui lui faisait défaut en surface. À la différence de certains pseudo-manoirs modernes construits dans le secteur, Sea Breeze, où elle avait passé tous ses étés, affrontait les éléments depuis des décennies. La maison avait un beau toit en bardeaux à deux pans et de grandes fenêtres qui donnaient sur l'océan. Mais son plus grand atout était sa proximité avec la plage.

Les promoteurs gourmands, à l'affût de la moindre opportunité qu'offrait le lieu de villégiature favori des New-Yorkais, avaient proposé des sommes conséquentes pour récupérer le terrain, mais sa grand-mère avait toujours refusé de vendre.

Tout le monde dans le coin connaissait l'anecdote : son grand-père avait acheté la maison de plage pour sa grand-mère le jour même où ils s'étaient mariés. Grams leur avait confié un jour que, si elle cédait la maison, elle aurait la même impression que si elle revendait son alliance. Comme si elle rompait des vœux qui l'engageaient encore aujourd'hui.

« Je suis de l'ancienne génération. Mon mariage à moi, c'était un mariage pour toujours », disait-elle parfois en riant.

Fliss ressentit une douleur dans ses mains et constata qu'elles étaient crispées sur le volant au point de lui couper la circulation.

Son mariage à elle n'avait pas été « pour toujours ».

Seth et elle n'avaient même pas atteint la barre des trois mois. Et la faute lui revenait, bien sûr. Elle portait l'entière responsabilité de ce qui s'était passé, et le fardeau n'avait rien de plaisant.

Cette pensée la déconcentra pendant une fraction de seconde — et ce fut le moment que choisit un chien pour s'élancer sur la route. Elle eut à peine le temps de discerner une forme brun doré surgissant à quelques mètres devant elle.

Fliss pila, faisant voler la poussière et s'affoler son rythme cardiaque.

— Merde !

Elle resta un instant sous le choc, avec l'impression que son cœur allait exploser dans sa poitrine. D'une main tremblante, elle chercha la poignée à tâtons et poussa sa portière. Avait-elle heurté l'animal ?

Normalement, non. Elle n'avait pas senti de choc. Et pourtant la chienne gisait sur la route, les yeux clos.

— Oh non...

Elle se précipita vers sa victime immobile et tomba à genoux. À tous les forfaits qu'elle avait déjà sur la conscience venait maintenant s'ajouter la perte d'une créature innocente.

— Je suis désolée... Vraiment désolée. Je ne t'avais pas vue. Dis-moi que tu es vivante... Je t'en supplie, dis-moi que ça va aller.

Elle marmonnait des paroles sans suite à l'intention de l'animal inerte lorsqu'une voix s'éleva derrière elle.

— Elle n'a rien. C'est juste un truc qu'elle a appris à faire.

Le son de cette voix particulière vida le reste d'air dans ses poumons. Elle ferma les yeux en priant pour que ce soit une erreur. Mais elle avait identifié la voix de façon immédiate et viscérale. Elle se demanda vaguement comment un timbre, une tessiture, pouvaient être aussi individuels, aussi uniques qu'une empreinte digitale. La voix qu'elle venait d'entendre, elle l'aurait reconnue entre mille. Elle l'avait connue dans toutes ses nuances : mesurée ou taquine, autoritaire ou amusée, durcie par la colère ou rendue rauque par le désir.

Depuis dix ans, cette voix résonnait encore régulièrement dans ses rêves.

Et Fliss savait sans l'ombre d'un doute à qui elle appartenait — même si rien ne justifiait qu'*il* se trouve là.

Seth était censé vivre à Manhattan, bon sang ! Sa présence à New York était la raison même pour laquelle elle avait fui dans les Hamptons. Sans lui, elle ne se serait pas trouvée sur cette route. Et, s'il n'avait pas été présent dans ses pensées, elle aurait peut-être repéré la chienne avant qu'elle ne débouche d'entre les dunes.

— Ça va ?

La voix — profonde et apaisante cette fois — était celle d'un homme habitué à rassurer.

— Vous avez l'air secouée. Je vous promets que la chienne se porte comme un charme. Elle a fait un bout de carrière dans le cinéma et elle a été dressée pour faire la morte.

Fliss ferma les yeux et envisagea de suivre l'exemple de l'animal. Elle pouvait basculer au sol, retenir son souffle et espérer qu'il l'enjamberait et poursuivrait sa route.

Que la chienne soit saine et sauve était un soulagement, bien sûr. Mais elle n'était pas prête à affronter Seth. Pas encore. Et pas de cette façon. Par quelle pernicieuse conjuration du sort cette situation avait-elle pu se produire ? Alors qu'elle avait cru laisser le problème derrière elle, comment expliquer qu'elle se retrouve dans la gueule du loup ?

Il n'y avait décidément aucune justice en ce bas monde. À moins que ce ne soit ça, justement, la justice ? L'heure était peut-être venue de rendre des comptes. La vie, tôt ou tard, finissait toujours par vous apporter l'addition.

La chienne ouvrit les yeux et bondit sur ses pattes en remuant la queue. Contrainte de se redresser à son tour, Fliss se déplia lentement et prit le temps de s'épousseter les genoux avant de se retrouver face à face avec Seth.

— Vous devriez peut-être vous asseoir.

Je devrais peut-être tenter un sprint.

Elle se força à lever le visage vers lui.

Le regard de Seth happa le sien, et elle se trouva ramenée dix années en arrière. Elle avait de nouveau dix-huit ans et était allongée nue dans le sable, repue de plaisir. Leurs membres étaient entremêlés, leurs visages si proches l'un de l'autre qu'ils se touchaient presque. Avec lui, elle avait éprouvé en permanence le besoin de se tenir au plus près, comme si, en se collant à lui, elle conjurait le danger de le perdre. *Tiens-moi dans tes bras, Seth. Serre-moi fort, fort, fort.* Et lui l'avait touchée, caressée, serrée contre lui.

Ce qui ne l'avait pas empêchée de le perdre quand même.

Et il était clairement surpris de la retrouver sur son chemin.

Elle vit le choc, la stupéfaction, puis la perplexité se succéder sur ses traits. Sans un mot, il souleva sa casquette, les yeux rivés sur son visage.

— Fliss ?

Brouillée, étouffée, la voix de Seth lui parvint comme de très loin. Elle avait admis comme une évidence que le passage des années aurait dilué l'impact du désir entre eux. Que ses sensations face à lui seraient neutres et distantes. Au lieu de quoi, l'attraction sexuelle semblait exacerbée. Il y avait dix ans qu'elle ne l'avait pas revu de près et pourtant chacun de ses traits était resté inscrit en elle, comme une obsession familière : les discrètes pattes d'oie aux coins des yeux, les quelques mèches vagabondes qui s'obstinaient à lui tomber sur le front, les cils épais qui dessinaient le contour d'yeux plus noirs que la nuit. La flambée de désir en elle s'imposa avec une force ravageuse. L'attrait magnétique était si puissant qu'elle se sentit presque propulsée en avant. Si elle avait été en voiture, l'airbag se serait déployé tout à coup.

Elle était cuite par le soleil et en nage, alors que rien chez lui n'indiquait qu'il était affecté par la chaleur. Il portait une chemise blanche à peine froissée et un pantalon chino. Beau, il l'avait toujours été. Le passage des années avait juste effacé les dernières traces d'adolescence et façonné un corps d'homme. Il avait gardé son physique athlétique, mais gagné en carrure et en puissance.

Il y avait eu un temps, avec Seth, où elle s'était prise à croire que les *happy ends* n'arrivaient pas que dans les films. Ses sentiments pour lui avaient occupé toute la place, l'avaient remplie au point qu'elle n'avait plus su comment les contenir. Par chance, les longues années passées sous la férule de son père lui avaient permis d'atteindre un niveau de compétence avancé en matière de dissimulation. Et c'était une bonne chose, parce que Seth était vraiment irrésistible aujourd'hui, alors que de son côté elle avait l'air d'un…

Elle ne voulait même pas savoir de quoi elle avait l'air.

Mauvais karma, décida-t-elle. Une punition pour ses erreurs passées, qui étaient si nombreuses qu'elle en avait perdu le compte.

Le regard de Seth la tenait prisonnière. Cerveau bloqué. Langue nouée. Alors elle agit comme elle l'avait toujours fait lorsqu'elle se trouvait acculée : à l'impulsion.

— Je ne suis pas Fliss, non. Je suis Harriet.

Chapitre 4

Harriet.

Juste avant qu'elle ne rectifie son erreur, il avait été sur le point de l'embrasser. Là, sur place, au beau milieu de la chaussée. Sans se soucier de qui pouvait passer ou non. Penser qu'il aurait pu agir de façon aussi impulsive et incontrôlée le déstabilisa. Fliss avait toujours fait émerger une part trouble de lui-même à laquelle il n'avait que rarement accès. Et rien a priori n'avait changé de ce point de vue.

À part que ce n'était pas Fliss mais Harriet qu'il avait devant lui. Et que, s'il l'avait embrassée, cela aurait été gênant à double titre. Son objectif vis-à-vis de Fliss étant d'éteindre le feu. Pas de ranimer de vieilles flammes.

Vanessa avait raison, finalement. Il était mal barré.

Il recula d'un pas et faillit marcher sur la patte de Lulu. La chienne glapit et fit un bond de côté en lui jetant un regard de reproche. Sale journée pour elle. Mais la sienne ne valait pas beaucoup mieux.

— Je ne m'attendais vraiment pas à te voir par ici.

Pendant des années, les jumelles Knight avaient été présentes tous les étés sur la plage. Mais ces temps-là étaient révolus depuis longtemps. La bande d'ados qu'ils formaient à l'époque s'était dispersée aux quatre vents. Le seul ami qu'il conservait de cette période, c'était Chase Adams qui avait repris à Manhattan la grosse entreprise de BTP paternelle. Depuis que Chase était marié, il délaissait régulièrement New York pour venir se détendre avec sa femme dans sa maison de bord de mer, à deux pas de là.

— Je ne m'attendais pas à te trouver ici non plus.

Fliss... Pardon, *Harriet* tira la visière de sa casquette vers le bas, dissimulant le haut de son visage.

— J'avais entendu dire que tu t'étais installé à Manhattan. Daniel a dit que vous vous étiez croisés dans une clinique vétérinaire et...

Sous le ton détaché, il percevait autre chose. Une émotion sur laquelle il peinait à mettre le doigt. De la nervosité ? Il ne se souvenait pourtant pas d'avoir jamais suscité le moindre trouble chez Harriet.

— C'était temporaire. Je rendais service à un ami en attendant qu'il trouve quelqu'un d'autre.

— Steven Philips ?

— Oui. On s'est connus à l'école vétérinaire. Il s'est trouvé pris de court et m'a demandé de le dépanner.

— Juste pour quelque temps, donc ? C'est fini, maintenant ? Tu ne retournes plus à Manhattan ?

— Pas dans l'immédiat, en tout cas.

Mais pourquoi s'intéressait-elle d'aussi près à ses allées et venues ? Peut-être que Fliss projetait de venir rendre visite à sa grand-mère et que sa jumelle comptait la mettre en garde contre lui ? Il n'y avait pas besoin d'être un génie pour se rendre compte que Fliss l'évitait.

Elle leva vers lui un regard indécis.

— Tu comptes passer le reste de l'été dans les Hamptons, alors ? Avec ta famille ?

— Non, juste moi.

Que savait-elle de sa vie, au juste ? Il n'avait pas revu Harriet plus que Fliss depuis dix ans, mais elles avaient pu s'informer à son sujet par d'autres biais. Arrivait-il à Fliss de parler de lui à sa jumelle de temps en temps ? Mille questions se bousculaient dans sa tête, mais il se retint de les poser. Ce n'était pas de Harriet qu'il attendait des réponses. Ce qu'il avait à demander ne concernait que Fliss et lui.

— Et toi, Harriet ? Qu'est-ce que tu fais ici ?

C'était très troublant pour lui d'avoir celle-ci devant lui, car il aurait pu tout aussi bien se trouver face à Fliss. Extérieurement, rien ne les différenciait. Même visage, mêmes yeux bleus, mêmes cheveux blond doré très clairs.

Mais à l'intérieur, elles étaient aussi contrastées que le soleil et la lune.

— Grams a fait une chute. Elle est à l'hôpital.

— Je n'étais pas au courant.

Ce qui était plutôt surprenant, d'ailleurs. Il connaissait tout le monde dans le coin, et les informations de ce genre circulaient généralement à la vitesse du vent.

— C'est grave ? Ça s'est passé quand ?

— Il y a deux-trois jours. Je n'ai pas encore pu me faire une idée précise de son état, mais ils sont prêts à la laisser sortir, à condition que quelqu'un soit là à demeure pour l'aider. Apparemment, elle a perdu connaissance un moment et elle m'a parlé de bleus et de contusions. Je vais poser mes affaires à la maison et je file à l'hôpital pour voir où elle en est.

— Je peux faire quelque chose pour t'aider ?

— Non. Mais c'est gentil de le proposer. J'irai la chercher en voiture demain.

Elle désigna d'un geste vague de la main sa décapotable d'un rouge flashy qui étincelait au soleil. Ce n'était pas a priori le genre de véhicule qu'il aurait associé à Harriet. D'un autre côté, il était possible que le caractère de celle-ci se soit affirmé en dix ans. Elle avait déjà beaucoup perdu de sa timidité avec lui, d'ailleurs. Et il ne percevait plus aucune trace du bégaiement qui lui avait empoisonné la vie lorsqu'elle était ado. Avec Fliss, ils avaient souvent parlé des problèmes d'élocution de sa sœur. Il savait que, dès l'instant où leur père commençait à hurler, Harriet se trouvait incapable d'émettre une syllabe et que le fait d'être bègue représentait pour elle une source majeure de honte et de mal-être.

Il était heureux pour elle qu'elle ait réussi à se débarrasser de ce problème handicapant.

C'était d'ailleurs en partie parce qu'il ne voulait pas prendre le risque de la faire bafouiller de nouveau qu'il s'abstenait de la questionner au sujet de Fliss.

— Ta grand-mère est tombée comment ?

— Dans son jardin. En voulant désherber.

— Donc tu es venue t'occuper d'elle. C'est une chance pour elle que tu sois là. Elle n'aura pas à s'inquiéter pour ses repas. Avec toi aux commandes, elle sera nourrie comme une reine.

Il lui sourit.

— Je me souviens encore de tes cookies au chocolat. Si jamais tu en as de trop dans les jours qui viennent, tu sais où me trouver. Je suis juste à côté.

— Mes cookies au chocolat ?

Une expression inquiète crispa brièvement les traits de Harriet. Mais qu'avait-il bien pu dire pour provoquer une telle réaction ?

— Tu ne cuisines plus ?

— Je... Euh... Si, je cuisine, bien sûr. Mais de la nourriture sérieuse, balbutia-t-elle. Des trucs *healthy*. Tes parents passent l'été ici ?

La question le déstabilisa.

Elle n'était pas au courant, donc.

La vague de tristesse familière se leva en lui. À l'image de la marée, son chagrin montait et descendait, reculait pour revenir le submerger aux moments où il s'y attendait le moins.

Les dix années écoulées lui apparurent soudain dans toute leur étendue. Tant de changements étaient survenus — des événements de vie que Fliss et lui auraient dû partager et surmonter ensemble. Au lieu de quoi ils avaient avancé sur des chemins séparés.

— Mon père est mort il y a dix mois. D'un arrêt cardiaque. Sans qu'il y ait eu la moindre alerte, pas un signe avant-coureur, rien. Ça nous est tombé dessus comme un coup de massue.

— Oh ! Seth...

Sa réaction fut spontanée et incontestablement sincère. La main de Harriet vint se poser quelques instants sur son bras avant qu'elle ne la retire d'un mouvement brusque.

— Je suis vraiment désolée.

— Ouais. Ça a été dur. Ocean View va être mise en vente.

Il se débattait toujours avec cette décision, alors qu'il s'efforçait de démêler ses propres besoins de ceux de sa mère. Si seulement il avait eu le temps d'en discuter au préalable avec son père ! Quel aurait été le souhait de ce dernier s'il avait eu le temps de l'exprimer ? Sur ce second point, la réponse était toute trouvée : son père aurait voulu qu'il choisisse la solution qui convenait le mieux à sa mère.

Autrement dit, mettre la maison sur le marché.

— C'est pour ça que tu es revenu ici ? Pour t'occuper de la vente d'*Ocean View* ?

— Pas que pour ça, non. Je vis et travaille ici, en fait.

Cela aussi, elle l'ignorait, donc.

— Ah bon, je croyais...

— J'ai acheté une maison près de Sag Harbor. À deux pas de la plage et de la réserve naturelle. Il y avait d'énormes travaux à faire mais elle est bientôt terminée.

— Tu dis que c'est ici que tu as ta résidence permanente ?

C'était un effet de son imagination où elle était paniquée ? Bah, il se faisait probablement des idées.

— Oui. J'ai ouvert ma propre clinique, Coastal Vets, en périphérie du village.

— Ah... C'est super.

Son ton exprimait tout sauf l'enthousiasme.

— Et toi, Harriet ? Qu'est-ce que tu deviens ?

— Tout va bien pour moi. Avec Fliss, on a monté une petite entreprise de services, les Woof Rangers. On gère une équipe de promeneurs de chien, en fait. Les clients affluent. Un peu trop, même. Fliss veut qu'on agrandisse notre structure — tu sais comment elle est.

Il ne savait pas, non. Plus maintenant. Mais il avait envie de savoir. Avait-elle changé ? Était-elle toujours aussi impulsive ? Avait-elle gardé la manie d'ôter ses chaussures à la première opportunité ?

Gardait-elle toujours ses émotions murées au fond d'elle-même ?

Il brûlait d'envie de poser toutes ces questions, mais ce n'était pas la bonne interlocutrice qu'il avait en face de lui. Il était ravi, mais pas du tout surpris, que Fliss ait développé sa propre entreprise et que le succès soit au rendez-vous.

— Si tu dois t'occuper de ta grand-mère, tu risques de rester coincée ici quelque temps. Fliss peut se débrouiller sans toi ?

— Nous avons une armée de promeneurs de chien en qui nous avons toute confiance. Elle s'en sortira très bien.

— Donc nous allons être quasiment voisins, toi et moi. Si tu as besoin d'aide, ce sera avec le plus grand plaisir.

La lueur de panique refit son apparition dans les yeux bleus de Harriet.

— C'est gentil mais ce ne sera pas nécessaire. On va s'en sortir sans problème, Grams et moi. Ne te dérange surtout pas.

— Cela ne me dérange pas du tout. Tout le monde dans ma famille adore ta grand-mère, et je ne fais pas exception. Je la vois de temps en temps à la clinique, quand elle vient consulter pour Charlie. Elle m'a envoyé toutes ses amies, et elle en a un paquet. Ta grand-mère a toujours été une figure marquante du coin, pour aussi longtemps que je me souvienne. Et ma mère ne me le pardonnerait pas si je ne vous donnais pas un coup de main.

Pris d'un doute, il scruta de nouveau ses traits avec une attention soutenue, puis décida de tester une théorie.

— Comment va Fliss ?

— Fliss ? Elle est en grande forme. Ma sœur va vraiment très, très bien. Elle a commencé une activité en partant de rien, sans aide, sans capital et maintenant elle est tellement occupée qu'elle a à peine le temps de respirer. C'est très stimulant pour elle. Elle adore la vie qu'elle s'est créée.

Cela ne lui apprenait rien sur ce qu'il désirait réellement savoir. Mais il n'avait pas posé les bonnes questions, bien sûr. *A-t-elle quelqu'un dans sa vie ? Est-elle mariée ? Pourquoi est-elle venue jusqu'à la porte de la clinique vétérinaire pour tourner les talons ensuite ? Pourquoi m'évite-t-elle ?*

C'étaient ces interrogations-là qui lui tournaient dans la tête.

Mais il avait élucidé au moins une énigme.

Et une de taille.

— Bon, il faut que je file. La clinique rouvre dans une heure et j'ai toujours un monde fou à cette époque de l'année.

Il siffla Lulu.

— Salut, Harriet. On se revoit très bientôt, de toute façon.

— Avec plaisir, oui.

Son ton indiquait que le plaisir en question était tout relatif.

Il fit grimper la chienne dans son pick-up et roula jusque chez lui. La maison était située à une distance commode de son cabinet, au bout d'une petite route qui n'était guère plus qu'une piste carrossable.

Il l'avait dégottée deux ans plus tôt et était tombé amoureux fou du cadre. La bâtisse elle-même avait été un peu plus difficile à aimer, et il avait bien fallu ces deux années pour la transformer et la mettre à son goût.

Avec l'aide de Chase, qui avait rassemblé ses équipes pour assurer à la fois la conception architecturale et la construction, il avait transformé la petite maison de plain-pied en une structure à deux étages, avec un séjour-salle à manger en double hauteur et une paroi en verre ouvrant sur la piscine.

La maison était nichée derrière des dunes qui faisaient partie d'un sanctuaire d'oiseaux et, pendant la rénovation, il avait passé bien des soirées avec une bière à la main, sur sa terrasse en bois, à regarder le vent incliner doucement les herbes marines et à écouter l'appel plaintif des oiseaux de mer.

Une faible distance le séparait de la périphérie de Sag Harbor, mais, une fois chez lui, il ne voyait plus trace d'activité humaine. Il était seul avec le chant du vent et le souffle vivant de l'océan. Un fond sonore élémentaire qui perdurait depuis les débuts de l'humanité. Ces rythmes primaires lui apaisaient les sens et instauraient en lui un calme profond.

Sur le plan architectural, il avait opté pour une esthétique simple et contemporaine. À aucun moment, il n'avait eu envie de reproduire chez lui le côté palatial qui caractérisait la demeure parentale. Et aujourd'hui, il s'en trouvait plutôt mieux.

Il n'y avait pas de fantômes ici. Pas de souvenirs.

Il fit descendre Lulu et resta un instant immobile à admirer la sobre harmonie de son nouveau domaine.

— Superbe réalisation, non ?

La voix avait résonné juste dans son dos. Seth sourit et se retourna.

— Qu'est-ce que tu fais ici, Chase ? Je n'avais pas vu ta voiture.

— Je roulais juste derrière toi mais tu pensais à autre chose, visiblement.

Pas à autre chose, non. À *quelqu'un*.

— Je ne m'attendais pas à te voir ici avant le week-end. Je croyais que tu devais passer la semaine à New York, à signer des contrats vertigineux et à brasser tes millions.

Son regard tomba sur le short de bain de son ami.

— Tu n'as pas vraiment le look du mec qui tient les rênes d'un des plus grands groupes de BTP du pays.

— Que veux-tu que je te dise ? J'ai découvert les joies du week-end.

— On est mercredi, Chase.

Le sourire de son ami s'élargit.

— La « fin de semaine » est un concept extensible.

— Et cela de la bouche d'un homme qui pendant des années ne connaissait même pas le sens du mot « repos ». Qui es-tu au juste, mystérieux inconnu, et qu'as-tu fait du Chase que j'ai connu ? Finalement, non, ne réponds pas à ma question. Je préfère cette seconde version de ta personne. Rencontrer Matilda a eu de grands effets sur toi... Comment se porte-t-elle, d'ailleurs ? demanda Seth en refermant sa portière. Elle tient le coup ?

— Elle se traîne un peu, surtout avec ces chaleurs. Ce n'est pas très confortable, cette fin de grossesse, apparemment. Plus que quatre semaines et le bébé sera là. En attendant, je vais m'arranger pour bosser d'ici dans la mesure du possible.

Il se passa la main dans les cheveux, avec une nervosité plutôt inhabituelle chez lui.

— Tu y crois, toi, que je vais être père ? P-DG d'une famille ? C'est un challenge de dingue.

— C'est marrant, parce que je verrais plutôt Matilda dans le rôle de la dirigeante en chef. Et toi dans la peau de l'exécutant.

— Tu as probablement raison, oui.

Chase plissa les yeux en examinant la maison.

— Ça a bien avancé.

— Tu peux le dire !

— Tu es enfin disposé à reconnaître que j'avais raison au sujet de la terrasse en bois ?

Ils avaient débattu la question par courriel et de vive voix.

— Oui, je veux bien l'admettre. Merci d'avoir insisté. Je te revaudrai ça.

— Tu me paieras sous forme d'heures de baby-sitting.

Seth ressentit comme une douleur sourde au niveau de la poitrine.

— Ce n'est pas mon champ d'expertise. Mais si ton Héros a besoin d'un véto, je suis ton homme.

— Ce chien est destiné à fréquenter régulièrement ta clinique, si tu veux mon avis. Il est incapable d'assurer sa sécurité personnelle. Et s'il y a bien une chose qu'il n'est pas, c'est héroïque. J'essaie de convaincre Matilda de changer son nom — « Boulet » lui irait comme un gant —, mais elle ne veut rien savoir. Avec ça, il est trop volumineux et trop brusque pour qu'elle puisse se balader avec lui en ce moment.

Chase fronça les sourcils avant d'ajouter :

— Toi qui baignes dans le monde animal, tu connais peut-être un promeneur de chien fiable ?

Seth secoua la tête — puis réfléchit un instant.

— Tu as entendu parler des Woof Rangers ?

— Oui, je les connais, mais elles sont basées à Manhattan. Ce sont les jumelles Knight qui ont monté ce truc-là, mais je suppose que je ne t'apprends rien. À New York, Matilda a régulièrement recours à leurs services, même si je me suis plus ou moins interdit de t'en parler jusqu'à maintenant. Je ne savais pas dans quelle mesure le sujet était resté sensible.

Chase lui jeta un regard prudent.

— On ne peut pas dire que le nom de « Knight » surgit souvent dans nos conversations, reprit-il. Si tu préfères qu'on évite le sujet, tu me le dis tout de suite...

— Aucun problème, non. D'ailleurs, je viens juste de tomber sur Harriet.

Il se tut un instant, envisagea l'espace d'une seconde d'en dire plus, puis se ravisa.

— Sa grand-mère a fait une chute, donc elle va séjourner ici quelque temps. Elle accepterait peut-être de vous aider. Je lui poserai la question, si tu veux.

— Matilda et Harriet sont amies, mais je n'ai pas revu les jumelles depuis dix ans. Pas depuis...

— ... Pas depuis que tu as été témoin à mon mariage. Tu n'es pas obligé de prendre des précautions oratoires avec moi, Chase. Tu l'as dit toi-même : ça remonte quand même à dix ans, cette histoire.

Il avait eu tout le temps nécessaire pour digérer et passer à autre chose. D'ailleurs, pas grand monde n'avait pris son mariage avec Fliss au sérieux, à l'époque. Les gens y avaient vu un simple coup de folie — une union contractée à la va-vite entre deux quasi-adolescents ou presque. Leur séparation n'avait donc pas suscité de surprise et encore moins créé d'onde de choc. Tous ceux qui estimaient pouvoir juger de la qualité d'une relation sur des critères purement concrets avaient hoché la tête d'un air entendu. Comme si on pouvait se faire une idée d'une maison en jetant juste un œil par une seule fenêtre !

— Je ne savais pas que vous étiez restés en contact.

— Ce n'était pas le cas jusqu'à présent.

— C'est la première fois que tu revois Harriet depuis votre rupture ? Ça a dû te faire bizarre.

— Assez, oui.

« Bizarre » n'était pas le mot qu'il aurait choisi, mais il n'était pas encore prêt à en chercher un autre plus approprié pour le moment.

— C'est plus facile que ce soit juste Harriet, je suppose.

— Peut-être, oui.

Seth ne jugea pas utile d'étoffer sa réponse.

— Pour en revenir à votre chien, Harriet va sûrement aller promener le beagle de sa grand-mère. Je lui demanderai si elle peut aussi se charger de Héros.

— Merci. Ce serait la solution idéale.

Chase changea de sujet.

— Tu comptes emménager quand, alors ? Et, question beaucoup plus cruciale, quand organises-tu ta crémaillère ? Tu seras dans le coin le week-end du 4 juillet ou tu pars ?

— Je ne bouge pas d'ici. Je bosse et je suis de garde tout le week-end.

— Ah zut. C'est rude.

— Très franchement ? Non, pas du tout.

Seth se porta au secours de Lulu qui avait réussi à se coincer la tête dans une haie.

— Le reste de la famille a loué un truc en montagne, dans le Vermont.

Chase hocha la tête.

— Pour changer de cadre ? Je comprends. Et ta mère ? Ce n'est pas trop dur pour elle ?

— Compte tenu des circonstances, je trouve qu'elle tient plutôt bien le choc. Mais elle s'est mis en tête de vendre *Ocean View* .

— Et toi ? Tu en penses quoi ?

Seth détailla sa nouvelle maison, moderne et élégante, du bois exotique de la terrasse à la vue sur les dunes et l'océan. Il ne l'échangerait pour rien au monde contre l'ancienne demeure familiale. Alors pourquoi avait-il tant de mal à accepter l'idée de s'en défaire ?

— Je pense que c'est probablement la meilleure solution à terme. Même si je ne suis pas sûr que ce soit le bon moment.

— Le *timing* est idéal, au contraire. C'est l'été et *Ocean View* apparaîtra sous son meilleur jour. Tu peux me faire confiance là-dessus. Je suis peut-être d'une ignorance crasse en puériculture mais l'immobilier, je connais.

— Je ne parlais pas du bon moment pour la mise sur le marché, mais du bon moment pour ma mère.

J'ai peur qu'elle prenne une décision prématurée qu'elle regrettera par la suite.

Chase lui posa la main sur l'épaule.

— OK, je reformule ma question : et toi ? Comment tu te sens à l'idée de te séparer d'*Ocean View* ?

Chase avait toujours été observateur. Et sensible. C'était une des raisons pour lesquelles leur amitié avait résisté à l'épreuve du temps.

— Comment je me sens ? Partagé.

Chase soupira.

— Je comprends. Mon avis vaut ce qu'il vaut, mais le fait de se raccrocher aux objets n'aide pas toujours forcément à rendre un chagrin plus vivable. Peut-être même que ça le renforce, au contraire.

— Intellectuellement, je suis d'accord. Sur le plan des sentiments, ce n'est pas tout à fait aussi simple. On a passé tous nos étés là-bas depuis que je suis né. C'est comme si je ne vendais pas seulement des murs, mais aussi les souvenirs qui y sont liés. Et ma mère aimait toujours tellement venir ici...

Il se tut lorsque le téléphone de Chase sonna.

— Prends l'appel. C'est peut-être Matilda.

— *C'est* Matilda. Merde...

Seth vit son ami manipuler le téléphone avec impatience, manquant de lui échapper des mains dans sa hâte à répondre.

— Oui, ma chérie ? C'est le bébé ? Le travail a commencé ? Qu'est-ce qu'il faut que je fasse ? J'appelle quoi ? Qui ? Comment ?

Seth observa avec amusement l'agitation de Chase qui gérait tous les jours des chantiers colossaux et portait d'immenses responsabilités sans trembler.

Il attendit la fin de l'appel pour lever un sourcil interrogateur.

— Alors ? C'est l'alerte sage-femme ? Tous les signaux sont au rouge ?

— Pas du tout. Elle veut juste que j'achète des pêches au stand de producteur, près de la ferme. Et moi qui panique, comme un con. De quoi j'ai l'air, sérieusement ?

Chase rempocha son téléphone en secouant la tête.

— Je suis capable de garder la tête froide lorsqu'il s'agit de prendre des décisions majeures en affaires...

— ... Lesquelles affaires n'ont rien à voir avec la science subtile de l'accouchement.

— Exact. Je ne suis pas bon du tout pour ces trucs-là. Mes problèmes, je les aime chiffrés. S'il n'y a pas moyen de procéder à des analyses statistiques et d'entrer le tout sur une feuille de calcul Excel, je suis largué.

— Tu dis ça, alors que tu es capable de construire une maison entière des fondements jusqu'au grenier. Tu pourrais remplacer n'importe lequel de tes ouvriers au pied levé.

— Ce n'est pas faux. Je sais calfeutrer une fenêtre et je me débrouille en menuiserie. Mais, si le bébé arrive plus tôt que prévu, ça ne va pas me mener bien loin. Je te préviens tout de suite qu'à la moindre inquiétude je ferai appel à toi.

— Je suis véto, réitéra Seth patiemment. J'ai déjà mis au monde des chiots, des chatons, des poulains et même un chameau.

— Un chameau ?

— Cherche pas... Je n'ai aucune pratique en obstétrique humaine en revanche, mais ne t'inquiète pas. Le bébé ne naîtra pas avant terme. C'est plutôt rare chez les primipares.

— J'espère pour toi que tu dis vrai, car si tu te plantes, je te colle un procès. Et je viendrai à toutes nos soirées poker avec un chiard hurlant sous le bras, tu es prévenu.

Seth désigna la terrasse d'un geste de la main.

— Tu veux quelque chose pour te calmer les nerfs ? Je n'ai pas encore rempli mon frigo, mais je devrais pouvoir te trouver une bière.

— Ce n'est pas l'envie qui m'en manque, mais ma femme enceinte me réclame des pêches, donc je pense que j'ai intérêt à me remuer les fesses et à lui trouver ça sans tarder.

Avec un sourire en coin, Chase se dirigea vers sa voiture.

— Un jour, ça t'arrivera aussi, Seth Carlyle, et tu feras un peu moins le malin. En attendant, si tu peux demander à Harriet de promener Héros, ce serait super.

Gardant son sourire solidement vissé à ses lèvres, Seth se pencha pour caresser le ventre de Lulu pendant que Chase passait la marche arrière et faisait demi-tour pour repartir.

Lulu gémit et lui lécha la main, sensible comme toujours aux fluctuations des humeurs de son maître.

Il avait de la chance que Chase soit trop absorbé par son rôle de futur papa.

Et de la chance aussi que ce dernier ait besoin d'aide pour son chien.

Seth esquissa un sourire. Après tout, il voulait juste rendre service à un ami en proposant de lui trouver une solution pour Héros, n'est-ce pas ? Et en aucun cas il ne s'était jeté sur la première excuse venue pour avoir l'occasion d'aller faire un tour chez la grand-mère de Fliss et de Harriet.

Chapitre 5

Sea Breeze.

Fliss coupa le contact et resta un instant immobile à contempler la maison. Rien n'avait changé. Ni les bardeaux en bois de cèdre usés par le temps, ni l'allée dont les graviers lui avaient tant de fois écorché les genoux. Entre cyprès et genévriers se détachaient, comme avant, les beaux rosiers du Japon de sa grand-mère, affichant les teintes désarmantes de leurs floraisons délicates.

Telle qu'elle se sentait en cet instant, Fliss n'avait pas l'impression d'avoir beaucoup changé non plus de son côté.

Qu'était-il arrivé à sa légendaire assurance ? Au punch et à l'énergie qui l'avaient propulsée jusque-là ?

Impossible de contenir le tremblement qui lui agitait les mains. Pas à cause de la chienne qu'elle avait failli renverser, non, mais à cause de Seth.

Elle s'était préparée à beaucoup de choses. Mais certainement pas à tomber sur lui en arrivant dans son lieu de fuite !

Depuis le temps qu'elle appréhendait cette rencontre, elle s'était dit qu'elle se faisait probablement une montagne de pas grand-chose. Mais passer par l'épreuve de la réalité avait finalement été encore pire que ce que son imagination lui avait laissé entrevoir. Elle n'avait pas anticipé le choc émotionnel ni l'élan affectif qui l'avait liquéfiée. Le temps était censé tout guérir. Mais il n'avait pas réussi à la débarrasser de l'étrange et imprescriptible attirance qui la portait vers Seth Carlyle. Il aurait été simple et tentant de l'attribuer à un phénomène purement sexuel. Simple, oui, mais inexact.

Quoi qu'il en soit, rien ne justifiait qu'elle ait pu se montrer stupide au point de prétendre être Harriet.

Exaspérée contre elle-même, Fliss sortit sa valise du coffre, trouva la clé cachée à sa place habituelle sous un pot de fleurs et poussa la porte de la maison de sa grand-mère.

Une sensation de calme l'enveloppa, à la manière d'une couverture toute douce — une couverture-doudou. À l'exception des très rares occasions où son père était venu les retrouver, elle s'était toujours sentie en sécurité dans cette maison.

Elle s'immobilisa dans l'entrée et prit le temps d'absorber chaque détail du décor familier. La grande marine accrochée au mur avait été peinte par son grand-père. Le panier par terre, bourré de tongs et de bottes de pluie, restait à la libre disposition de tous année après année. Même chose pour la pile de vieilles serviettes pliées avec soin qui servaient à essuyer la boue et le sable apportés par des chiens trop enthousiastes — car ici, à deux pas de la plage, les chiens avaient toujours fait partie de la maisonnée.

C'était un lieu où le bruit, le désordre, le rire et les joyeuses bousculades avaient eu droit de cité.

Personne ne se sentait obligé de raser les murs ou de marcher sur la pointe des pieds chez sa grand-mère. Personne ne surveillait ses paroles.

Les étés de liberté dans les Hamptons.

Elle fit un pas en avant et une latte en bois usé craqua sous son poids. Combien de fois sa grand-mère l'avait-elle houspillée parce qu'elle courait dans la maison avec ses pieds nus pleins de sable ? Accentuant la pression, elle sentit le bois s'incurver légèrement. C'était bien là. L'endroit où Harriet et elle avaient enfoui leur « trésor ». Fliss savait que la latte était mal fixée car elle prenait soin de ne jamais mettre le pied dessus lorsqu'elle sortait la nuit rejoindre Seth. Une fois, Harriet était revenue d'une de ses expéditions avec les poches pleines de coquillages et de cailloux polis par l'océan. Elle avait voulu les ramener chez eux, en souvenir de l'été, mais elles savaient l'une et l'autre que leur père les aurait jetés à la poubelle tôt ou tard. Fliss avait donc trouvé une boîte qu'elles avaient cachée sous le parquet de l'entrée, à l'abri des regards.

Les coquillages y étaient probablement encore.

Les yeux rivés au sol, elle s'abîma dans les souvenirs des jours heureux. Car, malgré l'atmosphère de cauchemar qui avait marqué leur enfance, il y avait eu de bons moments. Des moments d'autant plus précieux, peut-être, qu'ils offraient un contraste abrupt avec le reste. En se détachant sur un fond très noir, les souvenirs lumineux de l'été brillaient d'un éclat plus vif.

La longue parenthèse de dix ans s'évanouit comme si elle n'avait jamais existé. Elle se revit blottie sous une toile de tente avec Daniel et Harriet, revécut les parties de cache-cache, les heures passées à jouer dans les vagues, à construire du rêve à grand renfort d'eau et de sable. Ici, dans cette maison, Fliss avait vu sa sœur jumelle s'ouvrir et éclore, à la manière d'un bouton de fleur. Les longs silences torturés qui caractérisaient leur vie new-yorkaise cédaient la place, petit à petit, à la communication verbale. Malaisée, tout d'abord. Timide. Juste un mince filet de mots murmurés.

Puis le filet, peu à peu, devenait ruisseau et le ruisseau se faisait torrent, comme une eau qui jaillissait avec force après avoir forcé un barrage. Immanquablement, le bégaiement de Harriet était revenu les rares fois où leur père était passé les voir.

Mais tout cela, maintenant, appartenait au passé.

Il n'y avait plus de visites surprises, désormais. Leur père s'était retiré de leurs vies respectives.

Rejetant cette pensée, Fliss passa dans la cuisine.

Le lieu exhibait les traces du départ en catastrophe de sa grand-mère. Sur la cuisinière traînait une poêle sale, et un carton de lait ouvert était resté sur le plan de travail.

Fliss jeta le lait, fit la vaisselle, astiqua les surfaces.

Une fée domestique, *elle* ? Et pourquoi pas ? Elle était capable de mettre de l'ordre dans une cuisine si les circonstances l'exigeaient. Qui sait ? Elle pourrait même profiter de son séjour pour demander quelques cours de cuisine à sa grand-mère. Harriet n'en reviendrait pas.

Elle fit le tour complet des lieux pour s'assurer que tout était bien sécurisé. La porte donnant sur l'arrière était fermée, donc la personne qui avait aidé sa grand-mère au moment de sa chute avait pris le temps de tourner le verrou. Elle monta à l'étage et jeta un coup d'œil dans la chambre de Grams. La fenêtre était close, le lit fait avec soin.

Elle passa à côté de l'ex-chambre de Daniel et grimpa jusqu'à la pièce mansardée qu'elle avait toujours partagée avec sa sœur. D'instinct, elle évita la quatrième marche et son craquement sonore. Le réflexe sauvegardé la fit sourire. Elle avait poussé jusque dans ses plus ultimes raffinements l'art de faire le mur sans risquer d'être surprise. Le comportement de chaque marche, de chaque latte lui était familier ; elle savait quelles fenêtres étaient bruyantes à ouvrir, quelles portes étaient susceptibles de grincer.

Elle poussa celle de la chambre et se souvint d'avoir lubrifié les charnières.

Sa mère avait toujours dormi d'un sommeil de plomb, mais qu'en était-il de sa grand-mère ? L'avait-elle entendue se glisser hors de la maison ?

Harriet savait, à l'évidence. Mais elle n'avait jamais rien dit. Feignant de dormir, sa sœur l'avait dispensée du mensonge qu'elle se serait empressée d'inventer si celle-ci lui avait posé la moindre question.

Fliss embrassa la chambre du regard sans constater de changements majeurs.

Les deux lits étaient placés dans la partie basse de plafond et il fallait toujours prendre garde de ne pas se cogner la tête le matin au lever. Elle s'avança lentement jusqu'à la fenêtre et redécouvrit le jardin, avec le pommier aux branches courbées, au tronc épais. Le réseau dense de ses racines se dessinait en surface, comme si le vieil arbre fruitier essayait de s'arracher d'une terre qu'il avait colonisée pendant tant d'années.

Et là, derrière le pommier, il y avait la grille.

Celle-là aussi, elle l'avait graissée avec soin. Si bien qu'au lieu de fonctionner comme une alarme elle était devenue son alliée.

De son poste d'observation, tout en haut de la maison, Fliss vit que le chemin qui menait à la plage était désormais envahi par la végétation au point d'être devenu invisible. Logique. Seuls les occupants de Sea Breeze l'utilisaient et sa grand-mère, à son âge, avait cessé de parcourir la sente étroite et irrégulière qui obligeait à gravir la dune avant de descendre en pente raide vers la plage.

L'espace d'un instant, Fliss fut tentée de se débarrasser de ses chaussures et de s'élancer sur le chemin comme elle le faisait enfant, vibrant d'impatience d'atteindre le sommet des dunes et de voir l'Atlantique se déployer devant ses yeux.

À vrai dire, elle avait déjà retiré ses sandales à moitié, mais elle se ravisa.

Elle n'était pas là pour céder à ses impulsions mais pour se comporter en personne responsable.

Renfilant ses chaussures, elle se haussa sur la pointe des pieds et appuya son front contre la fraîcheur de la vitre en essayant de percer le fouillis végétal des yeux, pour retrouver le tracé du chemin désormais invisible dont elle connaissait chaque courbe et chaque creux.

On disait que les souvenirs perdaient inexorablement leur acuité avec l'avancée du temps, mais les siens étaient restés d'une netteté presque cristalline.

De cette nuit tiède et estivale, elle conservait la trace finement ciselée de chaque son, chaque couleur, chaque sensation.

Fliss s'écarta de la fenêtre. À quoi bon se torturer avec ce qui avait cessé d'être ? Tout cela était loin, très loin derrière elle. Ce n'était pas en direction d'hier qu'elle voulait regarder mais de demain. Ce qui aurait été enfin possible si elle avait dit la vérité à Seth tout à l'heure. Il aurait suffi de quelques mots et elle aurait pu tourner la page. Au lieu de quoi, elle avait fait semblant d'être Harriet.

Pourquoi avait-elle commis une erreur aussi stupide, aussi infantile, aussi ridicule, aussi... ?

Les mots lui manquaient pour qualifier son acte.

Si seulement elle avait été au courant qu'il venait

de perdre son père ! Pourquoi lui avait-elle posé cette question dépourvue de tact au sujet de ses parents ? Elle avait ravivé la tristesse de Seth, ajoutant une offense supplémentaire à la longue liste des méfaits qu'elle avait commis contre lui.

Et, comme elle se faisait passer pour sa jumelle, elle n'avait pu émettre que des platitudes. Harriet n'était pas censée savoir à quel point Seth avait été proche d'un père qu'il admirait et respectait. Fliss, elle, avait senti sa détresse. Pendant une fraction de seconde, avant qu'il ne se ressaisisse, elle avait vu la souffrance à vif sur ses traits. Et elle avait eu mal pour lui. Son réflexe aurait été de l'envelopper de ses bras, de lui offrir tout le réconfort qu'elle avait à donner. Elle aurait voulu lui dire qu'elle comprenait.

Alors qu'elle n'avait pu marmonner que quelques mots dépourvus de sens. Sachant qu'en se dissimulant sous l'identité de Harriet elle ne faisait que différer le moment de l'inévitable confrontation, où elle se présenterait devant lui en tant qu'elle-même.

Que faire maintenant ?

La question n'était plus de savoir si elle allait tomber sur lui. La question était de savoir *quand* ça allait arriver.

Ce qui lui laissait deux options. Soit elle continuait de se faire passer pour Harriet. Soit elle rectifiait le tir et elle lui avouait qu'elle lui avait menti.

Avouer serait mortifiant. *Très* mortifiant, même. Avec cela, il exigerait de savoir pourquoi elle s'était fait passer pour sa jumelle. Et il en tirerait des conclusions qu'elle préférait qu'il ne tire pas.

Non, en attendant de trouver une façon *soft* de se tirer de ce mensonge idiot, elle devrait continuer à jouer le jeu. Ce qui soulevait une nouvelle question :

sous quelle identité fallait-il qu'elle se présente à sa grand-mère ?

Elle avait promis à Harriet qu'elle lui dirait qu'elle était Fliss.

Et elle tiendrait parole. En priant juste pour que Seth et sa grand-mère ne se rencontrent pas avant qu'elle ait eu le temps de démêler l'imbroglio absurde qu'elle avait elle-même créé.

Pourquoi fallait-il qu'elle complique systématiquement les situations les plus simples ?

Mécontente d'elle-même, elle ouvrit les fenêtres à la volée, faisant rentrer l'air chargé d'iode et les senteurs de l'océan.

Puis elle redescendit à la cuisine et sortit les produits fermiers qu'elle avait achetés en route.

Elle disposa les fruits dans un compotier qu'elle plaça au centre de la grande table en cèdre. Le bois patiné affichait quelques égratignures supplémentaires mais sinon la table restait conforme à l'image qu'elle en avait conservée. Quelques-uns de ses plus anciens souvenirs étaient liés à cette maison, et elle se réjouissait que les années l'aient laissée si semblable à elle-même, presque intemporelle, avec son charme d'un autre âge. Comme si le fait de retrouver la vieille demeure inchangée garantissait une certaine immuabilité du bonheur.

Combien de repas avaient-ils été dévorés à la va-vite dans cette cuisine alors qu'ils se tortillaient d'impatience tous les trois, pressés de négocier une autorisation de courir de nouveau vers la plage ? La plage avait été au cœur de tous leurs étés d'enfance.

La plage et la liberté.

La plage et Seth.

Et là était le problème, bien sûr. Seth figurait dans presque tous ses souvenirs. Autrement dit, elle ferait mieux de penser à autre chose et d'arrêter *tout de suite* ces remémorations dangereuses.

Retournant dans l'entrée, Fliss prit sa valise. Le temps de défaire ses bagages en vitesse et elle repartirait direction l'hôpital.

Une fois qu'elle aurait révélé sa véritable identité à sa grand-mère, elle trouverait le moyen de se dépêtrer du mensonge idiot dont elle se sentait désormais prisonnière.

Seth finit d'ausculter le chien.

— Parfait... Chester va tout à fait bien, Angela.

— Tant mieux. Je le veux en pleine forme pour le 4 juillet.

— Vous avez des projets pour la fête de l'Indépendance ?

Angela souleva Chester dans ses bras pour l'ôter de la table d'examen.

— Non, on reste à la maison, justement. C'est pour ça que je veux que son état de santé soit optimal. Il déteste les pétarades, les feux d'artifice. L'année dernière, il était tellement terrifié que j'ai failli vous appeler pour vous demander un calmant.

— C'est une possibilité, bien sûr. Mais il y a d'autres méthodes que je préfère essayer d'abord.

— Comme quoi, par exemple ?

— En 2002, une étude conduite par un éthologue et un psychologue pour animaux montrait que la musique classique avait un effet apaisant sur des chiens recueillis dans un refuge.

Tout en parlant, Seth alla se laver les mains à l'évier.

— Quelques années plus tard, une autre étude a été menée — par un neurologue vétérinaire, cette fois. Elle mettait en lumière que des rythmes lents et un instrument solo apportaient un calme plus profond qu'une musique pluri-instrumentale et rapide.

— Autrement dit, il vaut mieux que je lui mette du Beethoven que Beyoncé ?

Seth sourit en tirant une serviette en papier du distributeur mural.

— Je n'irai pas jusqu'à me prononcer là-dessus. Il y a d'autres choses simples que vous pouvez faire, bien sûr. Fermer les portes, les fenêtres et les rideaux permet d'atténuer le son.

À cette époque de l'année, il passait ses journées à prodiguer un flot de conseils et de recommandations à ses clients pour qu'ils tiennent leurs compagnons à quatre pattes à distance prudente des feux d'artifice et qu'ils s'assurent de l'absence de débris de pétards dans leur jardin.

— C'est un moment de l'année que je redoute. Chester est terrifié par le bruit, et nos voisins adorent tout ce qui est feux d'artifice et autres.

Angela caressa la tête du chien.

— Dès qu'ils commencent à allumer leurs pétards, il panique et cherche à s'enfuir.

— Promenez-le longuement dans la journée, suggéra Seth. Il sera fatigué et se détendra plus facilement. Pour ce qui est du bruit, vous avez pensé à monter le son de la télé ?

— Non. Mais c'est une bonne idée.

— Et assurez-vous bien que votre jardin est hermétiquement clos et qu'il ne puisse pas s'échapper. Pour les refuges animaliers, c'est la période la plus chargée de l'année. Ils se retrouvent avec une palanquée de chiens fugueurs terrifiés sur les bras.

— Chester a une puce électronique. C'est une amie qui nous a conseillé de la faire implanter l'année dernière. Juste au cas où. Je ne pourrais pas supporter l'idée de le savoir perdu et paniqué quelque part. Je garderai toutes mes portes fermées. Avec la télé allumée à fond.

Angela continua de bavarder tout en rattachant la laisse de son chien.

— Donc vous êtes revenu de New York pour de bon, j'espère ? Le bruit courait par ici qu'on ne vous reverrait pas de sitôt dans le secteur.

Il perçut la question sous-jacente. Et savait que sa réponse ferait le tour de la petite ville avant l'heure du déjeuner.

— C'est ici que j'ai ma clinique. Il n'a jamais été question que je reste à New York.

— Je suis drôlement contente de l'apprendre.

Angela se détendit visiblement.

— Vous ne seriez pas le premier à vous laisser tenter par les lumières de la ville qui ne dort jamais. Dans mon club de tricot, on a tous parié que vous ne reviendriez pas.

— Séjourner à Manhattan a été fascinant. Mais je n'ai pas été tenté.

Du moins, pas par la ville.

Une image de Fliss en mouvement s'imposa à son esprit : elle riait et la bride de son bikini minuscule glissait sur une épaule alors qu'elle sprintait sur la plage, ses pieds nus martelant le sable.

Avec cette vision en tête, il se mit à son ordinateur et prit quelques notes sur Chester.

Nancy, l'auxiliaire vétérinaire, apporta une brochure informative et raccompagna Angela jusqu'au secrétariat.

Elle vint le rejoindre quelques minutes plus tard.

— J'ai entendu la fin de la conversation. C'est vrai qu'à aucun moment tu n'as été tenté de rester en ville ? Sérieux ? Moi, franchement, si j'avais le choix entre New York et ici, je n'hésiterais pas une seconde.

Elle prit la pose et commença à chanter, attrapant une seringue dans un carton en guise de microphone.

Seth émit un grognement.

— Ça ne suffit pas que mes patients me soumettent à un interrogatoire ? Il faut aussi que je subisse le même traitement de la part de mon équipe ?

Nancy cessa de chanter et rangea la seringue.

— C'est juste que le jour où tu partiras d'ici je partirai aussi. Alors j'aime autant être prévenue pour avoir le temps de m'organiser.

— Dans une semaine et quelque, j'emménage dans la maison que je viens de me faire construire. Tu crois que j'aurais pris la peine de réaliser ce projet si j'avais l'intention de partir d'ici dans les mois qui viennent ?

Il referma le fichier.

— Angela était notre dernière patiente de la matinée ?

— Le chaton Smoke est revenu, mais tu étais occupé, donc Tanya s'en est chargée. Elle a dit qu'elle assurait la relève et que tu pouvais prendre ton temps pour aller déjeuner.

Tanya, également vétérinaire et désormais son associée, était merveilleuse sur tous les plans.

— Super. Je garde mon téléphone allumé si on a besoin de moi.

— Tu as un super rancard qui t'attend, j'espère ?

— Pas précisément, non.

Ou du moins pas encore. Mais il y pensait.

Chapitre 6

— Tu ne vas pas me croire, mais je suis *encore* tombée sur lui en arrivant à l'hôpital !

Tout en faisant les cent pas dans le jardin de sa grand-mère, Fliss briefait Harriet au téléphone.

— C'est carrément *space*, non ? Je viens ici pour l'éviter et je le vois trois fois plus que si j'étais à Manhattan.

— Je trouve ça plutôt mignon.

— *Mignon ?* Tu trouves ça « mignon » ? J'y verrais plutôt un coup du sort destiné à m'achever après une journée méga-merdique et cauchemardesque sur tous les plans.

Confrontée au silence qui tomba sur la ligne, Fliss se massa le front.

— Bon, d'accord, c'était sympa de sa part, mais ça tombait vraiment très mal.

— Pourquoi ?

— Je lui avais déjà dit que j'étais toi et, au même moment, Grams est arrivée en fauteuil roulant et...

— Non ! Tu as fait croire à Grams que tu étais moi ? Fliss, tu m'avais *promis* !

— Et j'allais la tenir, ma promesse ! Mais Seth a débarqué au mauvais moment et j'étais acculée et faite comme un rat... Quand je te dis que c'est tout sauf « mignon » !

La ligne crépita. Fliss gravit une dune proche pour obtenir une meilleure réception du signal. Ses orteils s'enfonçaient dans le sable tiède, et les graminées des dunes lui chatouillaient les chevilles. Mais qu'est-ce que ce lieu avait de si particulier pour réveiller ainsi son fond impulsif ?

— Si tu lui avais dit la vérité tout de suite, tu n'aurais pas été « faite comme un rat ».

— Je sais. Mais ce n'est pas comme si j'avais eu l'*intention* de lui mentir. Ma langue a parlé pour moi, et maintenant je suis prise au piège. Tu m'en veux ?

— Non. Mais je ne suis pas à l'aise avec le mensonge, tu le sais. J'aurais préféré que la situation soit simple, claire et transparente.

— Et moi donc.

— Tu es sûre que Seth ne t'a pas reconnue ?

— Certaine. Ça fait dix ans qu'il ne m'a pas revue. Je pense que le temps a dû jouer en ma faveur.

Si une part d'elle-même était soulagée, l'autre souffrait de ne pas avoir été reconnue, ce qui ne semblait pas très logique. Elle avait su que c'était lui avant même de tourner la tête pour le regarder. Comment avait-il pu ne pas avoir la même certitude viscérale et immédiate de son côté ?

— Maintenant que je lui ai dit que j'étais toi, je n'ai plus le choix. Il faut que je joue le jeu. C'est juste pour une quinzaine de jours. Je ne vois pas comment ça pourrait mal tourner.

— Il y a des milliers de façons dont cette supercherie pourrait mal tourner ! Fliss, si tu continues de te faire passer pour moi, ça va faire boule de neige.

— Tu rigoles ? Il fait une chaleur d'enfer. Pas l'ombre d'une boule de neige en vue.

Sa tentative d'humour tomba à plat.

— Bon, OK. Le plus simple serait peut-être que tu viennes faire un saut ici dans quelques jours. Comme ça, on échangera nos identités et Grams n'en saura jamais rien.

— Elle le saura forcément. Déjà, pour commencer, nous avons des styles vestimentaires complètement différents.

— Je suis habillée comme tu t'habillerais si tu étais à la plage... J'ai mis un short avec un tank-top, détailla-t-elle en scrutant le bout de ses tongs.

— Si tu avais vraiment été moi, tu porterais une robe d'été très sage.

— Je ne me sens pas à l'aise en robe. Et j'ai souvenir de t'avoir déjà vue en short.

— Et tes chaussures ? Tu les gardes aux pieds ?

— La plupart du temps, oui.

Harriet soupira.

— Tu as peut-être réussi à feinter Seth, mais tu crois vraiment que Grams ne fera pas la différence ?

— C'est toi qu'elle était préparée à accueillir. Les gens ont tendance à voir la personne qu'ils s'attendent à avoir sous les yeux.

— Il faut que tu lui dises la vérité, Fliss.

Elle fit la grimace. Encore un nouveau problème à régler. Normalement, c'était la vie qui vous balançait des obstacles en travers du chemin. Pourquoi trouvait-elle toujours le moyen de se mettre *elle-même* des bâtons dans les roues ?

— C'est ce que je vais faire. Bientôt.

— Comment se remet-elle ? Je suis inquiète pour Grams.

— Écoute, à part le fait que j'ai failli tomber raide quand je l'ai vue, parce que ses « quelques petites ecchymoses » forment une sorte de mégableu généralisé qui lui couvre la moitié du corps, je l'ai trouvée plutôt comme d'habitude.

— Et ils sont sûrs qu'elle n'a rien de cassé ?

— Apparemment, oui. On lui met de la glace en compresse sur les endroits douloureux.

— C'est-à-dire ?

— Un peu partout, en fait. Le plus difficile, c'est de trouver une surface de peau chez elle qui ne soit ni violacée ni enflée. En parlant de bleus, il faut que j'aille l'aider. On change les compresses toutes les deux ou trois heures pour la soulager.

— Tu ne vas pas revenir à New York de sitôt, alors ?

— Je ne pense pas, non. Grams a bien besoin d'aide, la pauvre.

Fliss se tut un instant. Elle avait réussi l'exploit d'aller se coincer dans les Hamptons avec Seth en voisin immédiat. L'ironie de la situation ne lui échappait pas.

— Dis-lui la vérité, Fliss. Elle comprendra que c'était angoissant pour toi de revoir Seth.

— Tu crois ?

Comment leur grand-mère comprendrait-elle ce qu'elle ne comprenait pas elle-même ? Cela n'aurait pas dû être si perturbant que ça de revoir un ex, logiquement. Pas après une parenthèse de dix ans.

Sans cesser de ruminer ce mystère, elle mit fin à l'appel et regagna la maison pour récupérer des poches de glace dans le congélateur. Puis elle sortit une carafe de thé glacé du réfrigérateur et l'apporta à sa grand-mère qui se reposait dans le séjour.

Le soleil entrait à flots par les grandes fenêtres, éclairant les deux canapés agréablement rembourrés qui se faisaient face de chaque côté de la pièce. Tendus d'une étoffe d'un bleu fané, ils donnaient de petits signes d'usure. Mais ils étaient doux, confortables et accueillants — un mobilier fait pour se blottir et se sentir protégé. Sa grand-mère avait été une adepte convaincue du temps de lecture obligatoire pour tous. Fliss gardait le souvenir de longues heures passées à lire, roulée en boule sur un des canapés. Elle avait râlé pour la forme et réclamé la plage avec insistance tout en savourant en secret le plaisir de ces temps familiaux paisibles — de ce bain de douceur, tellement à l'opposé des tempêtes toujours susceptibles d'éclater sous le toit parental. Pendant ces temps de lecture, Harriet s'était plongée avec délices dans Jane Austen. Alors que Fliss de son côté se jetait plutôt sur les romans comme *Moby Dick* ou *Le Dernier des Mohicans.*

— Grams ?

Elle s'immobilisa sur le pas de la porte, et sa grand-mère tourna vers elle un visage souriant.

Le cœur de Fliss se serra.

— Tu as vraiment dû faire une vilaine chute pour être bariolée comme ça de la tête aux pieds. Ça a empiré, non ?

Sa grand-mère tendit la main pour réclamer son thé.

— Mais non, ça suit son cours. Inutile d'en faire tout un fromage. Ce sont juste deux-trois bleus qui se courent après.

— Est-ce que j'ai une tête à faire tout un fromage...

Elle se souvint alors qu'elle était censée être Harriet et que sa sœur, elle, en aurait fait un à coup sûr.

— Oh ! ma pauvre ! Je vais vite renouveler les poches de glace. Ça va te soulager.

Elle plaça une couche de gaze entre les poches en question et la peau, comme l'interne le lui avait montré.

— Je n'ai encore jamais vu des hématomes pareils.

— Un hématome n'a jamais tué personne.

— Ce serait peut-être plus raisonnable si tu renonçais à jardiner, non ?

— Ne dis donc pas de bêtises. Je regardais par

la fenêtre, tout à l'heure, en me demandant ce que mes fleurs allaient devenir si je suis condamnée à l'immobilité forcée.

— Si tu me donnes des instructions précises, je mettrai mes bras à ton service.

Elle versa du thé glacé dans un verre et l'apporta à Grams.

— Hum... Merci, c'est délicieux. Tu es tellement gentille, ma petite chérie.

Fliss se sentait comme une sinistre usurpatrice. Elle n'avait jamais été « gentille ». Se retrouver en situation de mensonge vis-à-vis de sa propre grand-mère était encore plus inconfortable qu'elle ne l'avait pensé.

La tentation de dire la vérité était si forte qu'elle faillit tout confesser en bloc. Une seule chose la retint : elle ne voulait pas voir la déception de Grams lorsque celle-ci apprendrait qu'elle n'était pas Harriet. Sans compter qu'elle aurait droit aux inévitables questions au sujet de Seth.

— Je suis venue ici pour me rendre utile, non ?

Elle battit en retraite dans la cuisine pour préparer une salade pour le dîner. Tant qu'elle s'arrangeait pour ne rien faire cuire, elle pourrait continuer à faire illusion quelque temps. Rien de plus difficile à brûler qu'une salade, après tout.

Elle débitait des tomates en dés, concentrée sur ses gestes et déterminée à former des cubes aussi réguliers que le ferait Harriet, lorsqu'on frappa à la porte.

Des visiteurs ? Elle tressaillit, pas du tout préparée à cette éventualité. Sa petite « supercherie » était en train de prendre des proportions incontrôlées, s'étalant petit à petit comme de l'encre répandue dans l'eau.

Elle versa les tomates découpées sur la salade romaine en se disant que la personne à la porte finirait bien par s'en aller.

— Harriet ? Je crois qu'on a frappé, ma chérie ?

Au son de la voix de sa grand-mère, elle se résigna à l'inévitable.

— J'y vais !

Avec un peu de chance, ce serait juste une voisine venue apporter un plat cuisiné maison pour accueillir Grams à son retour de l'hôpital. Quelque chose de bon et de nutritif qu'elle n'aurait qu'à réchauffer. Question « plats à réchauffer », elle avait toujours été championne toutes catégories. Et elle pouvait accepter une casserole de ragoût sans s'inquiéter du risque de trahir son identité.

Elle ouvrit la porte et remplaça son habituelle expression dissuasive par une imitation qu'elle espérait réussie du large sourire accueillant de Harriet.

Lequel sourire mourut pour ainsi dire sur place.

C'était Seth. Flanqué d'un homme qu'elle n'avait rencontré qu'une seule fois auparavant.

Et c'était à l'occasion de son mariage.

Chase Adams.

Oh ! nom d'un chien. Elle était grillée.

Le fait que Seth s'appuyait d'une main au chambranle, exhibant un bras musclé et une anatomie cent pour cent sexy ne l'aidait pas à rassembler ses esprits.

— Hello, Harriet. On est juste passés te dire que, si tu avais besoin d'aide pour quoi que ce soit, tu n'avais qu'à faire signe. Tu te rappelles peut-être de Chase. Il dispose ici d'une équipe avec maçons, plombiers, électriciens et autres, donc s'il y a quoi que ce soit à réparer dans la maison, il aura une solution pour toi.

Chase la gratifia d'une poignée de main vigoureuse.

— Harriet ! Ça fait une éternité ! Je n'ai jamais eu l'occasion de te croiser à Manhattan, mais Matilda, ma femme, me parle de toi très souvent. Ça me fait plaisir de te revoir. Je suis désolé pour la chute de ta grand-mère... Mais sa malchance est en quelque sorte une chance pour moi car elle t'a conduite jusqu'ici et j'aurais un service à te demander.

Un service ?

Dans les circonstances présentes, elle ne se sentait pas en état de se rendre utile à un ami de Seth.

C'était tout juste si elle était encore capable de respirer.

— Moi aussi, je suis très contente de te revoir, Chase, marmonna-t-elle d'une voix éteinte.

Encore un mensonge supplémentaire qui venait s'empiler sur les autres. Combien de temps faudrait-il à ce tas en équilibre précaire pour s'effondrer ? Avec un peu de chance, elle tomberait assommée au moment de la chute.

— En quoi puis-je t'être utile, Chase ?

— Tu sais que Matilda doit accoucher dans un mois et je ne t'apprends rien si je te dis que Héros est un chien compliqué, indocile et encombrant. Dans la mesure où tu dois sortir le beagle de ta grand-mère, je me demandais si tu accepterais de promener notre grosse bestiole en même temps ? En plus, ce serait une occasion de vous retrouver, avec Matilda. Je sais que ça lui ferait plaisir de te voir. Elle n'a pas encore eu le temps de se faire un réseau ici et elle apprécie ta compagnie. Autre avantage non négligeable : comme tu as l'habitude de promener Héros à Manhattan, tu connais déjà toutes ses bizarreries.

Fliss le regarda fixement.

Matilda ? Héros ? Elle n'avait jamais entendu parler ni de l'une ni de l'autre.

En vérité, elle ne savait plus qu'une chose : elle allait droit dans le mur.

— Oui, bien sûr, tu peux compter sur moi, acquiesça-t-elle d'une voix faible. Rien ne me ferait plus plaisir.

À part peut-être de se fourrer la tête dans un baquet d'eau glacée et de prendre une grande inspiration.

Seth repartit en direction de sa voiture et Chase s'immobilisa, la main sur la portière.

— Matilda me parle tout le temps de Harriet. Elles sont devenues très amies toutes les deux, mais...

— Mais quoi ? Il y a un problème ?

— Non, pas du tout. C'est juste que...

Sourcils froncés, Chase tourna la tête vers la maison.

— On ne peut pas dire qu'elle a trépigné de joie à la perspective de revoir Matilda.

Seth déverrouilla sa voiture.

— Parce que tu n'as pas eu affaire à Harriet mais à Fliss.

— *Pardon ?*

— C'est à Fliss que tu t'adressais, en fait.

— Mais pourquoi prétend-elle être Harriet, dans ce cas ?

— Parce que c'est ce qu'elle veut que je croie.

— Hou là... Attends une minute. Tu dis qu'elle se fait délibérément passer pour sa sœur jumelle ?

— Voilà. C'est à peu près ça.

Chase parut perplexe.

— Mais pour quelle raison ? Ça l'avance à quoi ?

— C'est moi la raison. Elle cherche à m'éviter.

Chase secoua la tête.

— Elle ne t'évite pas tant que ça, puisque tu es là, de toute façon.

— Alors formulons les choses autrement : elle évite de se confronter à moi sous sa propre identité.

— C'est encore plus tordu que la fiche explicative de ma dernière déclaration d'impôts, ton truc. Vous avez été mariés ! Comment peut-elle s'imaginer réussir à se faire passer pour quelqu'un d'autre avec toi ?

— Tout le monde change en dix ans. Elle a dû penser que je ne verrais pas la différence. Que je ne saurais plus la distinguer de sa jumelle après tout ce temps.

Mais il l'avait reconnue. Connue *et* reconnue. Comme si chaque détail de sa personne était resté gravé quelque part en lui.

— Il t'a fallu combien de temps pour te rendre compte que tu ne t'adressais pas à Harriet mais à Fliss ?

— Environ quatre-vingt-dix secondes. J'ai prononcé le mot « cookies » et je l'ai vue se décomposer.

Son expression de panique avait été fugace, mais elle ne lui avait pas échappé. Il n'en avait pas fallu plus pour le convaincre que c'était Fliss qu'il avait devant lui.

— Elle a une phobie des cookies ?

— Non, mais elle a toujours été un désastre aux fourneaux. La seule fois où elle a fait un gâteau, il a fallu faire venir les pompiers.

Chase sourit.

— Et sa grand-mère ? Tu crois qu'elle est tombée dans le panneau ?

— Je ne pense pas, non. C'est une femme très fine. Très observatrice.

— Et tu vas dire à Fliss que tu n'es pas dupe ?

— Non. Je la laisse être « Harriet » jusqu'au moment où elle se décidera d'elle-même à me dire la vérité.

— Pourquoi ?

Lulu roula sur le dos avec un air d'espoir et Seth s'accroupit pour lui caresser le ventre.

— *Primo*, parce que tant qu'elle est censée être Harriet, elle n'a aucune excuse pour fuir ma compagnie.

— Ce n'est pas un peu tiré par les cheveux, votre

histoire, à tous les deux ? Si elle te fuit, qu'est-ce qu'elle fait ici, pour commencer ?

— Elle savait que je bossais à Manhattan, mais elle ignorait que c'était temporaire. Ma théorie, c'est qu'elle s'est repliée ici pour ne pas courir le risque de me rencontrer.

Il ne savait pas trop quoi penser de son attitude, d'ailleurs. Qu'elle soit déstabilisée par sa présence au point de prendre la peine de monter tout ce scénario était plutôt bon signe à ses yeux. Mais l'idée qu'elle appréhendait la confrontation au point de dissimuler son identité lui paraissait moins réjouissante.

Chase déverrouilla son pick-up.

— Tu as un effet percutant sur les femmes, Carlyle. Que vas-tu m'annoncer, maintenant ? Qu'elle a poussé mamie du haut de l'escalier pour pouvoir venir ici sous un prétexte valable ?

Seth se mit à rire.

— Non. Mais je la suspecte de s'être jetée sur la première excuse venue pour fuir Manhattan, comme une noyée se raccroche à une bouée de sauvetage.

— Si la mamie est la bouée de sauvetage, ça te laisse quel rôle, toi, dans l'affaire ? Celui du grand méchant crocodile qui attend sous l'eau pour l'avaler toute crue ?

Chase s'adossa à la voiture.

— Mais parle-moi plutôt du *secundo*, maintenant.

— Du *secundo* ?

— Tu m'as dit que *primo* tu acceptais de jouer son jeu pour la priver de toute excuse pour t'éviter. J'en conclus qu'il y a un *secundo*.

— Le *secundo*, c'est que, tant qu'elle est « Harriet », j'espère aborder certains sujets dont elle refuserait de discuter en tant que Fliss.

Chase paraissait intrigué.

— Tu as l'intention de l'embrasser ? Ce sera peut-être la première femme dans l'histoire de l'humanité à rompre avec un homme parce qu'elle est jalouse d'elle-même.

— Je ne vais pas l'embrasser. Et il n'y aura pas de rupture puisqu'on n'est pas ensemble.

— Et ça va durer longtemps, cette comédie, à ton avis ?

— Jusqu'à ce qu'elle me dise qui elle est.

Lulu roula sur le ventre et Seth se redressa.

— Ça ne t'ennuie pas de garder ça pour toi, Chase ?

— Le mensonge et la dissimulation, ce n'est pas vraiment ce que je préfère. Je regrette presque que tu m'en aies parlé.

— Tu vas retourner à Manhattan. Tu ne la verras pas souvent, de toute façon.

— Et je fais quoi, pour Matilda ? Je lui dis ou je ne lui dis pas ?

— Je pense qu'on devrait laisser à Fliss le soin de décider ce qu'elle veut lui révéler ou non.

— Attention. Vous faites ce que vous voulez, tous les deux. Mais je ne veux pas que Matilda paie les pots cassés, dans l'histoire. C'est clair ?

Seth perçut une dureté dans le ton de Chase qui n'apparaissait que dans les rares occasions où il craignait que l'on puisse faire du mal à sa femme.

— Tu n'as rien à redouter de la part de Fliss. Je parie qu'elle est déjà au téléphone avec Harriet, en train d'essayer de trouver un moyen pour démêler ce sac de nœuds.

— Tu ne trouves pas ça bizarre, toi, qu'elle ait mis sur pied un plan aussi tiré par les cheveux ?

— Je ne pense pas qu'il y ait eu un plan au départ. Ni qu'elle soit venue ici dans l'idée d'incarner Harriet. Je suppose qu'elle est arrivée en tant qu'elle-même, qu'elle est tombée sur moi par hasard sur le bord de la route, qu'elle a paniqué et qu'elle a dit la première chose qui lui a traversé l'esprit.

— Et ça ne te paraît pas étrange ?

— Non. C'est du Fliss tout craché. Elle a l'impulsivité chevillée au corps.

Chase lui jeta un regard scrutateur et l'éclat d'acier dans ses yeux céda la place à une affection mêlée d'amusement.

— J'imagine que ça pimente la relation.

— Pour pimenter, ça pimente, oui.

Chase prit congé en lui assenant une claque sur l'épaule et grimpa au volant de son pick-up.

— Tu as une vie amoureuse diablement compliquée, mec.

Seth tourna les yeux vers *Sea Breeze*.

— Pour l'instant, il n'est pas question de vie amoureuse. Mais sait-on jamais ce que l'avenir nous réserve ?

Chapitre 7

— Cette fois, je suis grillée et pour de bon. J'hésite entre la pendaison et le hara-kiri.

Fliss était étalée sur son lit, les yeux clos. Elle se sentait engluée dans une toile d'araignée géante qui se resserrait autour d'elle à chaque mouvement qu'elle faisait pour se débattre.

— Harriet, sois une sœur pour moi et sauve-moi la peau. Il suffit que tu viennes me rejoindre ici. Comme ça, tu redeviens toi, je redeviens moi et le tour est joué.

— Tu veux que je remette de l'ordre dans le bazar que tu viens de créer ? Je ne crois pas, non.

— Tu es ma jumelle ! Mon autre moi-même !

— Sûrement pas, non. Et si je refuse, c'est pour ton bien. Il *faut* que tu lui parles, Fliss, rétorqua Harriet d'un ton ferme. C'est l'occasion rêvée de le faire.

Rêvée ? Ce n'était sûrement pas le mot qu'elle aurait choisi.

Fliss contre-attaqua :

— Lorsque Johnny Hill te persécutait à cause de ton bégaiement, est-ce que je t'ai obligée à le frapper toi-même ?

— Rien à voir. Je n'ai jamais eu envie de frapper Johnny Hill.

— Eh bien, moi, j'avais envie de le frapper pour deux.

— Nous n'avons pas les mêmes méthodes de résolution de problèmes, toi et moi.

Fliss soupira.

— C'est en partie ta faute. Depuis quand es-tu la grande amie de Matilda Adams ?

— Depuis que j'ai commencé à promener Héros. En tant qu'écrivain, elle bosse souvent chez elle. Alors, de temps en temps, on prend un café et on cause. Je l'adore, cette fille.

— Et cela ne t'a pas traversé l'esprit de m'en informer ?

— Je suis sûre que j'ai dû t'en parler.

— Je ne pense pas, non. Je m'en serais souvenue, vu l'opportunité commerciale que ces gens représentent. As-tu au moins une idée de l'étendue de la fortune de Chase ? Il possède pratiquement tout Manhattan.

— Je sais qu'ils ont les moyens, mais ils n'ont qu'un chien, donc je ne vois pas vraiment comment on pourrait accroître notre chiffre d'affaires avec eux.

— Moi non plus, pour le moment. Mais il doit y avoir quelque chose à faire.

— Seth n'est pas vraiment à la rue, lui non plus.

— Seth n'est pas une opportunité de business. Seth est une mauvaise décision relevant de mon passé.

Une parmi tant d'autres.

— Chase n'a pas l'air d'avoir la grosse tête, cela dit.

— Matilda non plus, dit Harriet. Et ils sont fous amoureux l'un de l'autre.

Fliss entendit la note d'envie dans la voix de sa sœur. *Typiquement le problème des gens qui n'ont jamais été vraiment amoureux*, songea-t-elle. Ils avaient tendance à idéaliser la chose et à y voir mille merveilles alors que dans la majorité des cas la réalité était aussi casse-gueule que torturante.

— Prions pour que la lune de miel dure.

— Ne sois pas cynique, Fliss. Tu es sûre que Seth n'a pas deviné qui tu es réellement ?

— Sûre et certaine. Il ne se doute de rien. De quoi vous parlez, en général, Matilda et toi ? Essaie de me faire un topo un peu détaillé.

— Ah non. Tu ne peux pas faire semblant d'être moi avec Matilda ! C'est une amie, Fliss. Alors il faut que la comédie s'arrête là, tu m'entends ?

Il y avait des accents tranchants dans la voix de Harriet que Fliss n'était pas certaine d'avoir déjà perçus chez sa sœur.

— Si je le dis à Matilda, elle le dira à Chase qui le répétera à Seth.

— C'est comme un collant qui commence à filer, ton « petit mensonge ». Ça commence par un trou minuscule, mais ça prend vite des proportions embarrassantes.

— C'est la raison pour laquelle je ne porte jamais ni bas ni collants.

Fliss roula sur le ventre et ses cheveux glissèrent sur son épaule.

— C'est un chien de quelle race, Héros ?

— Un doberman.

Son humeur s'éclaircit brièvement.

— Enfin une bonne nouvelle.

— Je ne te comprendrai jamais. La plupart des gens se méfieraient de ce genre de chien.

— Les dobermans sont des incompris. Et j'ai un faible pour tous les incompris, quels qu'ils soient. Pourquoi ça t'inquiète, d'ailleurs ? Tu penses que Héros risque de m'attaquer sauvagement ?

— Pas vraiment, non. Je crois juste que personne

n'a pris la peine d'expliquer à ce chien qu'il est un « Doberman » avec un D majuscule. Il fait un genre de crise d'identité canine, je crois. Le seul risque que tu cours avec lui, c'est qu'il te lèche à mort.

— Impeccable.

Se souvenant que c'était du boulot et qu'elle ne refusait jamais un nouveau client, Fliss s'assura que sa grand-mère était bien installée et qu'elle n'avait besoin de rien, puis se mit en quête de Matilda Adams et de son chien qu'elle espérait à peu près maniable.

Les Adams vivaient sur une parcelle côtière de douze hectares qui offrait quelques vues décoiffantes sur l'océan. Fliss faillit se perdre en chemin. Trouver l'entrée ne fut pas difficile car il aurait fallu être aveugle pour manquer l'immense portail sécurisé en fer forgé. Ce fut une fois engagée sur la route d'accès privé qu'elle crut ne jamais en atteindre le bout. Elle roula sur des kilomètres, longeant de vastes étendues herbeuses protégées par des haies. Du coin de l'œil, elle repéra un court de tennis au passage.

— Ce n'est plus une allée, c'est une piste d'atterrissage pour gros-porteurs, maugréa-t-elle.

Elle haussa les sourcils lorsque enfin la résidence secondaire des Adams apparut à sa vue. Au premier regard, elle décida que « palais de bord de mer » serait un terme plus adapté pour désigner la construction que la modeste « maison de plage ».

Elle gara son cabriolet et jugea que sa voiture, au moins, faisait à peu près bonne figure dans le cadre. Tant pis, après tout, si c'était un simple véhicule de location.

Compte tenu de la fortune de Chase Adams, elle s'était formé une image assez précise de Matilda dans sa tête. Elle la voyait fine comme un roseau. Probablement assez grande. Avec des proportions de mannequin et une grossesse discrète. Une de ces blondes à couper le souffle comme elle en avait observé toute son adolescence sur les plages chics des Hamptons. Lisses, féminines, immaculées.

Avec cette image à l'esprit, elle demeura un instant sous le choc lorsque Matilda lui ouvrit.

Pour être grande, elle était grande. Mais...

Fliss cligna des yeux.

— Hou là. C'est euh... du sang que tu as sur ta chemise ? Faut-il déplorer un mort ? L'évacuation de cadavres ne fait normalement pas partie de la palette de services que je propose, mais si c'était un meurtre pour la bonne cause, je suis prête à faire une exception.

— C'est du jus de cranberry. Héros m'a sauté dessus et j'ai renversé tout le contenu du verre sur moi. Tu me connais. Question coordination, je suis entièrement à refaire. Entre ma maladresse et celle de mon chien, on forme une paire infernale, tous les deux. J'étais sur le point d'éponger tout ça quand tu es arrivée.

Matilda tira sur sa chemise trempée et maculée de rouge.

— Heureusement que c'est toi et pas quelqu'un sur qui j'aurais eu l'ambition de faire bonne impression. C'est génial de te voir ici, Harriet ! Quand Chase m'a annoncé que tu étais dans les Hamptons, je ne voulais pas le croire.

— Tu avais raison d'être incrédule. Je ne suis pas Harriet. Je suis Fliss.

Et voilà. C'était dit. Premier mensonge démêlé.

Matilda ouvrit de grands yeux.

— Mais Chase m'a dit que...

— Oui, je sais, c'est une longue histoire. D'ailleurs, quand j'y pense, ma vie entière est une longue histoire. Les versions courtes et simples ne semblent pas être faites pour moi. Le format micro-nouvelle, ce n'est pas mon style. Je suis *Guerre et Paix* croisée avec *Game of Thrones*, sans les dragons et les morts.

Le visage de Matilda s'éclaira.

— Là, tu m'intéresses. Entre. Je veux tout savoir.

Le regard de Fliss tomba sur la tâche sanglante.

— Tu es sûre que tu ne vas pas essayer de m'assassiner ?

— Sûrement pas, non. Je suis bien trop curieuse d'entendre le long roman de ta vie.

Matilda ouvrit la porte avec tant d'enthousiasme qu'elle manqua prendre le battant dans la figure.

— J'adore les histoires. Elles sont mon gagne-pain. Il ne faudra pas m'en vouloir si je te regarde de temps en temps avec des yeux comme des soucoupes, mais Harriet et toi, vous êtes vraiment des copies conformes.

— Yep. C'est ce qu'on me dit tout le temps. Bienvenue dans le monde de la gémellité.

Fliss fit trois pas dans le spacieux vestibule et s'immobilisa net en jetant un regard incrédule autour d'elle.

— Oh ! punaise ! Désolée. Ça ne doit pas être très poli de réagir comme ça. J'aurais dû me comporter comme si je voyais de modestes masures comme celle-ci tous les jours. En fait, je pensais être presque blasée en matière de grandes baraques. Ce n'est pas ce qui manque par ici. Mais celle-ci...

Une pointe d'embarras transparut dans le sourire de Matilda.

— Ça donne un peu le vertige, non ?

— Un peu ?

Elle leva les yeux vers le plafond.

— La dernière fois que j'ai vu un dôme de pareilles proportions, c'était à Florence !

— La première fois que Chase m'a emmenée ici, je me suis perdue. J'étais à la recherche des toilettes et j'ai atterri dans le pavillon réservé aux invités. Ne me demande pas comment je me suis débrouillée pour arriver là.

Fliss s'arracha à la contemplation du dôme.

— Vous avez un pavillon spécial pour les invités ? Par manque de place dans la maison principale, sans doute.

Matilda pouffa.

— Trois chambres et trois salles de bains. Chase s'en sert pour stocker son matériel de voile. Généralement, c'est bourré de combines mouillées et de voiles en cours de réparation.

— Comment ? Pas de personnel à résidence ?

— Nous avons quelqu'un qui vient chaque jour du village pour le ménage. Mais elle ne vit pas ici. Chase tient à ce qu'on garde notre intimité.

— Je le comprends. Le sexe spontané, ça devient compliqué lorsqu'on risque d'être surpris à tout moment par un valet en livrée.

Elle avait parlé sans réfléchir et était sur le point de s'excuser lorsqu'un aboiement sonore retentit et un doberman noir bondit hors de la cuisine.

— Et voilà une autre raison pour laquelle personne ne vit ici avec nous : j'ai un chien totalement infréquentable.

Matilda s'arc-bouta pour parer le choc et leva la main.

— Assis, Héros. J'ai dit *assis* !

Indifférent à l'ordre émis, le chien poursuivit sa trajectoire comme un boulet de canon, la cogna de plein fouet aux genoux et faillit l'envoyer au sol.

— Le moins que l'on puisse dire, c'est qu'il ne manque pas d'enthousiasme, ton Héros.

Fliss retint Matilda par le bras pour l'aider à rétablir son équilibre. Puis elle attrapa le chien par le collier.

— Salut, toi. Tu dois être mon client. On ne t'a jamais dit que ça ne se faisait pas de bousculer les femmes enceintes ?

Héros agita la queue avec tant de force qu'il faillit éborgner Fliss au passage.

Matilda récupéra le doberman et tenta de le faire asseoir de force.

— Je suis désolée pour son attitude. C'est ma faute s'il est comme ça. Je manque d'autorité. Je crois que j'ai peur de briser son tempérament et sa joie de vivre.

— Je pense qu'il en faudrait beaucoup pour lui altérer le caractère, à ce jeune homme.

Comme sa sœur, Fliss connaissait bien les animaux en général et les chiens en particulier. Celui-ci avait l'œil vif, une intelligence évidente et beaucoup de malice. Son type de chien préféré, autrement dit.

— Ça fait plaisir de voir un doberman avec une queue longue.

— J'ai trouvé un éleveur qui ne les écourte pas à la naissance. Je ne voulais pas que Héros en soit privé. La queue, c'est ce qui sert à un chien pour exprimer ses humeurs. Et c'est important de pouvoir dire ce qu'on a à dire, non ?

— Tout à fait. Je milite pour la libre expression canine. Et ton Héros est sérieusement irrésistible.

Elle s'était sentie des affinités immédiates avec ce chien. Ils avaient en commun une propension marquée à faire les choses de travers. Tout comme lui, elle savait ce que c'était d'être jugée négativement par son entourage.

— Chase voulait faire appel à une agence pour assurer ma sécurité chaque fois qu'il retourne à New York. Mais je ne me voyais vraiment pas vivre avec un garde du corps dans les pattes, surtout dans les moments où je suis prise par l'écriture et où j'ai vraiment besoin d'être tranquille. Donc on a trouvé cette solution de compromis.

Fliss tendit la main vers le chien pour la lui faire renifler.

— Alors, Héros ? Tu es une solution de compromis, dis-moi ?

Elle sourit lorsqu'il lui fourra le museau dans la paume. Amusée, elle lui caressa le cou.

— Tu as l'air d'aimer les gratouilles, toi... Évidemment, que tu apprécies. Tu sais que tu es une bonne pâte, sous tes airs de chien féroce ? Un gros bébé câlin déguisé en terreur noire aux oreilles pointues.

— La plupart des gens ont une trouille bleue quand ils le voient. Mais Chase est persuadé que, si quelqu'un s'introduisait chez nous, il l'accueillerait en lui léchant gentiment la main.

— C'est possible. Mais l'intérêt d'un chien comme celui-ci, c'est qu'il a un fort effet dissuasif. C'est une race réputée redoutable. Et la réputation suffit parfois à décourager d'éventuelles intrusions.

Voyant le chien en confiance, Fliss lui passa la main sur la tête.

— Même s'il n'a pas un tempérament agressif, son instinct le poussera à protéger ceux qu'il aime. C'est ce qui fait du doberman un excellent chien de garde. Ils sont souvent utilisés aussi comme chiens pisteurs ou chiens de sauvetage.

— Tu as l'air d'en connaître un rayon.

— C'est mon métier. Qui a le savoir a le pouvoir, comme on dit. Et, quand je promène un chien inconnu, j'aime bien être celle des deux qui tient les rênes — ou plutôt la laisse.

— Il est en confiance avec toi. Tu sais t'y prendre avec lui.

Matilda paraissait soulagée.

— Dois-je comprendre que tu es d'accord pour le promener jusqu'à la naissance du bébé ?

— Tout le plaisir sera pour moi.

— Il s'agira d'un arrangement payant, bien sûr. Je sais que vous travaillez dur Harriet et toi pour développer votre activité et je me sentirais mal à l'aise si on ne passait pas un contrat en bonne et due forme.

— OK. Ça marche... A-t-il de mauvaises habitudes dont il serait bon que je sois avertie ? Il grignote les enfants en bas âge ? Il grogne après les vieilles dames ?

— En fait, son pire défaut serait plutôt un excès de sociabilité. Il accueille tout un chacun comme s'il retrouvait son meilleur ami perdu de vue depuis longtemps. C'est pour ça que mon jus de cranberry est répandu sur ma chemise au lieu d'être dans mon estomac.

Fliss tapota la nuque du chien.

— L'enthousiasme n'est pas un défaut. Pas vrai, Héros ? Il va peut-être juste falloir que tu modifies un peu ta façon de l'exprimer... Les dobermans sont super intelligents. Il leur faut un dressage cohérent et beaucoup d'exercice.

— À Manhattan, on suivait des cours de dressage, tous les deux, mais ces derniers temps je suis devenue trop massive pour me mouvoir à la vitesse voulue... Chase m'a expliqué que tu promenais aussi le chien de ta grand-mère. Tu penses prendre les deux en même temps ?

— Peut-être. Je vais voir comment ils fonctionnent ensemble. Parfois la compagnie d'un autre chien peut aider à discipliner un spécimen un peu foufou comme Héros. Mais il arrive aussi qu'ils soient beaucoup plus maniables lorsqu'ils sont seuls, au contraire. Harriet et moi, nous procédons au cas par cas, en nous efforçant d'agir au mieux de l'intérêt de l'animal.

D'après ce qu'elle devinait de Héros, il préférerait probablement être seul et au centre de l'attention.

— En tout cas, c'est un chouette chien que tu as là.

— Merci.

Matilda lui gratta affectueusement la tête.

— Chase a toujours peur que je trébuche sur lui à cause de ma légendaire maladresse. Ce qui me fait penser que je ferais mieux d'essayer d'enlever la tache de cette chemise. J'ai l'air d'une victime de meurtre ambulante.

Elle lui lâcha le bras.

— On va faire un tour par la cuisine, ça te dit ? J'ai une montagne de cookies qui ne demandent qu'à être mangés.

— Des cookies ? Tu es une pâtissière émérite, toi aussi ?

Une petite bouffée de vague à l'âme vint chatouiller l'humeur de Fliss. Était-elle la seule femme au monde à ne pas trouver zénifiant de se livrer aux plaisirs des fourneaux ?

— Harriet est la reine du cookie maison, elle aussi, observa-t-elle avec un soupir. Je commence à comprendre pourquoi vous vous entendez si bien, toutes les deux.

Matilda secoua la tête en riant.

— Je ne ressemble pas du tout à Harriet et je suis une cuisinière exécrable. Le seul domaine créatif où j'arrive plus ou moins à quelque chose, c'est l'écriture. Les rares fois où j'essaie de faire un truc à manger, je finis immanquablement par laisser vagabonder mes pensées sur la scène que je suis en train de travailler et il arrive toujours un moment où j'oublie que j'ai quelque chose sur le feu. Résultat : ça crame ! J'ai déjà réussi à déclencher l'alarme incendie deux fois cet été. Nous sommes en connexion directe avec les pompiers locaux et Chase a fait un don conséquent à la brigade pour compenser les désagréments occasionnés par ma présence dans leur périmètre d'action.

— Sérieux ? Donc tu as vu une équipe de beaux pompiers musclés débouler chez toi et sprinter dans toute la maison ? Si j'étais certaine d'obtenir ce résultat, je ferais brûler mes toasts tous les matins. Que dis-je ? Je brûle *déjà* mes toasts tous les matins.

Elle suivit Matilda à travers sa maison château en se faisant violence pour ne pas s'immobiliser tous les deux mètres et rester plantée bouche bée. Elle revit Chase tel qu'il s'était présenté en compagnie de Seth chez sa grand-mère : cool, plutôt sympa, habillé comme tout un chacun. Rien dans son allure ni sa façon d'être ne trahissait l'homme d'argent en lui.

— Si tu n'es pas pâtissière, comment as-tu réussi à te retrouver avec une montagne de cookies ?

— J'ai dit une fois à Chase que j'avais une envie folle d'en faire une cure. Et depuis, il m'en prend au passage chaque fois qu'il revient ici. C'est plutôt adorable de sa part. Je n'ai pas le cœur de lui dire que je suis incapable de manger tout ce qu'il m'apporte.

Fliss considéra le ventre rond de Matilda d'un œil sceptique.

— Tu es sûre que c'est bien un bébé ? Pas une overdose de gâteaux ?

Matilda poussa en riant la porte d'une cuisine vaste et lumineuse. Située à l'arrière de la maison, elle donnait sur le jardin et sur la plage.

Fliss glissa les mains dans les poches de son short et se remplit les yeux de la splendeur de la vue.

— C'est magnifique. Je ne vois pas comment on pourrait cuisiner avec une vue pareille et ne *pas* faire brûler quelque chose.

— C'est encore plus beau vu du premier étage.

C'est là que nous avons l'essentiel de notre espace de vie. Mais, comme j'ai toujours peur que Héros saute du balcon, je descends au rez-de-chaussée quand je suis seule avec lui. Et on a un accès rapide à la plage.

Une plage privée, nota Fliss. Et, même si Matilda Adams ne bénéficiait pas d'un dispositif de sécurité sous forme de gardes du corps musclés avec lunettes noires et discrets microcasques, elle était quand même bien protégée. La maison était entourée par l'océan et difficilement accessible.

Et puis il y avait le chien.

Fliss était persuadée que, si Chase ou Matilda se trouvaient menacés, Héros se montrerait digne du nom qui lui avait été donné.

— Votre plage communique avec la plage principale ?

— Sur une toute petite partie, à marée basse. Et naturellement, il est arrivé à Héros de s'échapper par là. Ce qui est assez embêtant, car il y a des règles strictes à observer sur la plage publique, comme tu le sais peut-être ? Jusqu'à 10 heures du matin, les chiens ont le droit de courir sans laisse à condition qu'ils restent à portée de voix de leur maître et qu'ils obéissent. Et Héros n'est pas le roi de la discipline.

— On va tâcher de travailler un peu cette question de l'obéissance.

— Il ne réagit pas très bien à l'autorité.

— Ne t'inquiète pas pour ça. Je suis comme lui.

Fliss regarda autour d'elle et vit un ordinateur portable installé sur une table près d'une fenêtre. Toute la surface disponible autour était couverte de feuillets.

— Ça fait une masse de papier conséquente. Ton imprimante s'est emballée ?

— C'est le roman que je suis en train de terminer. Je l'ai imprimé pour faire une relecture finale sur papier et c'est là que Héros s'est servi de moi pour un de ses exercices de tir sur cible. J'étais en train de remettre les pages dans l'ordre et tout le manuscrit s'est envolé.

Fliss se baissa pour récupérer un feuillet tombé sous une chaise.

— Tiens. C'est la page 265.

— Super. Je la cherchais, justement.

Matilda la lui prit des mains et la plaça sur une des piles.

— J'aurais dû l'imprimer chapitre par chapitre.

— Donc ton métier, c'est d'écrire de la fiction. De quel genre ? Quelque chose que je suis susceptible d'avoir lu ?

— Je ne sais pas. J'écris plutôt des romans féminins. Avec des personnages de femmes énergiques et audacieuses qui ne me ressemblent pas du tout. Mes héroïnes n'ouvriraient pas leur porte avec des vêtements couverts de taches.

Elle attrapa un torchon mouillé et tapota sa chemise.

— Et tes héros masculins sont comme Chase ?

Matilda rougit.

— D'une certaine façon, oui. Ils ont tous quelque chose de lui, mais ne lui dis surtout pas que je t'ai confié ça. Il est très secret, très réservé. Il détesterait l'idée qu'une part de lui puisse apparaître dans un livre que tout le monde peut lire. Thé ou café ?

— Café, s'il te plaît. Serré de préférence. Sans sucre.

Fliss ramassa un second feuillet au sol. En essayant de ne pas trop se demander quel effet ça pouvait faire d'être aussi ouvertement amoureuse d'un homme qui vous aimerait tout aussi ouvertement en retour.

— Page 334… Ha, ha ! Tournant majeur dans l'intrigue : une scène de sexe. Hum… C'est assez *hot*, dis donc. C'est toi qui as écrit ça ?

— Oui, c'est moi. Et tu ne devrais pas la lire hors contexte !

Matilda essaya de lui arracher le feuillet des mains, mais Fliss le tint hors de sa portée et lut les deux premiers paragraphes.

— Hé, tu es douée pour la prose érotique. C'est gênant d'écrire ce genre de trucs ?

— Pas du tout.

Matilda tira un coup sec sur la feuille pour la récupérer... et la déchira au passage.

— Les scènes de sexe que j'écris correspondent toujours à une étape de l'évolution de mes personnages. Lorsqu'ils font l'amour, il y a une raison forte à la base. Ce n'est pas juste du sexe pour le sexe.

Fliss la regarda insérer la page dans la pile correspondante.

— Et la raison forte à la base, ça ne peut pas être tout simplement un état de manque après abstinence prolongée ?

Matilda programma une impressionnante machine à expresso au fonctionnement élaboré.

— Pourquoi pas ? Mais ne faut-il pas chercher une explication sous-jacente ?

— Je ne comprends pas.

Matilda s'adossa au comptoir de cuisine en attendant que la machine fasse son boulot.

— En tant qu'écrivain, si j'avais un personnage qui ne fait pas l'amour depuis des années, je me demanderais : « Pourquoi ce choix ? Qu'y a-t-il derrière ? » Il y a toujours des raisons plus profondes à rechercher.

Fliss était fascinée.

— Comme quoi, par exemple ?

— La fille — si c'est une fille — a pu être blessée par le passé, auquel cas, lorsqu'elle finit par avoir une aventure sexuelle, ce sera un événement lourdement chargé de sens pour elle et elle sera obligée d'affronter ses problèmes.

— Quels problèmes ?

— C'est à moi de le découvrir quand j'écris. Je me pose des questions sur le passé du personnage, sur le couple que formaient ses parents, ses premières expériences amoureuses, sur ses rêves et ses ambitions. Que veut-elle ? Et pourquoi le veut-elle ?

— Je n'avais jamais réalisé que c'était aussi compliqué. Tu te poses ces questions pour tous tes personnages ?

— C'est ce qui pour moi leur confère une réalité. Je finis par si bien les connaître que je sais comment ils se comporteraient dans n'importe quelle situation.

— Là, tu m'épates, parce que moi-même je ne sais pas toujours d'avance comment je vais réagir dans telle ou telle situation. Et que se passe-t-il quand tes personnages ne savent pas ce qu'ils veulent ?

— C'est l'occasion pour eux de le découvrir au fur et à mesure où l'intrigue se déploie. Il arrive aussi que leurs désirs et leurs attentes changent en cours de route, bien sûr. C'est le côté sympa de l'écriture — fabriquer un destin. Introduire quelques surprises. Des retournements inattendus. Et chaque livre, chaque personnage sont différents car il n'y a jamais deux personnes qui réagissent de la même façon face à une situation identique.

— Tu veux dire que certains ont la bonne réaction dans une situation donnée et d'autres la mauvaise ?

Sur ce plan-là, elle savait où se situer. Elle relevait clairement de la seconde catégorie.

Matilda plaça une tasse de café devant elle.

— Non, ce n'est pas ce que je voulais dire. De quel droit déciderait-on qu'il y a une « bonne » et une « mauvaise » attitude ? Mauvaise selon quels critères ? Ce qui est mal dans une culture peut être considéré comme parfaitement normal au sein d'une autre. Les gens ne sont jamais ni bons ni mauvais. Ils sont, c'est tout. Des personnes considérées comme « bonnes » sont capables de mal se conduire et de faire des choix désastreux. C'est ce qui rend les individus inépuisablement fascinants. Tiens, demande-moi par exemple si je serais prête à voler le bien d'autrui, je te répondrais que non, que j'en serais incapable. Mais imagine que mon bébé ait faim et que voler soit le seul moyen de le garder en vie ? Il n'est pas dit que je ne finirais pas par m'y résoudre. Personne d'entre nous ne sait comment il ou elle réagirait dans des situations extrêmes.

« Tu ne vaux rien. Tu ne sers à rien. »

Fliss but une gorgée de café.

— Il est excellent. Même si j'ai l'impression qu'il faut être titulaire d'un double doctorat pour faire fonctionner cette espèce d'appareil.

— « Cette espèce d'appareil », c'est typiquement le genre de cadeau que Chase adore me faire, observa Matilda en se préparant un thé. Nous avons dégusté un jour dans un *coffee shop* un expresso que j'ai trouvé sublime. Du coup, il n'a fait ni une ni deux et il m'a commandé la même machine, qu'il a fait expédier d'Italie. Toutes les instructions étaient en italien, une langue que je ne pratique pas. C'est adorable de sa part, mais il m'a fallu trois jours entiers pour comprendre comment elle fonctionnait. Et, comble de l'ironie, je ne supporte plus le goût du café depuis que je suis enceinte.

Fliss sourit, mais une pointe d'envie se faisait sentir quand même.

— Tu as de la chance.

— À cause des qualités de mon café ou de celles de mon mari ?

— Les deux.

Fliss s'appliqua à prendre un ton détaché.

— Mais, pour en revenir à ces questions de sexualité, quelles autres raisons profondes inventes-tu à tes personnages pour expliquer une absence prolongée d'activité au lit ?

— Parfois il y a une explication très basique : on ne rencontre tout simplement personne avec qui ça colle. Mais ça, dans un roman, ça ne donne pas forcément une intrigue haletante. Donc mes personnages ont souvent des blocages. Certains peuvent avoir peur de l'intimité. D'autres de l'engagement. Et puis il y a ceux qui n'ont jamais pu se détacher d'un premier amour et qui ne rencontrent personne qu'ils jugent être à la hauteur de l'« Ex » avec un E majuscule.

Le cœur de Fliss se mit à battre plus vite.

— Mais ça, c'est signe de problème psychologique, non ? Je veux dire, quand une relation est terminée, elle est terminée. Il n'y a pas à revenir dessus.

Matilda se laissa glisser sur la chaise la plus proche.

— On parle toujours de mes romans, là ? Ou tu penses à Seth ?

Aussitôt sur la défensive, Fliss se figea, luttant contre le réflexe de fuir. Matilda lui effleura le bras.

— Je sais que vous avez été mariés, Seth et toi. Chase et lui sont des amis de longue date. Chase l'a aidé à restaurer sa maison. Mais je suppose que tu le sais déjà.

Fliss secoua la tête.

— Non. Je n'étais pas au courant.

La proximité entre les deux hommes n'avait rien de surprenant, cela dit. Chase était le seul ami de Seth qu'il avait convié à leur mariage. C'était presque déstabilisant de se rendre compte qu'il y avait tant de choses qu'elle ignorait de la vie de l'homme qui avait été son mari. D'une certaine manière, Seth était un parfait inconnu pour elle. Un inconnu familier. Brusquement, le besoin d'en savoir plus sur lui se fit presque compulsif.

— Tu le vois souvent, Seth ?

C'était complètement indiscret, comme question. Et elle ne comprenait pas pourquoi elle l'avait posée. Seth était libre de fréquenter toute la population des Hamptons si ça l'amusait. Pourquoi se serait-elle intéressée à sa vie sociale ? C'était absurde d'interroger Matilda à son sujet.

— Seth vient dîner ici de temps en temps. Une fois, il a amené Na...

Elle laissa le reste de sa phrase en suspens. Fliss haussa les épaules en espérant que le vilain spasme qui lui avait tordu un instant le ventre ne s'était pas reflété sur son visage.

— Si « Na » est une femme, il ne faut pas que ça te gêne par rapport à moi. Seth et moi, on ne s'est pas revus depuis dix ans. C'est une histoire bouclée et enterrée depuis longtemps.

— Elle s'appelait Naomi, mais ils ne sont plus ensemble.

— OK.

Cela ne devrait même pas l'intéresser de savoir si Seth était en couple ou non. Il n'y avait aucune raison pour elle de se sentir soulagée. Penser qu'il avait pu rester seul une décennie durant frôlait le délire. Elle s'interdit sévèrement de poser les mille questions qui lui brûlaient la langue au sujet de ladite Naomi.

— Ça a été un vrai soulagement pour moi lorsqu'ils se sont séparés.

— Parce que tu trouvais qu'elle n'était pas faite pour lui ?

— Oui, déjà, dans un premier temps. Et d'un point de vue plus égocentré, parce qu'à côté d'elle j'avais vraiment l'impression de faire tache. Il y a des femmes, tu as l'impression qu'elles se lèvent le matin avec la peau lisse, l'allure impeccable et le cheveu auto-brushé. Naomi avait une chevelure parfaite, une peau parfaite, une silhouette de poupée Barbie. Pas l'ombre d'un gramme de trop nulle part. Pas de verres de champagne renversés, pas d'accidents de parcours avec du jus de cranberry. Elle était charmante et toujours très amicale, mais je la suspectais d'être secrètement étonnée qu'une personne comme moi n'ait pas été rayée de la carte par les vertus darwiniennes de la sélection naturelle.

Fliss émit un petit rire.

— C'est elle qui a rompu, du coup ?

Avait-elle réussi à poser cette question avec la nuance de détachement voulue ?

Matilda scruta ses traits un instant.

— Non, c'est Seth qui a mis fin à la relation. J'ai remarqué que c'était toujours lui qui était à l'initiative des ruptures.

Cela n'avait pas été le cas pour eux deux. Elle était partie. Il était resté.

Une pointe de culpabilité lui cisailla la poitrine. Serait-elle la raison pour laquelle Seth mettait fin à toutes ses relations ? Leur brève et douloureuse vie de couple avait-elle provoqué chez lui une forme de phobie de l'engagement ?

L'incapacité à s'engager ne ressemblait pas au Seth qu'elle avait connu. Mais, en dix ans, il pouvait se passer beaucoup de choses. Il avait probablement changé.

De son côté, en tout cas, elle n'était plus la même.

— Et qu'est-ce qui te fait penser que Naomi n'était pas faite pour Seth, alors ?

Mince, pourquoi avait-elle demandé ça ? Matilda allait penser qu'elle s'intéressait à lui, ce qui n'était pas le cas. Sérieux. Seth pouvait bien avoir qui il voulait dans sa vie.

— Elle était un peu trop mièvre. Limite sirupeuse. Et un brin manipulatrice, même s'il m'a fallu du temps pour repérer ce trait de comportement chez elle. Elle mettait la pression pour obtenir ce qu'elle voulait, l'air de ne pas y toucher, en affichant une candeur désarmante. Je la voyais essayer de manœuvrer Seth, mais il n'était pas réceptif à ses façons de faire. Pour être franche, elle me faisait de la peine. Je pense qu'elle était très sincèrement amoureuse de lui. Et c'était toujours un peu gênant de les voir ensemble. Plus elle se collait à lui, plus il mettait de la distance.

Matilda sirota son thé un instant avant de la considérer d'un œil interrogateur.

— Et maintenant ? Avons-nous atteint le stade où tu me confies pourquoi Chase pense que tu es Harriet ? Tu t'es présentée à lui comme étant ta sœur ?

Fliss fixa le fond de sa tasse de café.

— En fait, c'est plutôt Seth qui s'est présenté à moi... Je me suis mise dans le pétrin, je crois.

Matilda poussa la boîte de gâteaux dans sa direction.

— J'ai l'impression qu'un cookie pourrait être utile dans ton cas. Et une oreille amicale aussi.

Fliss sortit un biscuit de la boîte. Elle en croqua distraitement un bout, avala, puis écarquilla les yeux.

— Waouh. Ils sont exceptionnels !

— Je sais. Si j'étais condamnée à ne plus manger qu'un seul type de nourriture, je choisirais ces cookies. Ils viennent de chez Cookies and Cream.

Fliss prit le temps d'accorder sa pleine attention au petit gâteau, savourant l'explosion de saveurs réconfortantes.

— Cookies and Cream ? Connais pas. Il me faudrait une carte routière du coin, en fait.

— C'est sur Main Street. Juste à côté de la boutique qui vend de super tenues de plage, dans lesquelles je n'ai plus aucun espoir de pouvoir insérer ma volumineuse anatomie.

— Harriet adore cette boutique. Et tu es petit format à l'exception de ton *baby bump.*

— Tu veux rire ? J'ai été décrite de toutes sortes de façons dans ma vie, mais « petit format », ça, non, je ne l'ai encore jamais entendu. Ma grossesse, à ce stade, affecte mon équilibre. La plupart du temps, je ressemble à un croisement raté entre un chameau ivre et une girafe qui aurait avalé une pastèque.

— Pff... Tu ne ressembles ni à l'un, ni à l'autre, ni au mélange des deux.

Fliss décida qu'un excès d'autodiscipline était une fausse bonne qualité et s'octroya un second cookie. Elle adressa un clin d'œil à Matilda.

— Juste au cas où tu te poserais la question : non, ce n'est pas du goinfrage émotionnel. Si je craque, c'est uniquement parce qu'ils sont trop bons.

— Je te crois. Et maintenant, dis-moi pourquoi Seth pense que tu es Harriet.

Matilda reposa son mug.

— Vous avez été mariés et il ne fait pas la différence entre ta sœur et toi ?

— Apparemment, non.

Autant le reconnaître : ce « détail » lui restait en travers de la gorge. Si la vraie vie se déroulait comme dans les films, il aurait plongé les yeux dans les siens et l'aurait reconnue au premier regard.

— C'est l'inconvénient quand on a un clone, ajouta-t-elle.

— Mais il doit y avoir des quantités d'aspects positifs. J'ai souvent pensé à écrire un roman qui mettrait des jumeaux en scène. Cela dit, je pensais que dans la vraie vie il était toujours possible de les distinguer, même lorsqu'ils sont monozygotes.

Matilda scruta une fois de plus les traits de Fliss.

— Mais je dois dire que Harriet et toi, vous êtes vraiment vertigineusement semblables.

— Seulement en apparence.

— C'est troublant, cette similarité parfaite des visages. Mais tu as raison, vous n'avez pas le même rayonnement, pas la même personnalité, pas la même énergie.

— Même de l'extérieur, on voit vite la différence. Harriet sourit et moi je fais la tronche.

Fliss repoussa la boîte de gâteaux.

— L'idéal serait que tu les ranges dans un placard fermé à clé, dit-elle. En évitant de me montrer lequel, de préférence, car le forçage de placards à friandises verrouillés fait partie des nombreux forfaits dont je me suis déjà rendue coupable.

— Donc tu fais ça souvent ?

Elle croqua une bouchée.

— Quoi ? Boulotter des cookies ? Cela m'arrive à l'occasion, surtout lorsque quelqu'un pousse l'inconscience jusqu'à laisser traîner une boîte entière sous mon nez. Ce qui est une vraie provocation, il faut le reconnaître.

— Je voulais dire : tu te fais souvent passer pour ta sœur ?

— La fois précédente remonte à l'adolescence. Lorsqu'un petit connard harcelait Harriet. J'ai pensé qu'un brin de rééducation pourrait être utile à ce garçon.

Le simple fait de repenser aux persécutions dont sa sœur avait fait l'objet suffisait encore à faire flamber sa colère. Les yeux de Matilda scintillèrent.

— Je suis sûre que tu l'as « rééduqué » dans les règles.

— Je pense que ma méthode ne manquait pas totalement d'élégance.

Elle gesticula avec la main qui tenait le cookie, envoyant voler des miettes au sol.

— Je lui aurais aplati le nez de toute façon, mais j'ai pensé que la leçon aurait plus d'impact si cette petite brute pensait avoir affaire à ma sœur.

— Et donc Harriet a fait comme si elle était toi ?

— Pas du tout. Harriet n'aurait jamais accepté. C'est une nature droite et franche. Des deux, c'est moi la sournoise qui feinte, manipule et dupe son monde.

Matilda leva un sourcil.

— C'était quoi, alors, la feinte ?

— J'ai fait diversion pour que Harriet ne se doute de rien. Elle ignorait tout de mes projets. C'est en me trouvant dans les toilettes pour filles en train de laver le sang dans mes cheveux qu'elle a appris ce qui s'était passé.

Fliss releva ses cheveux et pencha la tête.

— Voici ma blessure de guerre.

Matilda attrapa un carnet et griffonna quelques notes.

— Désolée, mais il faudra que j'utilise ça dans un de mes prochains bouquins... Continue ton histoire, Fliss. Puisqu'il y a longtemps que vous n'échangez plus vos identités avec Harriet, pourquoi l'avoir fait *maintenant* ?

Fliss s'était posé la même question.

L'impulsivité ? Le manque de jugement ? Aucune de ces deux réponses ne paraissait très convaincante, même à ses propres yeux.

— Je vais te faire un aveu : je suis venue chez ma grand-mère uniquement pour éviter Seth. Rien que le fait de le dire à voix haute me file la honte. Je ne sais plus où me mettre.

Elle termina son café d'un trait.

— À ton avis, quel genre de femme se montre assez lâche pour ne pas oser dire « Salut, ça va ? » à un homme qu'elle n'a pas revu depuis dix ans ?

— Peut-être le genre de femme qui n'est pas complètement au clair sur ses sentiments ? Par contre, j'ai un peu de mal à comprendre en quoi le fait de venir ici t'aide à fuir Seth alors qu'il vit sur place ?

— Il se trouve que cette info cruciale me faisait défaut lorsque j'ai pris ma décision. Je l'ai entrevu de loin à Manhattan. Il bossait comme véto dans une clinique où nous allons tout le temps avec nos animaux. J'en ai conclu — un peu prématurément — qu'il était venu vivre à New York pour de bon.

— Donc, tu décides de te replier ici, enchaîna Matilda, le regard rêveur. Et là, grand choc : au premier coin de rue, tu tombes sur l'homme auquel tu croyais avoir échappé.

— Moins d'une heure après mon arrivée.

Défaite, Fliss avala sa dernière miette de cookie.

— Ce qui prouve que le karma est cruel.

— Ou que le destin peut être généreux.

C'était exactement le genre de commentaire que Harriet aurait pu faire.

— Je comprends pourquoi ma sœur et toi vous êtes devenues amies. Vous avez une nature romantique l'une et l'autre. Et, même si je m'en veux d'avoir à dissiper le joli petit nuage rose à travers lequel tu vois le monde, je peux t'assurer que notre rencontre n'a rien eu de poétique. Pour commencer, j'ai cru que j'avais écrasé sa chienne...

— C'est une farceuse, Lulu. Elle adore jouer à la morte.

— Je sais ça *maintenant*. Mais sur le moment, j'ai vraiment cru que je l'avais tuée. Ce qui a failli me tuer, moi. Il y a des quantités d'humains que je verrais volontiers passer sous mes roues, mais je n'ai encore jamais rencontré de chien à qui je souhaiterais pareil sort. Donc j'étais là, penchée sur Lulu, à trembler comme une feuille, lorsque Seth a brusquement émergé d'entre les arbres. Plutôt que de me comporter en adulte et d'échanger trois phrases polies avec lui, je lui ai dit que j'étais Harriet.

Au lieu de se montrer choquée, Matilda jubilait.

— Oh ! génial. Ça ferait une parfaite scène de rencontre-choc. Le « meet cute », comme on dit.

— Pardon ?

— Tu ne regardes jamais de comédie romantique ?

— Mon film préféré est *Shining*. Et *Psychose* arrive juste derrière.

Matilda frissonna.

— Tu as raison. Tu es vraiment très différente de Harriet. Quoi qu'il en soit, si tu pensais avoir tué sa chienne, tu devais être complètement retournée — autrement dit, pas dans ton état normal.

— C'est une explication qui me rassurerait presque sur mon cas.

— Ou alors tu as paniqué parce que tu n'étais pas préparée à la rencontre. Et du coup, tu as sorti le premier truc qui te passait par la tête.

— Cette version ne me plaît pas du tout, en revanche.

— Pourquoi ? Si tu ne l'as pas revu depuis longtemps, c'est une réaction assez compréhensible.

— Pas pour la plupart des gens, non. Mais pour moi, oui. J'ai toujours eu la sale habitude de fonctionner à l'impulsion.

Si elle n'avait pas eu cette fâcheuse propension, il n'y aurait peut-être jamais rien eu entre Seth et elle, pour commencer.

— J'essaie de me corriger petit à petit. Mais le chantier est encore en cours et il n'avance pas vite.

— Tu portes un jugement inutilement sévère sur toi-même.

Comme elle ne répondait pas, Matilda lui jeta un regard prolongé.

— Tu sais que je me suis inspirée de Seth pour le héros de mon dernier roman ?

— Non ? Sérieux ?

— Pourquoi pas ? Il est beau. Il est sexy. Et en plus, c'est un véto. Ce qui, pour une grande partie de mes lectrices, l'élève d'emblée au statut de héros.

Fliss eut une moue sceptique.

— Il n'en faut pas plus que ça pour fabriquer un héros ? Il suffit d'avoir la bonne profession et le tour est joué ?

— C'est un métier dans le domaine médical. Un personnage de soignant démarre déjà dans la course à l'héroïsme avec un bon nombre de points d'avance.

— Et à quel titre ? Parce que tu sais qu'il pourra vermifuger ton chat d'une main sûre si le besoin s'en faisait sentir ?

Matilda éclata de rire.

— On s'écarte de notre sujet. J'étais en train de te dire que je comprenais tout à fait pourquoi tu t'étais fait passer pour Harriet. On fait tous des trucs étranges lorsqu'on se sent menacé.

— Seth ne m'a pas menacée.

— Lui, non. Mais tes émotions, si.

Fliss décida que Matilda voyait un peu trop clair en elle à son goût.

— Quelle que soit la raison, je suis une trouillarde

à la base qui s'arrange pour fuir toute situation potentiellement inconfortable.

Elle eut une vision de Harriet encore gamine, recroquevillée sous la table avec les mains sur les oreilles. Chacune d'elles, au fond, s'était protégée à sa façon.

— Je ne crois pas que ce soit de la lâcheté, en tout cas. Si tu as réagi ainsi, c'est parce que tu as encore des sentiments pour Seth.

— Désolée de te décevoir, madame la Romancière des Sentiments, mais avant notre rencontre de bord de route, je n'avais pas revu Seth depuis dix ans. Et les sentiments, c'est comme les plantes. Pour qu'ils se maintiennent en vie, il leur faut un environnement nourricier. Ce que je suis incapable de leur fournir, entre parenthèses. Je ne suis pas nourricière. Je tue les plantes. Pas à dessein. Ça se passe à mon corps défendant. Les choses qui vivent autour de moi doivent être capables de prendre soin d'elles-mêmes.

Elle jeta un coup d'œil à Héros.

— À l'exception des chiens, bien sûr. Avec les chiens, je sais m'y prendre.

— Et pourquoi avec les chiens, spécifiquement ?

— Les chiens n'attendent pas de moi que je me montre autre que ce que je suis. Les chiens se contentent de ce que nous sommes. C'est l'amour inconditionnel.

— Mais cela t'a fait quelque chose de revoir Seth.

— Tu te bases sur quoi pour affirmer ça ?

Matilda mit quelques instants avant de répondre.

— Parce que, si cela ne t'avait rien fait, tu n'aurais pas éprouvé le besoin de te faire passer pour ta jumelle. Je pense que, si tu as fui Manhattan, ce n'était pas par refus de voir Seth. C'était parce que tu en *crevais d'envie*, au contraire.

Chapitre 8

Seth emmena Lulu faire un tour sur la plage en la maintenant en laisse car ils avaient passé l'heure où les chiens étaient autorisés à courir en liberté.

Arrivant du côté opposé, un grand doberman sombre sprintait dans leur direction.

Héros ?

Il chercha Matilda des yeux et son regard s'arrêta sur... Fliss.

Harriet, se rappela-t-il à l'ordre. Tant qu'elle ne décidait pas elle-même de mettre fin à la mascarade, il devait se souvenir de l'appeler Harriet.

Cela l'exaspérait un peu qu'elle manque de confiance en lui au point d'éprouver le besoin de lui cacher son identité. Mais entre elle et lui, cela avait toujours été le fond du problème. Fliss s'était toujours appliquée à rester inaccessible et hermétique. Il comprenait pourquoi elle le faisait, mais ça compliquait les choses quand même.

En attendant, il avait l'intention de tourner son petit subterfuge à son avantage.

Héros et Lulu se saluèrent avec enthousiasme et ce fut un tourbillon de fourrures canines, d'aboiements amicaux et de queues frétillantes.

Quelques instants plus tard, Fliss les rejoignit, hors d'haleine. Elle portait un short de course à pied et ses cheveux étaient rassemblés en une jolie queue-de-cheval lisse.

— Désolée.

Elle était manifestement contrariée que le chien l'ait conduite jusqu'à lui.

— Il s'est dégagé de sa laisse, le traître. Et, quand je l'ai rappelé, il a fait mine de ne pas entendre. Je comprends pourquoi Matilda s'arrache les cheveux avec lui.

— Ne t'inquiète pas pour Lulu. Ces deux-là se connaissent.

— Peut-être. Mais un doberman, ça devrait être un peu mieux dressé que ça.

Elle clipsa la laisse sur le collier de Héros, qui lui jeta un regard lourd de reproches.

— Eh oui, mon vieux. Je ne pensais pas que notre premier vrai rancard tournerait à la course-poursuite. C'est moi qui commande ici, d'accord ? La boss, c'est bibi.

Peu de gens se sentaient rassurés d'emblée en présence d'un doberman de la taille de Héros, mais Fliss était visiblement en position de maîtrise. Ce qui ne le surprenait pas de sa part.

Fliss n'avait jamais eu peur de rien ni de personne. À la notable exception de son père.

Il en avait été malade chaque fois qu'il avait été témoin d'une scène entre M. Knight et elle.

Le voyait-elle encore, à présent ? Cet homme irascible et dur avait-il gardé son ascendant autoritaire sur sa fille ?

— C'est sympa de ta part de le promener. Chase m'a dit que c'était un grand soulagement pour lui.

— Je comprends qu'il m'ait demandé de le faire.

Il est trop mastoc et indiscipliné pour une femme enceinte de huit mois. Assis, Héros !

Son ton était calme mais ferme. Le chien lui jeta un regard, évaluant ses chances de s'en sortir s'il désobéissait. Estimant sans doute qu'elles n'étaient pas bonnes, il s'assit.

Fliss hocha la tête.

— Voilà, c'est mieux. Je vais t'apprendre à obéir un peu mieux, parce qu'une fois que le bébé sera là il faudra que tu fasses preuve de discipline, OK ? C'est une lourde responsabilité d'être un chien de famille. Tu m'écoutes, au moins ?

Seth sourit lorsqu'il vit Lulu, sensible aux changements d'atmosphère, gémir et se cacher dans ses jambes. Héros, lui, levait vers Fliss de grands yeux contrits.

Seth aussi l'observait. Il était conscient qu'en cet instant elle avait oublié qu'elle était censée être Harriet. Devant lui, très clairement, se tenait Fliss. Fliss telle qu'il l'avait connue. Telle qu'elle s'était enracinée en lui.

Leur histoire d'amour avait été intense, passionnée et violemment érotique. Tellement érotique même qu'il s'était souvent demandé si une partie du problème ne venait pas de cette surenchère sexuelle qu'il y avait eue entre eux. S'ils avaient passé un peu moins de temps à faire l'amour et un peu plus de temps à parler, auraient-ils réussi à surmonter les déchirures de ces mois difficiles ?

Probablement pas, non. Car il aurait fallu pour cela que Fliss accepte de s'ouvrir. Et elle ne s'était jamais ouverte à lui. Pour se protéger de son père, elle avait érigé un système défensif à toute épreuve. Mais ce n'était pas juste son père qu'elle avait mis à la porte. Elle s'était fermée aussi au reste du monde.

Il avait grandi dans une famille joyeuse et aimante,

avec des parents qui les avaient soutenus et encouragés, sans jamais se montrer intrusifs. Des parents à l'écoute qui les avaient élevés avec amour, en leur transmettant des valeurs comme la loyauté, le travail, le respect.

Il était passé de l'enfance à l'âge d'homme en confiance, avec le sentiment que l'avenir était ouvert, ses rêves juste à portée de main.

Puis il avait rencontré Fliss.

— Comment va ta grand-mère ?

— Elle est violacée de la tête aux pieds. Et un peu angoissée, je pense. Sa chute a ébranlé sa confiance en elle et je n'aime pas la voir comme ça. J'essaie de la rebooster un peu.

Elle posa la main sur la tête de Héros.

— Elle parle même d'introduire des changements dans sa maison.

— Quel genre de changements ?

— De s'installer une chambre au rez-de-chaussée. Ce genre de choses. Elle envisage même d'abattre le pommier.

Fliss n'était pas maquillée, mais le soleil et le vent lui avaient rosi les joues. Son visage affichait une féminité subtile, avec un menton effilé et des pommettes dessinées avec précision. Il avait toujours aimé son physique, mais ce qui l'avait attiré par-dessus tout chez elle, c'était sa force, son intelligence, son franc-parler. Maintenant qu'ils se tenaient si proches l'un de l'autre, il sentait plus que jamais qu'elle était Fliss. Il y avait longtemps qu'il avait renoncé à essayer d'élucider cette énigme : pourquoi il ressentait une forte attirance sexuelle pour une jumelle et strictement rien pour l'autre.

— Elle a trébuché dans le jardin, donc on peut comprendre qu'elle veuille modifier son environnement pour améliorer sa sécurité et son confort de vie, dit-il. S'il y a des aménagements intérieurs à apporter, Chase peut donner un coup de main.

— J'ai entendu dire qu'il s'occupait de restaurer ta maison ?

Elle plaça une main en visière devant ses yeux et tourna le visage vers l'océan. Pensait-elle vraiment qu'il suffisait qu'elle dérobe son regard au sien pour éviter qu'il la reconnaisse ?

— Je venais souvent sur cette plage avec Fliss. C'était un des endroits qu'elle préférait.

Il vit la ligne de ses épaules se crisper. Lorsqu'elle finit par tourner la tête dans sa direction, elle se baissa en hâte pour caresser Héros.

— Les plages d'ici sont toutes géniales. Tu as une vue sur l'océan de chez toi, alors ?

— C'est la vue sur l'océan qui m'a fait craquer pour le lieu. Viens jeter un coup d'œil un de ces soirs. Je te paierai une bière et on regardera le soleil se coucher.

Cela avait été une de leurs grandes traditions, à l'époque. Assis côte à côte dans le sable, étroitement enlacés, ils assistaient au couchant en silence. Fliss se débrouillait pour se faufiler hors du cottage de sa grand-mère et lui l'attendait de l'autre côté de la grille en fer rouillée.

Ces souvenirs étaient-ils restés vivants chez elle ? Y pensait-elle maintenant ?

— Je ferai peut-être un saut à l'occasion, oui.

Il vit le sourire un peu trop flashy sur ses lèvres et son regard qui disait : « Ne compte surtout pas dessus. »

— Tu ne vis pas dans la maison de tes parents, alors ?

— Pour l'instant si. Mais c'est temporaire.

Il regrettait presque d'avoir choisi de poser ses

valises dans la vieille demeure familiale en attendant son déménagement. Cette maison qui avait été si gaie semblait à présent empreinte d'une incurable tristesse. Peut-être était-ce le silence de sa vie solitaire qui contrastait avec le joyeux vacarme qu'il avait connu chaque année en famille ? Mais ces derniers jours, Ocean View lui paraissait vide et comme hantée d'échos mélancoliques.

— Chase pense que je devrais pouvoir emménager la semaine prochaine. Tu restes ici jusqu'à quand ?

— Je n'ai pas de date précise. Jusqu'à ce que Grams n'ait plus besoin de moi.

— Et Fliss ? Elle s'en sort sans toi ?

Il faisait exprès de la mettre en porte-à-faux, un peu plus à chaque fois, pour la pousser à admettre qu'elle n'était pas Harriet. Même s'il savait qu'elle ne le ferait pas. L'autoprotection était devenue une seconde nature chez Fliss. Le réflexe était si profondément ancré en elle qu'elle restait sur la défensive même lorsque rien ne la menaçait.

Elle avait perdu la faculté de faire autrement.

Il essaya de détecter un signe, une trace de malaise sur son visage qui indiquerait que le mensonge lui pesait. Mais son expression demeura inchangée.

— Fliss se débrouillera, répondit-elle en haussant les épaules. Elle se débrouille toujours.

Combien de temps pensait-elle continuer à jouer à ce jeu absurde ? Il contint son impatience, même si une part de lui brûlait d'envie de la prendre aux épaules et de la secouer.

— Je me préparais à manger un morceau vite fait avant de retourner à la clinique. On peut déjeuner ensemble, si tu veux ?

Il la vit hésiter et chercher fébrilement une excuse pour refuser. La question étant de savoir si elle répugnait à passer un moment avec lui ou si elle avait juste peur de trahir sa véritable identité. Il ressentit un moment d'intense frustration. Enfin, il la retrouvait ; enfin, il avait l'occasion de lui parler en tête à tête. Mais il n'y avait toujours pas moyen de s'expliquer avec elle ni d'exorciser pour de bon le passé.

Elle détourna les yeux.

— C'est un peu compliqué. J'ai Héros avec moi.

— Ce serait bon pour lui d'apprendre à rester assis et à attendre patiemment. Et Lulu pourra lui enseigner deux ou trois trucs.

— Comme faire le mort, par exemple ? Histoire de terrifier son monde ?

— Voilà. C'est une compétence très utile pour un chien.

Il la vit se torturer le cerveau pour trouver un autre prétexte valable, puis renoncer en désespoir de cause.

— Bon, OK. Pourquoi pas ?

Ils longèrent la plage côte à côte, et il se souvint des longues balades qu'ils avaient faites ainsi, épaule contre épaule et les pieds dans l'eau. Aujourd'hui, Fliss était attentive à maintenir une bonne distance entre eux. Avant de la connaître, il avait cru, avec le manque de nuances qui caractérise la jeunesse, que l'intimité relevait avant tout du contact physique. Que c'était juste une question de corps dévêtus et d'explorations charnelles approfondies. Avec Fliss, il avait appris que l'intime était aussi et surtout émotionnel. Qu'il se déclinait à travers les pensées partagées, les mots murmurés, les secrets échangés. Et que le rapprochement né du sexe et du plaisir contribuait — mais ne suffisait pas — à instaurer le climat de confiance nécessaire.

Avec Fliss, il avait cru qu'ils étaient en voie de parvenir à des échanges authentiques, mais il y avait toujours eu une part d'elle qui était restée inaccessible. Alors même qu'il croyait s'en approcher, tout s'était cassé la figure. Comme un vase tombé de haut qui se brise sur le béton, éclatant en morceaux si nombreux que le recoller devenait impossible.

Ils trouvèrent une table à la guinguette de la plage. Dès qu'ils furent assis, il comprit qu'il avait commis une erreur stratégique. Dans un endroit public comme celui-ci, il n'y aurait aucun moyen d'avoir deux secondes tranquilles avec Fliss. Ni ici ni dans aucun autre bar, restaurant ou café du coin, d'ailleurs, vu que tout le monde ou presque le connaissait.

— Ah, docteur Carlyle ! Cela tombe bien que vous soyez là !

Megan Whitlow fut la première à venir lui parler, en lissant ses cheveux gris en arrière.

— Mon Rufus a l'air d'aller mieux, mais je me demande quand même si je ne devrais pas vous l'amener encore une fois en consultation. Juste par précaution.

— Appelez Daisy, suggéra Seth d'un ton placide. Elle vous donnera un rendez-vous.

Megan se pencha vers lui et baissa la voix.

— Je voulais vous dire à quel point nous sommes heureux, tous ici, que vous soyez de retour parmi nous, docteur. Je ne sais pas ce que nous deviendrions sans vous.

— Merci, Megan. Je suis très touché.

Il prit congé d'un hochement de tête. Inutile d'espérer bénéficier d'un minimum d'intimité dans un endroit comme celui-ci. Impossible de poser les questions qu'il avait eu l'intention de poser. Avec une patience résignée, il vit défiler quatre personnes supplémentaires et fut informé de l'état de santé de divers animaux de compagnie qu'il avait en traitement.

— Tu es apprécié, dans le secteur, Seth. Finalement,

ce n'est même pas la peine de louer un cabinet. Tu pourrais donner tes consultations ici, directement sur la plage.

Amusée, Fliss prit la carte.

— Dis-toi que ce serait encore pire si tu étais médecin. Au moins personne ne vient se déshabiller sous tes yeux toutes les cinq minutes pour se faire ausculter la rate ou l'appendice, ou je ne sais quoi.

— J'aurais dû choisir un autre endroit pour notre déjeuner.

— Non, pourquoi ? On est bien ici.

— Les interruptions ne te gênent pas ?

— Ça a un côté sympa.

Elle jeta un rapide coup d'œil au menu puis le reposa en glissant ses lunettes de soleil sur son nez.

— C'est le sens même du choix que tu as fait d'exercer ici, non ? La vie de village, le sentiment d'appartenir à une communauté unie par des liens étroits. Tu disais que tu n'étais pas fait pour vivre dans un endroit anonyme comme Manhattan. Et qu'à terme tu aurais envie de monter ta clinique dans un environnement plutôt rural.

— Je n'ai pas souvenir d'en avoir discuté avec toi, à l'époque.

Elle laissa passer un court temps de silence.

— Fliss a dû m'en parler.

Elle s'était récupérée de justesse et il décida de ne pas insister.

Pas encore.

Mais bientôt. Si elle s'obstinait à lui mentir, il ferait le premier pas.

— Donc, vous avez une activité qui marche, à Manhattan ?

— Ça se développe à la vitesse grand V, oui.

Elle parla chiffres et stratégies.

Si elle avait été Harriet, il aurait été question des chiens eux-mêmes, pas de marges brutes prévisionnelles.

Ils choisirent une salade thaïlandaise colorée et savoureuse parfumée à la citronnelle et arrosée de coriandre et de jus de citron vert. Le soleil jouait dans les cheveux de Fliss, faisant ressortir des nuances d'argent et d'or.

Les sujets qu'ils abordaient restaient neutres. Leurs parcours professionnels respectifs, les différences de rythme entre la « Manhattan way of life » et la vie dans les Hamptons. Les chiens. Rien de personnel.

— Tu te laisses tenter par un dessert ?

Elle jeta un coup d'œil sur la carte et soupira.

— Je vais résister, je crois. J'ai mangé une demi-tonne de cookies chez Matilda il y a quelques jours et je n'ai pas encore évacué mon sentiment de culpabilité.

Elle referma la carte.

— Et toi, tu n'as jamais été très porté sur les sucreries, ajouta-t-elle. Donc je pense que ce sera juste un café.

Encore un lapsus.

Il se demandait comment l'utiliser à son avantage lorsqu'ils furent de nouveau interrompus. Mais cette fois, ce n'était pas lui la cible.

— Harriet ?

Alors que l'arrivante serrait Fliss dans ses bras avec enthousiasme, Seth vit une expression de panique figer les traits de cette dernière. À l'évidence, elle ignorait complètement qui l'enlaçait ainsi.

Il décida de se montrer secourable.

— Salut, Linda. Alors, ces préparatifs pour la kermesse ?

— Tout est quasiment prêt pour samedi. J'espère que tu viendras y faire un tour et que tu dépenseras une fortune. C'est une vente de gâteaux faits maison pour une bonne cause, puisque tous les profits seront reversés au refuge pour animaux.

Linda relâcha Fliss.

— Je m'en veux de faire encore appel à ta bonne volonté, Seth, avec tout ce que tu fais déjà.

Brusquement, Seth eut une idée.

C'était peut-être un coup bas, mais Fliss l'avait bien cherché.

— Les cookies de Harriet sont incomparables. Pas vrai, Harriet ?

Il sourit à Fliss et la vit pâlir. Et tac.

Essaie de te sortir de là, maintenant, ma belle.

— Oh ! là, franchement tu exagères, Seth, protesta-t-elle faiblement.

— Tu dis ça parce que tu es modeste.

Il se tourna vers Linda qu'il connaissait bien.

— Tu devrais la persuader de t'en fournir un lot pour ta vente de gâteaux.

— En voilà une bonne idée !

Linda extirpa prestement un petit carnet de son sac et griffonna le nom de Harriet sur sa liste.

— Je me souviens encore de ceux que tu as apportés l'été dernier. Et ta grand-mère n'arrête pas de nous vanter tes qualités de cuisinière. Comment ai-je pu l'oublier ?

Fliss avait l'air pétrifiée.

— Merci, c'est gentil. Mais je suis un peu débordée en ce moment. Je dois m'occuper de Grams, je promène son chien ainsi que celui de Matilda et...

— Comment va Eugenia ? On m'a dit qu'elle était tombée dans son jardin. Si elle a besoin de quelque chose, sache qu'elle peut compter sur moi.

— Eh bien, c'est très généreux...

— Et je suis sûre que tu dois lui faire plein de bons gâteaux pour la réconforter. Donc je ne me sens pas trop coupable de te demander de mettre une plaque de cookies supplémentaire au four pour que nous puissions les vendre. Tes biscuits sont célèbres, par ici. Je me demande comment je n'ai pas pensé à te le demander plus tôt. Merci, Seth.

Fliss bredouilla quelque chose puis montra les dents en une mimique probablement destinée à passer pour un sourire.

— Entendu. Je peux faire ça. Avec plaisir.

Seth sourit intérieurement.

Il était certain que le plaisir ne serait pas au rendez-vous.

Il se demanda comment elle allait bien pouvoir s'arranger pour se sortir de ce mauvais pas. En se faisant coacher par Harriet au téléphone ? En potassant une vidéo sur YouTube ?

Peut-être serait-il prudent d'appeler la caserne des pompiers pour leur conseiller de brancher les tuyaux.

La serveuse arriva avec leurs cafés et Linda s'éloigna pour les laisser finir leur repas tranquillement.

— C'est sympa de t'être proposée de l'aider.

— Je n'ai rien proposé du tout. Tu m'as balancée volontaire d'office.

Elle jouait avec la mousse sur son cappuccino en dardant sur lui un œil courroucé.

— Pourquoi tu as fait ça, Seth ?

Il soutint son regard.

— Je sais que tu adores cuisiner et que tu aimes te rendre utile à la collectivité, Harriet.

Parce que tôt ou tard tu vas devoir lever le masque et arrêter de te cacher.

Et il aurait autant aimé que ce soit plus tôt que tard.

***

En nage, Fliss s'agitait dans la cuisine, avec de grands bruits de vaisselle et un fracas de portes de placard claquées. La table et le sol étaient couverts de farine et la première fournée de cookies gisait en un lugubre tas noirâtre sur une assiette. La seconde était entreposée juste à côté. Ceux-là n'étaient pas brûlés... Mais plats et huileux. Elle avait le projet d'enterrer ces preuves compromettantes dans le jardin dès qu'elle aurait terminé sa troisième tentative. La solution responsable consisterait sans doute à prévenir l'hôpital et à créer une alerte sanitaire avant que qui que ce soit ne s'aventure à goûter une de ses productions. En se lançant dans la pâtisserie, elle allait immanquablement susciter un afflux massif de victimes.

Maudit soit Seth de toute éternité avec son sens de la collectivité !

Ce serait bien fait pour lui si elle l'obligeait à avaler le tout de force en le laissant faire face aux conséquences.

Avec un regard gourmand levé vers elle, Charlie poussa un petit gémissement plaintif.

— Quoi ? Tu te moques de moi ?

Elle baissa les yeux vers le beagle.

— Contrairement à ce que tu as l'air de croire, ils ne sont pas comestibles. Essaie de croquer une bouchée et tu te retrouveras gisant sur le dos, les quatre pattes en l'air. Et ce n'est sûrement pas moi qui te conduirai chez le véto, donc oublie ça vite fait.

Exaspérée et furieuse contre elle-même, elle lava le bol pâtissier et reprit tout du début.

Pourquoi Seth l'avait-il mise dans cette galère ?

Parce qu'il la prenait pour Harriet.

La faute à qui ?

Elle s'était mise elle-même dans ce joyeux pétrin.

Jamais, en aucune circonstance, elle ne se ferait

passer une nouvelle fois pour sa sœur. Elle n'était pas et ne serait jamais Harriet.

Elle relut la recette posément en essayant de repérer à quel moment elle avait pu dévier du droit chemin.

Suivre des instructions détaillées, tout le monde pouvait le faire. Elle était débrouillarde. Méthodique quand il le fallait. Capable d'utiliser ses dix doigts comme tout le monde. Il devait y avoir moyen d'accoucher d'un lot de cookies sans provoquer ni incendie ni empoisonnement alimentaire massif.

— Tu as besoin d'un coup de main ?

Fliss fit un bond au son de la voix de sa grand-mère. L'échec de ses tentatives culinaires sautait aux yeux et, comme il était trop tard pour faire disparaître l'objet du délit, il ne lui restait plus qu'à la jouer au culot.

— Tu étais censée faire ta sieste !

C'était précisément la raison pour laquelle elle avait choisi ce moment pour se livrer à ses expérimentations.

— Les médecins ont bien dit qu'il fallait que tu te reposes, Grams. Qu'est-ce qui t'a réveillée ?

— Je ne sais pas ? Peut-être le remue-ménage. Ou les marmonnements furieux. À moins que ce ne soient les fumets délicatement carbonisés...

— Seth m'a désignée comme volontaire et je dois fournir des cookies pour une vente destinée à collecter des fonds.

Fliss se sentit rougir. Raconter des histoires à Seth était une chose. Mais duper sa grand-mère...

— Je suis désolée pour le bruit. Et pour le désordre. Je ne suis pas tout à fait moi-même aujourd'hui.

— Tu n'as pas été une seule fois toi-même depuis que tu es arrivée, observa gentiment sa grand-mère. Tu as été Harriet. Ce qui, j'imagine, doit exiger de toi une énergie considérable étant donné que tu es Fliss.

Cette dernière tourna la tête en sursaut.

— Tu étais au courant ? Depuis combien de temps ?

— Au courant que tu es Fliss ? Depuis le début bien sûr.

La culpabilité la prit à la gorge. La cuillère qu'elle tenait lui échappa des doigts et tomba dans la jarre avec un grand bruit.

— Comment tu l'as deviné ? Parce que je ne sais pas faire à manger ?

— Je l'ai su dès l'instant où je t'ai vue sur le parking de l'hôpital.

— À cause du cabriolet rouge ? J'aurais dû choisir une voiture moins tape-à-l'œil.

— Ce n'était pas la voiture.

Sa grand-mère se pencha pour épousseter la farine accumulée dans la fourrure de Charlie.

— Tu es ma petite-fille, Fliss. Tu crois que je ne reconnais pas ma propre petite-fille ?

Fliss se sentait horriblement ridicule soudain.

— Mais si tu le savais, pourquoi tu n'as rien dit ?

— J'ai supposé que tu avais de bonnes raisons de te faire passer pour ta sœur.

Grams s'assit sur une chaise de cuisine.

— Et je crois deviner que cette bonne raison est grand, avec un physique latin et plutôt très beau garçon.

Fliss récupéra la cuillère.

— Je ne voulais pas me faire passer pour Harriet. Ce n'était pas le projet au départ. En fait, lorsque tu as appelé, le matin tôt, c'est moi que tu as eue au téléphone, pas Harriet.

— Je sais. Ce que j'ignore, en revanche, c'est pourquoi tu as fait semblant avec *moi*. Pourquoi ne pas m'avoir dit tout simplement qui tu étais ?

— Parce que je tenais à quitter Manhattan coûte que coûte. Seth exerçait dans la clinique vétérinaire près de chez nous, quasiment à deux pas. Je ne voulais pas le voir. Quand tu as appelé au secours, je me suis dit que c'était l'occasion rêvée pour fuir.

— Et pourquoi ne pas m'avoir expliqué cela au téléphone ?

— Parce que ce n'était pas moi que tu voulais avoir auprès de toi. C'était Harriet.

Sa grand-mère l'examina par-dessus le bord de ses lunettes.

— C'est comme ça que tu vois les choses ?

Fliss haussa les épaules.

— C'est son numéro que tu as composé.

— J'ai pris le premier qui me tombait sous la main.

— Mais c'est quand même à elle que tu as eu le réflexe de faire appel. Et c'est logique, d'ailleurs. Tout le monde veut plutôt Harriet parce qu'elle est naturellement douce et réconfortante. Moi, je suis Bad Fliss, la mauvaise jumelle.

Elle repoussa le saladier d'un geste brusque et vit sa grand-mère serrer les lèvres.

— Ça, c'est le discours que tenait ton père. La première fois que je l'ai entendu te dire ça, j'ai failli le jeter hors de chez moi et refermer à clé derrière lui. Je peux t'assurer que je l'aurais fait si je n'avais pas eu peur des répercussions pour ta mère.

Fliss se pétrifia. Si seulement elle ne s'était pas lancée dans la confection de ces maudits cookies ! Grams et elle auraient pu continuer de faire semblant au lieu de se retrouver embringuées dans cette horrible conversation sur le passé.

Le comportement de son père ainsi que les relations au sein du couple parental étaient des sujets qu'ils s'appliquaient tous à éviter, comme l'on se hâte de cacher la poussière sous un tapis.

Elle se serait enfuie dans sa chambre si ses jambes avaient accepté de lui obéir.

— Il ne me traitait pas de mauvaise jumelle sans raison.

— C'est réellement ce que tu crois ?

L'œil fixe, Fliss regardait le plateau en bois éraflé de la vieille table de cuisine et revivait en pensée les scènes qui s'étaient déchaînées pendant les repas familiaux. Elle revit son père hurlant jusqu'à ce que son visage prenne une couleur alarmante, à mi-chemin entre la tomate et la betterave rouge. Il y avait eu des moments où elle avait vraiment cru que son cœur allait le lâcher en plein dans un de ces accès de rage incontrôlés. Des moments où elle avait espéré à moitié qu'il tombe raide, la bouche ouverte.

Puis l'accident cardiaque avait fini par se produire, sans que cela change quoi que ce soit entre eux pour autant. Dans les romans, c'était le genre d'événement déclencheur qui recréait l'unité d'une famille désunie. Dans un film ou dans un livre, il y aurait eu des larmes, des regrets exprimés, des embrassades et une réconciliation finale. Dans la vraie vie, les choses s'étaient déroulées tout autrement. Pour elle, en tout cas.

— Bon, il faut que je me remette à ces cookies, je crois. Ou alors je renonce et j'en achète chez Cookies and Cream. À moins que je ne confesse mes mensonges en public.

— Je ne te connaissais pas cette mentalité défaitiste ?

Fliss prit une grande inspiration et affronta le regard de sa grand-mère.

— Normalement, je ne lâche rien. Mais la cuisine et moi sont deux ingrédients qui s'amalgament vraiment très mal.

— Je ne crois pas que les cookies soient le problème. Et ils peuvent attendre, de toute façon.

— Non, ils ne peuvent pas attendre. Grâce à ma chère nature impulsive, je me suis engagée à en sortir une fournée pour la kermesse, ce week-end. Il faut que j'y arrive d'ici là.

L'idée d'avoir à faire des cookies devenait soudain presque attractive. Tout plutôt que d'avoir à subir une conversation sur le passé.

— Tu n'es pas « la mauvaise jumelle », Fliss.

Elle ferma les yeux. Tout en elle se refusait à aborder ce sujet. Elle en était tout simplement incapable.

— Tu crois que j'ai mis trop de farine ? Ou peut-être pas assez ? La deuxième fournée est molle et vaguement gluante.

Elle planta le doigt dans un des cookies pour appuyer ses dires, mais sa grand-mère refusa de se laisser manœuvrer.

— C'est peut-être l'impression que pouvait avoir une personne extérieure en voyant les choses de loin. Mais pour moi qui ai assisté à votre vie de famille de l'intérieur, je sais à quel point ça a été dur. Dur pour chacun d'entre vous, mais dur pour moi aussi. J'en étais malade pour ma fille. C'était cruel de voir que l'amour, dans ce couple, ne venait que d'un seul côté.

Au secours, non. Cette conversation devenait beaucoup trop personnelle à son goût. Comme si sa grand-mère s'acharnait sur une serrure avec une clé choisie au hasard, en espérant qu'elle finirait par céder.

Mais c'était une porte que Fliss refusait d'ouvrir.

Elle secoua la tête.

— L'amour, ce n'est pas mon terrain d'expertise, tu sais. Je suis douée en maths et avec les chiens difficiles. Les sentiments, ce n'est pas mon truc.

Mais elle pouvait peut-être essayer de faire un effort quand même ? Sa grand-mère semblait tellement déterminée à revenir sur le passé. Elle avait toujours eu le réflexe d'éluder ce genre de conversation, mais, puisque Grams lui pardonnait généreusement de lui avoir menti, elle pouvait bien faire un geste de son côté.

— Tu as raison. Mon père ne l'aimait pas assez. Ou, s'il l'aimait, il avait une drôle de façon de le montrer.

Cela n'avait pas dû être facile pour sa mère d'aimer sans être aimée en retour. Fliss ne pouvait que trop facilement l'imaginer. Elle songea à Seth et repoussa aussitôt cette pensée.

Elle ne voulait pas remuer tout ça maintenant. Pas laisser le flux indiscipliné des souvenirs remonter en masse à sa conscience.

Si elle commençait à se prendre la tête avec ça, elle était perdue.

Sa grand-mère retira lentement ses lunettes. Ses cheveux blancs comme neige faisaient ressortir les taches sombres des ecchymoses sur sa peau.

— C'est comme ça que tu voyais les choses, Fliss ?

— Parce que j'aurais pu les voir autrement ?

Il était évident que sa mère avait aimé son père. Pourquoi sinon se serait-elle évertuée du matin au soir à essayer d'être gentille et affectueuse avec lui ?

— Elle était toujours toute douce et accommodante avec lui. Jamais un mot plus haut que l'autre. Il n'y avait qu'avec lui qu'elle parlait avec cette petite voix flûtée. Dégoulinante de miel. Et lui, ça l'exaspérait. « Arrête d'essayer de m'attendrir », disait-il toujours. Et elle murmurait : « Tout ce que je veux, c'est que tu sois heureux, Robert. » Mais au final, elle pouvait bien se démener tant qu'elle voulait, heureux, il ne l'était jamais.

Elle s'était souvent demandé si son père s'était toujours montré aussi ombrageux et insatisfait. Avait-il été un enfant coléreux ? Difficile ? Il avait perdu ses parents à l'adolescence et il était fils unique, donc il n'y avait jamais eu personne à qui elle aurait pu poser la question.

— Tu voyais comment ils fonctionnaient, toi aussi, Grams. Tu as dû t'en rendre compte, non ?

Sa grand-mère reprit ses lunettes.

— Oui, j'ai vu comment ils étaient ensemble.

Alors pourquoi la regardait-elle de cet œil bizarre ? Fliss avait la nette impression de passer à côté de quelque chose.

— Je sais qu'ils ont fait un mariage précipité parce que maman était enceinte de Daniel.

Était-ce à cela que sa grand-mère faisait allusion ? Sa mère n'avait jamais fait mystère de cette grossesse commencée hors mariage.

— Je sais que tout s'est passé très vite. Un mariage romantique et un peu fou.

Sa grand-mère la regarda longuement avant de lui adresser un sourire plutôt forcé.

— Oui, tout s'est passé très vite, en effet.

— Peut-être que mon père s'est senti pris au piège ou un truc comme ça ? Cela expliquerait cette colère permanente qu'il traînait toujours. Et qu'il dirigeait contre nous en général et contre moi en particulier. J'ai toujours pensé qu'il avait assumé sa paternité contre son gré, alors qu'il ne voulait pas d'enfants.

— Là, tu te trompes, Fliss. Il a toujours souhaité être père.

Fliss haussa les épaules.

— Il n'en donnait pas l'impression, en tout cas. Je n'ai jamais rien vu de paternel en lui.

— Fliss...

— Tout ça n'a plus aucune importance. Je ne le revois même plus, mon père, de toute façon. Il m'a bien fait comprendre qu'il ne voulait plus me voir.

Elle ne précisa pas à sa grand-mère comment il

s'y était pris pour faire passer le message. Personne n'était au courant de la visite qu'elle lui avait rendue à l'hôpital, tout de suite après son premier infarctus.

Elle y était allée seule, avait menti à tout le monde, même à sa jumelle. Pris un train et un bus, était arrivée trempée à l'hôpital parce qu'il avait plu à verse ce jour-là. C'était comme si le temps avait reflété son humeur.

Elle avait poussé la porte de la chambre de son père, vu les machines qui bipaient, découvert la silhouette frêle et vulnérable dans le lit. Elle était entrée avec son imperméable trempé plaqué contre elle et la pluie qui gouttait au sol comme autant de larmes répandues.

Il avait tourné la tête vers elle et pendant un instant ils s'étaient juste regardés en silence. Puis il n'avait prononcé qu'une seule phrase. Pas : « Je t'aime, Fliss » ou : « Je suis heureux de te voir. »

Il avait aboyé cette unique question : « Qu'est-ce que tu veux ? »

Et c'était tout.

Qu'est-ce que tu veux ?

Elle n'avait pas pu lui dire ce qu'elle voulait, pour la bonne raison qu'elle ignorait elle-même ce qu'elle était venue chercher auprès de lui. Déjà pour commencer, elle ne comprenait pas pourquoi elle s'était déplacée pour se rendre au chevet d'un homme qui semblait toujours avoir eu le plus grand mal à tolérer son existence. Et elle ne comprenait pas plus comment son indifférence avait encore eu le pouvoir de la briser, même après tout ce qu'il lui avait déjà fait endurer.

Qu'était-elle venue chercher auprès de lui ?

Avait-elle honnêtement pensé qu'il lui ouvrirait les bras et la serrerait contre son cœur fatigué ? Quand lui avait-il jamais manifesté le moindre signe d'affection ?

Elle avait quitté la chambre sans prononcer un mot

et était rentrée chez elle sous la pluie, soulagée de n'avoir dit à personne où elle allait. Sa réserve et son goût du secret lui avaient permis de faire l'économie des questions gênantes.

Gênantes comme celles que sa grand-mère lui posait en ce moment.

— Bon, trêve de plaisanteries, il faut que je m'attaque à ces cookies. Grave problème.

Sa grand-mère se leva pesamment et se raccrocha au bord de la table pour reprendre son équilibre.

— Je dis toujours qu'un problème partagé est allégé de moitié.

Grams cherchait-elle à lui faire passer un message ? Fliss choisit de ne pas relever.

— Cela dépend de la nature du problème et avec qui on le partage. Si tu essayais de partager un problème culinaire avec moi, par exemple, il serait multiplié par deux et non pas divisé.

— Dans ce cas précis, c'est toi qui partages un problème de cookies avec moi. On va les faire ensemble.

— Tu es censée te faire dorloter.

— Tu crois que quelques malheureux bleus vont m'empêcher de me mettre en cuisine ?

— Si je pensais que les bleus étaient une excuse valable pour ne pas cuisiner, je me serais déjà auto-attaquée à coups de cuillère en bois.

Grams se mit à rire.

— Tu ne vas pas y échapper comme ça. Allez, pousse-toi. Tu es capable de suivre des instructions, je suppose ?

— Normalement, oui. Mais la mixture que j'ai préparée n'a rien voulu savoir, elle. Je lui ai donné la consigne : « Transforme-toi en cookies » et regarde ce que ça a donné.

Fliss examina son mélange d'un œil sombre.

— Tu crois qu'on peut y arriver, toi et moi ?

Sa grand-mère jeta un coup d'œil sur le contenu de la jatte en verre.

— Il n'y a peut-être pas grand-chose à espérer de ce côté-là. C'est un ratage. Mais quand tu as loupé quelque chose, tu peux le mettre de côté et tenter un nouveau départ.

Une autre métaphore, songea Fliss. La journée semblait en être remplie.

Elle tourna la tête vers sa grand-mère, consciente qu'elle ne méritait pas son aide.

— Je ne voulais pas me faire passer pour Harriet. J'avais l'intention de rétablir tout de suite la vérité, mais Seth a débarqué à l'hôpital et...

— ... Et tu n'as pas eu envie de l'affronter sous ta propre identité.

— Parce que je suis lâche.

— On peut dire beaucoup de choses de toi, Fliss, mais « lâche », non, tu ne l'as jamais été. J'imagine que tu avais tes raisons pour te faire passer pour Harriet. Si tu as envie de m'en parler, tu trouveras une oreille attentive. Mais si tu préfères te lancer dans la pâtisserie, allons-y pour les cookies.

Le besoin de se confier à sa grand-mère était là, soudain ; comme une évidence. Et Fliss en était la première surprise. Garder ses secrets était devenu comme un réflexe de survie, pour elle. Et il était rare qu'elle y déroge.

Un sentiment de culpabilité vis-à-vis de Grams la prit à la gorge.

— Je regrette de t'avoir menti. C'était nul.

— Ce sont des choses qui arrivent. Voir Seth t'a mise dans tous tes états et tu t'es dit qu'il était plus simple de fuir tes problèmes que de les affronter. Que celui qui dans sa vie n'a jamais réagi ainsi te jette la première pierre.

Sa grand-mère prit la cuillère en bois et s'intéressa de nouveau à l'aspect de la pâte.

— Tout bien considéré, je pense qu'il y aurait moyen de tenter une opération de sauvetage. Elle est juste un peu molle, c'est tout. Tu as pesé la farine ?

— Plus ou moins. Mais une partie s'est retrouvée au sol. Le reste semble avoir atterri sur le chien.

— Bon. Va me chercher la farine.

Fliss s'exécuta.

— Si Harriet avait été là, elle n'aurait pas eu besoin de ton aide. Elle est mille fois plus douée que moi pour la cuisine. Que dis-je ? Elle est mille fois plus douée pour tout. Faire à manger. Prendre soin des autres. Prendre soin d'elle-même, aussi...

Fliss fixa le contenu du paquet de farine d'un air dépité.

— En fait, les seuls domaines où je suis meilleure qu'elle, c'est en maths et en gâchis.

— Ils enseignent le gâchis à l'université, maintenant ? L'enseignement a bien changé de nos jours.

Fliss réussit à sourire.

— Je n'ai jamais eu besoin de cours pour y arriver. Mes talents sont innés. Dès qu'il y avait une mauvaise décision à prendre, on pouvait compter sur moi pour l'adopter.

Sa grand-mère mesura la farine avant d'en ajouter dans le saladier.

— Tu estimes que Seth était une mauvaise décision ?

Les yeux de Fliss picotaient soudain. Merde. Qu'est-ce qui lui arrivait encore ? Si encore elles avaient été en train de hacher des oignons...

— Evidemment que c'était une mauvaise décision.

— Pourquoi ? Tu ne l'aimais pas ?

Merde et merde au carré. Comment répondre à cela ? Avec franchise, décida-t-elle. Elle avait déjà assez menti à sa grand-mère comme cela.

— Je l'aimais, si.

— Alors en quoi était-il une mauvaise décision ?

— Parce que j'ai gâché sa vie.

Et elle lui avait menti, à lui aussi.

— Si tu lui as gâché la vie, comment se fait-il qu'il recommence à te tourner autour ?

— Il ne me tourne pas autour. Il vit ici, donc forcément on se croise. Et de toute façon, il me prend pour Harriet. Avec qui il serait mieux assorti qu'avec moi, d'ailleurs. Ma sœur est une bien meilleure personne que je ne le suis.

Sa grand-mère lui attrapa le bras et le tint fermement, la forçant à la regarder droit dans les yeux.

— Non, ma chérie. Tu te trompes. Elle n'est pas meilleure. Elle est juste différente, c'est tout.

— Différente, en mieux.

— C'est ton père qui t'a implanté cette idée fausse dans le crâne ! Il faisait tout pour vous monter l'une contre l'autre, vous manipulait en vous embrouillant la tête. Tu es intelligente, Fliss. Je n'ai jamais compris comment tu avais pu tomber ainsi dans le panneau. Message reçu ? Parfait. Et maintenant pousse-toi. Nous avons une tonne de cookies à livrer pour ce week-end et ils ne vont pas se faire tout seuls.

Chapitre 9

— Bon. Imaginons que je sois le personnage d'un de tes romans. Comment tu me ferais évoluer pour me guérir de moi-même ?

Fliss était allongée sur le sable et rêvassait en regardant l'océan. À côté d'elle, Matilda changea de position sur la couverture.

— Parce que tu as besoin d'être guérie de toi-même ?

— Il y a des jours où je regrette de ne pas être plus comme Harriet.

— Je trouve génial que vous soyez aussi différentes, au contraire. Je t'envie d'avoir une jumelle. J'aurais tout donné pour avoir une sœur ou un frère. C'est une des raisons pour lesquelles j'écris des histoires. Pour avoir de la compagnie. Toi, tu es née en duo.

— Yep. C'est le côté cool de ma vie, en effet.

Fliss fixa les yeux sur l'océan et se rendit compte que Matilda continuait de se tortiller à côté d'elle.

— Qu'est-ce qui ne va pas ? Une envie urgente de faire pipi ?

— J'ai *tout le temps* envie de faire pipi, mais non, ce n'est pas ça. Cela fait quelques jours que j'ai une douleur au bas du dos qui refuse de passer.

Son téléphone sonna et elle fouilla dans son sac.

— Tu ne m'en veux pas si je réponds ? C'est sûrement Chase qui doit me dire à quelle heure il rentre ce soir.

Elle prit l'appel et Fliss vit l'expression de son amie passer du plaisir à la déception, comme un lampion fragile qui s'illumine, vacille et finit par s'éteindre.

— Mais non, ça ne m'ennuie pas ! Ne t'en fais pas, je suis comme un coq en pâte ici... Il reste encore un mois entier avant l'accouchement et ça, c'est si le bébé naît à terme. Il paraît que les premiers arrivent plutôt trop tard que trop tôt. Tu n'as aucune inquiétude à avoir, donc. Je vais me faire une petite soirée bien cool devant Netflix. Tu dînes ce soir avec ton père ? Essaie de ne pas trop t'énerver. De toute façon, on se voit demain et on aura le temps de tout se raconter... Oui, moi aussi, je t'aime.

Fliss se surprit à éprouver un soupçon d'envie et se secoua, comme pour chasser au loin cette réaction imprévue.

Passer une soirée à deux « à tout se raconter », c'était l'idée même qu'elle se faisait d'une soirée cauchemar.

Elle attendit que Matilda mette fin à l'appel.

— Chase ne rentre pas ce soir, finalement ?

— Il est submergé de boulot et il a un rendez-vous très tôt demain matin. Ce serait de la folie qu'il rentre ce soir. Il va en profiter pour dîner en vitesse avec son père. Ça, c'est plus du devoir que du plaisir.

— Ils ne s'entendent pas ?

— La relation est compliquée, disons.

Fliss en savait un rayon sur les relations « compliquées » avec ses ascendants.

— Je ne sais pas si c'est une bonne idée que tu restes toute seule ce soir.

— Oh ! ça va aller.

Matilda changea encore de position.

— Si la douleur persiste, je me détendrai dans un bain chaud.

— Tu ne devrais pas consulter, plutôt ? Je peux te conduire à l'hôpital, si tu veux.

— Je suis enceinte. Pas aux derniers degrés de l'agonie.

— Alors je peux t'emmener à la maternité.

Matilda sourit et bascula sur le dos.

— Pour la maternité, c'est encore trop tôt. Ce sont des fausses contractions — dites de Braxton Hicks. J'ai eu tout un cours sur la question. Même si on a l'impression que ce sont des vraies, on se trompe.

Fliss réfléchit.

— Je ne veux pas laisser ma grand-mère seule toute une nuit, sinon, je t'aurais proposé de te tenir compagnie chez toi. Mais rien ne t'empêche de venir dormir à la maison.

— C'est gentil mais ça va aller, vraiment.

Matilda se retourna encore et Fliss se leva.

— On ferait mieux de retourner chez toi, non ? Je ne sais pas ce que tu as exactement, mais la plage ne me paraît pas être le lieu le plus confortable, dans ton état.

— L'air de l'océan me fait du bien. Et Héros est content de jouer avec Charlie. Autre avantage non négligeable : avec toi, j'arrive à oublier par instants ma condition de baleine semi-échouée. Parle-moi de ta vie de jumelle.

— Qu'est-ce que tu aimerais savoir ?

— Est-ce que votre entourage vous traitait comme deux entités séparées ? Ou plutôt comme un tout ? Vous portiez les mêmes vêtements ?

— À part l'uniforme à l'école, non, jamais. Et

j'avais raccourci l'ourlet du mien de trois centimètres, donc même comme ça, on était différentes.

Matilda rit doucement.

— Continue, s'il te plaît. Tu m'inspires plein d'idées pour ma prochaine intrigue.

Fliss frémit.

— Ah non. Je ne veux pas être dans un livre.

— Tu n'y seras pas. Je picore juste ici et là des détails qui m'intéressent et j'invente le reste. La vraie vie n'est jamais aussi intéressante que mes histoires.

— Sauf s'il s'agit de *ma* vie. Mais assez parlé de moi. On passe à autre chose.

— Tu n'aimes pas beaucoup te raconter, j'ai l'impression ?

— Ce n'est pas ce que je préfère, non. Et c'est à ton tour, maintenant. Comment as-tu rencontré Chase ?

— À une soirée ultra-glamour sur un *rooftop* de Manhattan.

Fliss se baissa pour ramasser un coquillage.

— Waouh. Cool. Tu as des fréquentations de rêve.

— Pas du tout. J'étais là en ma qualité de serveuse. Je ne savais même pas à quoi Chase ressemblait. Je pensais le voir pendant la réception, mais j'ai fait chou blanc. Avec ça, j'ai renversé un plateau de champagne de luxe et j'ai été virée sur-le-champ. Et c'est là, juste au moment où je quittais les lieux la queue entre les jambes, que je vois un mec méga-sexy s'engouffrer dans la cabine d'ascenseur.

— Et tu t'es présentée.

— Pas du tout. J'étais un peu désillusionnée sur ma personne après ce qui venait d'arriver, donc je me suis fait passer pour quelqu'un d'autre.

L'idée n'était pas faite pour déplaire à Fliss.

— Non ! Sérieux ? Et quelle identité as-tu choisie ?

— Celle de l'héroïne du livre que j'étais en train

d'écrire. Je lui avais attribué toutes les qualités dont je rêvais pour moi-même. Elle était sûre d'elle, jamais maladroite...

Matilda tomba dans un court silence pensif, les yeux rivés sur les vagues.

— Bref... On a passé une nuit magique. Décoiffante. Puis la vraie vie s'en est mêlée. Il a appris qui j'étais. J'ai appris qui il était. Et ça a failli très mal se terminer.

Fliss secoua lentement la tête.

— Hé, attends. Tu veux dire que tu t'es réellement donné une identité d'emprunt pendant plusieurs jours ? Je pensais qu'il n'y avait que moi pour faire un truc aussi improbable.

— Toi, au moins, tu te fais passer pour une personne réelle. Mon identité *bis* à moi était imaginaire. C'était pire. Avant de connaître Chase, je ne savais qu'une chose de lui : qu'il collectionnait les livres rares et que dans une de ses maisons il avait une pièce entière dévolue à sa bibliothèque. Tu te rends compte ? Alors que pour moi « classer » un livre consistait à le pousser sous le lit.

Fliss songea au quasi-château où Matilda vivait aujourd'hui. Au luxe. À l'espace. Et tout ce qui l'avait intéressée là-dedans, c'était la bibliothèque !

— Donc, ce qui t'excitait chez lui, c'était ses bouquins ?

— Non, pas tout à fait. Son frère est directeur d'une maison d'édition où je rêvais d'être publiée. J'avais mis au point un plan diabolique pour que mon manuscrit atterrisse, via Chase, entre les mains du frère en question. Et, comme tous mes super plans, celui-ci ne s'est pas déroulé du tout comme je l'avais prévu.

Fliss désigna le diamant qui scintillait au doigt de son amie.

— De la façon dont je vois les choses, ton plan n'a pas trop mal abouti. C'est le happy end parfait.

— C'est vrai. Et le plus étonnant, c'est que notre rencontre s'est passée de façon plus romantique que toutes les intrigues que j'ai pu écrire.

Matilda porta sa bouteille d'eau à ses lèvres et but une gorgée.

— Bon. Je pense que je ferais mieux de rentrer quand même. Je voudrais finir de relire mes épreuves avant que ce *baby* ne décide de montrer le bout de son nez.

De nouveau, Fliss imposa silence à la pointe d'envie qui lui cisaillait le cœur. Elle raccompagna Matilda jusqu'à la maison.

— N'hésite pas à m'appeler en cas de besoin.

— Il n'y a aucune raison pour que j'aie besoin de quoi que ce soit. Héros a eu droit à deux grandes promenades, aujourd'hui. Il ne peut rien nous arriver ce soir.

— Je l'espère pour toi. Parce que je te préviens que la spécialité obstétrique ne figure pas sur mon CV.

Seth déambulait dans la chambre à coucher principale de sa nouvelle maison. L'écho de ses pas sur le parquet en chêne se réverbérait dans la pièce encore vide de tout mobilier. Sa future chambre était vaste et haute de plafond avec des portes-fenêtres donnant sur un balcon. Et il savait déjà où il placerait le lit : contre le mur, face à la vue. Il aurait le privilège de vivre juste au bord de l'océan, à la limite de la réserve naturelle. Lorsqu'il ouvrirait ses fenêtres, il n'entendrait pas un son, hormis le chant des oiseaux et la respiration des vagues venant lécher le sable.

La maison était peut-être encore vide mais il s'y sentait déjà chez lui.

Chase avait fait un super boulot.

Et Seth commençait à apprécier l'idée de pouvoir poser ses meubles dans un lieu vierge de souvenirs. Aucune histoire, aucun passé ne restait attaché à ces murs.

Il avait fait expédier son mobilier de Californie, et son barda était entreposé depuis six mois dans la maison de ses parents.

Il était temps qu'il le sorte de là.

Son téléphone sonna et il sourit en voyant le prénom qui s'affichait à l'écran.

— Chase ? C'est marrant, comme coïncidence. Je suis justement en train d'admirer ton œuvre. Tout a été superbement exécuté. Boulot de pro. Je déménage ce week-end.

— Y a plus qu'à, en effet.

— Il faudra que je fasse quelque chose au niveau de l'aménagement intérieur.

Il avait arpenté chaque pièce et découvert qu'il n'était plus le même homme qu'en Californie, et que ses meubles de là-bas n'auraient pas leur place dans ce nouveau contexte.

— Je vais voir comment je veux investir mon espace.

— Investis-le humainement. C'est une maison familiale que tu t'es fait construire. Il est peut-être temps que tu la peuples d'une ribambelle de petits Carlyle.

— Qu'est-ce qui t'arrive, tout à coup ? Tu as eu ma sœur Vanessa au téléphone ?

— Non. C'est juste que je crois aux vertus du couple.

— Ce qu'il ne faut pas entendre de la part d'un mec qui jusqu'à l'année dernière se proclamait farouchement célibataire !

— J'étais célibataire par ignorance. Je n'avais pas encore rencontré Matilda. Une fois qu'elle a surgi dans ma vie, tout a changé. Je suis un converti récent en pleine crise de prosélytisme.

Seth s'avança jusqu'à la fenêtre. Le soleil était descendu sur l'horizon et répandait ses lueurs dorées sur l'océan.

— Tu as le temps de venir faire un saut ici pour boire une bière ?

— C'est pour ça que je t'appelle. Je n'ai pas pu rentrer ce soir et je suis encore à Manhattan. Mais je me fais du souci pour Matilda.

La tension dans la voix de son ami alarma Seth.

— Tu as des raisons précises de t'inquiéter ?

— Avec Matilda, c'est difficile à dire. Elle ne répond pas sur son portable. La connaissant, il y a de fortes chances pour qu'elle l'ait égaré quelque part où il s'est déchargé ou qu'elle l'ait noyé dans la baignoire. Mais ça ne me plaît pas trop de ne pas pouvoir la joindre. Normalement, j'aurais dû être là ce soir. Je n'aime pas la savoir seule la nuit à ce stade de sa grossesse.

— Tu veux que j'aille faire un tour là-bas pour voir ?

— Tu ferais ça pour moi ? Je ne sais pas comment te remercier.

Il perçut le soulagement dans la voix de Chase.

— Calme-toi, le futur papa. Je t'appelle dès que je suis là-bas.

Il récupéra ses clés de voiture, vérifia que les portes du balcon étaient bien fermées et siffla Lulu.

Fliss s'était assise à même le sable et regardait le soleil descendre sur l'horizon. Elle avait laissé sa grand-mère devant son émission préférée et s'était éclipsée pour emmener Charlie faire sa dernière balade du jour.

Sur une impulsion, elle appela Harriet.

— Ça y est. Grams sait que je ne suis pas toi.

— Super. Et je parie qu'elle l'a bien pris ?

Sa sœur était d'un calme admirable en toutes circonstances et prenait tout avec philosophie. Elle affirmait que c'était de travailler avec les animaux qui l'apaisait. Mais Fliss était bien placée pour savoir que Harriet était zen par nature. Comme si, après avoir subi le tempérament de leur père, rien ne pouvait plus l'atteindre. Ayant déjà enduré le pire, elle ne connaissait plus le stress.

Fliss lui raconta en quelques mots comment Grams l'avait aidée à faire des cookies.

— Je suis désolée de t'avoir piqué ton identité, Harriet.

— Ne t'inquiète pas pour ça.

— Arrête d'être aussi compréhensive.

Harriet se mit à rire.

— OK. Je vais m'endurcir.

Fliss eut un pincement au cœur en songeant à ce que lui avait confié Matilda au sujet de son enfance solitaire de fille unique.

Harriet était sa meilleure amie.

Comment aurait-elle survécu sans sa sœur ?

— Il me reste à démêler le mensonge que j'ai raconté à Seth. Je ne sais pas encore comment je vais m'y prendre, mais il faut que je rétablisse la vérité avant qu'il ne m'embringue dans une nouvelle commande de cookies. Les systèmes digestifs locaux pourraient finir par s'en ressentir.

Harriet rit de plus belle.

— Je suis contente que Grams t'ait sorti cette épine du pied.

— Ouais. C'était cool. Elle est bonne pâtissière.

Fliss frotta ses pieds dans le sable.

— Elle m'a appris deux ou trois trucs.

— Et tu as trouvé ça si terrible ?

— C'est ça qui est bizarre : pas du tout.

— Ce n'est pas si bizarre. Quand on était petites, j'adorais me mettre en cuisine avec Grams parce qu'elle m'écoutait toujours. Même si je bégayais et que je mettais une plombe à sortir trois mots, elle ne s'impatientait jamais. Comparé à la vie avec papa, c'était le paradis. Tu lui as parlé de Seth ? Elle sait ce que tu ressens par rapport à lui ?

Non, Grams ne savait pas ce qu'elle ressentait par rapport à Seth. Et s'il y avait un sujet qu'elle était certaine de ne pas vouloir aborder ce soir, c'était bien celui-là.

— Non, ça ne sert à rien que je lui en parle.

— Tu devrais, tu sais. Elle est d'une grande sagesse.

Fliss fronça les sourcils.

— C'est déjà arrivé qu'elle parle de maman avec toi ? Parce qu'elle m'a dit un truc...

— Quoi ?

— C'était *space*.

Fliss regarda Charlie qui faisait voler le sable à quelques pas. À cette heure de la journée, il avait le droit de s'ébattre sur la plage sans laisse et il courait en cercles, comme s'il chassait quelque chose.

— Elle a dit que ça avait été dur de voir sa fille tomber amoureuse de l'homme qu'il ne fallait pas.

— Je ne vois pas ce que ça a d'étrange. Papa n'a *jamais* été l'homme qu'il lui fallait. Elle était trop douce avec lui. Trop conciliante. Elle passait sa vie à s'aplatir comme une crêpe pour essayer de l'amadouer. Et je peux la comprendre. Il avait le même effet sur moi. Chaque fois qu'il hurlait, je restais muette comme une huître. Tu te souviens ? Pas moyen de sortir une syllabe.

— Je préférerais pouvoir l'oublier.

Elle eut une image de sa sœur recroquevillée sous la

table avec les yeux fermés et les mains crispées sur les oreilles. Et chaque fois la colère de leur père prenait des proportions exponentielles lorsqu'il se trouvait confronté au mutisme de Harriet. *Un cercle vicieux infernal,* songea-t-elle. Et ce n'était rien de le dire.

Elle se souvenait aussi des interventions de Daniel qui n'avait jamais hésité à s'interposer entre leur père et Harriet. Chaque fois, il avait écopé de plein fouet la fureur paternelle redirigée sur lui. Lorsque leur frère avait quitté la maison pour faire son droit, elle avait pris la relève et tenté à son tour de s'ériger en barricade devant Harriet.

Leur fratrie serait-elle restée aussi unie s'ils n'avaient pas eu cette enfance traumatique pour les souder ?

S'ils avaient grandi dans une famille heureuse, auraient-ils quitté le nid en s'éparpillant joyeusement aux quatre coins du monde ? Ou seraient-ils restés proches, malgré tout, à veiller les uns sur les autres ?

— Maman et moi, on faisait toujours profil bas, reprit Harriet. Mais toi, non. Tu le provoquais, tu lui volais dans les plumes.

Fliss s'allongea sur le dos dans le sable, le regard rivé sur le ciel clair.

— Pour en revenir à Grams, je persiste à penser qu'elle cherchait à me faire comprendre quelque chose au sujet de maman. Elle avait une drôle de façon de me regarder. Comme si je me faisais de fausses idées sur le couple qu'elle formait avec papa.

— Tu te fais des idées.

— Non, je ne pense pas. Justement, parce que je ne suis pas comme toi du genre à m'intéresser aux sentiments et tout ça. C'est un rôle qui te revient. Moi, j'essaie plutôt de faire celle qui ne voit rien et qui ne ressent rien.

— C'est rare que tu le reconnaisses !

— Oui, ben, rien de ce qui se passe ici n'est habituel. Et visiblement Grams ne m'a pas tout dit. Le problème, c'est que du coup j'ai envie de savoir. C'est humain. Maman t'a déjà parlé de sa relation avec papa ?

— Pas vraiment. Elle a juste raconté qu'ils s'étaient mariés assez vite.

— Parce qu'elle était enceinte de Daniel. Mais on le savait déjà. Maman me l'a dit une fois, alors qu'elle me faisait la morale sur la contraception et tout ça. Elle m'expliquait qu'il fallait tout faire pour éviter d'avoir à se marier quand les sentiments n'étaient pas au rendez-vous des deux côtés.

Et naturellement, elle n'avait pas tenu compte de l'avertissement maternel. En ce temps-là, elle allait à l'encontre de tout ce qu'on lui disait. Adolescente, non seulement elle n'avait suivi aucun conseil, mais elle s'était appliquée à prendre le contre-pied systématique et à faire tout ce qu'on lui interdisait.

— Pauvre maman. Heureusement qu'elle s'éclate maintenant. Tu as vu les photos de l'Antarctique qu'elle a postées ?

— Oui, j'ai vu ça.

Fliss essuya le sable qui lui collait aux mollets. Peut-être que Harriet avait raison et qu'elle se faisait des idées. Et, même s'il y avait des choses cachées dans le passé de leur mère, ce n'était pas à elle de s'en mêler.

Elle était une grande partisane du droit au secret. Chacun était libre de garder ses pensées et ses sentiments pour lui s'il le désirait.

C'était une revendication essentielle à ses yeux.

— Alors quand vas-tu aller voir Seth et rétablir la vérité ?

— Je ne sais pas. Ce ne sera peut-être pas nécessaire. Tiens, tu as déjeuné avec lui, l'autre jour, au bar de la plage.

— Ah, j'aime bien cet endroit. Et qu'est-ce que j'ai mangé ?

— Une salade thaïe.

— Elle m'a plu ?

Fliss sourit.

— Assez. Plein de gens sont venus me voir pour exprimer leur joie de te voir là. Tu es très appréciée, ma chère sœur.

— J'espère que tu n'as rien fait qui puisse nuire à ma réputation. Tu avais quoi sur le dos ?

— Rien. J'étais nue comme au premier jour, avec juste une paire de lunettes de soleil sur le nez.

— Tu rigoles, j'espère ?

— J'ai pensé que ta réputation avait besoin d'être un peu pimentée. Mais j'ai quand même mis de la crème solaire.

— Tu veux dire que j'ai déjeuné au bar de la plage et que tout ce que je portais sur moi c'était de l'indice vingt ?

— Trente. Et un grand sourire.

— Fliss !

Elle éclata de rire.

— Mais non. J'étais en robe. Presque décente.

Harriet s'étrangla de rire.

— Ça rachète la frayeur que tu viens de me faire. Tu as dû te sentir bizarre. Je ne me souviens pas quand je t'ai vue en robe pour la dernière fois.

— Je n'avais que vaguement l'impression d'être moi. Ce qui tombait bien, puisque j'étais censée être toi.

— Et là ? Tu as mis quoi ?

— Eh bien, maintenant que Grams sait qui je suis et, comme il n'y a quasiment personne à la plage à cette heure, je suis habillée en moi : mon vieux short en jean et un haut court. J'exhibe mes abdos.

— Fi donc, Felicity ! Tu n'as pas honte ?

Elle était sur le point de répondre lorsqu'elle vit un grand chien arriver à fond de train sur la plage.

Il ressemblait à...

Non, ça ne pouvait pas être lui. Pas seul à cette heure-ci sur la plage publique.

Mais...

— Mince !

Elle bondit sur ses pieds, son téléphone toujours à la main, et entendit vaguement Harriet lui demander ce qui n'allait pas.

— Il faut que je te laisse. Héros a l'air de s'être sauvé de chez lui. Matilda a dû oublier de fermer sa porte de cuisine. Je te rappellerai plus tard.

Elle glissa le téléphone dans sa poche, plaça deux doigts dans sa bouche et siffla fort.

Héros s'immobilisa net en envoyant voler un nuage de sable et tourna la tête dans sa direction.

Avec les mains en porte-voix, elle cria son nom et, à son grand soulagement, il changea de direction et se précipita vers elle à grands bonds.

— Waouh. Qu'est-ce que tu fais ici tout seul ? Et pourquoi es-tu si pressé ?

Elle se pencha pour le caresser.

— Matilda sait que tu lui as faussé compagnie ? Tu es censé veiller sur elle, ce soir.

Héros se détourna pour repartir, mais elle le rattrapa in extremis.

— Ah non, tu restes avec moi, mon vieux.

Elle faillit perdre l'équilibre tant le doberman tirait fort sur son collier.

— Tu t'es enfui et, tout à coup, tu n'as plus qu'une hâte, c'est de retourner chez toi ?

Raffermissant sa prise, elle s'arc-bouta pour le retenir. Héros gémit et lui poussa la cuisse du museau.

— Je ne comprends vraiment pas ce que tu veux, mais il faut que tu te calmes, mon pote. C'est dingue, toute cette énergie que tu as en réserve, alors que je t'ai fait faire deux longues promenades aujourd'hui. C'est grâce à toi que je peux afficher un ventre plat et des abdos du tonnerre. Ne bouge pas, OK ? Je vais appeler Matilda pour lui dire que je t'ai trouvé. Elle doit se faire un sang d'encre.

Gardant une main sur le collier du chien, elle fit défiler ses contacts et composa le numéro de sa nouvelle amie.

Mais elle tomba directement sur la boîte vocale.

— Tiens, c'est bizarre.

Elle fronça les sourcils, puis se souvint de la distraction légendaire de Matilda. Elle avait probablement égaré son portable. Ou l'avait plongé par mégarde au fond de sa baignoire ? Elle avait bien dit qu'elle comptait prendre un bain, non ? Avait-elle réalisé, au moins, qu'elle avait laissé sa porte ouverte ?

— Je commence à comprendre pourquoi Chase voulait faire appel à un service de sécurité rapprochée. Bon, apparemment, il va falloir que je te raccompagne.

Elle siffla Charlie et longea la plage d'un pas rapide jusqu'à l'endroit où elle devenait privée. La marée étant descendue, elle put accéder sans difficulté à la propriété des Adams.

Sans grande surprise, elle trouva les portes-fenêtres de la cuisine ouvertes aux quatre vents. Elle entra sans frapper et s'immobilisa net en voyant la tasse brisée sur le carrelage. Les éclats baignaient dans une mare de liquide de nature indéterminée. À côté gisait le téléphone de Matilda. Egalement en morceaux.

Fliss se figea. Comment se faisait-il que Matilda ait tout laissé tomber comme ça ?

Elle entendit alors des cognements sourds à l'étage et ses cheveux se dressèrent sur sa nuque.

Si elle avait pu accéder aussi facilement à la propriété, n'importe qui avait pu en faire autant...

Mâchoires crispées, Fliss attrapa une lourde poêle en fonte sur la cuisinière et, du bout du pied, donna un petit coup à Héros qui s'intéressait de près au contenu de la tasse brisée.

— Trouve Matilda. Vite ! Va chercher ! Attrape ! Fais quelque chose !

Le chien partit comme une fusée sans qu'elle ait besoin de lui prodiguer plus d'encouragements. Elle suivit le mouvement, armée d'une poêle dans une main et de son téléphone de l'autre.

Elle était sur le point de composer le numéro des urgences lorsque Héros aboya — et qu'elle entendit Matilda hurler de douleur.

Négociant les marches deux par deux, elle se dirigea au bruit et trouva Matilda à quatre pattes dans sa chambre.

— Qu'est-ce qu'ils t'ont fait ? Tu es blessée ? Ils sont où ? Encore dans la maison ?

Matilda tourna la tête vers elle. Son regard était voilé par la souffrance et elle n'était visiblement pas en état d'émettre un son.

Fliss tomba à genoux devant elle.

— Comment c'est arrivé ? Qu'est-ce qu'ils t'ont fait, mon Dieu ? Dis quelque chose.

Matilda secoua la tête, mais pas un mot ne sortit de sa bouche.

Ses agresseurs avaient dû s'en prendre à elle physiquement et la laisser sonnée et le souffle coupé.

— Ils t'ont poussée ? Les portes en bas étaient

ouvertes. J'ai vu la tasse brisée. Et ton téléphone en miettes. Ils sont encore dans la maison ?

Fliss brandit sa poêle à la manière d'une hache.

— Parce que, s'ils sont encore là, je vais les découper en rondelles. Et je te promets qu'ils regretteront d'avoir...

Matilda lui attrapa le poignet et réussit à murmurer.

— Le bébé...

— Oui, je comprends, tu t'inquiètes pour ton bébé, mais ça va aller. Pour commencer, je vais...

Elle poussa un petit cri de douleur lorsque Matilda se cramponna de toutes ses forces à son bras.

— Maintenant !

Maintenant ?

Fliss se pétrifia. Plus un seul muscle ne semblait vouloir fonctionner. Ni ses bras ni ses jambes n'obéissaient aux ordres de son cerveau. Même sa langue était paralysée. Avec une difficulté infinie, elle réussit à balbutier :

— Tu veux dire que c'est à cause du bébé que tu te tords de douleur comme ça ? Mais il n'est pas encore à terme. Ce n'est pas possible qu'il naisse là, tout de suite !

Pour toute réponse, Matilda, le visage en sueur, émit un long gémissement de douleur. Fliss se remit en mode action, galvanisée par la peur d'avoir à affronter cette situation toute seule. Elle reposa la poêle.

— Bon, j'appelle qui, là ? L'hôpital ? Chase ?

Quelqu'un. N'importe qui. Le téléphone faillit glisser de ses mains moites et tremblantes, et elle laissa échapper un bref rire hystérique. À ce rythme, le sol serait bientôt couvert de portables fracassés.

Matilda secoua la tête.

— Pas le temps.

Pas le temps ? Fliss eut soudain très, très chaud, puis très froid.

— N'exagérons rien quand même. Même si le travail a commencé, un bébé ça ne naît pas en cinq minutes. Un accouchement, c'est toujours long comme l'éternité.

Par pitié, faites que ce soit bien le cas.

Une chose était sûre : il ne fallait pas compter sur elle pour jouer les accoucheuses.

Elle serait strictement incapable de faire quoi que ce soit d'utile en la circonstance.

S'il y avait une personne au monde mal choisie pour aider Matilda, c'était bien elle, Felicity Knight. Pour que ce bébé puisse naître dans de bonnes conditions, il fallait une aide sûre et compétente. Quelqu'un qui aurait naturellement les bons gestes, les bons réflexes.

Pas un désastre comme elle qui faisait toujours tout de travers.

Elle ressentit une douleur aiguë dans son bras et découvrit que c'étaient les ongles de Matilda.

Oh nom d'un chien.

Que l'accouchement soit douloureux, elle n'en avait jamais douté. Mais elle n'avait pas encore réalisé jusque-là que la souffrance en question était partagée aussi directement par l'entourage.

— Bon d'accord.

Elle serra les dents.

— Accroche-toi, Matilda. Tu peux me frapper, s'il le faut. N'hésite pas. Tout ce qui peut te soulager, tu fais.

De son bras libre, Fliss réussit à récupérer son téléphone et composa le 911. Peut-être que la naissance d'un bébé ne constituait pas une urgence officielle, mais à ses yeux c'en était une. Et ils feraient passer l'info à qui de droit. Elle ne demandait qu'une chose : que les renforts arrivent *avant* le bébé.

— Bon, tout va bien. Ils seront là dans moins de dix minutes.

Elle en aurait pleuré de soulagement. Dix minutes,

ce n'était rien. Elle n'aurait donc pas à s'improviser sage-femme. Tout ce qu'il lui restait à faire, c'était de calmer le jeu et de rassurer Matilda en attendant l'arrivée des autorités compétentes.

Plus facile à dire qu'à faire, cependant.

Matilda paraissait dépassée par le phénomène, quel qu'il soit, qui s'était déchaîné en elle. Une souffrance clairement atroce l'assaillait par vagues successives, si rapprochées qu'elles ne lui laissaient aucune place pour respirer. Fliss risqua une main hésitante sur le ventre de son amie. C'était comme si elle avait touché un roc.

Elle attrapa de nouveau son téléphone et tapa « Avoir un bébé » dans le moteur de recherche. Aussitôt s'afficha une désolante succession de sites web proposant des cours de préparation à l'accouchement, des adresses de nounous ou des conseils pour tomber enceinte.

Fliss lâcha une bordée de jurons, en proie à un sentiment croissant d'impuissance.

Marmonnant tout bas, elle ajouta les mots « en urgence », dans ses mots-clés de recherche. Et vit apparaître un article concernant la respiration.

Elle se souvint alors d'une série télé que Harriet regardait et qui se passait dans une maternité. Il y était tout le temps question de méthodes respiratoires.

Avec l'impression d'être d'un piètre secours pour la femme qui gémissait à côté d'elle, Fliss lui frotta doucement l'épaule.

— Respire, Matilda, OK ? Inspire par le nez et souffle fort par la bouche. Tout va bien se passer. Tu pourras tenir dix minutes, n'est-ce pas ?

S'il te plaît, dis oui.

Matilda ne répondit rien.

Fliss vit qu'au lieu d'essayer d'allonger ses respirations elle bloquait son souffle, comme si elle cherchait à expulser le bébé.

— Tu *pousses* ?

La panique revint en force.

— Non, ne pousse pas, surtout. Il faut attendre encore un peu. Quoi que tu fasses, évite de pousser.

— Peux pas... faire autrement.

Matilda haletait en parlant et Fliss posa sur elle un regard terrifié.

Non, ce n'était pas possible. Pas comme ça. Pas maintenant. Il suffirait d'attendre *dix minutes.* Qu'était-ce que dix petites minutes sur la durée totale d'un accouchement ?

— Retiens ton souffle. Pense à autre chose.

— Impossible...

Matilda hurlait plus qu'elle ne parlait et ses ongles lui déchiraient la chair. C'était tellement douloureux que Fliss faillit joindre ses cris aux siens.

Une sueur glacée lui couvrait la peau. *Dix minutes.* Il fallait juste qu'elle trouve le moyen de gagner dix petites minutes.

— S'il te plaît, ne pousse pas, Matilda. Est-ce que j'ai au moins le temps de faire une recherche sur Internet avec les mots-clés « accouchement express » ?

Le regard de Matilda chercha le sien et Fliss vit le désarroi dans ses yeux.

Aussitôt elle en oublia sa propre fébrilité terrifiée.

Plaçant un bras autour des épaules de son amie, elle serra fort.

— Aucune importance. On va se passer d'Internet. Ça fait des milliers d'années que les femmes accouchent sans l'aide de Google. Il suffit de laisser ton corps faire ce qu'il a à faire et ça va aller comme sur des roulettes. Quatre enfants et des poussières naissent chaque seconde dans le monde. Aucun souci. La nature fera son travail.

Elle espérait avoir été vaguement persuasive à défaut d'être convaincue elle-même. La réalité de la situation lui apparaissait désormais dans sa nudité terrifiante : elle allait devoir accoucher cet enfant.

Pourquoi elle ? Qu'avait-elle fait pour mériter de se retrouver dans une galère pareille ?

Jetant un coup d'œil au visage ravagé par la douleur de Matilda, elle éprouva un sursaut de honte. Qui était dans la galère ici ? Elle avait peut-être de nombreux défauts mais jamais elle n'abandonnerait une amie en situation de crise.

— Ça va aller, Matilda. Tu vas bientôt avoir ton bébé dans les bras.

Avec un peu de chance, son amie ne voyait pas ses mains trembler.

— Attends-moi là une seconde. Je ne te laisse pas, mais il faut qu'on soit prêtes à l'accueillir, cet enfant.

Elle desserra doucement les doigts crispés de Matilda, sprinta jusqu'au lit, attrapa des oreillers, des coussins et l'édredon, et jeta le tout par terre à côté de la parturiente.

Quoi d'autre, maintenant ?

Elle n'en avait aucune idée.

Matilda se cramponna de nouveau à son bras. Elle semblait égarée à force de douleur. Fliss tenta fébrilement de réfléchir. *Respire. Essaie de faire fonctionner ta logique.* Elle avait toujours été bonne en logique.

— Bon, tu vas te rapprocher du sol, Matilda. Là, allonge-toi sur ces coussins. Ce sera plus confortable.

Et de cette manière, si le bébé émergeait un peu vite, il ne débuterait pas dans l'existence par une chute tête la première sur un parquet en chêne de récupération.

Elle réfléchissait à toute vitesse. Était-elle censée couper le cordon ? Non. Éviter toute manipulation qui pourrait entraîner un risque infectieux. Mais comment procéder si le bébé ne respirait pas ?

Se laver les mains déjà, pour commencer. Au cas où elle aurait à toucher l'enfant pour une raison ou pour une autre.

Elle se rua dans la salle de bains et se récura les mains du mieux qu'elle put, puis se munit de serviettes propres qu'elle attrapa sur une pile de linge. Ce fut à peine si elle eut le temps de remarquer que la pièce évoquait un institut de balnéothérapie de luxe avant que Matilda émette un son qui ressemblait à un râle d'agonie.

Fliss bondit de nouveau dans la chambre.

Héros montait la garde auprès d'elle, avec une expression inquiète sur ses traits canins.

Fliss n'avait aucun mal à se mettre à sa place.

— Sors d'ici, Héros. Je ne suis pas experte mais je doute que les chiens aient leur place dans une salle d'accouchement.

Matilda lui jeta un regard paniqué.

— Je sens sa tête.

Voilà qui signait la fin de ses derniers espoirs : les secours n'arriveraient pas à temps. Matilda était en pleine phase d'expulsion et elle, Fliss, était la seule personne à disposition pour accompagner cette naissance.

Elle sentit un calme étonnant descendre sur elle.

— Ça y est, ta puce arrive. C'est excitant, non ?

— Je crève de peur, haleta son amie, le visage livide et contracté.

— Il n'y a aucune raison. Tout se passe normalement... Pousse...

Elle lui serra l'épaule d'un geste réconfortant puis

s'agenouilla pour constater que le crâne du bébé était bien visible. Était-elle censée vérifier si l'enfant avait le cordon autour du cou ou un truc comme ça ? Ou valait-il mieux éviter de toucher quoi que ce soit ? Avant qu'elle ait pu trancher, Matilda émit un nouveau son puissant et le bébé, parvenu au terme de son trajet, pivota et lui atterrit en douceur entre les mains.

La réalité de la naissance fut un tel choc que Fliss faillit lâcher le minuscule nouveau-né. Elle tenait ce petit corps dans ses paumes et sa gorge se noua, ses yeux picotèrent. Jamais, elle ne s'était autorisée à penser au mystère de la naissance. À la sensation d'une vie nouvelle éclose entre ses mains. Au commencement des commencements...

Elle avait beau être surentraînée à l'impassibilité, elle ne parvenait pas à masquer tout à fait les émotions qui montaient comme un geyser.

Par un effort de volonté, elle se ressaisit et plaça le bébé avec précaution dans les bras de Matilda. Puis elle les enveloppa toutes les deux dans un grand drap de bain et cala des coussins autour de son amie pour la soutenir.

— Elle ne pleure pas, chuchota Matilda d'une voix épuisée.

Fliss eut un nouveau sursaut d'anxiété. Fallait-il à tout prix qu'un bébé chiale en sortant du ventre de sa mère ? N'y en avait-il jamais qui naissaient heureux ?

Elle frictionna tout doucement la minuscule petite fille avec une serviette de toilette et le nouveau-né émit son premier cri juste au moment où elle entendit des pas dans l'escalier.

Fliss se retourna, se préparant à saluer l'arrivée du personnel médical, mais ce fut Seth qui entra dans la chambre.

Seth.

La dernière personne au monde qu'elle s'attendait à voir débarquer là. Elle lui adressa un faible sourire, ridiculement soulagée par sa présence.

Comme elle l'aurait été par n'importe quelle autre présence, d'ailleurs.

— Ah, tiens. C'est bien toi d'arriver juste après la bataille ! Pas top, ton *timing*, Seth Carlyle.

Chapitre 10

D'un seul regard, Seth prit la mesure de la situation.

Matilda, le bébé et Fliss. Il n'aurait su dire lequel des trois avait l'air le plus traumatisé.

L'épuisement creusait les traits de Matilda, mais Fliss paraissait bouleversée et son visage était aussi livide que celui de l'accouchée. Le fait qu'elle soit à l'évidence soulagée de le voir disait assez à quel point elle était secouée.

Il décida de commencer par Matilda et s'accroupit à côté d'elle.

— Eh bien… Ce n'était pas le tableau que je m'attendais à trouver lorsque Chase m'a demandé de faire un saut pour vérifier si ton portable n'était pas passé au lave-linge. J'en conclus que cette jeune demoiselle était pressée de se montrer. Comment tu te sens, ma belle ?

— Un peu tsunamisée… Mais je crois que ça va aller.

Matilda semblait retrouver peu à peu son souffle.

— Chase t'a demandé de venir me voir ?

— Ton téléphone restait muet. Chase n'était pas tranquille et il a fait appel à moi.

Le regard de Matilda s'adoucit.

— Il est surprotecteur avec moi.

— Je ne crois pas, non. Il avait de bonnes raisons de s'inquiéter, il me semble ?

Il fronça les sourcils lorsque son regard tomba sur la poêle à frire.

— Qu'est-ce qu'il fait là, cet engin ?

— Aucune idée.

Matilda tourna la tête vers Fliss qui se tenait immobile, le regard perdu dans le vague.

— Quoi ? Qu'est-ce qui se passe ? Ah...

Elle fixa la poêle à frire comme si elle avait oublié sa présence.

— Je l'ai montée de la cuisine.

Seth aurait aimé pouvoir se glisser dans sa tête et lire dans ses pensées.

— Et dans quelle intention ? Pour préparer des œufs au plat à Matilda pendant qu'elle mettait son bébé au monde ?

— Je ne savais pas que Matilda accouchait ! rétorqua-t-elle vertement. Le bébé n'était pas censé arriver avant un mois ! Je pensais que quelqu'un s'était introduit dans la maison et je n'ai pas trouvé d'autres armes à disposition. J'étais prête à taper un grand coup sur la tête de l'agresseur.

Matilda rit doucement.

— Dommage que tu n'aies pas pensé à l'utiliser sur moi. J'aurais bien aimé être assommée pour oublier la douleur. Et tu ne m'as toujours pas dit par quel miracle tu es arrivée ici à temps ?

— Héros est venu me chercher sur la plage.

Elle jeta un coup d'œil au chien sagement allongé qui remua la queue, accueillant dignement les trois regards approbateurs posés sur lui.

— En ramenant Héros ici, j'ai trouvé la porte grande ouverte, un mug brisé, ton portable cassé. J'en ai conclu que tu avais oublié de fermer ta porte et que quelqu'un s'était introduit dans la maison. Puis je t'ai entendue hurler, alors j'ai attrapé le manche de la poêle et en avant !

Matilda en oublia un instant son épuisement.

— Tu es incroyable. Personnellement, je me serais cachée dans un cagibi et j'aurais appelé la police.

— C'est ainsi que réagiraient la plupart des gens, dit Seth.

Il préférait ne pas penser à ce qui se serait passé en cas d'agression réelle. Ni à ce qui serait advenu de Fliss et de sa poêle à frire. Il prit note mentalement d'aborder la question de la sécurité avec Chase.

— Je t'entendais crier et gémir. J'ai pensé que tu te faisais agresser.

Les yeux de Matilda se remplirent de larmes.

— Tu étais prête à risquer ta vie pour moi ?

Une lueur alarmée brilla dans les yeux de Fliss.

— Hé ! tu ne vas pas me faire le coup de pleurer, hein ? C'est juste que j'adore me battre, c'est tout.

Seth se demanda si c'était le moment de lui faire remarquer que Harriet ne taperait jamais sur la tête de qui que ce soit avec une poêle à frire, même si sa vie était menacée. Harriet aurait pris le temps de la réflexion, aurait mesuré les risques. Et elle aurait commencé par appeler la police avant d'envisager toute autre forme d'action.

Fliss, elle, passait à l'action d'abord et réfléchissait ensuite.

C'était un des aspects d'elle qu'il avait toujours le plus aimé. Et la raison aussi pour laquelle tout s'était effondré entre eux.

Elle le considérait d'un œil furieux, ayant apparemment oublié d'incarner sa sœur.

— Tu aurais fait quoi, à ma place ? J'ai entendu des chocs sourds là-haut, puis Matilda a hurlé de douleur. Je pensais qu'elle était victime de je ne sais quel fou furieux. Et, quand je suis montée, elle ne disait rien, pas un mot.

— Je ne pouvais même plus parler. La douleur était si intense et les contractions si violentes que j'avais la respiration bloquée. Je ne m'attendais pas à un tel cataclysme. Ça ne s'est pas passé du tout comme cela m'avait été annoncé.

Seth cala un troisième oreiller dans le dos de Matilda, en se demandant si elle savait que sa sauveuse était Fliss et non pas Harriet.

— C'est ce qu'on appelle un travail précipité. C'est très rare, mais ça arrive... Tu n'as eu aucun signe avant-coureur ?

— En fait, si. Une douleur persistante au bas du dos, mais je pensais que c'était juste un banal problème de grossesse parmi tant d'autres. Et puis tout à l'heure, dans la cuisine, j'ai senti comme quelque chose qui se brisait à l'intérieur, le tout accompagné d'une contraction si brutale que ma tasse et mon téléphone me sont tombés des mains. Par chance, ça s'est calmé un peu, le temps que je monte à l'étage. Je pensais appeler Chase sur le téléphone fixe de la chambre, mais une nouvelle contraction est venue et ça ne s'est plus arrêté. Tu crois que ça va aller, pour le bébé ? Elle n'a pas souffert de cette naissance sur les chapeaux de roues ?

Matilda couvait le nouveau-né d'un regard anxieux. Seth jeta un coup d'œil à la minuscule petite fille.

— A priori, je dirais qu'elle se porte comme un charme. Elle est tout à fait sereine, en tout cas.

— Mon sac était tout prêt pour partir à la maternité.

Seth entendit des pneus crisser sur le gravier.

— Apparemment, c'est l'équipe d'urgence qui débarque. Donc ta valise va te servir quand même.

— Tu crois que ça vaut encore le coup d'aller à l'hôpital ?

— Ça s'impose, oui. Je vais appeler Chase et il vous rejoindra là-bas, toutes les deux.

Seth se leva.

— Mes félicitations, en tout cas. Vous avez déjà choisi un prénom pour votre fille ?

Matilda sourit en approchant le bébé de son visage — l'image même de la jeune maman heureuse.

— Ce sera Rose. Rose Felicity Adams.

Elle sourit de nouveau.

— Felicity, parce que, sans l'aide de Fliss, je n'y serais pas arrivée.

Un silence tendu tomba.

Il croisa le regard de Fliss. Très vite, elle détourna les yeux. La comédie était terminée. Il le savait. Elle le savait.

— Merci, murmura-t-elle d'une voix étranglée.

Matilda souriait aux anges dans sa bulle de bonheur maternel, sans se rendre compte qu'elle venait de lâcher une bombe.

— Je ne t'ai encore jamais vue aussi émue, Fliss. C'est toi qui as du mal à parler, maintenant.

Matilda tendit la main pour prendre la sienne.

— Merci du fond du cœur. Tu veux bien t'occuper de Héros en attendant le retour de Chase ?

— Bien sûr. Je vais le prendre avec moi chez ma grand-mère. Il a mérité son nom, aujourd'hui. S'il n'était pas parti chercher de l'aide, je n'aurais jamais eu l'idée de venir ici.

La conversation fut interrompue par l'irruption de l'équipe médicale. Tout se passa alors très vite, et Matilda et le bébé furent promptement pris en charge, placés sur un brancard et installés dans l'ambulance.

Seth les accompagna et attendit que la voiture se soit éloignée, puis se mit en quête de Fliss.

Il la trouva à l'étage, occupée à faire le grand ménage dans la chambre de l'accouchée. Elle mettait en tas draps, serviettes et oreillers, formant une énorme pile alors qu'une bonne partie du linge n'avait même pas été en contact avec le bébé.

Elle avait dû entendre ses pas dans l'escalier mais elle ne s'interrompit pas à son entrée.

— Je vais descendre tout ça dans la buanderie. Je viendrai étendre la lessive demain, mais il faut que je retourne voir Grams avant qu'elle s'inquiète. Si je me charge de Héros, tu veux bien t'occuper de refermer la maison ?

C'était tout ce qu'elle avait à lui dire ?

Il lui sembla voir un scintillement suspect sur ses joues. Pleurerait-elle ?

Il tendit la main pour la poser sur son épaule, mais Fliss esquiva son geste. Peut-être n'avait-elle pas vu son bras tendu, mais il avait surtout l'impression qu'elle s'était dérobée d'instinct à son contact.

Avec Héros sur les talons, elle sortit de la chambre à pas précipités.

Il en avait mal pour elle de la voir souffrir comme ça. Si seulement il avait pu la prendre dans ses bras et la forcer à mettre des mots sur ce qui se déchaînait en elle. Mais il savait qu'il ne servait à rien de s'attaquer de manière frontale à ses résistances. Il enfonça donc les mains dans les poches au lieu d'essayer de la retenir et se força à prendre patience.

C'était à Fliss qu'il avait affaire. Fliss qui réprimait systématiquement ses émotions. Fliss qui ne parlait jamais de ce qu'elle avait sur le cœur. Fliss qui menait ses propres combats, à sa façon.

Bouche cousue, il la suivit au rez-de-chaussée et la trouva dans la buanderie.

— Fliss...

— Je suis fatiguée, Seth.

Elle parlait en lui tournant obstinément le dos.

— Je fermerai la maison et j'emmènerai Héros chez ma grand-mère. Tu peux rentrer chez toi si tu veux.

Il savait qu'elle n'avait qu'une envie : le voir disparaître au plus vite.

Le fait qu'elle refusait de le regarder lui disait assez à quel point elle souffrait. Sans compter l'émotion contenue qui lui faisait trembler la voix.

— Parle-moi.

Il s'adressait à elle d'une voix douce, comme lorsqu'il tentait d'amadouer un animal blessé. En évitant les gestes brusques.

— Il n'y a rien de spécial à raconter. Le bébé se porte bien. Matilda est heureuse. Il n'y a pas grand-chose à ajouter, si ?

— On pourrait commencer par le fait que tu trembles.

Elle tourna très légèrement la tête et il distingua les lignes délicates de son profil. Il voyait qu'elle était tendue et bouleversée, et il savait pertinemment pourquoi.

— On pourrait aussi mentionner le fait que si je n'étais pas là, tu serais en train de sangloter.

— Pleurer n'a jamais été mon truc, souviens-toi.

Elle fourra le linge dans la machine.

— Et même si je versais une petite larme d'émotion, il n'y aurait pas de quoi en faire toute une histoire. Ce n'est pas tous les jours que l'on voit naître un bébé sous ses yeux en moins de temps qu'il n'en faut pour avaler un hamburger-frites.

Il scruta ses traits en essayant de réfléchir à la meilleure tactique pour l'amener à lui faire part du déchirement qui l'habitait. De façon directe ? Non. Elle prendrait forcément la fuite. De façon oblique, alors. Avec précaution.

— Ça n'a pas dû être facile.

— Elle a souffert le martyre, oui. Mais Matilda a été top. Elle a affronté ça comme une guerrière.

— Je parlais de toi.

— De moi ? Pourquoi de moi ? J'étais juste là en spectatrice.

— Ce n'est pas l'impression que j'ai eue en arrivant. Et elle a donné ton prénom à sa fille, donc ton accompagnement a été crucial pour Matilda.

— Elle l'a nommée d'après Fliss. Moi, je suis Harriet.

Il ne savait pas s'il devait ressentir de la pitié ou de la compassion.

— Fliss...

Les épaules de celle-ci s'affaissèrent.

— Bon, d'accord. Tu as gagné. C'est bien moi, Fliss. Tu es content ?

— J'ai l'air content ?

— Tu es furieux que je me sois fait passer pour Harriet. Tu te sens trompé et trahi.

— Je n'ai pas été abusé très longtemps. Il ne m'a pas fallu plus d'une minute pour savoir que tu n'étais pas Harriet.

— Carrément ?

Elle se tourna enfin vers lui.

— Par simple curiosité : en quoi me suis-je trahie ?

— Le fait que je n'avais qu'une envie : t'emmener jusqu'à la plage, te déshabiller et faire l'amour avec toi toute la nuit. Je n'ai jamais ressenti la moindre compulsion de ce genre avec ta sœur.

Sous le choc, elle resta un instant bouche bée.

— Seth...

— Il y a une chimie entre nous que je ne m'explique

pas. Et tu peux toujours enfiler toutes les robes que tu veux et confectionner de parfaits cookies, cela ne change rien. Je sais toujours à laquelle des jumelles je m'adresse.

— Si tu savais, pourquoi avoir joué le jeu ?

— Parce que j'ai supposé que tu avais tes raisons pour dissimuler ton identité. Je crois savoir de quelles raisons il s'agit, mais il est peut-être temps que tu t'exprimes toi-même sur la question. Je t'ai dit la vérité. Maintenant, ce serait bien que tu me retournes la politesse et que tu sois sincère à ton tour.

Il la vit hésiter et, pendant une fugace seconde, il crut qu'enfin elle allait s'ouvrir et le laisser entrer dans ses pensées.

Mais elle secoua brièvement la tête.

— Il n'y a rien de particulier à dire. Cela m'a juste paru plus simple de prétendre être Harriet. Ce dont tu devrais m'être reconnaissant. Cela nous a permis de faire l'économie d'un face-à-face particulièrement embarrassant.

— Pourquoi embarrassant ? Parce qu'on ne s'est pas adressé la parole depuis dix ans ? Parce que, la dernière fois que nous avons été ensemble, tu m'as quitté sans un mot ? En me laissant dans le noir complet par rapport à ce que tu ressentais ? Je suis habitué à tes silences, Fliss. C'est ton instinct de survie qui se déclenche. C'est ta façon de fonctionner dès que tu te sens en danger. La seule façon de t'empêcher de fuir quand les choses deviennent compliquées, c'est de bloquer physiquement la sortie. C'est la raison pour laquelle je me tiens dans l'encadrement de cette porte.

— Puisque tu as compris tant de choses à mon sujet, tu auras forcément la gentillesse de t'écarter et de me laisser passer.

Elle le poussa des deux mains, et il céda en faisant

un pas de côté. Pas parce qu'il acceptait de mettre fin à la conversation, mais parce qu'il était inquiet pour elle.

Ce n'était pas la première fois qu'il voyait Fliss bouleversée, mais jamais à un pareil degré.

— Fliss...

— Tu as été super, tout à l'heure. J'ai été contente de te voir débarquer. Maintenant, rentre chez toi et va ouvrir une bouteille de champagne. Ou de bière. Tout ce que tu voudras.

Elle se détourna pour partir, et cette fois il referma la main sur son épaule.

— Tu es complètement ravagée par l'émotion.

— Oui, d'accord. Et alors ? Quand je suis mal, j'ai besoin d'être seule. C'est simple, non ?

— Je connais ta façon de réagir dès qu'une situation devient stressante. Je suis mieux placé que quiconque pour savoir comment tu repousses ton entourage. Mais aujourd'hui, je voudrais qu'on parle.

— Tu as vraiment l'art de choisir ton moment.

Il vit une lueur de colère dans ses yeux. De la colère et autre chose encore... De la panique ?

— Purée, Seth, tu crois que je n'ai pas déjà assez à faire avec le présent ? Et tu veux me ramener le passé dans la figure ?

— Lorsque le passé se cogne au présent, je ne vois pas de meilleur moment pour aborder le sujet.

— Je peux en imaginer de plus propices.

Elle passa à côté de lui au pas de charge et il la suivit un instant des yeux en essayant d'imaginer Harriet vêtue d'un jean coupé haut sur les cuisses et d'un top qui lui laissait le ventre à l'air.

— Tu as cru sérieusement que je ne saurais pas que c'était toi ?

Sa question fit à Fliss l'effet d'un coup de frein.

Elle cessa de fuir et il y eut un silence soudain dans l'air.

L'espace d'un instant, il crut qu'elle allait se retourner pour lui faire face, mais elle demeura de dos.

— Tu n'as jamais su qui j'étais, Seth.

Qu'est-ce qu'elle voulait dire par là, encore ? Il l'avait pourtant connue mieux que personne.

Il ouvrit la bouche pour lui demander une explication, mais elle avait déjà franchi le pas de la porte avec Héros et Charlie sur les talons.

Il la suivit des yeux avec le sentiment de ne servir à rien.

Mais qu'est-ce qui m'arrive, merde ?

Le cœur de Fliss battait à toute vitesse, ses pensées dérapaient dans tous les sens et ses émotions formaient un enchevêtrement plus que jamais indéchiffrable et chaotique. *Matilda. Le bébé. Seth.* Encore et toujours *Seth.*

Dix années avaient passé et il était toujours présent dans sa tête. Elle n'avait jamais été capable de le déloger de là.

Et maintenant qu'il savait qu'elle n'était pas Harriet, ce n'était même plus la peine d'espérer se soustraire à quoi que ce soit.

Tôt ou tard, elle se prêterait à la discussion sur le passé qu'il exigeait. Mais cela pouvait quand même attendre qu'elle se sente un peu moins dévastée, non ? Pour en passer par la conversation que Seth souhaitait, il faudrait d'abord qu'elle se sente forte. Et, en ce moment précis, elle était tout sauf forte.

Elle se sentait faible et vulnérable, et détestait cet état.

Même si une part d'elle-même avait été soulagée de

le voir arriver, une autre se lamentait qu'il ait choisi ce moment précis pour débarquer.

Pourquoi maintenant ? Pourquoi ce soir ? Elle aurait pu affronter les choses une par une, mais toutes en même temps, c'était trop, trop, trop.

Son estomac se soulevait. Elle se sentait mal — physiquement.

Impossible de rentrer à la maison dans cet état. Si sa grand-mère la voyait arriver hagarde et rattrapée par les fantômes du passé, les questions pleuvraient. Ne sachant quoi faire de sa peau, elle avançait en aveugle sur la plage, avec Héros et Charlie comme deux ombres silencieuses sur les talons.

Seth avait eu raison d'affirmer qu'elle réprimait ses émotions. Mais ce soir, elle était incapable de leur tenir tête. Qu'elle marche ou qu'elle coure, qu'elle parte à gauche ou à droite, son mal-être suivait le mouvement.

Une boule de feu brûlante s'était logée dans sa gorge et elle comprit dans un sursaut d'horreur qu'elle allait pleurer.

Quand un tel phénomène s'était produit pour la dernière fois, elle aurait été incapable de le dire.

Elle ne pleurait jamais.

Et n'avait acquis aucune méthode utile pour retenir ses larmes, puisqu'il n'y avait jamais eu de larmes contre lesquelles lutter.

Le nœud dans sa gorge se resserrait. Elle avait l'impression qu'elle s'étoufferait si les sanglots s'échappaient. Qu'elle finirait noyée, là sur la plage, non pas engloutie dans les profondeurs de l'océan mais aspirée dans le vortex d'une désolation sans limite.

Furieuse, elle s'essuya les joues en se disant que c'était le sable qui lui piquait les yeux. Rien que le sable.

Elle ne pouvait pas rentrer comme ça chez sa grand-mère.

Il fallait qu'elle se ressaisisse.

Mais comment ?

Jamais elle n'aurait imaginé qu'il lui arriverait une chose pareille.

Qu'est-ce qui n'allait pas chez elle ?

Si elle avait été Harriet, elle aurait roucoulé devant le bébé, se serait extasiée sur la perfection de ses doigts minuscules et la surprenante abondance de ses cheveux noirs tout dressés. Mais elle n'était pas Harriet et elle n'avait pas réussi à faire face. Pas su endiguer les émotions qui s'étaient déchaînées alors qu'elle tenait le bébé de Matilda dans les mains. Elle avait posé les yeux sur le visage du nouveau-né, la bouche minuscule, les cils délicats, le petit minois chiffonné, et ça avait été comme si on lui avait arraché le cœur.

Un son étrange s'éleva dans l'air immobile du soir, et elle comprit qu'il montait de sa propre gorge.

Les sanglots éclatèrent sans lui demander son avis. Vaincue, elle s'effondra à même le sable, protégée par les dunes, et pleura comme si sa poitrine se déchirait en deux.

Elle sanglota pour tout ce qui aurait pu être et n'avait pas été, pour les lendemains auxquels elle avait aspiré de toutes ses forces et qui n'étaient jamais venus.

Noyée dans sa propre tristesse, elle ne remarqua pas les petits coups de museau inquiets que lui donnait Héros. Mais elle ne put pas faire abstraction des mains fortes qui la soulevèrent du sol.

Seth.

Il l'avait donc suivie ? Evidemment, qu'il l'avait suivie. Il avait toujours eu l'art d'être là où il ne fallait pas.

Il la cueillit comme si elle ne pesait rien et la cala sur ses genoux. Au claquement des vagues se surimposa le son de sa voix, profonde et rassurante, alors qu'il lui caressait doucement les cheveux en la laissant pleurer tout son soûl.

Elle aurait voulu ramper dans un coin et se cacher, mais ses bras autour d'elle formaient comme une ceinture de sécurité. Et c'était bon de les sentir là. Bon de sentir la force, la chaleur et le réconfort de cette étreinte. Alors elle resta sans bouger jusqu'à épuisement de ses larmes, un poing serré agrippé à la chemise de Seth.

Elle resta un instant sonnée. Dans sa tête ne subsistait plus qu'une douleur sourde. Elle devait avoir les yeux enflés d'un boxeur tout juste sorti du ring. Encore heureux qu'il fasse déjà presque nuit.

— Je suis désolée.

Il changea de position mais sans pour autant relâcher prise.

— Désolée de quoi ?

— De t'avoir chialé dessus.

— Tu n'as pas à être désolée.

— Normalement, je ne pleure jamais. Je ne sais pas ce qui m'a pris.

— Tu sais très bien ce qui t'a pris.

Comme elle ne disait rien, il releva doucement les cheveux qui lui tombaient sur le visage.

— Je sais que tu caches aux autres ce que tu éprouves, mais est-ce que tu te caches aussi de toi-même ?

— C'est juste le stress de l'accouchement, chuchota-t-elle. J'ai eu très peur pour Matilda. Pour son bébé.

Il y eut un temps de silence puis les bras de Seth se resserrèrent autour d'elle.

— Pour le bébé de Matilda, tu es sûre ?

Sa voix était douce, presque caressante dans l'obscurité.

— C'est sur notre enfant à nous que tu as versé des larmes, Fliss. Tu as pleuré la perte de notre bébé.

Chapitre 11

Elle se releva d'un bond, comme si ses paroles l'avaient électrocutée.

Cette fois, Seth ne chercha pas à la retenir, même s'il l'aurait volontiers gardée dans ses bras toute la nuit. Pendant quelques instants, alors qu'elle pleurait en s'abandonnant contre lui, il s'était surpris à croire qu'entre eux tout n'était pas mort. Mais déjà, les barrières étaient de retour. Fliss avait installé un pare-feu entre elle et le monde.

— Je n'y crois pas ! Comment peux-tu amener ce sujet sur le tapis maintenant ? Je ne *veux pas* en parler.

— Je sais. Tu as toujours refusé d'en parler. Mais il est temps de sortir de ce foutu silence, Fliss.

Il se leva à son tour, déterminé cette fois à ne pas la laisser fuir.

— Je considère que c'est mon droit. Tu me dois cette conversation.

Il referma les mains sur ses épaules, et elle tenta de le repousser.

— On est divorcés depuis dix ans. Je ne te dois rien du tout. Enfin, merde, Seth, c'est mon problème à la fin ! Et je le gère comme je veux — comme je peux.

Avait-elle seulement conscience qu'elle ne gérait

pas *du tout* ses conflits, ses souffrances, ses failles émotionnelles ? Elle se contentait de les enfouir aussi profondément que possible.

— Tu sais où il est, le vrai problème entre nous ? C'est justement le fait que tu considères que ça ne regarde que toi. Mais ce n'était pas *ton* bébé, Fliss, c'était *le nôtre.* Ta fausse couche nous concernait l'un et l'autre. Mais tu as refusé de partager ta tristesse. Tu t'es repliée dans ta coquille en me laissant à l'extérieur.

Elle porta les mains à ses tempes.

— Qu'est-ce que ça change maintenant de savoir qui était concerné ou non ? Tout cela relève d'un passé archi-révolu. Je ne peux pas aborder ce sujet, Seth. Ne me torture pas avec ça, s'il te plaît.

Il savait que c'était le moment ou jamais de la pousser à parler, pourtant. S'il attendait qu'elle se ressaisisse, elle retomberait dans le silence et le déni. Repliée dans sa forteresse interne, elle le laisserait muré dans un au-dehors désertique, à se cogner à ses frontières closes. Dans ce lieu sombre et froid, à l'extérieur d'elle, il se sentait seul. Et il refusait de s'y laisser exiler une fois de plus.

— Si ce passé est si « révolu » que ça, pourquoi pleurais-tu toutes les larmes de ton corps ?

— Parce que je suis épuisée !

— C'est la deuxième fois de ma vie que je te vois pleurer.

Mais se souvenait-elle de la première fois ? Au bref regard qu'elle lui lança, il comprit : non, elle n'avait rien oublié.

— J'ai la tête pleine à craquer, telle que tu me vois. J'ai besoin de réfléchir. Et cela me serait d'un grand secours si tu t'abstenais de me coller d'aussi près.

— Cela te dérange que je me tienne près de toi ?

— Oui, ça me dérange !

— Je considère que c'est bon signe.

Elle poussa un soupir exaspéré.

— En quoi cela pourrait-il être bon signe ? Laisse-moi tranquille, Seth.

— C'est ce que j'ai fait la première fois. Et c'était une erreur. Des erreurs, on en fait tous. Mais en général, j'essaie d'éviter la récidive.

Et avec elle il avait commis de graves erreurs. Des fautes énormes, même. À l'époque, il se voyait déjà comme un homme — avec la sagesse et l'expérience requises pour assumer une relation. Mais il n'avait pas eu la maturité nécessaire pour décrypter une femme aussi complexe que Fliss.

Aujourd'hui, avec dix années de plus au compteur, il se sentait plus apte à la comprendre. Et plus patient, surtout.

Elle plongea les mains dans les poches de son short.

— Ce n'était pas une erreur. Tu as fait ce qu'il fallait faire.

Regardant les pieds de Fliss, il vit qu'elle avait égaré ses tongs en route, ce qui ne le surprit pas.

Elle avait vécu tous ses étés pieds nus ou presque, ses orteils poudrés de sable.

Il lui avait fallu un certain temps pour comprendre qu'à l'époque, lorsqu'elle arrivait dans les Hamptons et qu'elle se débarrassait de ses chaussures, c'était aussi le cauchemar de son quotidien qu'elle envoyait valser.

— Non, je n'ai pas fait ce qu'il fallait. J'ai fait ce que tu voulais que je fasse, c'est différent. Et quand j'ai pris conscience de mon erreur, il n'y avait plus moyen de t'approcher. Entre ta sœur et ton rottweiler de frère...

Il vit une expression d'effroi dans les yeux de Fliss.

— Daniel n'est pas au courant pour le bébé. Je ne le lui ai jamais dit.

— C'est bien ce que j'avais cru comprendre. Ce que j'ai eu plus de mal à saisir, en revanche, c'est pourquoi tu ne l'as pas mis au courant.

— Parce qu'il était déjà furieux contre toi. S'il avait su en plus que j'étais enceinte...

— J'aurais pu régler ça avec Daniel moi-même.

Elle secoua la tête.

— Daniel a toujours eu tendance à me surprotéger. Mais à cette époque, en plus...

— C'est ton frère aîné. Et il considérait que c'était son rôle de te défendre. Mais dans la mesure où on était ensemble, toi et moi, c'était autant — sinon plus — mon rôle que le sien. J'aurais pu être là. Te soutenir.

— Ce n'était pas ce que je voulais. J'avais foutu ta vie et ton avenir en l'air, Seth. Même maintenant, tu devrais me haïr.

Il resta un instant interdit.

— C'est pour cette raison que tu m'évites comme ça ? Parce que tu considères que tu as gâché ma vie ?

— En partie, oui.

— J'ai l'air de quelqu'un qui traîne l'échec d'une vie derrière lui ?

Elle soutint son regard.

— Non.

— Tout juste. J'ai gagné en âge et en sagesse. Du moins, j'espère. Mais il n'y a rien en moi que je considère comme irrémédiablement détruit.

Il perçut le son haché de la respiration de Fliss, couvrant par instants le bruit des vagues qui venaient se dérouler à leurs pieds.

— Cela t'est déjà arrivé de souhaiter que...

Elle se tut, laissant cette question aussi tentatrice

qu'inachevée flotter entre eux pendant qu'il s'interrogeait sur la nature du souhait en question.

Au cours des dix années écoulées, il avait eu des envies, des souhaits et des regrets de toutes sortes. *Si seulement* leur relation avait été moins intense ; *si seulement* ils avaient pu se rencontrer plus tard, à un stade de leur vie où ils auraient été plus mûrs l'un et l'autre ; *si seulement* il avait pensé un peu moins à sa propre souffrance et un peu plus à celle de Fliss.

Si seulement il ne l'avait pas laissée partir, surtout.

Les regrets étaient là, comme une douleur presque constante sous ses côtes.

Il l'exhorta patiemment :

— M'est-il déjà arrivé de souhaiter que *quoi*... ?

— Non, rien. Oublie ce que j'ai dit. Il faut que je rentre. Grams doit se demander où je suis passée depuis le temps.

Dans l'obscurité, il voyait briller les traces de larmes sur ses joues. Son regard tomba sur la forme délicate des lèvres de Fliss.

Cette bouche, il la connaissait. Il en anticipait déjà la saveur, envoûtante et familière.

Mais il n'y toucherait pas.

Pas encore.

Dix ans plus tôt, ils avaient fait les choses à l'envers et la force volcanique de la relation charnelle entre eux avait occulté tout le reste. Mais la prochaine fois, il était déterminé à procéder différemment.

Car il y aurait une prochaine fois.

— Ta grand-mère sait que tu es Fliss ?

— À ton avis ? Qui s'est chargée de confectionner tes cookies de malheur, d'après toi ?

Soulagé de voir son sens de l'humour renaître, il sourit brièvement dans le noir.

— Je te raccompagne.

— J'ai un doberman avec moi. Il ne m'arrivera rien.

Il ne prit même pas la peine de relever l'argument.

— Je te ramène chez toi mais je n'entrerai pas. À une condition...

— Laquelle ?

— Tu dînes avec moi demain soir et on parle.

— La dernière fois que j'ai eu le malheur de partager un repas avec toi, je me suis retrouvée les mains dans la farine avec une montagne de cookies cramés autour de moi.

— Je ne te parle pas d'un dîner au restaurant. Je te propose d'inaugurer ma cuisine flambant neuve.

— Tu emménages ?

Il déverrouilla sa voiture, et elle se glissa sur le siège passager.

— Je vais y dormir dès ce soir. À même le sol.

— Si mes souvenirs sont bons, tu disposes d'environ dix chambres à coucher dans l'ancienne maison de tes parents. Rien ne t'oblige à passer une nuit à la dure.

Il faillit le lui dire.

Lui dire à quel point ça l'oppressait de séjourner dans ce qui fut une maison heureuse. Lui dire qu'il se surprenait parfois à guetter, comme si son père pouvait encore en franchir la porte d'un instant à l'autre.

Mais il choisit de se taire et se contenta de conduire en silence, négociant l'entrelacement de petites routes mal éclairées qui menaient au cottage de la grand-mère de Fliss.

Il se gara devant la maison. Des lumières brillaient au rez-de-chaussée et il se revit dix ans plus tôt lorsqu'il restait tapi près de la grille à l'arrière de la maison en attendant que Fliss fasse le mur pour venir le rejoindre. Cet été-là semblait remonter à un siècle.

— Vers sept heures et demie, demain, ça te va ?

— Je ne cuisinerai pas pour toi, Carlyle. Et, si tu as le moindre respect pour ta santé, tu n'insisteras pas.

— Je me charge du repas.

— Je suis venue là pour aider Grams. Pas pour courir à gauche et à droite.

Il y avait un fond d'impuissance dans sa voix, comme si elle avait conscience que ses arguments ne faisaient pas le poids.

— C'est pour ça que je t'ai proposé 19 h 30. Cela te laissera tout le temps nécessaire pour t'occuper de ta grand-mère avant.

— Et si un problème surgit et qu'elle a besoin de moi ?

— Tu seras joignable par téléphone.

Fliss détacha sa ceinture.

— Tu ne renonces donc jamais ?

Cela lui était arrivé une fois. Mais jamais plus.

Cette fois-ci, il ne renoncerait à rien tant qu'il n'aurait pas obtenu ce qu'il voulait.

Et maintenant, après avoir passé des mois et peut-être même des années à se poser la question, il savait très précisément ce qu'il voulait, justement.

— À demain soir, 19 h 30, alors. C'est moi qui cuisine.

La sonnerie de son téléphone arracha Fliss à un sommeil de plomb. Tâtonnant à l'aveugle sur la table de nuit, elle fit glisser un livre au sol et pesta.

Une protestation s'éleva dans le lit et Charlie se redressa pour venir lui lécher le visage.

Il l'avait suivie jusque dans sa chambre la veille et s'était attardé, indécis, comme s'il la sentait fragilisée et qu'il hésitait à la laisser livrée à son sort.

En croisant le regard du beagle, elle avait compris

une chose : elle ne voulait pas rester seule. Alors elle avait attiré Charlie sur le lit et s'était endormie les bras passés autour de son petit corps solide, réconfortée par sa chaleur et sa présence. Seule la compagnie des animaux la rassurait suffisamment pour qu'elle s'autorise à baisser la garde. Héros avait dormi en travers de la porte, apparemment déterminé à se montrer à la hauteur de son nom.

Elle caressa la fourrure soyeuse de Charlie d'une main et lut le nom affiché à l'écran.

Harriet.

— Ho, ça ne va pas d'appeler à une heure pareille ?

— À 6 heures du mat ? Je t'ai réveillée ? Normalement, tu es toujours levée à cette heure-ci.

Frappée par une soudaine inquiétude, Fliss frotta ses yeux ensommeillés.

— Qu'est-ce qui se passe, Harriet ? Tu as un souci ?

Elle avait tellement pleuré la veille qu'elle en avait encore des élancements féroces dans la tête.

— Non, non, tout va bien. Mais j'ai appris la grande nouvelle ! Matilda m'a appelée. Tu as été héroïque !

— Tu as déjà eu Matilda au téléphone ?

Fliss farfouilla dans le tiroir de la table de chevet à la recherche d'un flacon de paracétamol. Si c'était ça, être héroïque, elle éviterait à l'avenir de renouveler l'expérience.

— Comment elle va, Matilda ?

— Bien. Très bien. Grâce à toi.

— Arrête. Je n'ai rien fait.

— Ce n'est pas ce qu'elle m'a dit.

— Je me suis juste trouvée au bon endroit au bon moment.

Ou au mauvais endroit au mauvais moment, selon la façon dont on considère les choses.

Elle avala deux comprimés avec un verre d'eau.

— Elle m'a dit que Seth était venu là-bas aussi. Et qu'elle a gaffé en t'appelant Fliss devant lui. Elle se sent coupable et s'inquiète beaucoup pour toi.

Fliss reposa le verre vide.

— Il ne faut pas qu'elle s'angoisse pour ça. Apparemment Seth avait tout deviné depuis le début.

— C'est vrai ? Et il n'a rien dit ?

— Il attendait que je rectifie de moi-même.

— Et vous avez discuté, du coup ?

Non. J'ai sangloté comme une malade sur son épaule.

— On a échangé quelques mots.

— C'est tout ?

Fliss soupira et se força à s'extirper du lit. Sans lâcher le téléphone, elle se traîna dans la salle de bains et se risqua à affronter son reflet dans le miroir.

— Oh ! purée. Je n'arrive pas à croire que je puisse avoir une tronche pareille sans même avoir bu une seule goutte d'alcool. La vie est injuste.

Elle avait des coulées de mascara sous les yeux et des cheveux comme si elle avait plongé la tête la première dans un buisson d'épineux.

— Je suis fin prête pour fêter Halloween et on n'est même pas encore en juillet.

— Tu n'esquiverais pas un peu ma question, par hasard ?

Fliss s'attaqua aux marques noires sous ses yeux.

— Je ne m'en souviens même plus, de ta question. Ça te donne une idée de l'état dans lequel je suis.

— Je te demandais où tu en étais avec Seth. Et je veux savoir comment tu te sens. Ça n'a pas dû être facile pour toi.

— Pas trop, non. Mais ça va.

Elle aurait eu de meilleures chances de convaincre

sa sœur si Charlie n'avait pas choisi ce moment précis pour japper.

— C'est qui, que j'entends derrière toi ?

— À ton avis ? C'est Charlie. Qui voudrais-tu que ce soit ?

— *Charlie ?* Dans ta chambre ? Je croyais que tu avais horreur de ce chien !

Fliss revit la scène de la veille où elle avait attiré le beagle sur le lit et l'avait tenu sur ses genoux en caressant ses jolies oreilles tombantes jusqu'à ce qu'il s'endorme comme un bébé dans ses bras.

— C'est un pot de colle, ce clebs. J'ai renoncé à m'en dépêtrer, tellement j'étais crevée.

— Ce n'est pas ton genre de renoncer. Tu es complètement décalquée, je suppose ?

— Décalquée, c'est un grand mot. Tant qu'il n'aboie pas, il ne me gêne pas trop.

— Je ne te parle pas de Charlie, je te parle du bébé. Ça a dû être violent pour toi, cet accouchement. Tu penses que ça va aller ? Dis-moi les choses, Fliss. Ne garde pas toujours tout pour toi.

— Il n'y a rien de spécial à en dire. Le bébé et sa maman vont bien, je vais bien, Seth va bien. Tout baigne.

Soulagée que sa sœur ne puisse pas la voir, Fliss scruta son reflet dans la glace. Même après une nuit de sommeil, elle avait encore le visage bouffi d'avoir trop pleuré.

Voilà à quoi ressemble une tête de menteuse.

— N'oublie pas que tu peux compter sur moi, OK ? Tu le sais que tu peux tout me dire, Fliss ?

— Merci, mais c'est bon, je t'assure... Allez, bisous.

La dernière chose dont elle avait envie, c'était d'inquiéter Harriet. Par chance, elle n'avait jamais eu aucun problème pour dissimuler ses états d'âme.

Ou, en tout cas, elle n'avait jamais eu de problème jusqu'à la veille au soir.

Un soupçon de colère gronda en elle.

Pourquoi Seth était-il parti à sa recherche sur la plage ? Il aurait pu comprendre qu'elle avait besoin qu'on lui fiche la paix. Puisqu'il avait deviné que la naissance de Rose l'avait retournée sens dessus dessous, pourquoi ne lui avait-il pas laissé un temps de répit pour qu'elle compose avec ses émotions à sa façon ?

S'il avait attendu un peu, elle aurait fini par se reprendre en main et elle aurait surmonté ce truc, ni vu ni connu.

Elle tapota la tête de Charlie avant de se glisser dans la cabine de douche.

— Un peu de patience, le chien. J'en ai pour deux minutes.

Deux minutes sous le jet brûlant qui lui frappait la peau comme autant de petites aiguilles acérées apportèrent un début d'amélioration. Ce n'était pas la grande forme, mais elle avait récupéré assez d'énergie pour affronter la journée.

Elle siffla Charlie et Héros pour leur faire faire une courte balade dans les dunes, puis retourna voir sa grand-mère qu'elle trouva déjà attablée devant son premier café du matin.

— Tu t'es levée aux aurores, Grams, observa-t-elle en allant nourrir les chiens.

— Et toi donc. Je ne m'attendais pas à te voir si matinale, compte tenu de l'heure à laquelle tu es rentrée hier soir.

— Tu me guettais ? J'ai pourtant passé l'âge où il conviendrait que l'on s'inquiète pour moi.

— Je considère qu'on n'est jamais trop vieux pour apprécier que quelqu'un se soucie de soi.

— Ce n'est pas faux.

Les fenêtres ouvertes laissaient entrer des flots de soleil avec le murmure des vagues déferlant sur le sable. L'air frais était plus efficace pour son mal de tête que tous les antalgiques du monde.

— En allant promener Charlie hier, j'ai vu Héros qui arrivait au grand galop sur la plage. Donc je suis allée voir ce qui se passait.

Elle plaça une tranche de pain dans le grille-pain et ouvrit le réfrigérateur.

— Quand je suis arrivée chez les Adams, Matilda était en train d'accoucher toute seule chez elle.

— J'ai entendu ça, oui. Je croyais qu'elle avait encore un mois à attendre.

— En principe. Mais l'accouchement s'est déclenché comme une tornade.

Elle sortit le beurrier et la confiture de prunes. Depuis qu'elle était en âge de se souvenir, elle avait toujours vu des étagères couvertes de confitures maison dans la cuisine de sa grand-mère.

— Ton toast brûle, lui fit remarquer Grams d'un ton placide.

Fliss sprinta en jurant jusqu'à l'autre bout de la cuisine.

— Mais comment je me débrouille pour faire brûler de vulgaires *toasts* ? C'est ahurissant, non ?

— Tu fais brûler les choses parce que tes pensées sont mobilisées ailleurs.

Fliss ne se risqua pas à soutenir le contraire. Ses pensées avaient en effet été occupées par tout autre chose. Occupées par Seth. Le bébé. Matilda.

Le bébé. Seth. Le bébé. Seth.

Seth. Seth. Seth.

— Mince.

Elle extirpa du grille-pain son toast dûment carbonisé.

— On dirait de la lave durcie crachée par un volcan.

— Tu as un bouton sur le côté que tu peux régler. Recommence. Cuisiner requiert une vraie capacité à vivre dans l'instant. Ce qui en fait une bonne technique de relaxation... C'est toi qui as conduit Matilda à la maternité, donc ?

— *Nada.* Il était déjà trop tard pour faire appel aux autorités compétentes.

Renonçant à jeter le toast, elle gratta la couche supérieure et étala copieusement du beurre et de la confiture.

— Le bébé était pressé de sortir. La petite Rose est née plus ou moins par terre dans la chambre à coucher conjugale... Elle est géniale, cette confiture, Grams. Tu pourrais la commercialiser et te faire coter au Dow Jones.

Elle ferma les yeux pour laisser éclater les saveurs sur son palais. Le goût d'enfance la ramena aux étés lointains où Harriet et elle allaient ramasser les prunes et les pommes dans des paniers qu'elles remplissaient à ras bord. Elle se souvenait d'avoir dévoré les fruits à même l'arbre, le visage inondé de soleil avec le jus sucré qui lui dégoulinait sur le menton.

Harriet avait préféré garder les siens pour les cuisiner avec Grams.

Elles passaient des heures aux fourneaux toutes les deux, à faire cuire et recuire leurs mélanges avant de répartir enfin la confiture dans les pots en verre sur lesquelles Harriet apposait les étiquettes qu'elle rédigeait à la main de son écriture sage et régulière.

Harriet avait été friande de ces moments de convivialité familiale dont elle semblait faire provision pour l'hiver, à la manière d'un écureuil, avant d'affronter le retour de fin d'été à New York.

Fliss, elle, avait préféré passer ses journées à l'air libre. Pour elle, la plage était synonyme de liberté.

Mais, en choisissant plutôt les plaisirs de la vie en bande, elle n'avait pas bénéficié autant que sa sœur de la compagnie de leur grand-mère.

Elle se tourna pour observer Grams et remarqua à quel point son regard bleu était resté vif. Ses cheveux d'une blancheur lumineuse lui auréolaient le visage. Pour avoir vu des photos de sa jeunesse, elle savait que Grams avait été une femme superbe.

— C'est une idée que je me fais où les bleus commencent à partir ?

— Ce n'est pas qu'une idée. Ils se résorbent, en effet.

Sa grand-mère termina son café.

— Si la confiture de prunes te plaît, tu pourras en rapporter deux pots à New York. Et je t'en donnerai un aussi pour Matilda. Raconte-moi comment ça s'est passé, cet accouchement, alors.

Fliss termina son toast et livra une version très expurgée des événements de la soirée précédente. En bref, elle mentionna les faits et laissa les sentiments de côté.

— C'est toi qui as accouché Matilda !

— Pas du tout. Le bébé et Matilda ont fait le boulot, et je me suis contentée de récupérer le paquet à sa sortie.

C'était comme si les paumes de ses mains conservaient l'empreinte du nourrisson gravée en elles. *De ce petit corps chaud, vulnérable. Tellement minuscule.* Elle repoussa ce souvenir insistant et haussa les épaules.

— Finalement, les années d'entraînement au handball m'ont été très utiles.

Grams sourit.

— Et Chase ? Il n'était pas là ?

— Non. Il a trouvé le moyen de louper le moment de la naissance. C'est assez masculin, comme *timing*, non ?

— La sage-femme a quand même fini par arriver, je suppose ?

— La sage-femme et l'ambulance, oui. Mais Seth a débarqué avant.

Elle mentionna cette péripétie d'un ton détaché, comme si c'était juste un détail parmi d'autres. Le regard de sa grand-mère se fit plus attentif.

— Seth ? Mais il te prend toujours pour Harriet ?

— Plus maintenant, non. Matilda a annoncé devant lui qu'elle nommait sa fille Rose Felicity... en mon honneur.

Elle glissa une nouvelle tranche de pain dans le grille-pain et baissa le thermostat.

— Même pour moi, ça devenait difficile d'inventer une explication à peu près plausible. Et apparemment, Seth avait deviné depuis le début, de toute façon.

Elle resta plantée devant le grille-pain pour surveiller les opérations. À croire qu'elle avait une case en moins pour n'être pas fichue de griller une simple tranche de pain.

— Mon grand tort, je pense, c'est d'avoir loué une décapotable rouge. Harriet aurait choisi une voiture bleu layette.

— Et maintenant ? Que va-t-il se passer ?

Fliss choisit à dessein d'interpréter la question de sa grand-mère de travers.

— Il faut que je fasse un saut en ville pour acheter un truc pour le bébé. Je vais avoir besoin de ton aide, parce que choisir un cadeau de naissance ne figure pas sur ma liste de compétences.

Sa tentative de diversion échoua lamentablement. Grams secoua la tête :

— Je voulais dire : que va-t-il se passer avec Seth ?

C'était une question qui tournait dans la tête de Fliss depuis qu'elle était levée. Et dire qu'elle avait fui

Manhattan pour échapper à la tourmente émotionnelle qui lui rendait la vie infernale ! Elle était servie depuis son arrivée ici...

Elle appuya sur le bouton pour éjecter le toast et prit son air le plus détaché.

— Seth ? Je pense qu'il fera un cadeau de naissance, lui aussi.

Elle croisa le regard de sa grand-mère et soupira.

— Qu'est-ce que tu veux que je te réponde ? Il ne se passe rien avec Seth. C'est fini, terminé, révolu.

— Ma chérie, si c'était si « révolu » que ça, tu serais encore à New York et tu ne te serais pas fait passer pour ta sœur. Il serait peut-être temps que tu cesses de faire l'autruche et que tu acceptes de lui parler.

— J'ai l'impression de l'entendre lui !

Fliss enfonça la cuillère dans le pot de confiture.

— Il m'a proposé de dîner chez lui ce soir.

— Et tu y vas, je suppose ?

— Je ne sais pas encore.

— Qu'est-ce qui t'empêcherait d'y aller ?

— Je suis venue ici pour m'occuper de toi.

— Je te promets que je serai très sage. J'ai renoncé depuis quelques années à danser nue au clair de lune et je ne jouerai pas non plus avec les allumettes. Ne te sers pas de moi comme d'un prétexte pour ne pas affronter les choses, Fliss.

Celle-ci en oublia de porter son toast à sa bouche.

— Parce qu'avant tu dansais nue sous la lune ?

Les yeux de sa grand-mère pétillèrent.

— Peut-être. Qui te dit que tu es la seule de la famille à avoir un petit faible pour les bains de minuit ?

Fliss mordit dans sa tartine avec appétit.

— Tu me surprendras toujours. Raconte-moi un peu.

— Seulement si tu me parles de Seth. La confiance,

ça marche dans les deux sens. Je veux bien te livrer mes secrets si tu partages un peu les tiens.

Fliss soupira.

— Qu'est-ce que tu aimerais savoir ? Mon mariage avec Seth a été une erreur. On en a tous commis. J'étais très jeune à l'époque. Parle-moi de tes bains de minuit, plutôt. C'est Gramps qui t'a lancé un défi ?

Sa grand-mère lui adressa un clin d'œil.

— Non, c'est moi qui l'ai défié, lui. Il ne savait pas s'il devait être scandalisé ou impressionné par mes audaces.

— La vie conjugale entre vous ne manquait pas de piment, j'ai l'impression ?

— Oh ! on n'était pas mariés, ton grand-père et moi. Pas encore, en tout cas. Il ne m'avait jamais vue nue avant cette nuit-là.

Fliss s'étrangla de rire.

— Waouh ! Tu étais une *bad girl* avant l'heure. Comment ça se fait qu'on ne m'ait encore jamais raconté cette histoire ?

— Tu n'es pas la seule dans cette famille à transgresser les règles, Felicity. Cela dit, les conventions sociales avaient perdu toute signification pour nous, à l'époque. La guerre faisait rage. Nos soldats mouraient en Europe et le monde était devenu fou à lier. Aucun de nous ne savait ce que le futur lui réserverait. Alors, le bonheur, on le prenait à bras-le-corps quand il se présentait. De nos jours, les gens ne pensent qu'à se construire un avenir, ils oublient la précieuse beauté de l'instant.

— Waouh, Grams, c'est hautement philosophique ça, pour une discussion de 7 heures du matin.

Fliss se servit une seconde tasse de café tout en révisant mentalement l'image qu'elle avait toujours eue de sa grand-mère.

— Tout ce que j'essaie de te dire, c'est que tu devrais profiter des promesses d'aujourd'hui et te saisir de cette opportunité qui s'offre de passer du temps avec Seth.

Vivre dans le présent, cueillir le plaisir de l'instant avait fait qu'elle était tombée enceinte à dix-huit ans. Mais sa grand-mère n'avait jamais été informée de sa grossesse.

— Ce n'est pas si simple...

— L'amour n'a jamais été simple. Ce n'est pas une raison suffisante pour y renoncer.

— Qui a parlé d'amour, ici ?

— On peut causer sexe, si tu préfères.

Fliss en avala sa bouchée de travers.

— Pardon ?

— Ne me regarde pas de cet air choqué. Comment crois-tu que ta mère a été conçue ?

Fliss tenta d'effacer l'image qui s'esquissait dans sa tête. C'était déjà assez pénible d'avoir à imaginer ses parents dans un lit, sans avoir en plus à se représenter ses *grands-parents* occupés à l'acte.

— Hum... Oui. OK. Mais je n'ai pas non plus l'intention de me livrer à quoi que ce soit de sexuel avec Seth. Ce n'est pas prévu au programme.

Sa grand-mère ôta ses lunettes.

— J'ai une question pour toi. Te connaissant, tu ne vas pas vouloir y répondre, mais je te la pose quand même.

Mal à l'aise, Fliss s'agita sur sa chaise.

— Quoi ?

— Tu as déjà rencontré un homme qui a eu le même effet sur toi que Seth ?

— Non.

— Et tu n'en tires aucune conclusion ?

— Si, bien sûr. J'en conclus qu'à l'époque j'étais une

adolescente avec la tête dans les nuages qui peignait les réalités de la vie sous les couleurs trompeuses de l'illusion.

— Peut-être. Mais cela pourrait aussi vouloir dire autre chose.

Fliss se souvint de ce qui avait existé entre Seth et elle, mais jugea préférable de repousser ces souvenirs trop tactiles. Elle avait tourné définitivement le dos à cette relation. Et elle ne voulait pas y revenir, malgré la dose déraisonnable d'attirance sexuelle qui, aujourd'hui encore, venait corser le mélange.

— Ce que ça peut vouloir dire, c'est que je considère les rapports humains sous un angle pratique. Réaliste. Je ne suis pas Harriet.

— Tu considères que c'est irréaliste de vouloir aimer et être aimée en retour ?

— Irréaliste, je ne sais pas. Mais compliqué, en tout cas. Question sentiments, l'équilibre n'est pas facile à trouver. Tu le disais toi-même l'autre jour : l'amour peut n'être présent que d'un seul côté. Dans un couple il y en a toujours un qui aime plus que l'autre. Ça a été le cas pour maman et tu as vu le résultat.

Sa grand-mère resta un long moment silencieuse. Puis elle prit une inspiration, comme si elle s'apprêtait à dire quelque chose.

Mais finit par se raviser et se leva.

Fliss lui trouva un air si fatigué qu'elle en eut le cœur serré.

— Qu'est-ce qui t'a pris de te lever si tôt ce matin ? Tu aurais dû faire la grasse matinée. Je vais tâcher de me rendre sérieusement utile aujourd'hui. Dès que j'aurai baladé les deux chiens, je m'attaquerai au jardin. Je peux commencer par faire appel à un élagueur pour le pommier.

— Cela me serait d'un grand secours, oui.

— Et je changerai les draps de ton lit.

— C'est très gentil.

Fliss se mordit la lèvre.

— Il y a autre chose que tu aimerais que je fasse pour toi ?

Sa grand-mère s'immobilisa dans l'encadrement de la porte.

— Tu pourrais sortir dîner ce soir avec Seth. Et écouter ce qu'il a à te dire. Jusqu'au bout, de préférence.

— Pourquoi ? Ça servirait à quoi, franchement, de remuer le passé ? Il n'y a plus rien à sauver entre nous, Grams.

— C'est possible. Mais tu ne le sauras avec certitude que si tu cesses de fuir. Accepte son invitation. Jouez cartes sur table, tous les deux, et faites donc la lumière sur ce qui s'est passé entre vous, il y a dix ans. Promets-moi de lui dire ce que tu ressens.

Pour rien au monde, elle n'aurait dit à Seth ce qu'elle ressentait. Pas après ce qui s'était passé la veille.

Il l'avait déjà surprise dans un moment de grande vulnérabilité. Et elle n'était pas prête à réitérer l'expérience.

Mais Seth ne la laisserait pas en paix tant qu'il n'aurait pas eu la « discussion de fond » à laquelle il aspirait.

En allant le voir ce soir, elle le contenterait lui et elle contenterait sa grand-mère.

Et elle n'aurait rien d'autre à faire que d'écouter Seth parler.

Une fois qu'il aurait dit ce qu'il avait à lui dire, elle partirait.

— Bon, d'accord. Puisqu'il m'a invitée, j'irai chez lui ce soir.

Juste un dîner. Pas de sexe ni de rapprochement

d'aucune sorte. Juste deux personnes adultes décidées à mettre le passé à plat pour pouvoir le laisser derrière elles.

Elle pouvait le faire.

Chapitre 12

Fliss ne fut pas la seule à passer la plus grande partie de la nuit sans dormir.

Seth n'avait pas fermé l'œil non plus.

À 3 heures du matin, il avait été appelé en urgence pour une intervention chirurgicale. Un chien renversé par une voiture pleine d'estivants conduisant trop vite sur des routes étroites inconnues, dopés par l'ivresse du grand air et celle, plus classique, due aux cocktails consommés dans les paillotes de bord de mer. Mais cet aspect du problème ne relevait pas de sa responsabilité.

Son boulot à lui, c'était de s'occuper du chien et de son maître. Car, lorsqu'il soignait un animal, il avait toujours affaire à deux patients à la fois.

Le réveil en pleine nuit et l'opération en urgence lui rappelèrent que son métier avait des aspects négatifs. Mais, une fois l'intervention réalisée avec succès, il vit aussi les bons côtés.

Même si son patient à quatre pattes avait frôlé la mort, il avait de bonnes chances de s'en sortir.

Lorsqu'il sortit de la salle d'opération, il trouva le soleil déjà levé. Trop tard pour retourner se coucher. Il s'installa dans son bureau avec un café bien serré et s'attaqua à une montagne de paperasse. S'occuper de ces joyeusetés administratives maintenant offrait le double avantage de détourner ses pensées de Fliss et de dégager du temps ce week-end pour emménager.

Dans sa nouvelle maison.

Pour l'instant, il ne s'y sentait pas encore complètement chez lui, mais il espérait que ça allait venir.

Il avait les yeux rivés sur des résultats d'analyses arrivés du labo, mais Fliss venait se dessiner en filigrane entre les chiffres. Il revit son visage baigné par les larmes, sentit de nouveau ses doigts crispés sur sa chemise. Là encore, elle avait essayé de lui cacher son désarroi, mais il l'avait bel et bien perçu. Et il l'avait partagé.

La porte s'ouvrit pour livrer passage à Nancy, une des auxiliaires vétérinaires de sa clinique.

— Ta nuit n'a pas été de tout repos, paraît-il ?

— Pas vraiment, non.

Il se leva pour s'étirer.

— Quelle heure il est ?

— Le cabinet ouvre dans dix minutes et la journée promet d'être particulièrement chargée.

— Merci. Juste la bonne nouvelle dont j'avais besoin. Il ne me reste plus que la caféine pour tenter d'émerger.

— Hé, s'il y a du monde, ça veut dire que le cabinet marche. Et ça, c'est une vraie bonne nouvelle. Pour ce qui est du café, je veux bien m'en occuper.

— Merci. Mais je peux m'en charger moi-même.

Il avait toujours tout fait lui-même. Une habitude acquise à l'époque où le premier réflexe des gens était de ne voir en lui que le fils de riches.

Il était conscient que la richesse était un privilège. Mais elle avait aussi été un filtre, comme si les autres l'avaient toujours considéré à travers des lunettes déformantes.

C'était une des raisons qui l'avaient amené à choisir l'école vétérinaire. Dans son métier, on s'intéressait avant tout à la façon dont il s'y prenait avec les animaux qu'il soignait. Lorsqu'une famille arrivait avec un animal de compagnie dans un état critique, ils se fichaient éperdument de savoir s'il était fils d'ouvrier ou de duc.

Dans sa profession, il avait appris que ce qui donnait du sens à la vie, c'était ces petits instants de trois fois rien que beaucoup considéraient comme anecdotiques. Il avait vu le visage d'un enfant chiffonné par l'émotion alors qu'il recevait son premier chiot en cadeau. Un trader milliardaire tomber à genoux, brisé par la mort de son chien.

Pendant quelques années, il avait soigné de gros animaux, puis il s'était spécialisé dans les maladies graves. Et il avait fini par se fixer là, dans les Hamptons, où il avait monté sa clinique et repris sa place dans la petite communauté locale.

Et cette vie lui allait bien.

— Rufus a l'air de se remettre, madame Terry.

Il examina la plaie qu'il avait recousue la semaine précédente.

— Elle est propre et cicatrise bien. Ça n'a pas dû être facile pour vous de l'obliger à se tenir tranquille tout ce temps. Vous avez fait du bon boulot.

— Je suis tellement soulagée qu'il se soit rétabli ! On l'a eu alors qu'il n'avait que quelques semaines. Billy l'a trouvé abandonné sur le bord de la route. Les enfants ont grandi avec lui. Je ne sais pas ce que nous deviendrions sans lui.

— Par chance, la question ne devrait pas se poser dans l'immédiat.

Seth rendit le chien à sa propriétaire.

Perdre un animal de compagnie était douloureux.

Il le savait. Le comprenait. C'était le seul aspect de son métier qu'il détestait.

En sortant de sa longue journée de travail, il s'arrêta pour acheter du pain frais, des tomates anciennes, des aubergines, des champignons — faillit vider tous les rayons et, à la dernière minute, se fit découper une entrecôte.

Della, la propriétaire du magasin, le regarda avec curiosité en emballant la viande.

— Soit vous avez un gros appétit, Lulu et toi, soit tu as du monde à dîner ce soir.

— Lulu et moi, nous avons toujours été de solides mangeurs, Della.

Il lui tendit sa carte de paiement en espérant que les questions s'arrêteraient là. Qu'on parle de lui au village ne le dérangeait pas. Mais il n'était pas certain que Fliss partagerait son détachement.

— Tu as hérité des talents de ta maman pour la cuisine, Seth. Quand elle venait ici, elle choisissait toujours ses fruits et légumes elle-même. Et elle avait l'œil, crois-moi. Mme Carlyle nous manque, par ici. Transmets-lui mes amitiés la prochaine fois que tu l'auras au téléphone et dis-lui que nous pensons à elle.

Elle lui rendit sa carte et Seth prit ses achats.

— Je n'y manquerai pas.

Della lui adressa un clin d'œil.

— Celui ou celle qui partagera ton dîner ce soir a bien de la chance.

Il garda un sourire poli et sortit, laissant Della et ses questions derrière lui.

La confection et la dégustation des repas avaient pris une part importante dans l'éducation qu'il avait reçue. Avec la fratrie entière mise à contribution, la cuisine avait été au cœur de la vie familiale à *Ocean View* . La nourriture qu'on servait chez les Carlyle était toujours fraîche, saine et colorée. Seth revoyait les poivrons grillés luisants d'huile, les artichauts et les anchois marinés, les grosses olives vertes et noires qui lui rappelaient l'unique été qu'ils avaient passé en Italie, pour retrouver les racines familiales. Chaque repas avait été une création artistique où sa mère avait mis en œuvre ses talents de décoratrice d'intérieur.

Les échanges spontanés autour d'un bon repas, c'était ce qui lui manquait le plus depuis que son père était décédé. À présent, chaque fois qu'ils se retrouvaient, tous, l'atmosphère était saturée de tristesse et le sentiment de perte dominait.

Sa mère serrait les dents et s'efforçait de combler le vide que rien ne pouvait combler par toutes sortes d'activités. Aucune n'avait rempli son office. Seth savait que le manque serait toujours là. Tout ce qu'ils pouvaient espérer accomplir, c'était d'apprendre à s'ajuster, à s'adapter. La famille avait changé d'aspect et de dynamique. À eux de faire avec.

Il déballa ses achats dans la nouvelle cuisine et remplit son frigo vide. Même s'il n'était pas sûr du tout que Fliss se montrerait, il tenait à avoir le nécessaire pour la nourrir le cas échéant. Tout plutôt que d'avoir à sortir pour l'emmener au restaurant. S'ils réussissaient enfin à se parler, il ne voulait pas courir le risque d'être interrompus toutes les deux minutes. Connaissant Fliss, elle se jetterait sur toutes les excuses possibles pour échapper à une vraie conversation. Et il était fermement résolu à ne pas la laisser se dérober, cette fois-ci.

Il finit de ranger ses provisions avant de s'accorder une bière.

Sa maison commençait enfin à prendre un air habité. C'était déjà un début. Même s'il manquait toujours ce petit quelque chose qui faisait qu'on se sentait vraiment chez soi quelque part.

Il sortit sur la terrasse pour boire sa bière, et Lulu lui emboîta le pas.

C'était à ses yeux le privilège d'entre les privilèges : disposer d'un lieu à soi en bordure du sable et de l'océan, avec la nature comme seul voisin immédiat.

Même avec l'océan à deux pas, les températures restaient étouffantes et la chaleur accumulée tout au long du jour n'avait pas encore commencé à se dissiper.

La terrasse flanquait tout l'arrière de la maison. Le soleil de fin de journée jouait sur les larges lattes en bois où les ombres s'allongeaient lentement. Il s'accouda à la rampe pour contempler l'océan entre les dunes. L'appel plaintif d'une mouette, le soupir du vent et le déferlement liquide de l'eau glissant sur le sable formaient la texture même du silence. Il disposait d'un poste d'observation incomparable pour assister à un coucher de soleil flamboyant sur Peconic Bay, avec quelques cygnes et autres balbuzards pour seuls compagnons.

Sans oublier Lulu.

Ses aboiements extatiques saluèrent l'arrivée de Fliss avant même que Seth n'entende le bruit d'une voiture s'immobilisant devant la maison.

Une portière claqua.

Quelques instants plus tard, Fliss apparaissait à l'angle de la terrasse, avec Lulu qui courait en cercles autour de ses jambes.

Elle s'accroupit pour la caresser, jouer avec elle et lui murmurer des mots qu'il ne pouvait pas entendre mais qui suscitaient des battements de queue approbateurs chez Lulu.

Après une dernière chatouille du bout des doigts, Fliss se redressa pour le regarder.

Les sons autour d'eux s'évanouirent. C'était comme si le monde avait rétréci pour se limiter à leurs deux seules présences.

Il n'avait qu'une envie, c'était de la prendre dans ses bras, mais il se força à garder sa main libre sur la rampe.

La faire venir chez lui avait-il été une si bonne stratégie, tout compte fait ? Il se demanda soudain si un restaurant avec du monde autour n'aurait pas été plus facile. Mais rien ne serait probablement facile dans ce qu'ils avaient à se dire.

Toujours sans esquisser un mouvement, il la regarda gravir les quelques marches pour accéder à la terrasse.

Son cœur battait vite, mais voir Fliss en short avait toujours eu cet effet sur lui. Son jean coupé faisait paraître ses cuisses encore plus longues et mettait en valeur ses belles jambes hâlées.

Il avait la bouche très sèche, soudain. *Trop* sèche. Mais sa bouteille de bière était vide et il la posa sur la rambarde.

— Tu as pu trouver facilement ?

— Je me suis juste plantée à l'entrée du chemin. J'ai d'ailleurs failli envoyer la voiture dans le fossé. Tu es bien caché, ici. C'est le seul endroit sur la côte qui ne soit pas envahi par les estivants.

— C'était le but. Le terrain jouxte la réserve naturelle. Le cottage d'origine appartenait à un artiste peintre. Le premier étage était entièrement aménagé en atelier. Idéal avec la lumière du nord.

Mais pour le moment, il avait surtout du mal à détacher les yeux de la lumière qui dansait dans les mèches vagabondes de Fliss. Les cheveux de celle-ci l'avaient toujours fasciné par leur beauté si particulière. Ils paraissaient argentés sous certains éclairages. Couleur d'or pâle sous d'autres. Si le peintre qui vivait là n'avait pas quitté les lieux, il se serait mis à ses pinceaux.

— Je n'étais pas sûr que tu viendrais.

— Et pourquoi tant de doutes ?

— Tu n'as pas ménagé tes efforts pour m'éviter, jusqu'ici.

Elle haussa les épaules.

— Ce n'est pas la première fois que je me fais passer pour ma sœur.

— Je sais que tu es la reine des jeux de cache-cache, mais espères-tu vraiment me convaincre que prétendre être Harriet n'était pas une manœuvre destinée à m'éviter ?

— Absolument. Je ne…

— Je t'ai vue, Fliss. À Manhattan. Le jour où tu as hésité à l'entrée de la clinique vétérinaire, comme si tu te demandais si tu étais prête à entrer ou non. J'allais sortir te parler lorsque tu t'es plus ou moins effondrée par terre. J'étais sur le point d'appeler les pompiers. Puis j'ai compris qu'il s'agissait juste d'une feinte pour m'éviter.

— J'ai perdu l'équilibre.

Il aurait pu en rire s'il n'avait pas été aussi à cran. Il porta deux doigts à la base de son nez et se força à respirer lentement.

— Fliss…

— *OK !* Je n'étais pas tout à fait enthousiaste à l'idée de te revoir. Et, oui, en effet, je me suis ruée sur la première opportunité pour fuir Manhattan et échapper enfin au risque de te croiser au débotté au premier coin de rue venu. Résultat : je tombe sur toi quand même. Saloperie de karma.

Il laissa retomber sa main.

— Mais pourquoi ces dérobades, cette mascarade,

ces hésitations torturées ? Tu aurais pu me dire « Ah tiens, Seth, ça roule ? » et basta.

— S'il y avait moyen de revenir en arrière, c'est probablement ce que je ferais. Mais j'étais persuadée d'avoir tué ta chienne, puis j'ai reconnu ta voix et tu avais l'air...

Elle happa une bouffée d'air, comme si elle était à court d'oxygène.

— Puis je t'ai vu et tu étais... Enfin, bref, ça m'a perturbée.

Seth prit une grande inspiration. « Perturbée » lui allait bien. Il était preneur.

Fliss chercha brièvement son regard, et il entraperçut une lueur troublée dans ses yeux juste avant qu'elle ne détourne la tête.

— Donc tu as décidé que tu serais plutôt Harriet.

— Pour être franche, ça n'a pas été très réfléchi comme décision. C'est arrivé de façon impulsive. Un genre de réflexe conditionné.

— Le réflexe conditionné étant de m'éviter à tout prix ?

Il attendit, refusant de la laisser esquiver sa question. Elle fit la moue.

— Disons que l'idée de te revoir m'angoissait. Je ne maîtrise pas trop le protocole à appliquer avec un ex.

— Parce qu'il en existe un ?

— Aucune idée. Mais je ne savais pas comment t'aborder, en tout cas.

— Donc, tu as fait semblant d'être Harriet. Ce qui t'a permis d'avoir un autre genre de conversation avec moi que si tu avais été toi-même.

— Voilà. C'était l'idée. On a discuté autrement. Mon but était atteint.

— Mais tu es ici, maintenant. Sous ta propre

identité. Et cette fois, nous allons avoir la discussion que *moi* je veux.

— Je suis venue pour ça, oui. Alors je propose qu'on torche ça direct, là, tout de suite, et qu'on en finisse.

Elle avait l'air à peu près aussi sereine que s'il se préparait à la traîner en salle de torture. Mais elle le regarda crânement droit dans les yeux.

— Si tu éprouves le besoin de me parler — même si je vois mal ce qu'on pourrait encore avoir à se dire après toutes ces années —, il me paraît juste que tu t'exprimes. Je t'écoute.

Il me paraît juste que tu t'exprimes ?

Ce qu'il voulait vraiment, c'était qu'*elle* lui parle à *lui*. Mais il était conscient qu'avec Fliss les mots ne viendraient qu'au compte-gouttes. On ne changeait pas les habitudes de toute une vie en quelques minutes, et le silence avait toujours été la stratégie de défense de Fliss par excellence. Il lui faudrait donc s'armer de patience. Et de persévérance. La dernière fois, il avait renoncé et elle était partie. Aujourd'hui, il ferait en sorte que les choses se passent différemment. Il ne baisserait pas les bras avant d'avoir été jusqu'au bout de ce qui aurait pu être et n'avait pas été. S'il avait appris une chose depuis la mort brutale de son père, c'était bien celle-ci : la vie était trop précieuse pour qu'il la gaspille en moments insignifiants avec des gens sans importance.

Fliss, elle, signifiait quelque chose pour lui. Signifiait beaucoup, même. Depuis le début.

Il le savait, maintenant. Ce qu'il avait plus de mal à comprendre, c'était pourquoi il avait attendu dix ans avant de chercher à la revoir. Toute une série d'arguments « rationnels » l'avait poussé à laisser tomber : ils s'étaient mariés beaucoup trop jeunes, avaient pris leur décision trop vite — la liste avait été longue. Avec un élément principal : le fait que Fliss n'avait jamais retourné ses appels.

Mais rien sur cette liste n'expliquait pourquoi il n'avait jamais été capable de l'oublier.

Elle hésitait, sur la défensive, avec le poids du corps sur l'avant des pieds. Comme une créature sylvestre, mi-nymphe mi-biche, prête à s'évanouir dans la nature à la première alerte.

Il jugea plus prudent d'éviter de lui donner des raisons de fuir.

— Tu veux commencer par une visite, plutôt ?

— Une visite de quoi ? Ta maison ?

Elle se détendit visiblement, comme une condamnée à qui on offre un répit inespéré.

— OK. Super. Bonne idée.

— Tu es la première à découvrir les lieux. À part Chase. Mais lui ne compte pas parce qu'il a suivi le projet de A à Z.

— Tu l'as eu au téléphone, au fait ?

— Oui. Il s'est précipité ici dès qu'il a eu mon appel.

— L'avantage de se déplacer en hélicoptère.

— Il doit être à la maternité avec Matilda. Cela dit, je me demande si elle ne devait pas sortir déjà aujourd'hui.

— Je me suis aussi posé la question. Je lui aurais envoyé un texto, mais comme son téléphone est en miettes... Et je ne voulais pas les envahir en débarquant à l'hosto.

Il se demanda si la peur de déranger avait été le seul frein. La vision du visage bouleversé de Fliss lorsqu'il avait poussé la porte de la chambre et qu'il l'avait trouvée avec le bébé de Matilda restait gravée dans son esprit.

— Je doute qu'ils se seraient sentis envahis. Au contraire.

Il récupéra sa bouteille de bière vide et rentra par la cuisine.

— Chase va t'appeler. Te dire qu'il t'est reconnaissant serait un euphémisme.

— Reconnaissant de quoi ? Je n'ai rien fait.

— Tu as déjà assuré une présence, pour commencer. Si tu n'avais pas été là, Matilda aurait accouché seule.

— C'est Héros qui a tout fait. Il est venu me chercher sur la plage. Il est remarquablement intelligent, ce chien.

— Tu es restée avec Matilda tout le long.

— Crois-moi, s'il y avait eu qui que ce soit d'autre à portée de hurlement, j'aurais détalé sans demander mon reste.

Elle en parlait sur le ton de la plaisanterie, mais il savait qu'elle n'avait pas vécu cet accouchement à la légère.

— Mais tu es restée. Et ça n'a pas dû être simple pour toi.

Il était probablement le seul à savoir à quel point cela avait été dur pour Fliss. Le seul à visualiser les plaies enfouies avec soin dont le tissu cicatriciel s'était déchiré, le seul à avoir assisté à la mise à nu d'émotions maintenues sous le boisseau pendant si longtemps.

— Je n'ai rien fait de compliqué.

Il la revit sangloter contre son épaule la veille et sentit l'exaspération monter.

— Fliss...

— J'ai des notions plus que limitées en obstétrique, mais Matilda a mis cette enfant au monde avec brio. J'étais juste là pour faire la claque. Je l'encourageais de la voix. Du style « Go, Matilda, go ! » et « waouh, un bébé ! ». Ce genre de truc, quoi. J'ai fait le fan-club.

Autant essayer de briser à mains nues un mur en

acier renforcé… Elle avait des défenses qui auraient fait l'envie de n'importe quelle agence de sécurité.

Et, même s'il savait pourquoi elle résistait ainsi, cela ne rendait pas la conversation moins frustrante pour autant.

— Donc hier soir, sur la plage, alors que tu inondais ma chemise et que tu sanglotais comme si ton cœur allait lâcher, c'était une façon de « faire la claque », là aussi ?

— Assister aux premiers instants de vie d'un nouveau-né, ça secoue forcément.

La veille, il avait eu un aperçu des abîmes de souffrance qu'elle gardait murés en elle. Et ce qu'il avait entrevu lui avait paru difficilement soutenable.

Il avait envie de lui demander si elle avait passé la nuit à dormir ou à pleurer. Mais la réponse à cette question, il la connaissait déjà. Ses yeux étaient lourdement cernés et son visage marqué par la fatigue. Les émotions de la veille avaient volé le sommeil de Fliss tout comme elles avaient volé le sien.

Elle fit le tour de sa cuisine, admirant ceci et effleurant cela, ponctuant ses découvertes de quelques murmures approbateurs.

— C'est chouette.

Passant la main sur le plan de travail, elle leva les yeux vers lui.

— C'est Chase qui a fait ça ?

Elle avait l'air exténuée. Mais il jugea inutile de l'accabler avec de nouvelles questions qu'elle s'arrangerait de toute façon pour éluder.

— Pas en personne, non. Mais il a une bonne équipe.

Il ouvrit le réfrigérateur, en s'exhortant à la patience. Un excès de hâte avait détruit les racines fragiles de leur relation la première fois. Et il n'avait pas envie que cela se reproduise.

— Qu'est-ce que je te sers à boire ?

— Quelque chose de bien glacé. Sans alcool, vu que je conduis. J'ai besoin de garder la tête claire pour éviter les chiens qui s'allongent au beau milieu de la route.

Elle gratifia Lulu d'un regard sévère.

— C'est quoi la technique pour apprendre à un chien à faire le mort ? C'est peut-être une idée que je pourrais mettre en œuvre pour développer notre business : le dressage.

— Vous voulez développer votre business, Harriet et toi ?

— Oui. On a déjà le quasi-monopole de la promenade pour chiens dans tout l'est de Manhattan. Donc il est temps qu'on se diversifie. Je pensais éventuellement au toilettage. Ou peut-être prendre des animaux en pension.

— Vous avez des locaux ?

— Non. C'est un peu le problème.

Elle haussa les épaules.

— Mais ça peut devenir un avantage plus qu'un problème, car j'en ai marre de trébucher sur des piles de paperasse chaque fois que je fais un pas dans l'appartement.

— Tu es en coloc avec Harriet ?

— Bien obligée. À Manhattan, vouloir un appart pour soi tout seul, c'est du luxe. Et on n'a pas beaucoup de surface habitable. Harriet souffre d'une phobie administrative aiguë, donc elle fourre tous les documents dans un coin et fait comme si le problème n'existait pas. Je suis chargée de régler tout ça, mais, avant de traiter un dossier, il faut déjà que je commence par mettre la main dessus.

— Et tu ne peux pas gérer l'activité en ligne ?

— L'essentiel est sur informatique. Mais on n'échappe jamais complètement aux documents papier.

— Et tu es obligée de t'agrandir ? Pourquoi ne pas garder une activité à échelle humaine ?

— J'ai l'impression d'entendre Harriet. Elle est tout à fait satisfaite de notre situation actuelle. Je m'occupe de l'administratif et des contacts clients. Elle se charge des animaux et de notre équipe de promeneurs. L'idée du dressage me plaît assez. On a un tas de chiens qu'on balade et qui auraient grandement besoin d'être éduqués.

— Cela vous arrive de refuser d'en promener certains ?

— En théorie, oui. Mais concrètement, on n'a encore jamais vu aucune bestiole résister à Harriet. Elle est incroyable, avec les animaux. Une vraie magicienne. Raison de plus, il me semble, pour proposer du dressage.

— Mais Harriet à elle seule ne pourra pas les dresser tous.

— Tu essaies de briser ma bulle d'espoir ?

— Non, je te présente un contre-argument solide. Si tu ne trouves rien à y répondre, c'est que ton projet professionnel n'est peut-être pas viable.

— Ce qui coince un peu, c'est la nécessité d'avoir des locaux. Cela accroîtrait nos frais fixes. Et nous ferait courir plus de risques.

— Tu n'as jamais eu peur du risque.

— C'est vrai. Mais les Woof Rangers, j'y tiens. Et puis je ne suis pas seule dans le coup. Il y a Harriet. Et elle est très investie dans l'activité.

Fliss lui jeta un bref regard.

— Elle avait commencé par faire véto, comme toi.

— Je ne savais pas.

— Je pense que tu as joué un rôle dans son choix. Mais elle n'a pas supporté la façon dont certains traitent leurs animaux. Le jour où elle est tombée sur un type qui a décrété qu'il était hors de question qu'il fiche de l'argent en l'air pour euthanasier son chien alors qu'il suffisait de le laisser mourir gratuitement, elle s'est mise dans une colère noire.

— Harriet ?

Une lueur d'humour brilla dans les yeux de Fliss.

— Tu ne me crois pas ? Si tu veux voir ma jumelle sous un jour redoutable, il suffit de t'en prendre à un animal.

Il sortit une cannette du réfrigérateur.

— Et que s'est-il passé ?

— Elle a renoncé à poursuivre ses études. Je pense que c'était ce qui pouvait arriver de mieux, même si elle le voyait comme un échec terrible, à l'époque. Je venais de terminer une école de commerce, donc j'ai pensé qu'on pouvait monter quelque chose ensemble, elle et moi. Je me suis chargée de tout ce qu'elle détestait : la paperasse, les appels téléphoniques, les entretiens en face à face avec des inconnus, ce genre de choses. Et elle a pu déployer ses propres talents : s'occuper des animaux difficiles, recruter nos promeneurs, convaincre nos clients que personne n'aime leur toutou autant que nous. Ce qui n'est d'ailleurs même pas faux. Au début, on s'en sortait sans plus. Puis, il y a environ un an, Daniel a entendu parler d'une start-up, Urban Aladine. Trois jeunes femmes qui proposent — entre autres — un service de conciergerie. Il nous a mis en contact avec elles et depuis on a presque plus de boulot qu'il ne nous en faut. Tout Manhattan a un chien à faire promener, on dirait.

Elle avait mis leur activité en place de manière à protéger sa sœur, comprit Seth.

— Et, malgré le fait que vous soyez débordées, tu veux t'agrandir encore ?

— Comment te dire ça ? Voir augmenter notre chiffre d'affaires, viser plus large, varier un peu les perspectives — ça me donne la pêche. Chaque nouveau contrat, c'est une poussée d'adrénaline pour moi.

Elle s'immobilisa devant l'îlot de cuisine et s'étonna devant l'assortiment de légumes taillés en julienne ou en petits dés.

— Quand tu t'es engagé à me faire à dîner, je ne m'attendais pas à quelque chose d'aussi élaboré. Qu'est-ce que tu en aurais fait si je n'étais pas venue ?

— J'aurais mangé seul. Et mis le reste au frigo pour demain. Ou peut-être invité les voisins.

En essayant de surmonter sa déception et sa frustration.

— Je suis un Carlyle. Autrement dit, j'aime avoir du monde à ma table.

Il lui tendit le Coca.

— Tu veux un verre ?

— Non, c'est parfait comme ça. Merci.

Elle décapsula la boisson et prit une gorgée.

— Tu as des voisins ici ? Je n'ai pas vu d'autre maison en roulant jusque chez toi à part celle qui est au début de la petite route.

— C'est là que vit la famille Collins. Elle est prof et lui fait dans la location de bateaux. Ils ont deux enfants, Susan et Marcus. Et deux poneys se baladent dans leur jardin.

— Waouh. Tu sais tout. Tu es inséré à fond dans le tissu social local, docteur Carlyle.

— C'est tout l'intérêt de vivre dans une communauté semi-rurale comme ici. On n'est pas condamné à l'anonymat.

— J'aime bien être anonyme.

— Pourquoi ?

Elle sirota son Coca en le regardant cuisiner.

— C'est plutôt confortable, je trouve, quand les gens que tu croises ne représentent rien pour toi. Quand je rentre dans un magasin à Manhattan, personne n'a d'idées préconçues sur ma personne. Et franchement, j'apprécie. Ça fait partie de mes nombreux défauts, je suppose, mais je préfère que les inconnus ne sachent rien de moi.

Non : elle préférait que *personne* ne sache rien d'elle. Pas plus les gens qu'elle connaissait que les autres.

— Être ancré quelque part a aussi ses bons côtés. J'aime assez cette sensation d'être en lien avec les autres. D'ailleurs, les gens sont tous des inconnus jusqu'au moment où tu les laisses entrer dans ton intimité.

Seth se mit en cuisine, sans avoir à consulter de recette et avec suffisamment d'aisance pour garder son attention fixée sur Fliss.

— Tu sais que je ne suis pas une championne de l'ouverture à l'autre. Avec les chiens, pas de problème. Avec les humains, c'est plus compliqué.

C'était la première fois qu'il l'entendait l'admettre.

— Les gens ne sont pas tous là pour te tomber dessus et te juger.

— Peut-être.

Elle examina les légumes soigneusement découpés.

— Tu es sûr que c'est juste pour nous deux, cette montagne de nourriture ? J'ai l'impression que tu as prévu de quoi recevoir toute la population des Hamptons.

— J'ai peut-être vu un peu large, en effet. C'est une manie dans la famille de faire toujours trop à manger.

Un sourire effleura le visage de Fliss.

— Je me souviens de m'être retrouvée dans votre cuisine avec une bonne vingtaine de personnes autour. Et ta mère qui vaquait là au milieu sans l'ombre d'une trace de panique. C'était toujours plein à craquer, chez vous, mais aucun problème ! Les plats continuaient à arriver sur la table.

— La faute au sang italien que les Carlyle ont dans les veines. La bouffe, chez nous, c'était vital.

Elle le regarda manipuler sa spatule tandis que les oignons rissolaient dans la sauteuse.

— Et tu poursuis la tradition. Je ne savais pas que tu avais la fibre nourricière, Seth.

Ce n'était pas la seule chose qu'elle ignorait à son sujet. Même s'ils avaient été mariés, elle en savait aussi peu sur lui qu'il en savait sur elle. Mais cette fois-ci, ils s'y prendraient différemment. Dix ans plus tôt, ils avaient bâclé le processus en négligeant les menus détails, les subtiles découvertes qui faisaient le lit des relations profondes et durables. Dans leur hâte à satisfaire une faim sexuelle dévorante, ils avaient court-circuité tout le reste.

C'était comme atteindre une destination sans avoir pris le temps de profiter des charmes du voyage. Et il ne réalisait que maintenant à quel point ils avaient fragilisé la relation en voulant faire l'économie de certaines étapes indispensables.

S'il avait été plus attentif, mieux disposé à la comprendre, auraient-ils encore été ensemble aujourd'hui ?

— Ma mère avait décrété qu'une fois par jour au moins la famille au complet devait être réunie autour d'une même table. Le petit déjeuner, à la rigueur, on pouvait le prendre debout entre deux portes, mais le dîner pas question. Aucune excuse n'était admise. Ces repas pris en commun — où on parlait bouffe et encore bouffe — nous ont soudés en tant que famille. S'il n'y avait pas eu ce rendez-vous quotidien à table, on aurait pu tous passer à côté les uns des autres.

Il s'en voulut aussitôt de lui avoir dit ça. S'il y avait

bien une chose qu'il savait avec certitude au sujet de Fliss, c'était que les repas de famille chez elle n'avaient pas été des sommets de réjouissance conviviale.

Il se hâta de préciser :

— Les occupations des uns et des autres ne se recoupaient pas vraiment, dans la famille. Si elles avaient eu le choix, Bryony aurait passé ses journées dans les écuries et Vanessa avec ses amies.

— Comment vont tes sœurs ?

— Bryony enseigne dans le primaire et elle adore ça. Quant à Vanessa, elle est mariée. Et depuis elle ne rêve que de convertir le reste de l'humanité à cet état de félicité suprême.

Fliss sourit.

— Je me souviens que vous vous disputiez tout le temps, Vanessa et toi.

— Ça n'a pas changé.

Il décida de ne pas fournir de détails sur leur motif principal de discorde.

— On n'est pas aussi proches dans ma fratrie que Dan, Harriet et toi.

— Et ta mère ?

Elle se risqua à l'interroger du regard.

— La mort de ton père a dû l'atteindre durement.

— Maman a été dévastée, oui. Papa et elle ne s'étaient pas quittés pendant quarante ans et elle a perdu le compagnon de toute une vie. Mais elle va déjà mieux qu'au début. Le fait d'être grand-mère la booste.

Il lut la question dans le regard de Fliss et songea que depuis dix ans ils avaient tous deux perdu le fil des événements de leurs vies respectives.

— Vanessa a deux enfants. Une fille et un garçon, âgés de huit et six ans. Ma sœur travaille comme comptable à temps partiel et notre mère s'occupe des enfants quand ils ne sont pas à l'école. Je pense que ça l'aide autant à s'en sortir que ça dépanne ma sœur.

— Alors tu es « oncle Seth » ? Et je parie que tu fais ça très bien.

Elle s'adossa au plan de travail.

— Les jeux sur la plage, les parties de cache-cache dans les dunes — tu dois être du type tonton actif. Six et huit ans... J'imagine que le sport est au programme. Tu les as déjà initiés au surf ?

— Absolument.

— Je parie qu'ils ont adoré.

— Tansy, oui. C'est celle qui a huit ans. On a du mal à la faire sortir de l'eau. Cole, lui, préfère creuser dans le sable pour trouver des dinosaures.

— Que son oncle a pris soin d'y enfouir au préalable ?

— C'est à peu près ça, oui. Et comment va ta famille ? Harriet ?

Il se forçait un peu pour lui poser la question. Pas parce qu'il n'appréciait pas Harriet, mais parce qu'il avait surtout très envie d'en apprendre plus sur Fliss.

— Elle sait que tu l'as incarnée ici pendant quelques jours ? dit-il.

— Ma sœur est au courant, oui.

Elle arpenta la cuisine, visiblement tendue, puis pivota sur ses talons pour lui faire face.

— Bon, OK. Je pensais vouloir échapper à tout ça, mais c'est clairement impossible, alors allons-y et qu'on en finisse.

— Échapper à quoi ? À la discussion type « mises à jour » de nos vies respectives ? Ou au fait de se mettre à table et de partager un dîner ?

— Je te parle du moment où tu te décideras enfin à me dire ce que tu as sur la patate. Vas-y franco, c'est tout ce que je te demande. Je déteste les tensions, le suspense. Enfin, non, j'adore ça dans les livres et les films. Mais dans la vraie vie, je trouve ça horrible. Tu es furieux contre moi, OK. Et c'est long de garder une colère non assouvie pendant dix ans. Alors je propose que tu te lâches pour qu'on puisse passer à autre chose.

— Fliss...

— Tu n'as ni hésitations ni scrupules à avoir. Tu crois que je ne sais pas ce que tu vas me dire ? Je t'ai causé du tort, Seth. En merdant sur toute la ligne. Et tu as fait les frais d'un méga-gâchis dont j'assume l'entière responsabilité. J'ai mis un bazar monstre dans ta vie et j'en suis désolée.

Elle porta la main à son front et jura tout bas.

— Je ne suis pas convaincante, c'est ça ? J'ai du mal à le dire comme il le faudrait, mais je suis désolée, Seth, je te jure... Oh merde, je ne suis pas douée pour ce genre d'exercice. Dis quelque chose, au moins.

— Hier soir aussi, tu as fait allusion à ta « culpabilité ».

Et il n'avait pas cessé de s'interroger depuis. Sans réussir à comprendre pourquoi elle s'était mis ces idées en tête.

— Qu'est-ce qui te fait penser que je pourrais être furieux contre toi ?

— Tu veux la liste complète ?

Parce qu'elle avait une liste ?

— Oui. Vas-y.

Il voulait avoir accès à tout ce qui se passait dans sa tête. Et cela, d'autant plus qu'elle venait de lui en donner un aperçu.

— Tout est arrivé par ma faute.

— Ta grossesse, tu veux dire ? On était deux dans l'histoire, Fliss.

Et il se souvenait de chaque détail. Des petites choses. La douceur de sa peau. Le fracas des vagues.

Le toucher et le son. Le goût de ses lèvres. Le souffle de sa voix fragile. L'accueil émouvant de son sexe.

Et un sentiment de plénitude comme il n'en avait plus jamais éprouvé depuis.

— Pourquoi tiens-tu tant à prendre la faute sur toi ?

— C'est à cause de moi qu'on a eu ce rapport sexuel sur la plage.

Elle croyait sérieusement être seule en cause ?

— Fliss...

— Bon. On arrête de se faire des politesses et on revient à la façon dont les choses se sont passées vraiment ? Tu as essayé de m'empêcher de t'arracher tes vêtements. Je me souviens parfaitement de t'avoir entendu dire que ce n'était pas une bonne idée et qu'on ne devrait pas le faire.

— Parce que je m'inquiétais pour toi. Pas pour moi. Tu étais bouleversée, ce jour-là. Tu n'en as pas parlé mais je savais que tu allais mal. Ton père était arrivé à l'improviste. Il avait eu une parole malheureuse — tu as refusé de me dire laquelle. Ce qui est sûr, c'est que ses mots t'avaient fait pleurer.

Elle secoua la tête avec violence.

— Jamais. Mon père n'a *jamais* réussi à me faire pleurer.

— Il te faisait pleurer, si. Mais jamais devant lui. J'ai vu ce qui se passait avec lui, Fliss. Je voyais l'effet dévastateur de ses mots sur toi.

À l'époque, il aurait voulu se ruer chez elle et prendre son père à partie. La seule chose qui l'avait retenu de le faire, c'était la certitude que les conséquences seraient retombées sur Fliss.

Il y eut un long silence, puis elle redressa la tête et le regarda droit dans les yeux.

— J'ai une confession à te faire, Seth. C'est quelque

chose que j'aurais probablement dû te dire depuis longtemps.

À travers les portes grandes ouvertes, on entendait les vagues se briser sur la plage puis refluer dans un soupir de sable et d'eau.

— Je t'écoute.

— Ce jour-là, je t'ai dit que j'étais protégée. Que je prenais la pilule.

Elle détourna les yeux et regarda fixement les ingrédients disposés sur l'îlot de cuisine.

— C'était un mensonge. Je n'avais aucune contraception. J'ai juste dit ça parce que j'avais peur que tu t'arrêtes. Et je ne voulais surtout pas que tu t'arrêtes.

Il attendit un instant.

— C'est ça, ta grande confession ?

— Je t'ai menti sur un sujet grave.

— Je le savais déjà. J'ai toujours su, je crois.

Elle parut choquée.

— Comment ?

— Tu es tombée enceinte. Les conclusions étaient simples à tirer. Et, s'il faut à tout prix avoir des remords, j'en porte aussi ma part. J'aurais dû utiliser un préservatif.

— Tu pensais ne pas en avoir besoin.

— Le préservatif se serait imposé quand même, Fliss. Les raisons qui m'ont empêché de nous protéger sont celles-là mêmes qui t'ont fait mentir au sujet de la pilule. Aucun de nous deux n'était vraiment en état d'agir de façon rationnelle. C'était caractéristique de notre relation, non ? On était pris dans une sorte de tempête de désir permanente.

Et il savait avec une certitude instinctive que rien n'avait changé de ce point de vue. Que, s'il la touchait maintenant, ils atteindraient le point d'incandescence aussi vite que la première fois.

— Il reste que je t'ai menti et que tu t'es trouvé pris dans un piège vieux comme le monde.

— Je ne l'ai pas vécu comme ça.

— Oh ! arrête !

Elle se dirigea à grands pas vers la porte et il crut un instant qu'elle allait partir. Mais elle s'immobilisa sur le seuil.

— C'était quoi, au fond, notre « grande histoire d'amour » ? Un feu de paille d'un été. La combinaison classique : du sexe, des hormones et un déchaînement de révolte adolescente.

— Pour toi, c'était juste une passade d'ado rebelle ?

Il vit la couleur monter aux joues de Fliss.

— On n'aurait jamais dû en arriver là où nous en sommes arrivés. Se marier était la dernière chose à faire.

— Se marier était au contraire la chose adéquate à faire, compte tenu de la situation.

— Arrête. Tu as toujours été tellement exemplaire.

Il émit un rire âpre.

— Exemplaire, tu parles. Je t'avais mise enceinte.

— Tu n'y étais pour rien.

— Pourquoi tiens-tu à ce point à t'approprier toute la culpabilité dans l'histoire ?

— Parce que c'était ma faute, merde ! Je me suis mal comportée envers toi. Vanessa a dit que...

Elle s'interrompit net et il se figea.

— Vanessa ? Parce que tu en as parlé avec ma sœur ?

Pourquoi cette possibilité ne lui avait-elle jamais traversé l'esprit ? Comment avait-il pu être assez naïf pour ne pas envisager que Vanessa avait pu mettre son nez là-dedans ?

Le regard de Fliss fuyait le sien.

— Oublie ce que je viens de dire.

— Je veux savoir ce qu'elle t'a raconté.

— Pourquoi ? C'est de l'histoire ancienne. Ça ne servira à rien.

— J'ai *besoin* de savoir ce qu'elle t'a dit.

Il resta inflexible, cette fois. Et tout aussi têtu et inébranlable qu'elle.

— Ce qu'elle m'a dit, je le savais déjà. Que je n'étais pas la bonne personne pour toi. Et deux ou trois trucs du même tabac.

Connaissant Vanessa, il imaginait assez bien ce que ces « trucs » avaient pu être. Il mit sa colère en réserve et se promit que, la prochaine fois qu'il aurait sa sœur au téléphone, il laisserait toute notion de subtilité au vestiaire.

— Ma sœur n'avait pas à interférer dans mes choix amoureux. En aucun cas.

— Elle le faisait pour toi. Parce qu'elle prend tes intérêts à cœur.

— Peut-être. Mais il reste qu'elle se mêlait de ce qui ne la regardait pas.

— Vanessa ne supportait pas l'idée qu'on puisse te faire du mal. Et je sais que je t'en ai fait.

— Et toi ? Tu n'as pas souffert, peut-être ?

— Moi, c'est bon. Ça allait.

Il sentit son contrôle lâcher.

— Toi, ça allait, *vraiment* ? Parce que, moi, ça n'allait pas super. Ça n'allait pas du tout, même. Et je suis sûr, que pour toi, ça n'a pas été la joie non plus.

— Seth...

— Je sais pourquoi tu te préserves comme ça. Tu as appris à ne jamais te mettre en situation de vulnérabilité parce que tu t'en es toujours pris plein la figure. Je sais à quel point ton père a été dur avec toi. C'est tout juste s'il ne t'a pas *dressée* à te forger une carapace. Et je comprends parfaitement pourquoi tu te protèges de lui. Ce que je ne capte pas, par contre, c'est pourquoi tu restais tout aussi mutique avec moi. Pourquoi tu refusais de te confier. Pourquoi tu me parles toujours aussi peu aujourd'hui.

Le sang se retira du visage de Fliss.

— Parce que je ne te parle pas en ce moment, peut-être ? Qu'est-ce que tu veux que je te dise de plus ?

— Je voudrais qu'on aborde, point par point, ce qui s'est passé à l'époque. Et qu'on en parle vraiment. Pas juste de manière factuelle, mais avec les tripes. Hier soir, tu étais à bout. Anéantie par le chagrin. Et même ça, tu refuses de le reconnaître.

Il la voulait sincère et vraie. Libérée du carcan émotionnel qui la rendait insaisissable et opaque.

— Je t'ai déjà expliqué que j'avais eu une grosse journée, que je ne suis pas sage-femme et...

— Stop.

Il traversa la cuisine en deux enjambées. Lorsqu'elle tenta de l'esquiver, il plaqua les deux mains de chaque côté de sa tête pour bloquer toute possibilité de fuite.

— Ah non. Tu ne te sauves pas.

— Je ne comprends pas ce que tu veux de moi.

— La vérité. Ce serait déjà un bon début. Et, si ça peut t'aider, je vais commencer par te parler de moi. Perdre notre bébé a été violent pour moi. J'ai morflé. Plus que je ne l'aurais cru possible. On entend souvent dire qu'une fausse couche ce n'est pas grand-chose — juste un petit accident de parcours. Mais ça n'a pas été anodin pour moi. Loin de là. Et je suis sûr que ça a été tout aussi difficile pour toi, sinon plus. On n'avait pas encore parlé de ta grossesse autour de nous, donc il n'y avait personne avec qui je pouvais partager ce que je ressentais. Personne sauf toi. Toi qui t'étais murée dans le silence et que je ne pouvais plus approcher. Je n'ai même pas su tout de suite ce qui était arrivé cette nuit-là. Quand je me suis endormi, tu étais dans mon lit et au réveil il n'y avait plus personne. Puis j'ai eu un appel de Harriet pour m'annoncer que tu étais hospitalisée.

Elle le regarda fixement un instant puis baissa les yeux et les garda rivés sur son torse.

— Je me suis réveillée tôt et je suis allée marcher sur la plage. J'avais une douleur terrible au ventre et, à un moment, j'ai senti que je saignais. J'ai paniqué et j'ai appelé Harriet.

— Pourquoi pas moi ?

— C'est ma sœur.

— C'était *notre* bébé, Fliss. Nous étions mariés. Tu aurais pu te tourner vers moi.

— J'espérais que ce ne serait pas nécessaire.

— Comment ça ?

— Je pensais qu'ils pourraient faire quelque chose.

Sa voix se brisa.

— J'attendais un miracle. Quelque chose, n'importe quoi, qui ferait de nouveau « tenir » notre bébé. C'est le terme qu'ils ont employé après, pour essayer de m'expliquer les choses. Ils disaient que certains embryons ne « tenaient » pas et qu'il n'y avait pas toujours une raison détectable. C'est peut-être vrai, mais pour moi c'était karmique. Je t'avais mis de force dans cette situation et je m'en trouvais punie. Pour moi, je le méritais parce que j'avais gâché ta vie.

— Sérieusement ? C'est comme ça que tu voyais les choses entre nous ?

— Oui.

— Et tu n'as pas pensé à me questionner sur ce que je ressentais vraiment ?

— Ce n'était pas nécessaire. Je savais que, sans le bébé, il n'y avait plus rien entre nous.

Ce fut un tel choc d'entendre cela qu'il lui fallut un moment pour traiter l'information.

— Donc tu considérais que le bébé était le seul lien entre nous ? Et qu'en le perdant on perdait aussi tout le reste ?

Elle hocha la tête et leva les yeux vers lui.

— Tu voulais une discussion sincère, Seth, alors appelons les choses par leur nom. Si je n'avais pas été enceinte, on ne se serait jamais mariés, toi et moi.

— Peut-être pas tout de suite cet été-là mais...

— L'idée de nous marier ne nous aurait même pas traversé l'esprit, le coupa-t-elle fermement. Et notre histoire aurait duré quoi ? Le temps que durent tous les amours d'été. À la rentrée, je serais repartie pour Manhattan et tu serais retourné à tes études. Et ça se serait arrêté là. On se serait peut-être retrouvés sur la plage quelques années plus tard et on aurait encore couché ensemble une fois ou deux en souvenir du bon vieux temps. Ces retrouvailles auraient duré ce qu'elles auraient duré, mais elles n'auraient pas débouché sur du durable.

Dehors derrière les vitres, le soleil lançait ses ultimes rayons à l'horizontale, mais Seth pour une fois était indifférent à la beauté du couchant.

— Je ne savais pas que tu portais ce regard défaitiste sur notre histoire. Notre mariage était un *vrai* mariage, Fliss.

Elle émit un rire étranglé.

— On s'est mariés à Vegas. Ça dit bien ce que ça veut dire.

— Pour moi, c'était réel.

— Seth...

— Tu étais heureuse ce jour-là ?

Elle parut déconcertée par sa question.

— Je... Le problème n'est pas là.

— Tu étais heureuse, oui ou non ?

La voix de Fliss se brisa.

— Oui, j'étais heureuse. Euphorique même. C'était drôle, avec ces vêtements un peu dingos qu'on avait loués et la masse de touristes qui prenaient des photos. Harriet n'avait qu'une peur : que notre père ait tout deviné et qu'il rapplique au dernier moment. Sur presque toutes les photos qu'on a prises, on la voit avec la tête tournée par-dessus l'épaule à scruter la foule.

Il ne lui dit pas qu'il avait eu la même crainte que Harriet. Et ne lui parla pas non plus de l'agence de sécurité dont il avait loué les services pour maintenir une présence discrète à l'arrière-plan.

— Moi aussi, j'étais heureux. Je me disais que, si on attendait d'avoir la permission, ton père trouverait le moyen de tout casser et d'interdire ce mariage. J'avais peur qu'il devine que tu étais enceinte.

Peur qu'il la punisse et qu'il l'humilie.

— Tu t'es marié avec moi pour me protéger, j'en suis tout à fait consciente. Vanessa n'a pas arrêté de me dire que tu avais un cœur en or. Que tu étais un des derniers gentlemen à subsister dans ce monde de brutes.

Si sa sœur avait eu accès à ses pensées en ce moment, elle aurait été forcée de constater qu'elles n'avaient rien de chevaleresques.

— Elle n'aurait pas dit ça si elle m'avait vu te déshabiller comme un sauvage au creux d'une dune.

Il songea à ce jour où ils avaient fait l'amour sur la plage. Et vit dans le regard de Fliss que ses pensées allaient dans la même direction.

— C'est mon influence toxique qui a déchaîné ta part obscure. Je t'ai menti et tu t'es fait avoir.

Si c'était réellement ce qu'elle croyait, cela expliquait beaucoup de choses.

— Jamais, à aucun moment, je n'ai eu le sentiment de m'être « fait avoir » avec toi, Fliss.

— Il reste que nous nous sommes mariés seulement et uniquement parce que j'étais enceinte. C'est la stricte vérité. Et entre parenthèses, je n'en reviens toujours pas que tu m'aies emmenée à Las Vegas. Je te voyais plutôt comme le genre de mec qui se marie en grande pompe au Plaza Hotel à New York au mois de juin.

— Ouille.

Il lui prit le visage entre les mains.

— Tu me connais donc si peu ?

— Tu essaies de me convaincre que tu avais toujours rêvé de célébrer tes épousailles à Vegas ?

— Ni à Las Vegas ni ailleurs. Nous les garçons, on ne passait pas notre temps à fantasmer sur notre futur mariage, à l'époque. Et, quand je t'ai épousée, je m'intéressais plus à la femme qu'au cadre.

Et il était toujours intéressé par la femme. Plus qu'intéressé, même.

— Toutes les filles ne rêvent pas mariage non plus. Après avoir vu mes parents à l'œuvre, je n'étais pas spécialement pressée de marcher dans leurs traces. Mais, même si tu ne pensais pas beaucoup au mariage, tu devais quand même imaginer que cela t'arriverait un jour. Avec une fille en grande robe blanche et un océan de monde autour. Je t'ai privé d'un vrai mariage familial, avec tout le tralala.

— Ce mariage, c'était pour nous deux, pas pour ma famille. Tout ce qui comptait à mes yeux, c'était nous. J'irais même jusqu'à dire que grâce à toi j'ai *échappé* au grand tralala. Et je m'en félicite encore. Le mariage de Vanessa a failli coûter une dépression nerveuse à ma mère. Je n'aurais jamais imaginé que choisir une robe et un bouquet pouvait être une source de stress quasi létale. Pour moi, un mariage, c'est censé être simple et joyeux.

Il hésita.

— Et joyeux, notre mariage l'a été. C'est une vraie journée de bonheur que nous avons eue, même si la suite a été ce que l'on sait.

— On était surexcités et heureux, d'accord. Puis on a commencé à annoncer la nouvelle autour de nous et on a déchanté.

Elle paraissait fatiguée et défaite, soudain.

— Ta mère était anéantie quand on le lui a dit, même si elle a fait des efforts surhumains pour n'en rien laisser paraître. Elle a toujours été adorable avec moi.

— Elle t'aime beaucoup.

Il marqua un temps de silence, soudain assailli par des questions qu'il ne s'était jamais posées.

— C'est ce que tu aurais souhaité, toi ? Le Plaza en grande pompe ?

Elle secoua la tête.

— Non. Ce n'est vraiment pas le genre de truc qui me fait rêver.

— Je me souviens des efforts désespérés de Harriet pour apporter des petites touches romantiques à notre mariage. C'est elle qui a réussi à trouver des fleurs...

— Parce qu'elle voulait que ça ressemble à l'idée qu'elle-même se faisait d'un mariage. Mais c'étaient ses conceptions à elle. Pas les miennes.

Il hocha la tête. Et ne put s'empêcher de revenir à la charge, tellement la blessure en lui restait à vif.

— Pourquoi tu n'es pas rentrée chez nous quand tu as senti que tu faisais une fausse couche ? Pourquoi as-tu tout gardé pour toi ?

Elle laissa un long silence s'étirer.

— Je ne pouvais pas te parler. Je me sentais comme si on venait de m'écorcher à vif. C'était la première fois que je vivais quelque chose d'aussi dur. Je ne contrôlais rien et je me sentais friable comme un morceau de craie. Si je t'avais parlé, je me serais désintégrée.

Il savait qu'elle était sincère. Et qu'ils touchaient là à la racine de leurs problèmes.

— La seule chose qui me console là-dedans, c'est que tu aies pu parler à Harriet. Au moins, tu n'étais pas seule.

Il y eut un long silence.

— Je n'ai pas parlé à Harriet non plus. Pas de ça, en tout cas.

C'était la dernière chose qu'il s'attendait à entendre. Elle lui révélait un nouvel aspect d'elle-même, dévoilait une solitude plus grande encore que ce qu'il imaginait. Même lui avait sous-estimé l'épaisseur de la carapace qui isolait Fliss des autres.

— Mais elle est venue te chercher à l'hôpital et...

— Harriet savait ce qui s'était passé, mais je ne suis pas entrée dans les détails. Elle a essayé de me faire parler, mais je ne pouvais pas. C'était moins dur de me taire que d'essayer de mettre des mots sur ce que je ressentais.

— Mais j'étais convaincu que...

Il s'interrompit, le temps de laisser décanter l'information.

— J'ai toujours pensé que vous vous disiez tout, Harriet et toi.

— Si je lui avais parlé de ce que je traversais, elle aurait été aussi mal que moi. Je ne voulais pas l'entraîner là-dedans.

— C'est un phénomène d'identité gémellaire ou un truc comme ça ?

Elle eut un faible sourire.

— Pas vraiment, non. Je ne te parle pas de communication paranormale. Rien de vraiment bizarre. Juste une forte empathie mutuelle, plutôt.

— Perdre un bébé, c'est lourd, émotionnellement.

— Il n'y avait pas que le bébé. Au moment où c'est arrivé, j'ai su que je t'avais perdu aussi.

Et il n'y avait eu personne pour partager son désarroi. Harriet avait été tenue à distance autant que lui. Il ne savait pas si c'était une consolation ou si ça achevait de le désoler.

— Donc tu as vécu ce que tu considérais être une double perte dans une solitude absolue ? Tu n'en as jamais parlé à qui que ce soit ?

— À personne, non. J'ai fait mon deuil à ma façon.

Il la soupçonnait de n'avoir pas fait le deuil *du tout*.

Le regard de Fliss se posa sur la porte et il comprit que, s'il essayait de la pousser plus loin dans ses retranchements, elle lui filerait entre les doigts.

— Bon. Il serait peut-être temps qu'on se mette quelque chose sous la dent, qu'est-ce que tu en dis ?

Il s'écarta et attrapa un plat de service sur une étagère.

Elle lui jeta un regard prudent.

— C'est tout bon, alors ? On s'est dit ce qu'on avait à se dire ? La discussion est bouclée ?

L'angoisse dans la voix de Fliss lui procura comme un pincement au cœur.

— On croirait que tu parles d'une séance chez le dentiste.

La plupart des femmes qu'il connaissait adoraient parler. Vanessa était une grande adepte de la chose. Et Naomi avait toujours été en demande sur ce plan. Fliss, elle, endurait toute discussion émotionnelle de fond comme elle subirait un contrôle fiscal.

— La discussion est terminée.

Pour le moment en tout cas. Il avait des quantités d'autres choses à lui dire. Mais rien ne pressait.

— Je n'ai pas vraiment faim, en fait.

— L'appétit viendra quand tu auras goûté le plat que je te prépare. C'est une recette italienne transmise par mon arrière-grand-mère. Une *caponata* sicilienne.

— Connais pas. Mais ça sent bon.

Extérieurement, elle avait l'air fragile. Elle avait un visage fin, des traits délicats. Rien dans son aspect n'indiquait qu'à l'intérieur elle était aussi solide que du Kevlar.

Il plaça son entrecôte sur le gril pendant qu'elle portait le reste de la nourriture sur la terrasse. Il avait disposé la table de manière à profiter au mieux du couchant. Et il avait la ferme intention de passer là toutes ses soirées libres jusqu'à ce que les températures l'obligent à se rabattre à l'intérieur. Il parla à Fliss de sa maison. De ce que la transformation du lieu avait exigé en réflexions, projets et travaux.

— Je suppose qu'on ne se lasse jamais d'une vue comme celle-ci, observa-t-elle, les yeux rivés sur le sable et l'eau.

— Plus je le vois, plus ce paysage me fascine, en tout cas. Manhattan te manque ?

— Très bizarrement, non. Ce n'est pas désagréable comme changement de se réveiller avec le bruit des vagues plutôt que celui des camions poubelles et des klaxons.

— Tu as toujours aimé la mer. Je me demandais si c'était une vraie passion pour la plage et l'océan. Ou si tu étais juste soulagée d'être loin de ton père.

Contrairement à ce qu'il redoutait, elle ne chercha pas à esquiver sa question.

— C'est un élément qui a joué, forcément. Mais il n'y avait pas que cela. J'adorais l'idée d'être entre terre et eau.

Elle goûta la *caponata* et gémit de plaisir.

— Hum... C'est une tuerie, ton truc sicilien ancestral… Tu te souviens de la fois où on avait organisé un tournoi de beach-volley ? On était vachement nombreux et on a tous débarqué chez toi à l'improviste. Et ta mère n'a fait ni une ni deux et a entrepris de nourrir tout ce petit monde. C'est un des aspects que j'enviais le plus dans ta famille.

— La bouffe ?

— Pas la nourriture à proprement parler. Mais ce qu'elle représentait pour vous. Les repas que vous preniez tous ensemble. C'était toujours vachement vivant. Ça riait, ça discutait, et tout le monde participait à sa façon. *Passe-moi le sel… Tiens, tu peux m'envoyer le sucre ? Bryony, s'il te plaît, tu vas chercher le jambon au frigo ?* C'était comme la chorégraphie rêvée du « Bonheur Familial » avec un B et un F majuscules. J'y repensais souvent quand j'étais de retour à New York.

Il la regarda se resservir en légumes.

— Tu nous voyais comme la famille idéale ? Quand je repense à ces moments, je me rappelle plutôt Bryony et Vanessa qui se disputaient en permanence et ma mère qui supportait de moins en moins leurs crises.

— Je me souviens de ça aussi. Et cela faisait partie de ce que j'aimais chez vous, de cette normalité enviable. Nous, on ne se chamaillait jamais à table. En fait, on n'ouvrait même pas la bouche.

C'était la première fois qu'elle évoquait spontanément devant lui des éléments de son quotidien familial.

— C'était considéré comme impoli, chez vous, de parler à table ?

Elle secoua la tête et réfléchit un instant.

— Parler était considéré comme un risque, surtout. On savait que n'importe quelle remarque, même la plus anodine, pouvait déclencher une méga-crise de colère chez mon père. Et comme aucun d'entre nous ne voulait se coltiner ses hurlements, on mangeait sans dire un mot. La seule à l'ouvrir, c'était maman, qui n'arrêtait pas de monologuer d'un ton faussement joyeux et léger. C'était horrible. Mon père, ça le rendait fou. Je le voyais bouillir, littéralement. Son visage pouvait passer du pâle à l'écarlate en moins de temps qu'il ne fallait pour servir une part de tarte. J'avais envie de dire à ma mère de se taire et de le laisser mariner dans sa bile. Mais je me ramassais déjà assez souvent avec lui, alors j'évitais d'aller me coller exprès sur la ligne de tir. Ce que je n'ai jamais compris, c'est pourquoi maman continuait de faire tant d'efforts. Vu comment il réagissait, elle aurait mieux fait de la fermer comme le reste d'entre nous, non ?

— Elle avait peut-être envie d'essayer de l'amadouer ?

— C'est ce que je me suis dit aussi. Elle l'aimait. Et il avait beau lui faire sentir par tous les moyens qu'il n'en avait rien à foutre, elle ne renonçait jamais. Il pouvait dire les pires horreurs, elle se raccrochait à lui quand même. Elle était toujours tout sourires, à essayer de l'apaiser. Il y en a qui trouvaient que c'était bien de sa part de se montrer douce et conciliante. Mais, moi, ça me rendait dingue. Je me demandais ce qu'elle faisait de sa fierté. Il était clair qu'il ne la supportait pas, pourquoi ne pas l'accepter une bonne fois pour toutes au lieu de se démener pour essayer de lui plaire ?

Seth ne l'avait encore jamais entendue parler aussi librement de sa famille. Mais il était peut-être plus simple pour elle d'évoquer les sentiments de sa mère que les siens. Décrire son couple parental dysfonctionnel était une chose. Mais revenir sur les péripéties de leur propre naufrage relationnel ?

— Elle n'a jamais envisagé de le quitter ?

— Si. Elle a fini par y penser.

Fliss marqua un temps d'arrêt, comme si elle hésitait à en dire plus.

— Daniel m'a dit que papa avait menacé de demander le droit de garde pour nous trois. Ce qui m'a surprise, franchement, parce qu'il ne nous supportait pas. C'était tellement tendu à table que chaque repas tournait au supplice.

Elle termina sa boisson.

— Il était interdit de quitter la table avant d'avoir tout avalé, donc on engloutissait le contenu de notre assiette comme des dingues, au point d'en avoir mal au ventre. De toute façon, ça ne changeait rien, parce qu'on ne pouvait pas se lever avant que papa ait fini à son tour. Et il prenait tout son temps, comme tu peux l'imaginer. Jusqu'à ce que les nerfs de maman lâchent et qu'elle fasse tomber quelque chose. Et là, c'était parti. Il explosait de rage et ça durait des plombes.

Elle se tut abruptement et chercha son regard.

— Tu me reproches de ne jamais en dire assez, mais maintenant je parie que tu regrettes de m'avoir lancée sur le sujet.

Il ne regrettait rien de la sorte.

— C'est la première fois que tu me racontes quelque chose de ta vie familiale. Tu n'en parlais jamais, avant.

— Je ne voulais pas que les autres sachent. L'idée que les gens puissent ragoter sur nous m'horrifiait. Surtout ici, où on recréait notre petit monde protégé chaque été.

— Cela aurait été si grave que les autres soient au courant ?

— Une fois que les gens connaissent tes points faibles, ils ont les armes en main pour te frapper. Donc, oui, je considère que ça aurait pu être grave.

Il était tenté de lui répondre que tout le monde n'était pas comme son père. Qu'ils auraient sans doute été majoritaires dans leur petite bande à prendre fait et cause pour elle. Et peut-être même à lui rendre au moins en partie sa foi en la nature humaine.

Elle se renversa contre son dossier.

— Tu es un excellent cuisinier. Ta mère peut être fière de toi.

— La tienne doit être plutôt contente de toi aussi. Comment va-t-elle ? Tes parents sont toujours ensemble ?

— Non. Le divorce a été prononcé le jour où Harriet et moi on a quitté la maison. Daniel a aidé ma mère. Dans un premier temps, elle est revenue vivre ici avec Grams. Au début je m'inquiétais, je la trouvais presque prostrée. Après toutes ces années passées avec papa, ça devait être difficile pour elle de concevoir l'existence sans lui, je suppose. Mais d'un coup, son état a basculé et l'appétit de vivre est revenu. Elle avait mille projets, voulait tout voir, tout expérimenter, tout vivre. Elle a fait de l'humanitaire en Afrique pendant quelque temps. En début d'année, elle parcourait l'Amérique du Sud avec des amies de son groupe de soutien. Et en ce moment, elle est dans l'Antarctique. Comme si elle essayait de rattraper les années perdues... Mais parlons de ta mère à toi. Tu dis qu'elle se remet un peu ?

— Tout doucement, oui. Mais elle a perdu beaucoup de poids.

Il se tut un instant pour chercher ses mots.

— ... En fait, ce qu'elle a surtout perdu, c'est son sourire. Avant, elle souriait tout le temps et, maintenant, on sent qu'elle se force — qu'elle ne le fait que pour qu'on arrête de s'inquiéter pour elle. C'est tellement énorme ce qui s'est passé. Tellement brutal. Rien ne l'avait préparée à ce choc. Personne ne s'y attendait. Il lui faudra du temps avant de retrouver ses marques dans une nouvelle vie d'où mon père restera à jamais absent. C'est une sacrée épreuve pour elle.

— Et c'est dur pour toi aussi.

Elle lui prit la main sur la table. Le geste était clairement spontané. Si elle avait eu le temps de réfléchir à la portée de son acte, elle ne l'aurait pas fait. Sa réaction montrait qu'elle ressentait encore quelque chose pour lui. La douceur dans son regard fit fondre en lui tout ce qui était resté pétrifié depuis des mois.

— Très dur, oui.

— Tu es l'homme de la maison, maintenant.

— En quelque sorte, oui.

Il replia ses doigts sur les siens pour prolonger le contact.

— À part qu'il n'y aura bientôt plus de maison. Elle va être mise en vente.

Les yeux de Fliss brûlaient de compassion.

— Oh non, c'est rude. Ocean View, c'était toute ton enfance.

— Je respecte la décision de ma mère. C'est un lieu trop chargé de souvenirs pour elle.

— Des souvenirs qui te réconfortent et te rapprochent de lui mais qui elle la submergent ?

Il se demanda comment elle avait fait pour percevoir cela tout de suite, alors que tant de gens plus proches de lui, comme sa sœur par exemple, ne parvenaient pas à le comprendre.

— Elle s'est fixé comme objectif de créer de nouveaux souvenirs positifs déconnectés de ceux qu'elle partageait avec mon père. Pour ne plus voir le monde seulement comme un lieu où manque en permanence l'essentiel. C'est pour ça que ma famille ne viendra pas passer l'été dans les Hamptons. Ils ont préféré la montagne et le Vermont.

Fliss hocha la tête.

— Un changement complet de cadre. Tu as vu une agence immobilière pour la mise en vente ?

— Pas encore. Je comptais le faire cette semaine, mais Chase pense avoir trouvé quelqu'un qui pourrait être intéressé. Et qui serait prêt à payer cash.

Elle haussa les sourcils.

— Il n'y a que Chase pour avoir dans son cercle d'amis des gens susceptibles d'acheter une maison comme celle-là sans avoir à emprunter.

— Ce n'est pas un ami à proprement parler. Plutôt une relation d'affaires, si j'ai bien compris.

Elle garda le silence un instant.

— Je suis désolée, Seth. Désolée aussi de ne pas m'être manifestée lorsque c'est arrivé. Si j'avais su...

— Si tu avais su ? Tu m'aurais appelé au téléphone en disant : « Salut, c'est Harriet » ?

— Peut-être. Je ne sais pas. Je ne peux pas te dire comment j'aurais réagi et j'aurais probablement fait les choses de travers. Quoi qu'il en soit, ça vaut ce que ça vaut, mais je suis triste pour toi, triste pour ton père. C'était quelqu'un pour qui j'avais une grande estime.

Elle retira sa main et il résista à la tentation de la lui reprendre.

— C'était quelqu'un de bien, oui. Un homme remarquable. Et j'ai de la chance d'avoir eu un père comme lui. Vu ce que tu as subi avec le tien, je ne devrais pas me plaindre.

— Je ne vois pas comment tu peux dire cela. Tu as perdu quelqu'un d'irremplaçable. Tu avais une relation très forte avec ton père. Une belle relation.

— Tu as gardé le contact avec le tien ?

Elle baissa les yeux. Son expression était indéchiffrable.

— Non.

— Alors toi aussi tu as perdu quelque chose.

— On ne peut pas perdre quelque chose que l'on n'a jamais eu.

Elle se leva d'un mouvement brusque.

— Je débarrasse et je file.

— Attends...

Il lui attrapa le poignet avant qu'elle puisse rassembler leurs assiettes.

— Laisse ça. La soirée est belle. Allons marcher un peu.

— Maintenant ? Il fait nuit.

— Ce n'était pas un obstacle pour toi, dans le temps. Il me semble même me souvenir que c'était notre moment préféré pour aller nous allonger sur la plage.

Le regard qu'elle lui jeta était chargé de souvenirs.

— Ça, c'était avant. Maintenant, c'est différent. Nous avons passé l'âge où on se sauve par la fenêtre et où on se faufile à travers le jardin plongé dans le noir pour se retrouver en catimini dans les dunes.

— Je pensais sortir tout bêtement par la porte pour faire quelques pas au bord de l'océan. La lune est pleine et on peut prendre une lampe de poche, si tu veux. Depuis quand l'obscurité te dérange-t-elle, Fliss ?

Elle rit.

— Ni la nuit ni l'obscurité ne me dérangent.

— Qu'est-ce qui te retient, alors ?

— Toi. Toi tu me déranges, Seth.

— Je préfère te déranger que te laisser indifférente. Ça veut dire que je t'inspire encore quelque chose.

— Que tu m'inspires quoi ? De l'exaspération ? Tu as toujours été têtu à ce point ?

— Toujours. Même si je le cachais mieux il y a dix ans qu'aujourd'hui.

Il lui tendit la main.

— Pour éviter que tu trébuches dans le noir.

— Je ne suis pas Matilda.

Elle hésita mais finit par lui prendre la main.

Ils foulèrent le sable avec Lulu sur les talons.

Passé la limite des dunes, Fliss se baissa pour retirer ses chaussures. C'était un réflexe resté inchangé chez elle. Elle le faisait par automatisme mais, cette fois, il arrêta son geste.

— Non, garde-les. Il pourrait y avoir des morceaux de verre ou des saletés dans le sable.

— C'estt l'âge et la raison qui parlent ?

Mais elle suivit son conseil et resta chaussée. Elle s'immobilisa au bord de l'eau et renversa la tête en arrière.

— J'avais oublié à quel point j'aime l'océan la nuit. Regarde les étoiles !

Il leva les yeux à son tour et vit le pointillé scintillant des étoiles dans la vaste voûte nocturne du ciel. Puis il la regarda, elle.

Il ne voulait qu'une chose : jeter sa prudence aux orties, son self-control à l'eau et la prendre dans ses bras pour l'embrasser la nuit entière. Mais c'était ce qu'ils avaient fait autrefois et l'écheveau des conséquences n'avait pas été facile à démêler.

Aujourd'hui, il était déterminé à emprunter une voie différente pour atteindre la même destination.

Aujourd'hui, ils opteraient pour la voie lente.

— Je vais te poser une question. À laquelle tu vas répondre.

— Rien que ça ? Et si la question ne me plaît pas ?

— Tu répondras quand même.

Un murmure d'irritation monta de la gorge de Fliss.

— À te voir comme ça, tu parais calme et civilisé, Carlyle. Mais c'est juste une façon de donner le change. Il ne s'agit ni plus ni moins que d'un interrogatoire.

— Certains appellent cela « converser ».

— Drôle de conversation, qui commence par un avertissement et qui enchaîne sur un ordre. Je pensais qu'on en avait terminé. Que la partie explicative pénible était bouclée.

Elle soupira.

— Bon, ben vas-y, demande toujours.

— Que crois-tu qu'il se serait passé si nous n'avions pas perdu le bébé ?

Elle demeura parfaitement immobile dans la nuit, ses cheveux balayés par le vent.

— Je ne sais pas.

— Moi, je sais. On serait encore ensemble.

Elle se figea un peu plus encore.

— Tu n'en sais rien.

— Si, je sais. Parce que je me serais battu pour nous deux. Pour notre famille. Je n'aurais pas renoncé.

— C'est pourtant bien ce que tu as fait.

Du bout des doigts, elle plaqua ses mèches qui s'envolaient.

— Si tu tenais à nous deux tant que cela, pourquoi n'as-tu pas essayé de me récupérer ?

— Mais je t'ai appelée ! Et je t'ai laissé des dizaines de messages. C'est toi qui as choisi de ne pas répondre à un seul.

Pour lui, cela avait été un des aspects les plus douloureux de leur séparation. Que non seulement elle ait refusé de lui parler, mais qu'elle ne se soit même pas inquiétée de savoir si lui souffrait ou non.

— Je n'ai pas coupé les ponts, Seth.

Perplexe, elle secoua la tête.

— Je ne comprends pas, je te jure, dit-elle. Je n'ai pas reçu d'appel.

— Je suis pourtant sûr d'avoir eu ton répondeur.

Elle laissa passer un court silence pensif.

— Pendant les premières semaines après ma sortie de l'hôpital, je n'ai pas été en grande forme.

Cette éventualité ne lui avait pas traversé l'esprit.

— Physiquement ? Il y a eu des complications ?

— Un état infectieux, oui. Avec de fortes fièvres. J'étais complètement *out*. Et ça a duré un moment.

— Tu as été obligée de parler de la perte du bébé à ta famille ?

— Non, j'ai juste dit que j'étais malade. Le médecin qui s'est occupé de moi a gardé le secret. Mais j'étais vraiment très mal. Je t'avais perdu. J'avais perdu notre bébé. Et mon père a profité de notre rupture pour en remettre une couche et me rappeler que j'étais un cas social, que je ne servais à rien et que personne ne voudrait jamais de moi. Il m'a aimablement fait remarquer que tu t'étais ressaisi à temps.

Seth sentit une vague de colère lui brûler la poitrine.

— Mais, une fois que tu t'es sentie mieux, tu n'as pas regardé ton téléphone ?

— Si. Bien sûr. Mais il n'y avait pas de messages.

Seth jura entre ses dents.

— Il a dû les effacer.

Pourquoi n'avait-il jamais songé à cette possibilité ? La réponse était simple : ayant connu un modèle familial très différent de celui de Fliss, il avait toujours eu un temps de retard pour comprendre ce qui se déroulait chez les Knight.

— Il ne m'a jamais dit que tu avais appelé. J'en ai conclu que tu n'avais pas cherché à me joindre. Cela confirmait ce que je pensais déjà : que notre mariage avait été une erreur.

Et son père avait manœuvré en coulisse pour la conforter dans cette conviction. Tous les éléments se tenaient. S'agençaient selon une logique aussi cynique qu'implacable.

— De mon côté, j'avais mal vécu le fait que tu sois partie à l'hôpital sans rien me dire. Que tu m'aies tenu à distance. La confiance, la proximité me paraissaient être les ingrédients de base indispensables pour tout couple qui se respecte. Or ton silence me disait que tu ne me faisais pas confiance, justement. Que tu ne te sentais pas non plus assez proche de moi pour partager un vécu difficile.

Résultat : son chagrin et sa fierté blessée avaient brouillé ses facultés de jugement. Et il avait fini par écouter tous ceux autour de lui qui lui conseillaient de passer à autre chose. Il avait laissé les autres penser pour lui.

— Même si je m'étais tournée vers toi ce jour-là, reprit-elle, je n'aurais pas su te parler. Et, à supposer que j'en aie été capable, je n'aurais probablement pas osé te communiquer ce qui se déchaînait au fond de moi.

— C'est moi qui n'ai pas su te mettre en confiance, alors.

— Non, Seth. Ça venait entièrement de moi.

Elle avait l'air fatiguée, soudain.

— Être dans une proximité comme celle que tu viens de décrire, je ne sais pas faire. Je ne sais même pas à quoi ça ressemble, ce genre de relation. Tu as appris l'amour et la confiance à travers le couple que formaient tes parents. Mais tu veux savoir ce que j'ai appris en observant les miens ? À me protéger. À faire en sorte de m'exposer le moins possible. J'ai appris que, si je gardais mes émotions pour moi, personne ne pouvait les utiliser pour me nuire. J'ai appris que les sentiments rendent vulnérable et que le fait de les exprimer te met à la merci d'autrui. Je n'ai pas su me blinder assez pour ne pas souffrir, mais j'ai été dressée à maquiller mes blessures.

Elle s'interrompit avant d'ajouter à mi-voix :

— Tu avais raison d'affirmer que je n'étais pas dans mon état normal le jour où on a fait l'amour sur la plage.

— Parce que ton père avait débarqué à l'improviste.

— Il m'avait balancé une grosse vacherie bien sentie et je me suis enfuie de la maison.

— Tu veux dire que j'ai fait office de pansement ? Que nous n'aurions jamais couché ensemble si ton père ne t'avait pas agressée verbalement ?

— Non. Ce n'est pas ce que je veux dire. Mais tu es quelqu'un de responsable, Seth. Il y a toujours eu ce côté sauveur chez toi. Et, lorsque je t'ai appris que j'étais enceinte et que tu m'as dit que le mariage était la seule solution, j'ai abusé de tes tendances protectrices. C'était à moi de te dire non.

— Tu penses que je t'ai proposé le mariage par devoir ? Mais qu'est-ce qui te dit que ce n'était pas purement égoïste de ma part ? Peut-être que je n'avais pas envie de te laisser partir et que le bébé m'offrait une excuse commode pour te retenir ?

Il vit dans le regard déconcerté qu'elle posa sur lui qu'elle n'avait jamais envisagé cette possibilité.

— Peu importe la raison, de toute façon. C'est de l'histoire ancienne maintenant. De la préhistoire, même.

Pas pour lui.

— Je t'ai manqué ? Ces dix dernières années, tu as pensé à moi ?

Il la mettait sur la sellette. L'acculait au pied du mur. Il vit une brève lueur de panique dans les yeux de Fliss, perçut le son précipité de sa respiration.

— Dix ans, c'est long. C'est à peine si j'ai pensé à toi.

— Tu considères que tu as acquis des talents d'experte pour dissimuler tes sentiments, mais tu n'es pas aussi douée que tu le crois, Felicity Knight.

Ou peut-être qu'au fond il la connaissait mieux qu'ils ne l'avaient pensé l'un et l'autre. Quelque chose lui disait qu'elle pourrait trouver cette idée encore plus angoissante que les questions dont il la bombardait.

— Je ne vois pas à quoi ça sert de revenir sur le passé.

— Je suis d'accord. Concentrons-nous sur le présent.

Elle se décrispa un peu.

— Bon plan.

Considérant qu'il avait déjà passé une trop grande partie de sa vie à lui laisser du temps et de l'espace, il l'attira contre lui et lui prit le visage entre les mains de manière à pouvoir plonger ses yeux dans les siens.

Son regard, avait-il découvert, était le seul moyen pour lui de se faire une idée de ce qu'elle pensait. Et à l'instant, il était écarquillé et exprimait un début d'état de choc.

— Que... Qu'est-ce que tu fais ?

— Je me concentre sur le présent.

Un pas après l'autre, se rappela-t-il à l'ordre. Avec lenteur et précaution.

— Viens naviguer avec moi demain, Fliss. Rien que nous deux. Comme avant.

— Je ne peux pas.

— Pourquoi pas ?

— Parce que !

Elle eut un petit haussement d'épaules désemparé.

— Tu viens de dire qu'on va se concentrer sur le présent et maintenant tu me parles de faire « comme avant » ? On ne recule pas les pendules, Seth. Le temps est linéaire.

— Je ne cherche pas à recréer notre relation d'avant. Je veux découvrir ce qu'il y a entre nous, ici et maintenant.

— Il n'y a rien entre nous *ici et maintenant.* Tout ce qui a pu être relève du passé.

— Tu es sûre ? Tu as vécu des histoires d'amour intenses depuis qu'on s'est quittés ?

Elle en resta bouchée bée.

— Quelle question ! Je n'ai pas...

— Moi non plus. Il n'y a eu personne.

— Tu essaies de me faire croire qu'il n'y a eu aucune femme en dix ans ? Parce que je ne te croirais pas.

— Il y a eu des femmes, si.

— Et des hommes pour moi. Je sors régulièrement. Je vis à Manhattan ! Dans la ville la plus excitante du monde ! New York est comme un réservoir, un vrai vivier !

L'assurance et la provoc étaient de retour. Il réprima un sourire.

Comme il devenait de plus en plus difficile de ne pas l'embrasser, il laissa retomber ses mains et les posa sur les épaules de Fliss. Mais cette nouvelle position ne diminuait en rien la tentation et il se résigna à la relâcher tout à fait.

— Un vivier ? Tu ne confondrais pas les mecs et les poissons, par hasard ? Tu es en train de me dire que tu es sortie avec tout New York ?

— Je n'ai pas dit *tous* les hommes en ville. Il doit en rester deux ou trois à Brooklyn qui n'ont pas eu cette chance.

— Et, malgré ce défilé masculin, tu es là... Célibataire.

Elle lui jeta un regard de défi.

— Oui et alors ? Ça prouve quoi, d'après toi ? Tu crois que mon célibat a quelque chose à voir avec toi, peut-être ?

— Parce que ce n'est pas le cas ?

Il eut la satisfaction de la voir perdre contenance.

Sa bouche — dont il ne parvenait à détacher son attention — s'ouvrit puis se referma.

— Absolument pas. Le mariage ne figure pas sur la liste de mes objectifs. Ce n'est pas parce que tu es vétérinaire en clinique qu'il faut que ça te monte à la tête.

— Qui a parlé de mariage ? Moi aussi, je suis célibataire.

— Par ma faute, tu veux dire ? Parce que je t'ai abîmé à vie ?

— Pas abîmé, non. Mais, quand on a pris goût à ce qui est bon, ça peut être difficile de se contenter de quelque chose de plus plat, de plus terne. De moins relevé.

La musique du souffle de Fliss se mêla à celle de l'océan.

— Ce qu'il y a eu entre nous, c'est beaucoup de souffrance, Seth.

— Ce qu'il y a eu entre nous était de grande valeur. Nous étions jeunes et nous avons laissé les gens et les circonstances abîmer notre relation. Et s'il faut parler de « faute », eh bien oui, je m'en veux d'avoir laissé la vie nous séparer.

— Tu commences à m'angoisser, là. Arrête de me regarder comme ça.

Elle recula d'un pas, les mains levées, comme pour le repousser.

— Je ne suis pas un bon plan, Seth.

Se détournant avec brusquerie, elle repartit à grands pas vers la maison.

Je ne suis pas un bon plan.

Il se demanda qui avait bien pu lui dire cela. Son père ? Ou Vanessa ? Avec sa manie de se mêler de tout et sa légendaire absence de tact, sa sœur aurait-elle heurté une sensibilité déjà à vif ?

Il rattrapa Fliss juste avant qu'elle n'atteigne sa voiture et s'adossa à sa portière pour qu'elle ne puisse pas lui filer trop vite entre les doigts.

— Si tu es un mauvais plan, alors tu es mon type de mauvais plan. J'ai mon après-midi libre demain. Je passerai te prendre. On emportera un pique-nique.

— Non ! C'est absurde. Je...

— Vers 14 heures, ça te va ? Je devrais avoir terminé le boulot. Et ce sera parfait au niveau du vent et de la marée.

— Je m'en fous du vent et de la marée. Je ne vais pas...

— Enfile juste une tenue adaptée. Tu sais ce qu'il faut mettre, de toute façon.

— Seth, ça suffit, merde ! On ne peut pas... C'est absurde...

Sa voix se perdit dans un hoquet hésitant.

— Grams a invité des amies pour le déjeuner.

— Super. Comme ça, elle n'aura pas besoin de toi.

— J'ai promis de promener Charlie.

— J'ai des consultations demain matin, donc tu auras tout ton temps pour balader le chien avant mon arrivée.

Il tendit la main.

— Passe-moi ton téléphone.

Elle soupira et le lui remit.

Il entra ses coordonnées dans ses contacts.

— Envoie-moi un texto dès que tu auras fait le nécessaire pour ta grand-mère. J'ai deux ou trois trucs à bricoler ici en attendant que tu me fasses signe.

— Si — et j'ai bien dit *si* — j'acceptais de venir, ce qui est hautement improbable car je vais être très occupée, on irait où ?

— Naviguer dans la baie de Gardiner. Comme avant.

Et elle viendrait, il en était certain. Fliss aimait

tellement être sur l'eau. La première fois qu'il les avait emmenées sur un voilier, Harriet et elle, il l'avait vue sans voix pour la première fois.

Elle était restée à la proue, ses cheveux déployés comme un étendard, absorbant les mouvements du bateau d'un pied instinctivement marin.

La tentation de revivre l'expérience suffirait peut-être à la décider.

Sans lui laisser le temps de lui opposer de nouveaux prétextes fumeux, il siffla Lulu et repartit en direction de la maison.

En temps normal, il n'était pas du genre à comptabiliser la vie en termes de victoires ou de défaites. Mais s'il l'avait été, il se serait accordé le point sur cette dernière manche.

Chapitre 13

Rose Felicity Adams dormait dans les bras de Matilda. Quant à Héros, couché en travers de la porte, le museau posé sur ses pattes, il veillait le duo d'un air d'adoration éperdu.

— Il monte la garde en permanence, expliqua Matilda. Maladroite comme je suis, Chase est persuadé que je vais finir par m'étaler sur lui.

Modérément à l'aise, Fliss se tenait à quelque distance de la mère et de l'enfant. Elle n'avait encore jamais vu une expression de plénitude comme celle qui éclairait les traits de Matilda. Du drame qu'elle avait vécu deux jours plus tôt, il ne restait aucune trace. Elle avait l'air un peu fatiguée, c'est vrai, mais son visage rayonnait littéralement et le sourire qui lui flottait sur les lèvres exprimait une joie calme et un contentement infini. Fliss aurait bien voulu partager sa sérénité. Elle se sentait agitée, déstabilisée et plus tendue que jamais.

Une tension qui n'avait rien à voir avec la vue du bébé endormi. Pour une raison qu'elle n'élucidait qu'à moitié, la déchirante sensation de perte qui l'avait assaillie au moment de la naissance n'avait pas resurgi. Comme si les arêtes acérées de son chagrin avaient été polies et adoucies par l'éruption de douleur qui l'avait submergée deux jours plus tôt.

Non, ce n'était pas la petite Rose qui suscitait son sentiment d'inconfort actuel.

C'était Seth.

« Je veux découvrir ce qu'il y a entre nous, ici et maintenant. »

Qu'avait-il voulu dire par là ? Il n'y avait plus rien entre eux aujourd'hui. Juste une vague sensation de confusion et de malaise, et un afflux de tension d'un genre nouveau. Elle avait cru qu'une bonne explication leur permettrait de laisser le passé derrière eux. Au lieu de quoi ils se retrouvaient parachutés au commencement de quelque chose. Mais le commencement de quoi ?

La vie aurait été plus simple si elle était restée à Manhattan. Ou si lui était resté à Manhattan. Ou s'il était né avec un physique plus ingrat. À l'instant même où cette idée se forma dans son esprit, elle la rejeta. Cela n'avait rien à voir avec son aspect physique. C'était lié à sa façon d'être, plutôt. Têtu, opiniâtre. *Bienveillant et attentionné.*

Sérieusement buté quand même.

Dans l'ensemble, les personnes de son entourage respectaient les limites qu'elle leur opposait. Alors que Seth semblait déterminé à les franchir. Était-ce un trait de caractère qui lui venait de son enfance ? Les Carlyle avaient toujours été ouverts, spontanés, et échangeaient à qui mieux mieux. Même lorsqu'ils se hurlaient tous dessus, la communication se maintenait quand même. Ils n'avaient pas partagé que des bons repas chez eux. Les sentiments avaient eu leur place à la table familiale, au même titre que les belles tomates juteuses, les olives et les fromages de chèvre goûteux.

Fliss se souvenait à quel point leur façon d'être lui avait été étrangère. Chaque fois qu'ils avaient essayé de l'inclure, elle s'était raidie et n'avait répondu que par monosyllabes en se réfugiant derrière un sourire crispé. Elle n'avait jamais réussi à désactiver le vigile en elle qui se demandait en permanence « Qu'est-ce qu'on me veut ? » et « Comment vont-ils utiliser ça contre moi ? ».

Elle avait aspiré à se fondre dans leur groupe, pourtant. Elle aurait tellement voulu s'intégrer. Mais il lui manquait la confiance nécessaire — aussi bien la confiance en elle-même que la confiance en l'autre. Son enfance lui avait appris à ne jamais se livrer. À réagir à n'importe quelle question comme à une intrusion qu'il fallait parer à tout prix. Mais Seth ne s'était jamais laissé rebuter par ces barrières. Et apparemment, rien n'avait changé de ce point de vue.

Le fait qu'il voulait la revoir la stressait. Elle se sentait oppressée et nerveuse. Comme quelqu'un qui enclencherait l'alarme de sa maison tout en sachant que celui qui la guettait de l'extérieur avait à la fois la clé et le code, et qu'il pouvait s'introduire à tout moment.

Son grand tort avait été d'accepter son invitation à dîner. Pile l'erreur à ne pas commettre. Si elle avait daigné échanger deux mots avec lui sur le bord de la route, le premier jour, au lieu de se faire passer pour Harriet, elle n'en serait pas là maintenant. Il n'y aurait rien eu de troublant dans une discussion menée sous un soleil de plomb, avec le fracas et la poussière de la circulation en arrière-plan. Ils se seraient dit ce qu'ils avaient à se dire, puis chacun serait reparti de son côté. Tranquille. Tout aurait été réglé.

Au lieu de quoi, ils s'étaient retrouvés en tête à tête chez Seth. Seuls en compagnie de trop de souvenirs brûlants dont la présence surnuméraire avait électrifié l'atmosphère. Et, comme si cette torture n'avait pas suffi, ils avaient enchaîné sur une balade *comme avant* sur la plage.

Avec clair de lune sur l'océan à l'appui.

Pourquoi, mais *pourquoi* avait-elle accepté un plan pareil ?

Seth ne l'avait pas touchée et pourtant elle avait eu envie qu'il le fasse. Encore un aspect paradoxal de cette histoire. Le désir aurait dû s'éteindre, depuis le temps, et pourtant il continuait de pulser entre eux sans répit, aussi épidermique qu'implacable.

Frustrée de se sentir à ce point dépassée par la situation, elle regardait par la fenêtre d'un œil sombre lorsque Matilda toussota.

— Tout va bien ?

— Oui, bien sûr. Je suis au top.

Si on ne tenait pas compte du fait qu'elle dormait à peine depuis que Seth avait fait un come-back retentissant dans sa vie. L'accumulation de stress devait commencer à provoquer des phénomènes de vieillissement précoce.

— Tu as l'air tendue.

— Ça se voit à ce point ? Je commence à grisonner ?

Elle examina une mèche.

— Je vais être vieille et sénile avant l'âge.

— Tu as encore de la marge. C'est à cause de Seth ?

Matilda la considérait d'un œil soucieux.

— C'est ma faute, admets-le. Parce que j'ai révélé par inadvertance que tu n'étais pas Harriet. Je m'en veux horriblement.

— Non, non, ne t'inquiète pas pour ça. J'avais l'intention de tout lui avouer, de toute façon.

Peut-être. Ou peut-être qu'elle se serait carapatée à Manhattan. L'aurait-il suivie si elle avait fait ça ? Et aurait-elle eu envie qu'il le fasse ? Ses pensées tourbillonnaient au hasard, comme des feuilles mortes dispersées par une rafale de vent. Des feuilles dont on ne savait jamais au juste où elles retomberaient.

— C'est quand même assez cool d'avoir un bébé qui porte mon nom.

— J'ai grillé ta couverture.

Si elle avait été quelqu'un d'autre, elle aurait confié à Matilda que Seth savait déjà. Et elles en auraient ri ensemble. Mais, étant elle-même, elle se contenta de se mordiller la lèvre.

— J'aurais dû le lui dire depuis longtemps, mais je me suis empêtrée dans mes mensonges et je ne savais plus comment m'en extirper.

— Ça a créé un malaise ? Je veux tous les détails.

Les détails n'avaient jamais été la spécialité de Fliss.

— On a parlé.

Et, pendant qu'il parlait, elle avait été focalisée sur le dessin de ses lèvres, troublée par l'épaisseur de ses cils.

Était-il permis d'être attirant à ce point ? Il n'y avait pas de justice en ce monde. S'il y en avait eu une, elle aurait été capable de passer une soirée avec Seth sans avoir le sentiment de séjourner dans un shaker à cocktail.

Elle n'aurait su dire si cela venait de ses yeux ou de son sourire, mais il y avait quelque chose en lui qui la retournait complètement.

Ou peut-être que cela venait de son assurance. Elle lui avait toujours envié sa confiance en lui. Le fait qu'il soit toujours si sûr de ses paroles, de ses actes. Pour elle, c'était lié au fait d'avoir des parents qui le soutenaient et qui croyaient en lui. Des parents fiers de leurs enfants.

Elle, par contraste, n'était qu'une masse hurlante d'incertitudes en tous genres. Et elle détestait cette sensation. Depuis le temps, elle aurait pourtant dû apprendre à surmonter son passé, non ?

Quelle importance si personne n'était fier d'elle dans sa famille ? Elle avait son appartement et son entreprise. Modestes l'un et l'autre, et partagés avec sa sœur. Soit. Mais quand même. Elle avait tout financé elle-même. Son père ne lui avait jamais donné le moindre sou. *Elle* était fière d'elle-même. Et c'était tout ce qui aurait dû compter.

— Je voudrais que tu me traduises quelque chose.

Les mots étaient sortis d'eux-mêmes, la surprenant autant que Matilda.

— Je ne suis pas très douée en langues.

Une brise océane entrait par la fenêtre ouverte, atténuant la touffeur estivale.

— Je pensais au comportement masculin, en fait. Toi, tu comprends les hommes.

Matilda éclata de rire.

— Les hommes dans mes livres, oui. Je comprends mes propres personnages parce que je les ai moi-même créés. Et j'espère comprendre Chase — pas toujours, mais la plupart du temps.

C'était d'ailleurs Chase qui avait ouvert la porte à Fliss et qui l'avait conduite auprès de Matilda. Il était resté à tourner autour de sa femme et du bébé, les couvant des yeux jusqu'à ce que Matilda l'envoie gentiment s'acquitter de quelque tâche. Tous les deux avaient échangé un regard durant lequel Fliss avait senti qu'ils avaient oublié jusqu'à sa présence dans la pièce.

Et de nouveau, elle s'était surprise à envier la vertigineuse intimité entre eux.

— Tu lui dis tout, à Chase ?

— Absolument tout. C'est ce qui fait que ça fonctionne entre nous. Je n'ai pas besoin de lui cacher ce que je suis, il sait tout et il m'aime quand même.

Matilda sourit au bébé et l'installa plus confortablement contre sa poitrine.

— Que veux-tu que je te « traduise », alors ? Un élément de langage corporel ? Une situation ?

— Tu m'as dit l'autre fois que tu réfléchissais à ce qui amenait telle ou telle personne — ou personnage — à réagir de telle ou telle façon. C'est ça que je voudrais savoir. La raison qui est à l'origine.

Elle y avait pensé toute la nuit. Et son cerveau s'était épuisé à éplucher la question jusqu'au vertige. Sans l'élucider pour autant. Pendant une décennie entière, elle avait analysé son histoire avec Seth sous un certain angle. Maintenant qu'elle la découvrait sous un jour différent, elle avait perdu tous ses repères.

— Je voudrais comprendre pourquoi Seth se comporte comme il le fait.

— Il faudrait que tu me donnes un peu plus d'informations.

— C'est la première fois que je le revois en dix ans.

— En tant que toi-même, tu veux dire ?

— Pardon ?

— Tu l'as *déjà* vu... en tant que Harriet.

Fliss lui jeta un regard en coin.

— Tu vas continuer à m'interrompre ?

— Désolée.

— Il m'a invitée à dîner. Alors que rien ne l'obligeait à le faire. Et que la situation entre nous est plus gênante qu'autre chose.

— Ah, c'est donc pour ça que tu es dans un tel état de distraction !

Matilda hocha la tête d'un air sagace, comme si Fliss venait de lui confier un secret majeur.

— Je parie que c'est parce qu'il ne voulait rien

brusquer. Qu'il a envie de prendre son temps. Un dîner, ça permet de se dire ce qui a besoin d'être dit, sans trop de contraintes de temps. Il a choisi quel type de restaurant ? Genre romantique ou plutôt territoire neutre ?

— On n'était pas au resto. Il m'a proposé de venir chez lui. Et il a cuisiné.

— Un homme qui cuisine, c'est royal, approuva Matilda tout en enveloppant son bébé endormi dans sa couverture. S'il t'a fait à manger chez lui, c'est tout sauf neutre. C'est intime, même.

— Bizarre, non ? Pourquoi choisir le personnel et l'intime ?

— Il considérait peut-être que c'était plus favorable pour votre relation que vous passiez du temps tous les deux, sans interférences extérieures.

— Mais *quelle* relation ? C'est ça qui m'embrouille la tête. Ça fait dix ans qu'elle est terminée, notre relation. Et même quand ça marchait encore très fort entre nous, les dîners en tête à tête ne figuraient pas au programme.

Mais la plage au clair de lune, si. Et ils avaient fait d'autres choses ensemble. Des choses auxquelles elle ne cessait de penser.

— Comment ça se passait entre vous il y a dix ans, alors ? À quoi occupiez-vous votre temps à deux ?

Fliss jeta un coup d'œil au bébé.

— Elle est trop jeune pour l'entendre.

Matilda se mit à rire.

— OK. Je vois. Ça allait chercher plutôt côté hormones que côté tête ou côté cœur.

Le cœur avait été impliqué, si. En tout cas, de son côté à elle. Son cœur avait été tellement investi, même, qu'elle avait eu du mal à s'en relever par la suite. Mais ce n'était pas un aspect de leur relation qu'elle se sentait capable d'aborder avec Matilda.

— Hier soir, il a fait la cuisine, donc. Puis on est allés marcher sur la plage et on a discuté.

— À première vue, je ne vois rien de très énigmatique dans ce programme. Qu'est-ce que tu voudrais que je déchiffre là-dedans ?

— C'est plutôt au niveau de ce qu'il m'a raconté... Ce n'est pas du tout ce à quoi je m'attendais.

Matilda lui jeta un regard patient.

— Si tu veux que je te donne mon opinion éclairée, Fliss, il faudra me fournir un minimum de précisions.

— En bref, j'étais persuadée que Seth m'en voulait à mort. Il avait toutes les raisons du monde de me détester, en tout cas.

— Pourquoi ? Qu'est-ce que tu lui avais fait de si affreux ?

Fliss tourna les yeux vers la fenêtre, se sentant rougir au souvenir du mensonge impardonnable qu'elle avait sorti cette nuit-là, sur la plage.

— Peu importe. Tout ce que tu as besoin de savoir, c'est qu'il aurait dû être en colère et qu'il ne l'a pas été. Et... et il m'a surprise, c'est tout.

Tout comme elle s'était surprise elle-même de tout ce qu'elle lui avait révélé.

— Je pensais qu'il viderait son sac, puis qu'il tournerait les talons et que l'affaire serait réglée — la boucle enfin bouclée. Après cela, dans mon idée, chaque fois qu'on se serait croisés, on aurait pu s'adresser un petit salut poli de loin et tout se serait arrêté là.

— Mais ?

Fliss prit une inspiration.

— Il insiste pour me revoir. Alors qu'il aurait toutes les raisons du monde de vouloir fuir ma compagnie à toutes jambes.

— Il ne donne vraiment pas l'impression d'avoir envie de t'éviter.

— Mais qu'est-ce que ça *signifie* ? Il dit qu'il veut passer de nouveau du temps avec moi. Mais en tant qu'ami ou en tant qu'un peu plus qu'un ami ?

— Est-il vraiment indispensable de définir ça à l'avance ?

— J'ai besoin de savoir où je vais, moi. Avec Seth, ça a été le silence radio complet pendant dix ans.

— Ça ne vous empêche pas de rétablir une relation maintenant, si ?

— Mais *pourquoi* ? Ou cela peut-il nous mener ?

— Aucune idée. Peut-être qu'il veut simplement renouer une amitié. Ou peut-être qu'il n'en sait encore rien lui-même. On peut imaginer qu'il a juste envie de passer du temps avec toi et de voir ce que ça donne.

Bonne question. Sur quoi d'aussi improbables retrouvailles pourraient-elles bien déboucher ?

— Je pensais que notre conversation d'hier soir nous aiderait à nous libérer du passé pour mieux vivre dans le présent, chacun de notre côté. Et voilà que Seth me fait le coup de vouloir réexplorer notre passé en version d'aujourd'hui. Au lieu de clarifier les choses, ça les rend plus embrouillées. Et je déteste être dans le flou. Ça me stresse.

Matilda sourit.

— Tu éprouves toujours le besoin de décortiquer les situations et de tout baliser d'avance ?

— Ça m'arrive.

Et, lorsqu'elle se sentait en terrain émotionnel houleux, c'était même systématique.

Elle contempla le joli visage repu de Rose Felicity, ses minuscules paupières closes. Comme elle lui enviait la simplicité de sa vie ! En cet instant, elle aurait volontiers troqué sa place contre la sienne.

Matilda se redressa.

— Tu veux bien me la tenir une minute pendant que je cours faire pipi ?

Fliss se souvint de sa première réaction lorsqu'elle avait eu le bébé entre les mains.

— Tu ne veux pas la mettre dans son berceau plutôt ? Elle dort. Ce serait bête de la réveiller.

— Justement. Dès que j'essaie de la coucher, elle se réveille et je veux qu'elle dorme encore un peu. Et puis ça te fera une bonne excuse pour câliner ce petit bout qui porte ton nom.

Des bonnes excuses, Fliss aurait plutôt voulu en avoir pour ne *pas* s'approcher du bébé. Mais l'admettre l'aurait obligée à fournir des explications qu'elle ne souhaitait pas donner. Elle prit donc le nourrisson avec précaution en espérant que son cœur blessé se montrerait plus robuste que la dernière fois qu'elle avait tenu la petite Rose contre elle.

— Prie pour que je ne te la réveille pas. Je n'ai jamais été très douée pour jouer à la poupée.

La douleur était là, au fond de sa poitrine. Des regrets ? Une nostalgie ?

« Si tu n'avais pas perdu le bébé, on serait encore ensemble, Fliss. »

Le pensait-il réellement ?

Le simple fait de se poser la question la replongeait dans des interrogations vertigineuses. Et faisait renaître toute une série de « si seulement » contre laquelle elle s'était appliquée à lutter une décennie durant.

— Tu vas faire ça très bien, tu verras.

Matilda s'éclipsa, enjambant avec précaution le doberman qui ne bougea pas une oreille. Héros gardait son attention rivée sur Rose qui était clairement devenue sa nouvelle priorité. Fliss, elle, resta plantée au beau milieu de la pièce sans oser bouger d'un pas.

Elle grimaça en direction de Héros qui l'observait d'un œil goguenard.

— Parce que tu crois que c'est facile, toi ? Essaie de mettre ta patte sur une épine et appuie fort. C'est exactement l'effet que ça me fait.

Héros salua son aveu d'un bâillement sonore. Fliss soupira.

— OK. Merci, c'est sympa. Je m'attendais à plus de compassion de ta part après toutes les super balades que je t'ai fait faire.

Héros posa le museau sur ses pattes et poussa un soupir débonnaire. Matilda réapparut peu après et reprit sa fille endormie dans ses bras.

— Seth veut t'emmener où, alors ?

— Faire de la voile.

— Oh ! cette chance.

Elle cala Rose contre son épaule, d'un geste si naturel qu'on aurait dit qu'elle avait fait ça toute sa vie.

— Chase adore naviguer avec Seth.

Fliss aussi avait adoré ça, dans le temps.

— C'est un peu de la folie, non ?

— Pas du tout. Seth est un marin expérimenté. Chase et lui ont eu je ne sais quel problème alors qu'ils étaient en mer l'autre fois. Et c'est Seth qui les a tirés de là.

— Ce n'est pas de sortir à la voile qui m'inquiète. La folie, c'est de réitérer une expérience qui s'est déjà très mal passée une première fois.

— Tu as peur de lui ou tu as peur de toi ?

— Des deux.

En à peine vingt-quatre heures, tous ses repères dans le passé s'étaient mis à vaciller. Le fait que Seth ait essayé de la joindre à plusieurs reprises après leur rupture était une pièce entièrement nouvelle dans le puzzle.

— J'aurais peut-être dû l'inviter à déjeuner avec Grams et ses copines. Ça l'aurait fait fuir au grand galop.

— Je n'ai pas l'impression que Seth soit le genre d'homme à se laisser effrayer facilement. Toi, en revanche...

— Quoi ? Qu'est-ce que j'ai, moi ?

Matilda hésita.

— Tu ne te comportes pas comme quelqu'un qui se prépare à une sortie sympa avec un mec bien sous tous rapports. Tu as plutôt l'air d'une assiégée qui cherche une stratégie de défense. Au lieu d'essayer d'explorer les possibilités qu'offre une relation, tu échafaudes un plan de bataille.

Un plan de bataille ?

Fliss médita sur les paroles de Matilda pendant qu'elle promenait Héros sur la plage privée des Adams et poursuivit sa réflexion sur le chemin du retour.

Elle trouva Grams attablée avec quatre amies qu'elle se souvenait vaguement d'avoir croisées ici et là à l'époque où elle venait tous les étés dans les Hamptons.

— Mesdames, bonjour. Désolée de vous déranger. Je suis juste venue promener Charlie. Tout va bien, Grams ?

— Très bien, merci. Tu te souviens de Martha qui tenait la boulangerie sur Main Street ? C'est sa fille qui a pris la relève maintenant. Et naturellement, tu n'as pas oublié Dora qui assurait le secrétariat du cabinet médical. Jane et Rita habitaient un peu plus bas dans la rue, mais elles vivent maintenant à East Hampton... Quant à vous quatre, inutile de vous poser la question, vous connaissez toutes ma petite-fille.

Grams l'interrogea du regard et Fliss lui répondit par un discret sourire. Elle avait renoncé aux subterfuges.

— Je suis Fliss, précisa-t-elle. Bonjour à vous toutes.

Elle adressa son salut à la ronde. Avec un peu de chance, Dora aurait oublié qu'elle était venue consulter en douce pour une éruption cutanée mal placée, faisant suite à une rencontre nocturne avec un sumac vénéneux alors qu'elle était sortie rejoindre Seth.

— Vous avez l'air de vous amuser, toutes les cinq. Ce sont des cookies de chez Cookies and Cream ?

— Bien sûr. Ce sont les meilleurs. À l'exception de ceux que fait ta sœur, bien sûr. On ne se retrouve que deux fois par mois, donc on s'autorise quelques menus plaisirs.

— Deux fois par mois ? C'est un rendez-vous régulier, alors ?

— *Deux* rendez-vous réguliers. Le premier, c'est notre séance mensuelle de poker. Et le second, c'est groupe de lecture. On préfère se retrouver pour le déjeuner parce qu'à nos âges on se couche toutes avec les poules.

Fliss découvrit les cartes étalées sur la table.

— Vous jouez au poker tous les mois ?

— On nous appelle les Princesses du Poker, tu ne le savais pas ?

Fliss se surprit à regarder sa grand-mère bouche bée.

— Euh... Non. Je ne savais pas.

Grams l'examina par-dessus ses lunettes.

— Pourquoi cet air surpris ? Tu associes le poker à des arrière-salles enfumées et des hommes frétillants de testostérone, c'est ça ?

— Le rêve, gloussa Jane.

Fliss glissa un sourire amusé dans sa direction.

— C'est vrai que, toutes les cinq, vous ne correspondez pas à l'image que j'avais du joueur de poker de base.

— Jouer au poker est excellent pour le cerveau. Et puis on se paie de bons fous rires — même si c'est presque toujours Rita qui gagne.

Dora avança les lèvres en une moue boudeuse.

— Parce que personne n'arrive à lire quoi que ce soit sur son visage.

— Les vertus du Botox, admit Rita joyeusement. Et je ne serais pas contre les hommes frétillants de testostérone à notre table. On pourrait en inviter quelques-uns pour la prochaine fois ?

Fliss rit de bon cœur.

— Qu'est-ce que vous mettez en jeu ? Des cookies ?

Les yeux de sa grand-mère scintillèrent.

— Oh ! mon Dieu, quelle idée ! On joue des sommes d'argent, bien sûr. Quel intérêt ça aurait sinon ?

Fliss en conclut qu'il y avait encore des quantités de choses qu'elle ignorait au sujet de son aïeule.

— Bon, je prends Charlie et je vous laisse à vos paris.

— Merci, ma chérie.

Sa grand-mère reposa ses cartes sur la table.

— Deux fois par jour, elle promène Charlie pour moi et Héros pour Matilda. Mon chien a bien meilleure allure depuis qu'elle est là. Non seulement il a perdu du poids, mais il est plus calme. Plus discipliné, aussi. Elle l'emmène à la plage et elle le fait courir.

Dora leva les yeux de son jeu.

— Je croyais que c'était Harriet qui devait venir s'installer chez toi, le temps que tu sois de nouveau sur pied ?

— Finalement, c'est Fliss qui a pu se libérer. Ce qui a été une chance pour moi. Elle a trié tous mes papiers et remis de l'ordre dans mes finances. C'était le chaos, apparemment. Et elle s'occupe merveilleusement bien de Charlie.

Rita parut perplexe.

— Attends, je m'y perds. Je croyais que c'était Harriet qui avait un don avec les animaux.

— Fliss en a un aussi. Et elle ne se laisse pas manœuvrer par eux comme Harriet. Les animaux savent qu'ils ne peuvent pas faire n'importe quoi avec elle, et c'est une bonne chose. Avec ça, c'est une businesswoman du tonnerre, ma Fliss. Elle est partie de rien et elle a monté une petite entreprise florissante. À New York où des milliers de start-up coulent tous les jours !

Fliss ressentit un élan de gratitude. Elle n'était pas habituée à ce que d'autres prennent sa défense. En temps normal, elle était seule au front pour faire valoir ses droits.

— Hou là, si on entre dans LE sujet, il me faudra une tasse de thé en plus, annonça Jane en tendant la main vers la théière. Une fois que ta grand-mère est partie, on ne peut plus l'arrêter. Si on la laisse faire, elle passera tout notre après-midi poker à vanter tes mérites.

Fliss sourit.

— Vous voulez parler des mérites de Harriet, plutôt.

Jane remua son thé.

— Oh non, ma chère, c'est bien de toi que je parle. Elle n'arrête pas de nous raconter tes exploits. On est même obligées de l'arrêter, quand elle en fait trop. Qui d'entre nous ne chante pas les louanges de ses petits-enfants ? Mais Eugenia parle plus haut et plus fort que nous toutes réunies.

Fliss se sentit gagnée par la confusion.

— Elle parle de moi ?

— À longueur de temps. Elle est horriblement fière.

— « Il n'y a pas de fille plus forte, plus courageuse et plus déterminée que ma Felicity ! », citèrent Rita et Dora en chœur avant d'éclater de rire.

Grams leur jeta un regard sévère.

— Vous avez une seule raison valable à avancer qui pourrait m'empêcher d'être fière de ma petite-fille ?

Sa grand-mère parlait d'elle avec ses amies ? Mettait en avant ses qualités ? *Se montrait fière d'elle ?* Fliss sentit sa gorge se serrer et prit peur.

— Bon, allez, je file. Le pauvre Charlie s'impatiente devant la porte.

Dora sirota son thé.

— Tu as bien de la chance, Eugenia. Je regrette de n'avoir personne pour faire courir mon Darcy. Depuis que j'ai des crises d'arthrose, j'ai raccourci drastiquement ses temps de promenade. Et je vois bien que la plage lui manque.

Fliss se félicita du changement de sujet. La boule dans sa gorge se dissipa sans avoir eu le temps de provoquer des dommages visibles.

— Je pourrais m'en charger, si vous voulez.

Dora posa sa tasse.

— Tu ferais ça ?

— Pourquoi pas ? Je suis sur place, j'ai du temps libre et je promène déjà Héros et Charlie.

— Si elle sort ton chien, tu la paies, intervint sa grand-mère. Et un bon tarif, en plus.

Rita soupira.

— Je commence à comprendre comment tu as réussi à garder ta maison en riant au nez des promoteurs qui venaient frapper à ta porte. Tu es dure en affaires.

— Ma maison n'a jamais été à vendre. Et mon amitié non plus. Et vous pouvez rire autant que vous voudrez, mais ma petite-fille, elle ne fait pas dans l'humanitaire. Elle a sa propre entreprise à New York, vous savez.

— « Les Woof Rangers ! », déclamèrent ses quatre amies avec un ensemble parfait.

Cette fois, Fliss sourit.

— Vous êtes au courant de tout ?

— Dans le moindre détail. On a suivi chaque étape de ta vie comme si on y était, dit Dora. Et je paierai bien volontiers. Je considère que c'est la moindre des choses. Tu veux bien le faire pour moi, alors, Fliss ? Darcy est très sociable et il manque cruellement d'exercice.

Fliss prit la laisse de Charlie dans le tiroir de la commode.

— Avec plaisir. De quel genre de chien s'agit-il ?

— Un labrador. Une bonne pâte. Deux fois par jour, ce serait vraiment bien, si tu penses pouvoir intégrer ça dans ton emploi du temps. Il a tendance à avaler tout ce qui lui tombe sous la dent, par contre. Donc il faudra le surveiller de près. Ta grand-mère a raison, en tout cas. Tu es une fille formidable.

Non, elle n'était pas une fille formidable. Mais promener les chiens, ça, elle savait faire.

— Je vous ferai passer un questionnaire préalable, puis je viendrai faire connaissance avec Darcy et nous fixerons nos rendez-vous quotidiens. Je peux commencer demain si vous le souhaitez.

— Merci. Je suppose que c'est à toutes ces balades avec des chiens que tu dois cette silhouette de rêve ?

À l'aise dans leur petit groupe désormais, Fliss salua le compliment d'un sourire et piqua un cookie dans le plat.

— Vous avez choisi quel livre, dans le cadre de votre club de lecture ?

— Le dernier roman de Matilda.

Fliss songea aux quelques pages qu'elle avait eu l'occasion de lire et haussa un sourcil amusé.

— Ils sont assez olé olé, ses romans !

— C'est justement pour ça qu'on les lit. Nous avons toutes connu un temps où nous trouvions l'excitation entre les draps. Maintenant, c'est entre les pages des livres.

Sa grand-mère l'examina de nouveau par-dessus ses lunettes.

— En parlant d'excitation, je ne t'ai pas entendue rentrer hier soir. Comment s'est passé ton rendez-vous galant, ma chérie ?

— Parce qu'elle avait un rendez-vous ?

Cinq paires d'yeux avides étaient à présent tournés vers elle. Fliss se figea, cookie en main, et regretta de ne pas avoir filé pendant qu'il en était encore temps.

— Ce n'était pas un « rendez-vous galant », Grams !

— Il l'a invitée chez lui et lui a mitonné un dîner. Vous appelleriez ça comment, vous ?

— Grams...

Dora hocha la tête d'un air sagace.

— C'était sûrement un « *date* », comme on dit maintenant, puisqu'elle n'a pas envie d'en parler. Quand on refuse de parler d'un homme, c'est généralement qu'on l'a dans la peau.

— Et c'était qui, ce garçon ? voulut savoir Rita.

Fliss se replia en direction de la porte. La panique montait en même temps que les couleurs à ses joues.

— Personne de particulier.

Sa grand-mère étudia ses cartes d'un œil nonchalant.

— Elle a passé la soirée chez Seth Carlyle. Notre véto sexy du coin.

— Le célibataire le plus convoité des Hamptons ! renchérit Dora avec enthousiasme. Il serait largement temps qu'une jolie fille lui mette le grappin dessus.

Jane émit un son de gorge appréciateur.

— Et Fliss a d'autant plus ses chances qu'elle n'en est pas à son coup d'essai. Elle avait déjà la main sur lui il y a dix ans. Tu perds la mémoire, Dora.

Fliss frémit.

— Je ne lui mets rien dessus — ni main, ni grappin, ni quoi que ce soit. Il n'y a rien entre Seth et moi.

— Quel dommage. Tu ne vas pas le revoir, alors ?

Elle avait réfléchi à la question depuis le matin et décidé que, vu les antécédents entre eux, il serait à la fois absurde et dangereux de se relancer dans quelque forme de relation que ce soit avec Seth. Elle comptait lui envoyer un texto pour lui dire de ne pas l'attendre.

— On s'est juste vus comme ça.

Elle essaya d'oublier la façon dont Seth l'avait regardée alors qu'ils se tenaient côte à côte au bord de l'océan.

Jane n'avait manifestement pas envie de lâcher le sujet.

— Tu as vu sa nouvelle maison, alors ?

Fliss ouvrit la bouche, mais sa grand-mère la devança.

— Je suis contente qu'il ait son propre chez-soi. *Ocean View* est magnifique, mais ça doit être difficile pour lui de tourner en rond tout seul dans cette grande et vieille demeure bourrée de souvenirs de son père.

Dora hocha la tête.

— Je suis d'accord avec toi, Eugenia. Ce garçon a tout intérêt à vendre.

Mais il n'en a pas envie, songea Fliss. Se séparer d'*Ocean View* allait être un vrai crève-cœur pour lui. Il devait éprouver un sentiment de trahison, comme s'il jetait le souvenir de son père aux oubliettes.

Martha, l'ex-boulangère, haussa un sourcil.

— Un garçon ? Vous avez la vue qui baisse, mes amies, car moi, c'est un homme que je vois. Notre beau vétérinaire n'a rien d'un fragile éphèbe. Vous avez remarqué ses épaules ?

— Moi, ce sont ses bras que je regarde plutôt, admit Grams.

Rita soupira d'un air rêveur.

— Son atout majeur à mes yeux, ce sont ses cils. Les siens sont incroyables. Et ce petit début de barbe, comme les hommes se la font pousser de nos jours... Irrésistible. Il a une telle dose de sex-appeal que je serais bien en peine de savoir qu'en faire.

Fliss ouvrit la bouche et la referma. Elle avait souvenir d'avoir su *exactement* quoi en faire, du sex-appeal de Seth.

Et elle aurait encore su aujourd'hui. Une raison de plus pour garder ses distances avec lui.

— C'est le sang italien en lui qui le rend si fascinant. *Mamma mia.* Fort comme un Turc mais si doux avec les animaux. Parfois, je prends mes jumelles et, si je me perche sur une chaise, je peux le voir courir sur la plage, confessa Jane avec un petit rire coquin. Il a des fessiers du tonnerre.

Dora eut un sourire entendu.

— Je le vois régulièrement depuis que Darcy souffre de petites crises d'arthrose.

Rita toussota.

— Tu es sûre qu'il souffre tant que ça, ton Darcy ? J'ai entendu Mme Ewell à la bibliothèque l'autre fois, qui racontait que la moitié de la clientèle féminine du Dr Carlyle se présente chez lui avec des animaux en bonne santé rien que pour le plaisir de pouvoir papoter un moment avec lui. Il paraît qu'il a un effet thérapeutique, tellement il dégage de calme. Et cet homme est solide comme un roc dans les moments difficiles.

Fliss les regardait avec des yeux ronds.

— Vous voulez dire que des gens payent pour le

voir en lui amenant des animaux qui ne sont même pas malades ?

Ces dames échangèrent un regard.

— Il semblerait, oui, admit Jane en essuyant ses verres de lunettes.

— Moi, en tout cas, j'envie celle qui aura la chance de partager sa vie.

— Et moi donc.

Jane chaussa de nouveau ses besicles avec un petit soupir songeur.

— Dis-nous tout, Fliss. Il embrasse bien, Seth Carlyle ?

— Jane Richards ! la sermonna Grams. La dernière fois qu'elle l'a embrassé, elle avait dix-huit ans. Comment veux-tu qu'elle se souvienne ?

Elle se souvenait très bien, pourtant. De la sensation de ses mains. De ses lèvres. Des ondes de plaisir brûlantes. De l'appel au creux de son ventre.

— J'ai oublié, en effet, confirma-t-elle d'une voix étranglée. C'est beaucoup trop loin.

Jane parut déçue.

— Comme c'est dommage. Lorsqu'il t'embrassera la prochaine fois, il faudra tout nous raconter. Et ne me regarde pas comme si j'étais une extraterrestre ! Quel mal y a-t-il à parler sexe de temps en temps ? Surtout que pour nous ça se borne à ça, désormais. Les livres, les films, les conversations.

Dora hocha la tête.

— C'est un fait. Mais il faut arrêter de traumatiser Fliss avec nos histoires. Je pense qu'il est temps qu'on lui fiche la paix et qu'on s'occupe plutôt de nos oignons.

— Pff... Je ne me souviens pas d'un seul instant dans ta vie où tu ne te serais mêlée que de *tes* oignons, Dora Sanders.

— C'est peut-être bien vrai mais je me dis que, si

on continue de choquer Fliss comme ça, elle ne voudra plus sortir Darcy.

— Oh non, je meurs d'impatience de promener Darcy.

Elle mourait d'impatience de sortir de là, surtout. Attrapant Charlie par son collier, elle détala vers la porte.

— Ravie d'avoir eu l'occasion de papoter avec vous, mesdames.

Grams lui fit un petit signe de la main.

— Quand tu auras fini de promener Charlie, viens vite nous rejoindre. Après le poker, on déjeune en regardant *Sex and the City.*

— Tu pourras nous donner ton avis, toi qui es jeune.

Fliss ferma un instant les yeux.

— Ne m'attendez pas, surtout. Je suis prise cet après-midi.

Cinq paires d'yeux se fixèrent sur elle.

— Tu vas revoir Seth ?

— Finalement, oui. On va faire un peu de bateau.

Quel mal pouvait-il y avoir à naviguer un après-midi en mer ? Le temps se prêtait à la voile. Et si ça pouvait lui permettre d'échapper à une séance de poker et de « parler sexe » intensif, elle était prête à absolument n'importe quoi.

De deux maux, Seth était très clairement le moindre.

Un murmure d'approbation général s'éleva autour de la table.

— Tiens, tiens, commenta Jane.

Grams sourit.

— Ne te presse pas pour rentrer, surtout. Je vais me coucher tôt, après une journée bien remplie, donc il ne faut pas compter sur ma compagnie ce soir.

Seraient-elles en train de lui faire entendre qu'elle pouvait passer la nuit avec Seth ?

— Je n'ai pas l'intention de...

— Mais si, mais si ! Profite de la vie tant que tu es jeune ! l'encouragea Dora.

Jane hocha la tête.

— Avant d'avoir la hanche qui grince et le fémur qui craque.

Rita leva un poing triomphant.

— Vas-y, ma belle. Tu l'auras.

Fliss prit la fuite.

Dora attendit que la porte ait claqué derrière elle pour exulter.

— *Yes !* Victoire sur toute la ligne !

— Tu crois ?

Martha avait l'air sceptique.

— Tu vois, Eugenia, sans vouloir te donner de leçons sur la façon dont tu devrais t'y prendre avec ta petite-fille, je crois que tu as un peu surjoué ton rôle. Surtout quand tu lui as quasiment intimé l'ordre de passer la nuit avec lui.

Jane hocha la tête.

— Il est déconseillé d'interférer dans la vie de ses proches. Ça se termine rarement bien, d'ailleurs.

Grams jeta ses cartes sur la table.

— C'est justement en me basant sur cette philosophie que je me suis interdit d'intervenir pour ma propre fille. Et je me dis maintenant que j'aurais été mieux inspirée de l'ouvrir. Si j'ai un regret dans la vie, c'est bien celui-là.

Dora posa ses cartes à son tour.

— Tu te juges bien sévèrement. Qu'est-ce que tu aurais pu faire de plus, de toute façon ?

— Je ne sais pas, mais je n'aurais pas dû rester là les bras ballants à attendre que ça se passe. Il était clair dès le départ que ce mariage serait un désastre. Et je suis restée là, comme une idiote.

— Elle était adulte et libre de prendre ses propres décisions, Eugenia. Et depuis quand nos enfants nous écouteraient-ils ? À douze ans, ils considèrent déjà leurs parents comme des *has been* et estiment savoir tout mieux qu'eux. Elle n'en aurait fait qu'à sa tête, de toute façon.

— Peut-être. Mais au moins, j'aurais pu me dire: « J'ai essayé. »

Grams tourna les yeux vers la porte derrière laquelle Fliss venait de disparaître.

— Lorsqu'un mariage échoue, cela n'affecte pas que le couple. Les ondes négatives se propagent. C'est comme pour les tremblements de terre. Cela détruit certaines structures et en affaiblit d'autres.

— Fliss ne donne pas l'impression de quelqu'un d'affaibli. C'est une fille forte et énergique. Une battante. Les difficultés de son enfance lui ont appris à se défendre.

— C'est justement là le problème.

Grams souleva ses lunettes pour se frotter les yeux. Elle se sentait fatiguée depuis sa chute. Plus fatiguée qu'elle ne l'avait jamais été. Comme si elle avait perdu une sécurité de base. Elle redoutait le moment de la dépendance où il lui faudrait recourir à des aides extérieures.

— Fliss se « défend », oui, mais à outrance. Personne ne peut l'approcher. Elle protège sa sensibilité et la barricade comme une forteresse, parce que le salopard que ma fille a épousé a sapé méthodiquement son estime d'elle-même.

Jane poussa une exclamation choquée.

— Eugenia ! Cela ne te suffit pas de parler sexe

et de jouer au poker ? Faut-il en plus que tu jures comme un charretier ?

— S'il y avait un autre mot plus poli pour s'appliquer au personnage, je l'utiliserais.

— Tu as fait ce que tu as pu. Tu l'as jeté hors de chez toi.

— Je m'arrangeais pour qu'il ne mette pas les pieds ici, oui. Mais elle retournait auprès de lui à chaque fois.

— L'amour est une affaire compliquée.

— Surtout quand il est à sens unique, soupira Grams en se frottant le front. J'aurais dû vendre cette fichue baraque et lui donner l'argent pour qu'elle puisse divorcer plus tôt.

— Tu lui as proposé. Elle a refusé.

— Si je l'avais vendue sans rien lui demander, j'aurais pu la mettre devant le fait accompli.

— Et elle aurait perdu son refuge. *Sea Breeze* était le lieu où ta fille et ses enfants venaient faire provision de sérénité. Chaque été, elle retrouvait le sourire lorsqu'elle venait ici avec eux.

— Mais quand la fin août arrivait, ils repartaient tous les quatre en enfer.

— Il a abandonné sa famille depuis une décennie, Eugenia. C'est fini, maintenant.

— C'est peut-être fini, mais son héritage demeure. Je le vois à la façon dont Fliss se ferme comme une huître. Je le vois au regard négatif qu'elle porte sur elle-même.

— Peut-être que notre beau véto sexy va changer tout ça.

— J'y compte bien, oui.

Grams prit sa décision. Cela paraissait si clair, si évident, qu'elle se demanda pourquoi elle avait tant tardé à le faire.

— Seth aura probablement besoin d'un petit coup

de pouce. Et ce coup de pouce, je vais le lui donner. Même si ça m'oblige à sortir quelques squelettes du placard.

— *Quelques* squelettes ? Tu en caches combien, au juste ?

Jane fronça les sourcils.

— Je crois comprendre ce que tu as en tête, mais attention : les secrets que tu t'apprêtes à partager sont ceux de ta fille, Eugenia. Pas les tiens. Si elle a choisi de ne rien dire à Fliss, tu ne peux pas agir à sa place. Ce n'est pas à toi de t'immiscer.

— C'est là que je ne suis pas d'accord : si les secrets de ma fille affectent ma petite-fille, c'est bel et bien à moi d'intervenir. Fliss s'est mis des idées fausses dans la tête. Et je considère que ma fille aurait dû la détromper depuis longtemps. Ce n'est pas bon pour un enfant de grandir avec une image complètement biaisée du couple parental.

— Ta fille a dû avoir ses raisons pour se taire.

— C'est possible. Mais j'ai mes raisons pour parler.

Elle reprit ses cartes.

— Bon. Jouons maintenant. Je veux gagner gros aujourd'hui.

— J'adore nos journées poker, jubila Martha en examinant son jeu. Même si on ne termine pas souvent nos parties.

Jane leva les yeux de ses cartes.

— On va vraiment regarder *Sex and the City* après ?

— Bien sûr que non !

— Alors pourquoi tu lui as dit ça ?

— J'ai juste inventé ça parce que je savais que ça ferait fuir Fliss en courant.

— Tu as vu la tête qu'elle a faite ? C'est étonnant non, cette idée des jeunes que la sexualité leur est réservée ? Comment s'imaginent-ils être venus au monde ?

Les yeux de Jane brillèrent.

— Je n'en sais rien, mais je propose qu'on regarde deux ou trois épisodes quand même, au cas où. Imagine qu'elle rentre plus tôt que prévu ? Ça la ficherait mal si elle s'aperçoit qu'on lui a raconté des bobards.

Chapitre 14

— Donc ces dames jouent au poker et parlent fesses ?

Seth s'engagea dans le réseau de petites routes étroites qui menait au port. Il avait été surpris de recevoir un texto de Fliss lui demandant de passer la prendre avant l'heure prévue. Lorsqu'il s'était garé devant chez sa grand-mère, elle s'était précipitée à bord de sa voiture et lui avait donné l'ordre de démarrer. Sans lui livrer la moindre explication dans un premier temps.

L'ironie de la situation l'avait fait doucement sourire. Pendant des années, elle avait été prête à toutes les extrémités pour l'éviter, et voilà qu'il se muait soudain en valeur refuge équipée d'une voiture de fuite.

— Je te jure qu'elles n'avaient que le mot « sexe » à la bouche. Je les ai entendues distinctement — juste avant de tomber en état de choc. Tu te rends compte ? Leurs âges combinés doivent avoisiner les quatre cents ans et quelques.

— De riches années d'expérience.

— Sûrement, oui. Mais je ne suis pas certaine d'avoir envie de me pencher sur leur vie sexuelle de trop près.

Elle jeta un coup d'œil par-dessus son épaule.

— Je suis sûre qu'elles se sont jetées sur leurs jumelles et qu'elles sont collées toutes les cinq contre la vitre à nous suivre des yeux en pouffant.

— Ça te dérangerait à ce point ?

Pour sa part, cela ne lui posait aucun problème que les gens du coin s'intéressent à sa vie privée, tant qu'ils ne cherchaient pas à interférer comme l'avait fait Vanessa.

Il avait eu sa sœur au téléphone la veille, tout de suite après le départ de Fliss. La conversation avait dépassé en violence tout ce qu'il avait connu avec Vanessa jusque-là. Avec le recul, il se disait qu'il aurait probablement dû attendre que sa colère soit retombée avant de composer le numéro de sa sœur. Mais la pensée que Vanessa avait contribué à le séparer de Fliss avait eu raison de son habituelle patience.

Alors que des bribes de leur conversation lui passaient par la tête, il crispa les mains sur le volant.

Fliss lui jeta un regard en coin.

— Qu'est-ce qui se passe ? Tu as l'air prêt à mordre ?

Il fit un effort pour relâcher les muscles de ses mâchoires.

— Pas prêt à mordre, non.

— Tant mieux. Je me suis demandé un instant si tu avais entendu leur conversation. Elles ont parlé de toi avec force détails anatomiques. Ça ne te donne pas la chair de poule ?

— Tu oublies que ça commence à faire un moment que je vis par ici. Je me suis habitué à la curiosité systématique dont on peut faire l'objet. Et il m'en faut beaucoup pour me donner la chair de poule.

— Alors tu es plus héroïque que moi. Elles m'ont foutu une peur bleue. Je n'ai pas l'habitude de rentrer dans les détails de ma vie privée. Et surtout pas avec cinq octo-nonagénaires totalement déchaînées.

Elle glissa ses lunettes de soleil sur son nez.

— Bon, oublions les vieilles dames indignes, pour le moment. Tu fais toujours beaucoup de voile ?

— Dès qu'on a un moment de libre, on fonce, Lulu et moi.

Il jeta un coup d'œil dans le rétroviseur et croisa le regard loyal et affectueux de sa chienne. Il comptait sur elle pour jouer son rôle de médiatrice et mettre Fliss en confiance.

Par chance, celle-ci avait l'air plutôt détendue depuis qu'elle avait réussi à fausser compagnie aux copines de sa grand-mère.

— Matilda disait que vous naviguiez souvent ensemble, Chase et toi.

— Parfois. Il m'arrive aussi d'embarquer Brett, son frère. Et de temps en temps, on y va en solitaires, avec Lulu.

Ils arrivaient au joli petit port de plaisance, et il vit le visage de Fliss s'éclairer.

— J'adore cet endroit. C'est ici que Grams nous emmenait chaque année pour voir le feu d'artifice du 4 juillet. C'était le plus beau et le plus spectaculaire du coin.

— Je me souviens de t'avoir aperçue, quand tu étais gamine.

Déjà, à l'époque, il l'observait, frappé par son visage émerveillé alors que le ciel se transformait en une lumineuse explosion d'étoiles arc-en-ciel.

— Nous aussi, on venait ici le 4 juillet, dans le temps. Mon père était membre du yacht-club.

Elle tourna la tête vers lui.

— Ça doit te manquer de ne plus sortir en mer avec lui. Vous partiez souvent, tous les deux. Quand j'étais assise sur la plage, je vous voyais vous activer avec vos voiles. C'était chouette de vous regarder faire.

La douleur frappa sans prévenir, comme un coup de poing dans l'estomac.

— Oui, ça me manque. C'était un moment de vraie détente pour lui comme pour moi. C'est mon père qui m'a tout appris, en voile. Il m'emmenait sur son bateau avant même que je sache marcher. Il connaissait la baie de Gardiner comme sa poche — chaque courant, chaque marée.

— Et il t'a transmis son savoir.

Il hocha la tête.

— Parfois, ce n'était pas à moi mais à Vanessa qu'il proposait d'aller faire un tour en bateau avec lui. Ça me rendait dingue quand il faisait ça. Pour moi, la voile, c'était notre domaine réservé, à tous les deux. Et je ne voulais surtout pas partager ça avec ma sœur. On a toujours été dans des rapports de rivalité féroces, Vanessa et moi.

Il jeta un coup d'œil à Fliss.

— Ça doit être difficile à comprendre pour toi, je suppose. Harriet et toi, vous étiez toujours très généreuses l'une envers l'autre.

— On était super solidaires, oui. Mais c'était facile de s'épauler mutuellement vu qu'on ne partageait rien avec notre père ni l'une ni l'autre. Ce n'était pas du tout la même dynamique familiale, je suppose.

— C'est vrai.

Il gara sa voiture mais resta un instant assis au volant à lutter contre l'assaut des souvenirs qui tournoyaient autour de lui comme des mouettes furieuses.

— Une fois par an, on participait à une course. Mon père avait la compétition dans le sang.

La pensée le fit sourire.

— Et parfois, on naviguait cool, au contraire, et

on passait le week-end entier à aller de petit port en petit port.

— Et maintenant, quand tu es sur ton bateau ? Les souvenirs te font plutôt du mal ou plutôt du bien ?

— Du bien. Clairement et nettement du bien.

— Alors, à l'eau, capitaine !

Elle serra rapidement sa main dans la sienne puis poussa sa portière.

Lulu bondit hors de la voiture en agitant la queue, prête à toutes les aventures.

Et Fliss était comme elle. C'était un des aspects d'elle qu'il avait toujours aimé : dès que quelqu'un proposait quelque chose, elle était partante.

Il la regarda taquiner Lulu et jouer avec elle, lui parler pour lui dire qu'elle était une belle fille, douée, maligne et intelligente.

Reconnaissant à Fliss de lui avoir accordé quelques instants pour se ressaisir, il chassa les nuages noirs au loin et sortit la glacière du coffre avec un sac de voile.

— J'espère que tu es affamée ?

— Plutôt, oui. Et ça tombe bien vu que tu sembles avoir tendance à prévoir large au niveau de tes approvisionnements. Tu as hérité du gène de l'hospitalité de ta mère.

Fliss se redressa pour regarder les embarcations alignées qui se balançaient dans le petit port.

— Je ne savais pas que tu laissais ton bateau au yacht-club. Et ton débarcadère privé ?

— Je verrai plus tard. Pour l'instant, ça m'arrange d'avoir mon voilier ici.

Lulu courait en cercles en remuant la queue.

— Elle est enthousiaste, on dirait.

Fliss se pencha pour la caresser de nouveau.

— Tu l'as depuis combien de temps ?

— Le bateau ou la chienne ?

Elle rit.
— Lulu.
— Six ans.
Seth referma sa portière et transporta tout son barda à bord.
— Elle était la star d'une série TV au long cours. Au cours d'une cascade, elle s'est esquinté une patte et l'équipe l'a fait soigner dans ma clinique.
— Quand tu travaillais en Californie ?
Il fit oui de la tête.
— On a commencé à discuter du fait qu'elle ne pourrait plus tourner et que ce serait compliqué de lui trouver un foyer. Lulu a tourné alors les yeux vers moi. Un regard incroyable, totalement bouleversant. Je suis resté sous le choc, comme si elle venait de me parler d'âme à âme. Plus tard seulement, j'ai appris que ce regard émouvant faisait partie des trucs de cette comédienne patentée.
— Mais tu l'as gardée quand même. Quelle veinarde, cette Lulu.
Seth jeta un coup d'œil à la chienne capable d'illuminer sa journée à chaque signe amical de sa queue.
— Le veinard, c'est moi. Elle a une sacrée personnalité. Et, comme elle a vécu tout un tas de péripéties lorsqu'elle était un animal de cinéma, elle ne recule jamais devant aucune expérience nouvelle. Elle est vraiment courageuse, cette chienne.
Là encore, c'était une qualité qu'elle partageait avec Fliss.
— Elle n'est pas labrador pur-sang ?
— Moitié labrador, moitié retriever.
Lulu sauta à bord d'un bond joyeux.
Toujours à quai, Fliss examinait le bateau de la proue à la poupe.
— Ce n'est pas celui que tu avais avant.

— Non, j'ai changé.

— Vous aviez un sloop. Un vrai petit bijou avec une coque en bois massif que ton père passait des week-ends entiers à restaurer. Il était toujours à la recherche d'une pièce de bois rare pour réparer un mât ou un bout-dehors. Il m'impressionnait, ton père. Tout avocat qu'il était, il avait les compétences d'un charpentier de marine.

— C'était sa passion, la voile. Et il était doué de ses mains. Quand il maniait le ciseau à bois, il évacuait tout le reste — le boulot, la ville, les tensions.

— Et qu'est-ce qu'il est devenu, votre sloop, alors ?

— Mon père l'a vendu. La pression de son travail est devenue plus forte. On n'avait plus le temps de l'entretenir.

Il ressentit une bouffée de nostalgie pour ses années d'adolescence où les journées se passaient sur l'eau et où le temps s'écoulait en douceur, rythmé par le claquement des drisses et le clapotis familier contre la coque.

— Le nouveau voilier est plus facile à manier. Et il est rapide.

Les yeux de Fliss brillèrent.

— Rapide comment ? On va se prendre une prune pour excès de vitesse ?

— Je suis sûr que tu adorerais ça.

— Ça mettrait un peu d'adrénaline, au moins. Il y a une éternité que je n'ai pas mis les pieds sur un bateau. Mon côté novice va peut-être poser problème ? Tu auras besoin de mon aide ?

— Je peux manœuvrer le bateau seul, s'il le faut. J'ai un système de foc auto-vireur et une bôme avec prise de ris automatique.

— Je n'ai aucune idée de ce que ça veut dire. Ce

qui prouve que j'ai déjà oublié le peu que tu m'avais appris.

— Tu n'as pas besoin de compétences particulières. Je te dirai ce qu'il faudra que tu fasses. Il te suffira de suivre mes instructions.

Il passa sur le voilier et installa la glacière.

— Tu crois que ce sera dans tes cordes de m'obéir ?

— S'il faut choisir entre obéir et chavirer, je pense que je n'aurais pas de problème pour choisir la première option. Tu sais être motivant quand tu veux.

Elle se tut et il vit une soudaine hésitation dans son regard. Son expression le fit changer de ton.

— Qu'est-ce qui se passe ? Tu as peur de te noyer ? Il n'y a pas beaucoup de risques, tu sais. Je suis un bon marin et tu peux mettre un gilet de sauvetage.

— Ce n'est pas ça.

— Quoi alors ?

Elle haussa les épaules.

— J'ai l'impression de… Avec toi, c'était une des activités que j'aimais le plus, avant.

C'était la première fois qu'elle faisait spontanément allusion à leur relation. Seth interrompit aussitôt ses rangements pour lui prêter sa pleine et entière attention.

Les vents et les marées pouvaient attendre. Si Fliss était prête à parler, il ne laisserait pas filer l'occasion.

— Les sorties en mer ?

— Les quelques fois où tu nous as tous emmenés sur ton sloop. J'adorais ça. Et j'aurais eu envie qu'on ne soit que tous les deux, mais…

Elle secoua la tête.

— OK, je pose la question cash : c'est quoi le plan, au juste ? Il s'agit d'un rancard ou tu me fais juste partager un sport que tu apprécies ?

— Appelle ça comme tu voudras. N'importe quelle

raison susceptible de te faire poser tes fesses dans ce bateau sera la bonne.

Il détendait l'atmosphère à dessein et eut la récompense de la voir sourire. Il adorait son sourire — la façon dont il lui soulevait juste un coin des lèvres et lui faisait briller les yeux.

— Je garde espoir que tu monteras à bord avant le coucher de soleil. Naturellement, si tu préfères t'abstenir, tu as toujours l'option sexe plus poker avec les copines de ta grand-mère. C'est au choix.

— Entre Charybde et Scylla ? Le tourbillon ou l'écueil ?

— Je suis quoi dans le scénario ? Le tourbillon ou l'écueil ? Je te sens mal à l'aise, tout à coup. C'est à cause de moi ?

C'était clairement *lui* qui inquiétait Fliss, bien plus que l'idée de sortir en mer.

— Le problème, c'est que je ne sais pas dans quoi je m'embarque. C'est comme entrer dans un jeu inconnu dont personne ne vous a fourni les règles. Je ne sais même pas ce que je fais ici, d'ailleurs... Oh et puis merde.

Elle souffla sur une mèche de cheveux qui lui tombait sur les yeux et sauta à bord d'un bond souple de féline.

— Allez, je réponds à l'appel de l'océan. On verra bien pour l'écueil et le tourbillon.

— N'oublie pas que je suis bon marin. Il y a moyen de passer entre les deux. J'imagine que, si tu es ici, c'est parce que tu en as envie ?

Il posa la main sur l'épaule de Fliss et vit son sourire vaciller.

— Pour répondre à ta question, Fliss : j'ai envie d'explorer des aspects de nous qu'on avait laissés de côté il y a dix ans, c'est tout. Il n'y a ni plan machiavélique ni règles préétablies.

Leurs regards se trouvèrent et le sourire fit son come-back.

— Tu crois que je vais avoir le mal de mer ?

— J'espère bien que non parce que j'ai une glacière pleine de choses à manger.

Il laissa retomber sa main. Elle repoussa les cheveux que le vent lui rabattait sur le visage et remit ses lunettes de soleil sur son nez.

— Évidemment que tu as une glacière pleine. Tu n'es pas un Carlyle pour rien. J'en conclus donc qu'il s'agit juste de profiter d'un après-midi en mer entre gens civilisés. Parfait. Je peux me dire que j'opère un choix judicieux en fuyant l'après-midi poker avec rediffusions de *Sex and the City*.

Il manœuvra pour sortir du port et ils se retrouvèrent dans la baie. À l'ouest, on distinguait nettement les deux pointes de la péninsule de Long Island. À leur droite, c'était le large, avec à distance la silhouette de Gardiner's Island.

Fliss se tenait à côté de lui, pieds écartés, contrebalançant d'instinct les mouvements du bateau.

— Je rêvais d'un moment comme celui-ci la première fois que tu m'as emmenée faire un tour à la voile. Tu ne peux pas imaginer comme j'enviais tout, chez toi. Ta famille, bien sûr. Mais aussi ton bateau. Être sur l'océan, c'était l'idée même que je me faisais de la liberté. Faire cap sur le large, loin toujours plus loin. Être libre de partir et de ne plus jamais, jamais revenir.

Ce n'était pas une option qu'il avait lui-même envisagée. Mais Fliss, elle, avait été tentée. Pour lui, l'été avait été une agréable échappée hors de la vie citadine. Pour elle, cela avait été une échappée hors de l'enfer.

— J'avais remarqué que tu me regardais. Tu étais toujours assise à la même place. Dans le sable, entre les dunes.

Elle tourna la tête.

— Tu me voyais ?

— Tout le monde te remarquait.

Il évalua le vent et ajusta les voiles.

— Même si je dois reconnaître que j'étais de tous celui qui te regardait le plus.

— C'est vrai ?

— Evidemment. Je flashais sur tes jambes. C'est aussi superficiel que ça.

— C'est tout ce qui t'intéressait chez moi ? Mes jambes ?

— Tes fesses sont pas mal aussi.

Elle lui donna une tape sur le bras.

— Et qu'est-ce qui te dit que ce n'était pas Harriet que tu matais comme ça ? À cette distance, c'était impossible de faire la différence entre nous.

— Si. Parce que, toi, tu étais toujours pieds nus. Où que tu ailles, on te voyait sans chaussures.

Elle sourit.

— Avoir les pieds nus, ça reste synonyme de liberté pour moi. Ça me rappelle la plage. Toujours. À la maison, je sème mes chaussures partout et ça fait râler Harriet quand elle se prend les pieds dedans.

Elle se tut un instant avant de reprendre :

— Je ne savais pas que tu m'avais remarquée. Je pensais que, pour toi, je faisais juste partie du lot. Que j'étais la petite sœur de Daniel et rien de plus. Tu étais toujours entouré de filles plus âgées que moi. À mes yeux, elles étaient très belles, très sûres d'elles, avec de super coupes de cheveux. Pas des éclopées de la vie comme moi.

Seth garda les yeux rivés sur la ligne d'horizon et choisit de ne pas rebondir sur sa dernière remarque, pariant sur l'hypothèse qu'elle parlerait plus facilement s'ils restaient dans un registre léger.

— J'avais l'œil sur toi, bien sûr. Tu croyais vraiment que je m'étais aperçu de ton existence pile le jour de ton dix-huitième anniversaire ?

— Avant ce jour-là, on se voyait toujours avec les autres de la bande.

— Il arrive que dans un groupe une personne vienne à se détacher et à prendre petit à petit une plus grande place. Pour moi, tu étais cette personne.

— À cause de mes jambes et de mes fesses ?

— Non. Pas pour ça.

Elle se tut et il se sentit frustré soudain de l'avoir emmenée en mer. Manœuvrer son bateau en solitaire exigeait une attention soutenue alors que c'était sur elle qu'il aurait voulu se concentrer, au physique comme au mental. Ce n'était pas la barre qu'il avait envie de sentir sous ses mains, c'était la femme.

Mais il était déterminé à maintenir le cap sur la parole. S'ils se touchaient maintenant, ils retrouveraient aussitôt l'ivresse de la passion physique, la folie aveugle du corps à corps. Et ils risqueraient de perdre ce qu'ils avaient commencé à construire, petit à petit, au fil des derniers jours.

— Je ne savais pas que tu t'intéressais à moi, murmura-t-elle.

— Ton frère avait remarqué, lui. Et il m'avait clairement dit « pas touche ». Tu avais déjà assez ramassé comme ça à la maison, m'avait-il mis en garde. Alors, c'était *niet*.

— Il t'a parlé de ce qui se passait chez nous ? Daniel ?

Elle avait l'air éberluée, comme si cette possibilité ne l'avait jamais effleurée.

— Daniel avait évoqué une ou deux fois le sujet avec moi, oui. Je me souviens d'un soir où on avait bu quelques bières sur le port et où il en avait gros sur la patate. Il disait que votre père préférait passer le temps du repas à s'escrimer sur toi et à te casser plutôt qu'à avaler son dîner.

Il avait écouté, révolté, les yeux rivés sur les mains crispées de Daniel, en se demandant quel genre d'homme pouvait s'amuser ainsi à torturer mentalement sa propre fille.

Fliss haussa les épaules.

— Daniel aurait voulu que je m'écrase, mais je ne pouvais pas me taire. Si j'avais accepté de la fermer, les scènes n'auraient sans doute pas duré aussi longtemps, mais c'était plus fort que moi. Harriet se cachait sous la table avec les mains sur les oreilles. Moi, je protestais, je réfutais, je m'insurgeais. Et plus je le contredisais, plus mon père montait dans les tours. Lui, il fallait qu'il gagne, qu'il ait le dernier mot et qu'il me réduise aux larmes. Mais je refusais de lui donner cette satisfaction.

Elle rit tout bas.

— Il y avait des jours où je me disais que j'allais imploser à force de me retenir de pleurer. Mais j'aurais préféré me briser de l'intérieur que de lui montrer qu'il avait réussi à me faire mal. Je suis têtue à ce point.

— Je savais que ce n'était pas joyeux chez toi, mais j'ignorais que c'était dur à ce point.

Découvrir ce qu'il en avait été ne l'amusait pas mais il préférait savoir. Il *voulait* savoir. Face à Fliss, il se sentait parfois comme devant un animal malade. Eux ne lui disaient pas où ils avaient mal. Alors il fallait chercher les indices. Mener une enquête patiente et trouver petit à petit les pièces du puzzle manquantes.

Fliss haussa les épaules.

— C'était comme ça chez nous et on faisait avec. Pour ma mère, je trouvais que c'était horrible, par contre. Elle se démenait tellement pour être sympa et compréhensive avec lui. Mais mon père ne lui rendait rien de son affection. C'était ça le plus démoralisant pour moi. J'ai compris qu'aimer ne suffisait pas. Il faut que l'autre t'aime aussi en retour et ça ne se commande pas, même si on le désire très fort... Mais, pour en revenir à Daniel, j'étais loin de me douter qu'il t'avait parlé de la situation chez nous.

— Pourquoi pas ? On était amis, lui et moi. Assez proches, même.

— Jusqu'à ce que je vienne détruire votre amitié.

— Ton frère se sentait investi d'une mission envers toi. Comme si c'était à lui d'assurer une protection que ton père ne t'offrait pas. Je ne peux pas lui en vouloir d'avoir eu ce sens aigu des responsabilités envers Harriet et toi. Il était convaincu que je t'avais fait du tort.

Et Daniel avait vu juste, dans un sens.

Il avait bel et bien fait du tort à Fliss.

Pas intentionnellement, mais les dégâts étaient là quand même.

Profitant d'un bon vent portant, il gardait les yeux fixés sur l'horizon. D'autres voiliers glissaient dans la baie, par deux ou par trois, chevauchant les vagues. C'étaient les bateaux de luxe, les pur-sang de la mer, qui disparaîtraient dès la fin de la saison estivale. Lorsque le temps se rafraîchirait et que les vents cinglants fouetteraient l'océan, ils seraient remplacés par des bateaux de pêche chargés de filets et de coffres à glace.

Fliss émit un son irrité.

— Je n'avais pas besoin de mon frère pour jouer le bon père de famille et décider de ma vie affective et sexuelle. Mais je m'en suis toujours voulu d'avoir détruit votre amitié.

— Tu n'y peux rien. C'est ma faute si ça s'est mal passé avec Daniel.

Ils glissaient sur les vagues presque sans bruit. Il ajusta les voiles et sentit le bateau réagir sous ses mains et prendre de la vitesse.

— Ma faute, reprit-il, et aussi la sienne puisqu'il a refusé de m'écouter. Mais il n'y avait pas moyen de lui faire entendre raison, tellement il était déterminé à placer toutes sortes de barrières de protection autour de toi.

— Je sais. Il n'a pas changé, d'ailleurs. Tu sais qu'il va bientôt se marier ? Ils n'ont pas encore fixé de date, mais c'est du solide entre eux.

— Une fille qui s'appelle Molly ? Je l'ai vue avec Daniel et un dalmatien malade qu'ils venaient faire soigner.

— Oui, c'est elle. Elle a un effet super positif sur Daniel. Je ne l'ai encore jamais vu comme ça, mon frère. Elle fait émerger des qualités en lui que je n'aurais jamais imaginées. C'est étonnant.

— L'amour est censé rendre les gens meilleurs, non ?

Il traversa jusqu'à Gardiner's Island, orienta le bateau face au vent et jeta l'ancre.

— Attrape la glacière. J'ai dévalisé le traiteur en rentrant de la clinique. Il y a du poulet froid, un assortiment de salades et un pain tout frais au levain.

— On va pique-niquer sur l'île ?

— Non, on reste à bord.

Les yeux de Fliss brillèrent.

— Mais on pourrait piquer une tête, non ?

— Tu as apporté un maillot ?

— Crois-moi si tu veux, mais j'en ai enfilé un sous mes vêtements. J'ai promis à Harriet de ne me livrer à aucune action indécente.

— Quel dommage.

Il lui tendit une assiette.

— Si j'avais su, j'aurais embarqué une autre nana. Tu es devenue si sage.

— Exactement. On ne fait pas plus guindée et convenue que moi. Mais il est trop tard pour que tu te débarrasses de moi et j'ai bien l'intention de profiter pleinement de ce pique-nique royal.

— Et ta grand-mère, elle mange quoi ce soir ?

— Sois sans crainte, ce n'est pas moi qui ai cuisiné. Ses amies ont apporté le nécessaire. Dora a débarqué avec un énorme plat de je ne sais pas quoi, mais il y en a assez pour nourrir tous les Hamptons. J'ai décidé que je voulais vivre comme elles lorsque j'aurai quatre-vingt-dix ans.

Elle s'assit, allongea les jambes et offrit son visage au soleil.

— À cet âge-là, je serai mûre pour avoir une super bande de copines fofolles prêtes à parler de tout, même de sexe, et disposées à me nourrir de surcroît. Pendant un temps, je me demandais pourquoi Grams voulait à tout prix rester vivre ici, mais maintenant je comprends.

Seth répartit les provisions entre leurs deux assiettes.

— Dora ? Elle a un labrador chocolat qui s'appelle Darcy, c'est ça ?

— C'est elle, oui.

Elle prit une bouchée de poulet et ronronna comme une chatte.

— Hum... C'est délicieux.

— Je connais tout le monde ici, ou presque. Darcy fait partie de mes fidèles patients et il a un bon tempérament.

— Tant mieux. Parce qu'à partir de demain je le promène deux fois par jour.

— Ça te fait déjà trois chiens à sortir régulièrement.

Puisque tu veux développer ton activité, tu devrais peut-être prévoir une antenne dans les Hamptons ?

Fliss déglutit et le regarda fixement.

— Je crois qu'il y a déjà pas mal de concurrence ici.

— Oui, mais surtout en version chienchien de luxe. On va te proposer d'offrir une thalasso à ton caniche ou d'emmener ton lévrier afghan en hélicoptère à Manhattan. Je parie qu'il y a des gens ici qui seraient ravis de bénéficier d'un service classique et de qualité comme celui qu'offrent les Woof Rangers. Et pour ceux qui font des allers et retours réguliers entre Manhattan et ici, cela permettrait de bénéficier d'une continuité, à la fois pour le chien et pour ses maîtres.

Elle se resservit en poulet.

— Pourquoi pas, au fond ? L'idée que je pouvais officialiser mon activité ici ne m'avait pas traversé l'esprit. Enfin... Mes clients du coin me paient, bien sûr, mais je n'avais pas songé à en faire quelque chose de permanent.

Sourcils légèrement froncés, elle se lécha les doigts.

— Non, ce serait trop compliqué, reprit-elle. Je ne sais pas combien de temps je vais rester, mais cela ne dépassera pas quelques semaines.

— À Manhattan, tu ne te charges pas toi-même de promener tous les chiens. Il suffirait que tu recrutes.

— Et ça, c'est moins simple qu'il n'y paraît car il me faut des promeneurs cent pour cent fiables. Tu connais quelqu'un qui pourrait être intéressé ?

— Je suis à peu près certain que mon auxiliaire vétérinaire offrirait volontiers ses services. Elle adore les chiens et je sais qu'elle aimerait arrondir un peu ses fins de mois. Deux de ses amies ne bossent qu'à mi-temps et voudraient compléter leurs revenus. Je peux demander autour de moi, si tu veux.

Fliss grignota un morceau de pain d'un air pensif.

— Merci. Ouvrir une antenne ici serait peut-être une solution intéressante, après tout. Tu crois que je pourrais recruter un nombre suffisant de promeneurs de chien et organiser et planifier tout ça à partir de Manhattan ?

— Pourquoi pas ? Tu ne fais pas tout toi-même à New York, si ?

— Non. Mais il nous a fallu pas mal de temps pour constituer une équipe solide.

— Commence petit et démarre en douceur. Vois ce que ça donne. Si ça ne marche pas, ça ne marche pas.

Ils continuèrent de peser les pour et les contre du projet tout en terminant leur pique-nique. Fliss, petit à petit, se prenait au jeu.

— Il faut que je procède à quelques calculs rapides de données.

Elle s'essuya les mains et sortit son téléphone de son sac pour prendre des notes.

— Tu crois qu'il y aurait moyen de connaître le nombre approximatif de propriétaires de chiens par ici ? Je tenterai d'évaluer combien d'entre eux pourraient être susceptibles d'avoir recours aux services d'un promeneur de chien fiable.

— Les chiens ici, ce n'est pas ce qui manque. Si tu passes me voir à la clinique demain, je pourrai te filer quelques données. Il y a d'autres cabinets vétérinaires que le nôtre, bien sûr, mais cela te donnera déjà une idée.

— Il y aurait moyen de mettre une pub sur ton panneau d'affichage ?

— Bien sûr.

— Rien qu'en promenant les chiens de toutes les copines de ma grand-mère je pourrais déjà faire mon chiffre d'affaires, j'ai l'impression.

— Tiens à propos, si tu te balades avec Darcy,

pense à vérifier qu'il n'a pas un collier connecté avec fonction vidéo.

Fliss éclata de rire.

— Tu crois que Dora pourrait s'en servir comme d'un chien d'espionnage ? Pour filmer ma vie amoureuse ? Intéressant, comme idée.

— La curiosité est reine ici. Les gens veulent tout savoir et estiment que c'est leur droit d'extorquer une information par tous les moyens, y compris et surtout lorsqu'elle leur paraît croustillante. Dora ne t'a pas posé de questions ?

— Elles m'ont toutes soumise à une véritable inquisition. Je suis cuite comme un rôti tellement elles m'ont cuisinée sans merci. Elles voulaient absolument tout savoir à ton sujet.

La connaissant, il doutait fort qu'elles aient réussi à lui arracher grand-chose.

— Tu leur as dit quoi, alors ?

— Qu'il ne se passait rien entre nous. C'est la vérité, d'ailleurs.

Le regard de Fliss vacilla un instant avant de soutenir le sien.

— Elles te trouvent bandant, entre parenthèses.

Seth faillit basculer du plat-bord où il était assis.

— Pardon ?

— D'après elles, tu es ce qui se fait de mieux dans tous les Hamptons en matière de mâle non maqué. Et ce n'est pas rien, semble-t-il.

Elle l'examina d'un œil clinique.

— Martha flashe sur le relief de tes épaules. Dora ne jure que par tes bras splendides. Et Rita évoque tes cils avec le plus grand lyrisme.

— Mes *cils* ?

— Va comprendre. Je me demande ce qu'elles te

trouvent. Personnellement, j'ai toujours été aveugle à tes charmes.

Il adorait son humour. Le fait qu'elle l'ait retrouvé avec lui indiquait qu'elle était déjà beaucoup plus détendue.

— OK. Donc toutes les fois où on a fait l'amour...

— Je n'ai aucun souvenir de sexe avec toi. Tu dois me confondre avec quelqu'un d'autre.

— Ça doit être ça, oui. Je te mélange avec la jolie blonde qui faisait le mur la nuit en s'évadant par la fenêtre de la cuisine parce que la porte de derrière faisait un bruit terrible.

— Ah vraiment ? Elle avait un comportement un peu limite, ta blonde. Tu aurais mieux fait de l'éviter.

— On avait du mal à se décoller l'un de l'autre, souviens-toi.

Mais plus tard, quand les choses avaient mal tourné, il n'avait pas su la coller assez.

Ils avaient tout fait de travers, Fliss et lui, songea-t-il.

Il se leva pour ranger les restes de leur pique-nique. Tout en lui prêtant main-forte, elle revint à la charge.

— Je considère que c'était purement hormonal entre nous, tu sais.

Il stocka la salade dans la glacière.

— Hormonal ? Tu veux dire que tu aurais fait la même chose avec n'importe qui d'autre ?

— Probablement, oui. Nous les *badass* rebelles, on s'envoie en l'air avec ce qui nous tombe sous la main.

— Donc j'étais juste au bon endroit au bon moment.

— Il y avait de ça, oui. Sans parler du besoin adolescent d'expérimenter. J'ai été un élément négatif dans ta vie, Seth.

Il décida que ce n'était pas le moment de la contredire sur ce point. Réprimant un élan aigu de désir, il manœuvra pour repartir.

— Il est temps de rentrer, si on ne veut pas avoir de problèmes avec la marée.

— J'avoue que je ne suis pas pressée. Si j'arrive chez ma grand-mère avant le départ de ses copines, j'aurai droit à un déchaînement de questions. Et je ne suis pas certaine d'avoir la force morale de traverser cette épreuve.

Il leva l'ancre.

— Il y a de quoi trembler dans ses bottes, en effet. Après ce que tu viens de me dire, je vais avoir du mal à regarder ces dames droit dans les yeux.

— Crois-moi, elles ne se rendront pas compte que tu évites leur regard. Ce ne sont pas tes yeux qui les intéressent. Les Princesses du Poker en ont après ton corps. À l'exception de Rita qui fétichise tes cils.

— Stop. Je frémis.

Il se concentra sur la navigation pour les ramener au port. Fliss s'enfonça un bob sur la tête.

— Tu commences à te faire une idée de ce que j'ai vécu en leur compagnie. Ah, et j'oubliais ! Elles lisent un roman de Matilda dans le cadre de leur groupe de lecture.

— C'est plutôt sympa de leur part de soutenir une auteure locale.

— Tu as lu les romans de Matilda ?

— J'avoue que non.

Il retraversa la baie, apaisé par le son familier des vagues frappant la coque. La soirée était lumineuse et des voiles en mouvement se détachaient encore sur la ligne fragile de l'horizon.

— J'ai cru comprendre qu'ils étaient destinés à un public féminin, reprit-il. Je suis plutôt thrillers ou polars.

— Féminins ou non, ils sont assez sexe, les bouquins de Matilda.

— On dirait que tu viens de découvrir ta grand-mère sous un nouveau jour.

— Je ne te le fais pas dire. Je me suis aperçue qu'il y avait un tas de choses que j'ignorais au sujet de Grams.

— Qu'est-ce qui t'a surpris le plus ? Qu'elle lise les romans porno de Matilda ou qu'elle joue au poker pour de l'argent ?

Elle garda le silence un instant, le regard songeur.

— La plus grande surprise de toutes a été d'apprendre qu'elle était fière de moi. Ça m'a prise de court.

Il tourna la tête vers elle, mais son profil restait indéchiffrable.

— Tu ne savais pas que ta grand-mère était fière de toi ?

— Non. Je n'avais pas imaginé ça un seul instant. Pourquoi l'aurait-elle été, après tout ?

Sa question le surprit.

— Une grand-mère reste une grand-mère. Être fière de ses petits-enfants, ça fait partie de ses fonctions de base, non ?

Il vit alors l'expression de Fliss et se souvint que, dans la famille de celle-ci, les évidences habituelles n'avaient pas toujours cours. C'était bien ce qui avait posé problème entre eux, d'ailleurs. Avec elle, il s'était retrouvé en pays inconnu, sans carte ni boussole et sans dictionnaire.

— Désolé. Je suis encore tombé dans les généralisations abusives, c'est ça ?

— Ne sois pas désolé. Tu n'es pas obligé de prendre des gants avec moi, Seth. La vérité, c'est que je ne lui ai donné aucune raison d'être fière de moi.

Sa réponse lui serra la poitrine.

Croyait-elle vraiment ce qu'elle disait ?

— Je suis persuadé du contraire.

— C'est là que tu te trompes. J'étais un élément perturbateur, dans la famille. Ça partait tout le temps en *live* à cause de moi.

Seth hésita. Jusqu'où pouvait-il aller dans sa réponse ?

— Tu endossais le rôle de l'élément perturbateur, comme tu dis, pour détourner l'attention de ta sœur.

Elle tourna la tête en sursaut.

— Pardon ?

— Tu te débrouillais pour garder l'attention de ton père dirigée sur toi pour éviter qu'il ne s'en prenne à Harriet.

— C'est Daniel qui t'a dit ça ?

— Il se peut qu'il l'ait mentionné, oui. Mais ce n'était pas difficile à deviner. Tu t'interposais toujours pour protéger Harriet. Physiquement, quand la nécessité s'en faisait sentir. Mais j'imagine qu'avec ton père tu avais d'autres tactiques. Tu jouais les paratonnerres pour dévier les foudres paternelles sur toi.

Il attendit, convaincu qu'elle allait nier. Se fermer et le rejeter comme elle l'avait toujours fait.

Mais elle rit tout bas.

— Tu as raison. C'était ma méthode. Et ça marchait.

— Maintenant que c'est établi et reconnu, on pourrait peut-être décider une fois pour toutes que tu n'es pas la « mauvaise jumelle ». Je déteste quand tu dis ça. Ce n'est pas du tout la réalité. Et ce n'est certainement pas l'image que j'ai de toi.

— C'étaient ses mots à lui, pas les miens.

Seth gardait les mains crispées sur la barre de gouvernail et ses yeux fixés sur le port.

— Il ne savait pas ce qu'il disait.

— *Si*, il savait. Il savait ce qu'il fallait dire pour me blesser. Et, une fois qu'il avait ouvert une plaie, il s'y entendait pour y mettre le sel nécessaire. Au bout d'un moment, j'ai fini par accepter qu'il me critique quoi que je fasse et je n'ai même plus essayé de me conformer à ses attentes. Tant qu'il laissait Harriet tranquille, ça m'allait très bien de vivre cette guerre de tranchées.

— Et tu t'étonnes que ta grand-mère soit fière de toi ? Comment elle te l'a fait comprendre ? Elle te l'a dit directement ?

— Non. Ce sont ses amies, en fait. Elles ont commencé à taquiner Grams. À réciter en chœur certaines expressions qu'elle utilise pour parler de moi. Elles avaient l'air de dire que Grams n'arrête pas de leur seriner les mêmes choses à mon sujet. Au début, je croyais qu'elles voulaient parler de Harriet. Normalement, lorsqu'il y a des compliments dans l'air, c'est à ma sœur qu'ils s'adressent… Et ça ne me pose aucun problème, d'ailleurs, se hâta-t-elle de préciser. Elle les mérite amplement.

— Tout comme tu les mérites aussi, pour des milliers de raisons. Et tout particulièrement pour le courage avec lequel tu t'es toujours interposée pour la défendre.

— Je ne le faisais pas pour qu'on me complimente, mais parce que j'aime ma jumelle et que je ne supportais pas que mon père la torture. Harriet avait un gros, gros problème de bégaiement quand elle était petite. Plus il hurlait, plus ses difficultés d'élocution s'accentuaient et plus sa confiance en elle s'effondrait. C'était un cercle vicieux et ça n'en finissait pas…

Seth entendit la douleur à peine contenue dans la voix de Fliss.

— Et maintenant ?

— Depuis deux ans, elle ne bégaie plus.

Il vit ses yeux se remplir de tendresse.

— Nous avons un super réseau d'amis, un appart

sympa même si une pièce de plus ne serait pas de trop, et elle adore son métier.

— ... Qu'elle peut exercer grâce à toi.

C'était probablement aussi grâce à Fliss qu'elles pouvaient payer leur loyer tous les mois.

— Tu es l'élément moteur, Fliss.

— Sur certains plans, oui. Sur d'autres, non. Nous sommes très complémentaires. Et Harriet est plus solide qu'il n'y paraît. Elle aurait peut-être pédalé un peu dans la semoule si elle avait dû monter notre activité seule, mais les Woof Rangers ne tourneraient pas sans elle. Elle est merveilleuse avec les animaux. Nos clients l'adorent et leurs chiens la portent aux nues.

Se rendait-elle seulement compte à quel point elle faisait passer sa sœur avant elle ? Au premier signe de danger, à la moindre menace, Fliss se posait comme un bouclier devant Harriet. Et il avait l'impression qu'elle le faisait par automatisme, sans même s'en apercevoir.

— Tu t'es demandé parfois ce qu'aurait été ta relation avec ton père si tu n'avais pas toujours protégé Harriet ?

— Cela n'aurait rien changé.

Elle laissa passer un bref silence.

— J'ai fini par comprendre que cela ne venait pas de nous mais de lui. Il était habité par une colère permanente qui le rendait inaccessible. Je n'ai jamais attendu de lui qu'il soit fier de moi. En fait, je n'attendais de reconnaissance de personne. Donc quand Grams a dit ça, tout à l'heure, j'ai eu l'impression que quelqu'un m'avait enfoncé une balle de tennis dans la gorge. Je ne pouvais plus déglutir ni respirer.

Elle fronça les sourcils.

— Il a fallu que je vienne ici pour me rendre compte

que j'ignorais à peu près tout de ma grand-mère. Il y a des quantités de questions que j'ai envie de lui poser.

Il s'adossa aux lisses et vit les rayons mourants du soleil jouer sur le visage et dans la chevelure de Fliss.

— Quel genre de questions ?

— J'aimerais qu'elle m'explique, pour ma mère. Qu'elle me dise pourquoi elle s'est acharnée à maintenir son couple en survie artificielle alors qu'il était clairement voué à l'échec dès le départ. Je voudrais comprendre pourquoi mon père qui la supportait si mal n'a jamais accepté de la laisser partir. Il s'est même servi de nous pour lui faire du chantage et la retenir. Mais *pourquoi* ? C'est maso, non ? Ils auraient pu refaire leur vie chacun de leur côté. Se donner une chance d'être heureux !

— Tu n'as jamais abordé ces questions avec ta mère ?

— Harriet a essayé une fois ou deux. Mais notre mère refuse de revenir sur ses années de mariage avec notre père. Elle dit qu'elle veut penser à l'avenir et que, de toute façon, le passé n'est plus. Je peux comprendre qu'elle n'ait pas envie de remuer tout ça maintenant. C'est un signe de sagesse, non, de savoir vivre dans le présent ?

Elle lui adressa un sourire vaguement inquiet.

— En parlant du présent, dit-elle, qu'est-ce que je leur dis, moi, à ma horde de nonagénaires en furie, quand je rentrerai à la maison ?

— Peut-être qu'elles ne s'intéresseront pas trop aux détails.

— Tu rigoles ? Tout à l'heure déjà, elles voulaient savoir si tu embrassais bien ou non.

La réaction de Seth oscillait entre l'amusement et l'effroi.

— Carrément ? Et tu leur as répondu quoi ?

— Que je n'en avais gardé aucun souvenir.

La réaction de Seth fut purement réflexe : il la saisit par la taille et l'attira contre lui. Fliss ne s'y attendait pas, de toute évidence, car elle perdit l'équilibre et percuta son torse avec un son mat et une exclamation de surprise. L'espace d'un instant, l'univers entier se résuma à l'odeur de sa peau, à la douceur des cheveux de Fliss contre sa joue. Sa dernière pensée cohérente fut que, si son projet avait été de garder ses distances, il venait de commettre une grossière erreur. Mais trop tard. Il l'embrassait déjà. Ou était-ce elle qui l'embrassait lui ? Tout se confondait dans un méli-mélo confus de mains, de lèvres, de langues et de désir — le sien et celui de Fliss à parts égales, comme il en avait toujours été entre eux. Tout dans leur baiser était marqué par l'urgence. Une remontée sauvage, brûlante, d'une dépendance sensuelle réciproque, à travers laquelle il ressentait confusément le plaisir presque triomphant de la tenir de nouveau dans ses bras, de retrouver le goût unique de leurs baisers. Ce qu'il ressentait à présent, il ne l'avait jamais ressenti qu'avec elle. Tout était exacerbé. Plus intense. Au creux de sa main, il cueillit la courbe fragile d'un sein et le battement effréné d'un cœur. Mais déjà, cela ne suffisait plus. Comme ils voulaient plus, l'un et l'autre, il s'attaqua au T-shirt de Fliss et la sentit s'en prendre au sien. Elle était pour lui l'irrésistibilité faite femme et il désirait chaque centimètre de sa peau, tiède et délicate sous ses doigts. Sa bouche avait le goût grisant du plaisir — le goût d'un appel à aller plus loin. Une déflagration de désir le parcourut, comme les flammes d'un incendie embrasent une forêt trop sèche. Il ne ressentait plus que le besoin impérieux de la déshabiller tout à fait et de se laisser tomber avec elle sur le pont de son bateau qui partait à la dérive. Et tant pis pour les conséquences.

Sauf que...

Sauf qu'ils avaient envoyé toute prudence au tapis la dernière fois et qu'il avait passé des années à le regretter par la suite. S'ils poursuivaient sur cette lancée, ce serait retour à la case départ et tout recommencerait comme avant. Sachant que la passion physique entre eux n'avait pas suffi à préserver leur relation.

Il se fit violence pour arracher ses lèvres des siennes, remettre le top de Fliss en place et l'écarter de lui pour se concentrer sur sa trajectoire en mer.

Même physiquement détaché d'elle, il lui fallut un moment pour recouvrer son équilibre et reprendre son bateau en mains.

Fliss n'avait pas la tête beaucoup plus claire car elle se rattrapa aux lisses avant de tourner un visage hébété vers lui. Elle repoussa d'une main tremblante les cheveux qui lui tombaient sur les yeux.

— Qu'est-ce qui t'a pris ? Pourquoi tu as fait ça ?

Bonne question.

Il dut faire un gros effort de réflexion pour lui concocter une réponse qui ne la ferait pas fuir.

— Comme ta mémoire était en panne, j'ai pensé qu'une petite piqûre de rappel t'aiderait à répondre aux questions des copines de ta grand-mère.

Oui, bien sûr. Très convaincant.

— Et tu crois que c'est malin ? Je ne sais pas à quel jeu tu joues, là, Seth, mais je ne trouve pas ça drôle !

Elle porta un doigt à ses lèvres comme si la marque de leur baiser y était encore sensible.

Lui aussi gardait en lui la trace vivante de leur baiser. Il le sentait sur sa bouche. Dans ses os. Dans son cœur.

— Peut-être que je ne suis pas l'éternel mec correct,

gentil et propre sur lui que tu t'es toujours appliqué à voir en moi, Fliss.

— Et ça veut dire quoi ? Que tu as envie qu'on remette ça ? Une seconde histoire de fesses, style « Un été torride dans les Hamptons, seconde saison, dix ans plus tard » ? Une nouvelle passade à vivre purement dans le présent ?

Il ajusta son cap.

— Non, ce n'est pas ce que je veux.

Cette fois, il voulait plus que le présent. Il voulait un avenir.

— Le sexe, ça occulte parfois un peu trop les enjeux. Je ne veux pas un remake de ce qu'on a vécu il y a dix ans.

— Un remake ? Quel remake ? Il n'y a plus rien entre nous, Seth.

— Ah non ?

Maintenant une main sur la barre, il se servit de son bras libre pour attirer Fliss plus près et la maintint ainsi un instant, les yeux dans les yeux, avec leurs lèvres qui se touchaient presque.

— Il y a au moins un point sur lequel je veux être clair : si j'ai mis fin à ce baiser, ce n'est *pas* parce que j'ai peur d'en prendre de nouveau plein la figure. Je me suis arrêté parce que, cette fois-ci entre nous, je ne veux pas que le sexe soit au centre de tout.

Il se hâta de la relâcher et reporta toute son attention sur son pilotage pour ne pas sortir de la passe en eau profonde à l'ouest de Cedar Point.

Sag Harbor était encombré et il se tut, l'esprit entièrement réquisitionné par les manœuvres de port.

Son *timing*, comme d'habitude, avait été archi-nul.

Mais peut-être qu'avec Fliss il n'y aurait jamais de moment idéal pour dire les choses. Et que, s'il attendait trop longtemps pour lui parler vraiment, elle lui filerait entre les doigts.

Il l'avait perdue une fois. Et ne se sentait pas prêt à revivre une seconde rupture prématurée.

Attentif aux courants et aux conditions de vent, il négocia l'entrée du yacht-club, installa les pare-battages et prépara ses amarres, puis vira pour se glisser entre les deux pontons.

Fliss n'avait toujours pas prononcé un mot.

Lulu remua la queue, bondit sur le catway et attendit.

Fliss n'avait toujours pas esquissé un seul mouvement.

Lorsqu'elle parla enfin, sa voix rendit un son rauque, presque cassé, comme si elle sortait d'une mauvaise grippe.

— Tu veux dire quoi par : « Le sexe ne doit pas être au centre de tout » ?

— Je sens qu'il y a encore autre chose à explorer entre nous, Fliss. Une attirance. Des sentiments.

Il n'avait pas eu l'intention de le lui dire. Pas tout de suite, en tout cas. Le yacht-club bourdonnait d'activité, mais ce n'était pas seulement le fait qu'ils se trouvaient en public. Il était surtout trop tôt pour mettre ses sentiments sur le tapis. Mais les mots avaient été lâchés et il n'y avait plus de retour en arrière possible.

Fliss ouvrit la bouche et la referma. Il en conclut qu'au point où il en était il pouvait tout aussi bien continuer à parler :

— Le sexe, ça marchait à fond entre nous. Mais la passion physique jetait un voile d'oubli sur tout le reste. Et d'une certaine façon, elle nous éloignait l'un de l'autre.

— On ne peut pourtant pas dire que...

— Physiquement, on était toujours collés ensemble, oui. Mais il y a d'autres façons d'être proches. D'autres voies à suivre. Celles qui font qu'un couple restera soudé même lorsque les circonstances se compliquent. Une de ces voies, c'est la parole. Se dire les choses. Se confier. Ce qui n'était pas toujours le cas pour toi. Les jours fastes, j'avais accès à dix petits pour cent de ce qui se passait dans ta tête. Cette fois-ci, je vise quatre-vingt-dix pour cent. Et tu pourras garder les dix pour cent restants rien que pour toi.

Il la vit déglutir avec peine.

— C'est insensé, ce que tu dis. Tu voudrais qu'on recommence après ce qui s'est passé ? Il faudrait être fous.

Peut-être. Mais le fait d'être séparé d'elle le rendait fou aussi.

— Pourquoi insensé ?

Elle secoua la tête.

— C'est fini, Seth. Terminé. C'est trop tard.

— Trop tard pour renouer avec ce qu'il y avait entre nous il y a dix ans. Mais ce n'est pas un retour en arrière que je veux.

Dans son regard, il vit une flambée de panique.

— Tu veux *quoi* alors ?

Il en voulait plus qu'avant. Il voulait tout.

— Je veux passer du temps avec toi. Et cette fois, on reste habillés.

— Je ne suis plus la personne que j'étais il y a dix ans.

— Moi non plus. J'ai gagné en maturité.

Elle se passa la pointe de la langue sur les lèvres.

— Tu ne sais même pas qui je suis, Seth.

— J'en ai plus appris sur toi au cours de la semaine passée que durant les longs étés brûlants d'antan.

— Pendant la moitié de la semaine en question, j'ai fait mine d'être Harriet.

— Ce qui en soi, déjà, disait beaucoup de choses.

Cela m'a permis de découvrir que tu continues de te cacher lorsque tu as peur. J'ai pu en conclure aussi que je ne suis pas le seul de nous deux à avoir encore des sentiments. Tu en ressens aussi.

— Evidemment que je ressens des trucs ! L'irritation, la confusion, la...

— Des sentiments pour moi, je veux dire.

Cette affirmation la réduisit au silence.

— Si tu n'en avais pas eu, tu ne te serais pas mise dans cette situation impossible rien que pour éviter de m'affronter sous ton vrai nom.

— Je me sentais coupable. Je n'étais même pas certaine que tu accepterais de me voir. D'une certaine façon, je te protégeais.

— Et tu te protégeais toi par la même occasion.

Elle prit une courte inspiration tremblante.

— C'est logique, non ? On s'est fait du mal, toi et moi. Beaucoup de mal, même. Alors, OK, il y a eu des malentendus, des quiproquos, des mauvais *timings*, mais il reste que ça a été dur — *trop* dur. Alors sois gentil et oublie la touche « Replay », d'accord ?

Juste là, en la regardant, il eut un aperçu fugitif de ce par quoi elle était passée en termes de souffrance dix ans plus tôt.

— Nos erreurs passées ont leur utilité, dit-il doucement. On sait maintenant ce qu'il ne faudra pas refaire la prochaine fois.

— Il n'y aura pas de prochaine fois pour nous. Ni présent ni avenir. Juste un passé.

Elle rassembla ses affaires, tellement pressée de quitter le bateau qu'elle manqua s'emmêler les pieds.

— Fliss...

— Désolée de te décevoir, mais je ne repars pas pour un second tour, Seth. Ce sera sans moi.

Elle s'éloigna si vite sur le ponton qu'elle courait

presque, les semelles de ses baskets claquant sur les lattes en bois. Il suivit sa fuite des yeux.

Tourne la tête, Fliss. Regarde-moi au moins une fois.

Mais elle se ruait en avant sans rien voir. Elle continua de courir, heurtant quelques personnes au passage dans sa hâte de mettre de la distance entre eux.

Lulu leva les yeux vers lui et poussa un aboiement bref.

— Oui, je sais. Elle est partie sans m'avoir laissé le temps de lancer ma proposition suivante où il était question de partager une bouteille de champagne en regardant le soleil se coucher. Il y a eu un petit dérapage au niveau du programme.

Il n'avait pas eu l'intention de l'embrasser, déjà, pour commencer. Et sûrement pas sur l'eau, alors qu'il était censé les ramener sains et saufs au port.

Et maintenant, elle allait probablement recommencer à se cacher dès qu'elle le verrait approcher. Peut-être même qu'elle repartirait directement pour Manhattan.

Avec un profond soupir, il sauta sur le ponton.

Lulu lui lécha la main. Compatissante.

Il leva les yeux une dernière fois et vit Fliss ralentir le pas à l'entrée du port et tourner rapidement la tête par-dessus l'épaule.

Il croisa son regard et ne le lâcha plus.

Elle demeura immobile quelques secondes, comme liée à lui par un fil ténu, invisible. Puis elle se détourna de nouveau, ses cheveux d'or clair lui balayant le dos, et elle disparut de sa vue.

Seth esquissa un sourire.

— Pas sûr que je me sois planté tant que ça, finalement.

Peut-être qu'il avait juste posé un premier jalon nécessaire.

Chapitre 15

Il l'avait embrassée ! De quel droit, mais de *quel droit* avait-il fait une chose pareille ?

La colère la consumait, la brûlait au fer rouge, la remplissait tout entière d'une furieuse incandescence. Elle lui en voulait à mort. Et puis quelque part sous la colère affleurait une grande confusion. Et quelque chose qui ressemblait à de la peur.

Il pensait sérieusement qu'ils pourraient se remettre ensemble ? Après ce qu'ils avaient enduré la dernière fois ? Avait-il la moindre idée de la détresse abyssale qu'elle avait traversée ? Comment pouvait-il imaginer, ne serait-ce qu'une seule seconde, qu'elle accepterait d'en repasser par là une seconde fois ?

Stupide. Bonne à rien. Il faudrait vraiment qu'elle soit aussi idiote que l'affirmait son père si elle se jetait de nouveau devant ce même train qui l'avait déjà aplatie une première fois.

Le visage crispé par la colère, elle courait sur le chemin, ses pieds martelant le sol.

Elle aurait pu appeler un taxi mais elle était trop tendue, trop furieuse.

Non, sérieux, c'était une relation *amoureuse* qu'il visait ? Repartir de zéro, bien tranquillement ? Comme s'ils avaient juste échangé un signe d'adieu amical, il y a dix ans, en tombant d'accord pour s'accorder une petite « décennie sabbatique ». Comme s'il n'y avait pas eu ce sentiment d'arrachement, cette douleur constante dans le cœur, à chaque instant, à chaque minute, toutes ces années durant !

L'idée de replonger dans cet abîme la tétanisait de peur.

Pour le moment, elle ne voulait surtout pas d'un mec dans sa vie.

Pour le moment, elle n'avait qu'une envie, c'était de le pousser à l'eau et de le noyer.

Seth avait-il fait exprès de l'embrasser ? Oui, c'était probablement une stratégie délibérée de sa part. Il savait que, dès qu'il l'embrassait, son cerveau se liquéfiait. C'était une attaque surprise qu'il avait orchestrée à dessein. Il l'avait embrassée, puis relâchée sans prévenir, et l'avait laissée là, à mariner dans son jus — le jus bouillonnant de ses hormones en folie.

Un coup bas de la part de Seth. Très bas, même.

Ulcérée et marmonnant tout haut, elle poussa la porte de la maison de sa grand-mère.

Les quatre autres Princesses du Poker étaient-elles reparties, au moins ? Elle l'espérait de tout cœur car elle n'était pas d'humeur à leur livrer un compte rendu détaillé de sa sortie avec Seth. Et pas sûre de réussir à arborer l'expression extatique de la fille enchantée par son « rendez-vous galant ».

Un son léger lui parvint de la cuisine mais aucun bruit de conversation. Elle entra et trouva sa grand-mère assise la tête entre les mains.

— Grams ?

Oubliant ses propres problèmes, elle laissa tomber son sac par terre et se précipita vers elle.

— Qu'est-ce qui se passe ? Où sont tes amies ?

Sa grand-mère releva la tête.

— Il y a déjà un certain temps qu'elles sont parties. On a passé un très bon moment, mais je n'ai pas trouvé l'énergie de traîner ma vieille carcasse jusqu'au living. Ne t'inquiète pas pour moi.

— Bien sûr que si, je m'inquiète pour toi.

— Ils ont dit que c'était normal d'être fatiguée après une blessure à la tête.

— Ils ont dit aussi que tu devais te reposer. Tu veux que je t'aide à te coucher ?

— Il est beaucoup trop tôt pour que tu me colles au lit. Je ne suis pas une infirme, ma chérie.

— Alors je vais préparer le canapé pour que tu t'allonges un moment. Tu pourras te détendre tranquillement en regardant la mer... Ou on discutera, si tu préfères ?

Une perspective qui, à sa grande surprise, lui parut presque attrayante.

— Tu pourrais me montrer des photos de maman quand elle était jeune.

Fliss l'aida à se lever et la soutint pour passer dans le salon.

— Tiens, installe-toi avec les jambes surélevées. Je vais remettre de l'ordre dans la cuisine et je t'apporte un thé. Tu veux que je te prépare quelque chose à grignoter ?

— Non merci, ma chérie. Je ne pourrai plus rien avaler pendant deux jours après le plat de Dora. Il était délicieux.

— OK. Je reviens tout de suite.

— Tu n'es pas obligée de ranger le bazar que j'ai mis avec mes amies.

— Je suis très douée pour mettre de l'ordre dans le chaos des autres. Même si, avec le mien, je bataille sans grand succès.

Elle laissa sa grand-mère armée de la télécommande et retourna à la cuisine. Ranger l'aida à évacuer ce qui restait de sa colère. Elle fit tinter les casseroles, remplit le lave-vaisselle dans un vaste fracas de couverts et sortit bruyamment la poubelle sans cesser un seul instant de penser à Seth.

Une fois la cuisinière astiquée, elle apporta du thé glacé à sa grand-mère.

— Et voilà. Je t'ai fait un ménage d'enfer.

— Ah, c'est gentil de le préciser. Parce qu'en t'écoutant faire je me suis demandé si tu n'avais pas entrepris de démolir la maison.

Grams lui prit le verre de thé des mains.

— Tu es partie d'ici en souriant pour rejoindre Seth et tu reviens en faisant un remue-ménage du tonnerre de Dieu. Tu as peut-être envie de parler de la raison pour laquelle tu t'es défoulée sur mes assiettes ?

— Hé, je n'ai rien cassé du tout !

Mais son cœur se casserait, lui, si elle écoutait Seth et que par amour pour lui elle sombrait de nouveau corps et âme, comme elle l'avait fait la première fois.

— Et il n'y a rien à raconter, ajouta-t-elle.

Elle s'assit en face de sa grand-mère, mais finalement elle était trop tendue pour rester en place et se releva d'un bond pour ranger le séjour. Elle empila les magazines de bricolage d'un côté et ceux de jardinage de l'autre, ce qui la tint occupée un moment.

Sa grand-mère prit une gorgée de thé en la regardant s'activer.

— Il a fait ou dit quelque chose qui t'a mise en colère ? Seth est passé te prendre tout à l'heure, mais tu es rentrée seule et à pied. Comme Seth est un parfait gentleman, j'en conclus que c'est toi qui as choisi de revenir par tes propres moyens.

— Il n'est pas si « gentleman » que tu le penses, justement.

— Je suis peut-être un peu vieille comme confidente, mais l'âge s'accompagne souvent d'une certaine sagesse, et ça peut être un avantage. Autre point positif : tu n'as pas besoin de me protéger, comme tu le fais avec Harriet. Et tu peux avoir confiance en ma discrétion, j'espère que tu le sais ?

Fliss s'aperçut qu'elle le savait, en effet.

— Il veut qu'on recommence à se voir. Mais si ça n'a pas marché la première fois, pourquoi est-ce que ça irait mieux la seconde ?

Sa grand-mère reposa lentement son verre.

— Ce n'est pas qu'il ne t'intéresse pas, alors. C'est juste que tu as peur.

— Ça n'a rien de vraiment étonnant, si ?

— L'amour est effrayant, en effet. On remet son cœur entre les mains d'un autre. Cela demande de prendre le risque de la confiance. On peut aussi choisir de vivre sa vie sans amour, bien sûr. Mais ce n'est pas toujours très folichon.

— Je sais. C'est le sort qu'a connu maman. J'étais aux premières loges pour la voir aimer un homme qui la repoussait. Mais il n'y a jamais eu personne d'autre que papa pour elle. Je suppose que c'est pour ça qu'elle ne voulait pas renoncer à lui.

Quelque chose dans le regard de sa grand-mère la mit mal à l'aise.

— Qu'est-ce que j'ai dit de si choquant ? Maman a connu la même situation que moi. Tomber amoureuse et enceinte dans la foulée...

La vérité lui avait échappé par mégarde. Mortifiée, elle se tut et regarda sa grand-mère en se demandant s'il y avait encore moyen de se rétracter.

— Mais qu'est-ce que je raconte ? Sur ce second

point, on n'était pas dans la même situation, bien sûr, mais...

— Tu crois que je ne le savais pas, que tu étais enceinte de Seth ?

Sa grand-mère l'observa par-dessus le bord de ses lunettes.

— Je n'ai jamais cru à cette soudaine idée de se marier dans un élan de passion romantique. Pas un instant.

Paralysée, sous le choc, Fliss n'émit pas un son.

Elle avait vécu toutes ces années avec la certitude que son secret n'avait jamais transpiré. Au moment du mariage, elle avait eu peur que les gens devinent ou qu'ils se posent au minimum la question. Mais, à partir du moment où elle avait perdu le bébé, elle avait cessé de s'inquiéter du qu'en-dira-t-on.

Le fait que sa grand-mère *savait* lui procurait une sensation de vulnérabilité et la faisait paniquer.

— Écoute, je...

— Tu n'es pas obligée de me fournir d'explications, Fliss. Tu n'en dois à personne. Tu étais enceinte mais tu étais aussi très amoureuse. Pourquoi ne te serais-tu pas mariée dans ces conditions ?

Formulée ainsi, la situation paraissait d'une simplicité biblique.

La panique reflua.

— J'avais des sentiments pour lui, c'est vrai.

Elle n'était pas encore tout à fait prête à s'étendre sur la profondeur des sentiments en question.

— Et tout le monde sait que Seth Carlyle a une âme de secouriste avec le sens du devoir chevillé au corps, ajouta-t-elle très vite.

— Tu crois que c'est pour ça qu'il s'est marié avec toi ? Parce qu'il obéissait à son sens moral ?

— Je ne vois pas d'autre raison possible, vu les circonstances.

Sa grand-mère but une gorgée de thé.

— Tu as l'air bien sûre de toi. Il ne t'est jamais venu à l'esprit qu'il pouvait avoir des motivations différentes ?

— Je ne vois pas lesquelles, non. Le même scénario s'est rejoué sur deux générations : j'ai reproduit ce qu'a fait maman.

Et, comme ils avaient été contraints à ce mariage forcé, elle n'avait jamais eu l'occasion de découvrir si Seth aurait pu finir par tomber amoureux d'elle, s'ils en avaient eu le temps.

Sa grand-mère lui tendit son verre vide.

— Repose-moi ça à la cuisine, ma chérie. Puis tu monteras dans ma chambre. Tu trouveras un coffret sous le lit. Apporte-le-moi.

— Un coffret de quoi ?

— Tu verras.

— Tu as besoin de te reposer, Grams.

— À ton avis, je fais quoi, là ? Du cardio-training ? Allez, file. Il y a quelque chose dans ce coffret que je voudrais te montrer.

Sa curiosité en éveil, Fliss cessa de poser des questions et se réjouit juste d'avoir une excuse pour quitter la pièce. Elle n'en revenait pas d'avoir parlé de sa grossesse à sa grand-mère. Les deux seules personnes au monde qui avaient été au courant jusqu'à présent étaient Seth et Harriet.

Elle trouva le coffret sous le lit en compagnie de quelques moutons de poussière qui la firent sourire. Sa grand-mère avait toujours estimé qu'il était plus important de vivre que d'astiquer. Jusqu'à ses soixante-dix ans, elle avait nagé dans l'océan tous les jours, qu'il pleuve ou qu'il vente. Et certains de ces bains, elle les avait pris nue. Qui l'aurait cru ?

Essuyant la boîte, elle la descendit dans le séjour.

— Il était entortillé dans au moins trois couches de toiles d'araignée. J'ai gâché les perspectives de dîner de toute une colonie d'arachnides. Ça fait combien de temps qu'il est là, ce coffret ?

— Très longtemps.

Grams le prit et le posa devant elle.

— Ta mère a dit qu'elle ne voulait plus jamais revoir ce qu'il y a là-dedans. Elle refusait d'être rappelée à certains souvenirs.

De vaguement intriguée, Fliss passa à franchement curieuse. Qu'est-ce que sa mère avait pu vouloir oublier de son passé ? Cela devait être important pour que ce mystérieux coffret ait traversé ainsi les années.

— Mais tu l'as gardé quand même ?

— Je peux comprendre pourquoi elle souhaitait que je m'en débarrasse. Elle avait peur que ton père tombe dessus. Mais certaines traces de ce que nous avons été sont trop précieuses pour être bazardées. Par chance, même ton père n'aurait pas eu le culot d'aller fouiller dans ma chambre les rares fois où il mettait les pieds ici. Cela fait plus de trente ans maintenant que je conserve ces souvenirs sous mon lit. Le coffret est resté fermé tout ce temps, mais je suppose que le contenu a été préservé.

— Maman sait que tu l'as gardé ?

— Je le lui ai dit le jour où elle a fini par quitter ton père. Mais elle n'a pas souhaité le récupérer. Pour elle, c'est une erreur de se raccrocher au passé. Elle n'avait qu'une envie : embrasser l'avenir.

Fliss n'était pas certaine de vouloir mettre le nez dans ces reliquats d'un épisode de la vie de sa mère que celle-ci avait délibérément choisi de passer sous silence. Mais Grams ouvrait déjà la boîte, révélant un paquet de lettres et de photos.

— C'est quoi ?

Elle prit la première missive sur la pile.

— Des lettres écrites par l'homme dont elle était amoureuse.

Fliss fut impressionnée par l'élégance de l'écriture.

— Mon père lui écrivait des lettres d'amour, dans le temps ? Je n'aurais jamais cru ça de lui.

— Ce n'est pas une correspondance amoureuse entre ton père et ta mère.

— Les lettres sont de qui, alors ?

Intriguée, Fliss prit une photo dans le coffret et la regarda fixement sans comprendre.

Les couleurs s'étaient un peu affadies et les coins étaient abîmés, mais l'image restait tout à fait nette.

Dans sa main reposait une photo de sa mère tournant des yeux rieurs vers un homme. La façon dont ils se regardaient montrait à l'évidence que c'était un couple d'amoureux qu'elle avait sous les yeux. Ce qui n'avait rien de choquant en soi, songea-t-elle, dans un état second. La seule chose franchement perturbante dans cette photo, c'était que l'homme auquel sa mère souriait ainsi n'était pas son père.

Seth examinait son dernier patient de la matinée lorsque Nancy, l'auxiliaire vétérinaire, passa la tête par l'entrebâillement de la porte.

— J'ai quelqu'un ici qui demande à te voir.

— Dis-lui que j'arrive dans une minute.

Il reporta son attention sur le bouledogue français qui respirait bruyamment et par à-coups.

— La forme de sa tête et la face plate — le terme technique est brachycéphalie — ne sont pas naturelles.

Ce sont des caractéristiques qui ont été obtenues par reproduction sélective. Et qui se traduisent fréquemment par des problèmes de santé pour ces chiens.

— Mais je n'étais pas du tout au courant !

Mary Danton avait l'air catastrophée.

— Ces chiens sont très à la mode en ce moment et j'ai eu un vrai coup de cœur pour Maximus. C'est donc pour ça qu'il respire comme un soufflet de forge et qu'il se fatigue si vite en marchant ?

— Tout à fait. Il a un voile du palais trop long et une sténose des narines — autrement dit des narines trop fermées. C'est le syndrome brachycéphale. Respirer lui demande un effort.

— Je croyais que c'était normal de ronfloter comme ça pour des chiens de cette race.

— C'est une croyance que partagent de nombreux propriétaires de chiens... Ainsi que quelques vétos mal informés, d'ailleurs, ajouta-t-il en pensant au confrère avec qui il avait eu un clash en Californie.

— Et vous pouvez faire quelque chose pour soulager Maximus ?

— Un traitement est heureusement possible, oui. Je peux procéder à la résection du voile du palais et lui élargir les narines.

Seth attrapa un carnet et fit un rapide croquis pour montrer à Mary comment il comptait procéder.

Elle fronça les sourcils.

— Une intervention chirurgicale, donc ? Vous pensez qu'il faut le faire ?

Il lui fallut dix minutes supplémentaires pour exposer les avantages et les risques, puis il raccompagna Mary et Maximus à la réception pour fixer un rendez-vous pour l'opération.

Juste à côté de la porte, il trouva... Fliss qui l'attendait avec Héros.

Depuis qu'elle lui avait faussé compagnie au port, il s'était forcé à l'attendre, en se disant qu'elle finirait par venir à lui spontanément. Il aurait peut-être tenu vingt-quatre heures de plus, grand maximum, avant d'aller lui-même la trouver.

Il se tourna vers Mary.

— Amenez-le-moi donc dès demain. Comme la souffrance respiratoire est forte, autant intervenir rapidement.

Accroupi devant le chien, il lui caressa la tête et sentit la douceur des plis faciaux du bouledogue sous ses doigts.

— Ne t'inquiète pas, mon pote. On va te sortir de tes problèmes, tu verras.

Laissant Mary et Maximus entre les mains compétentes de la réceptionniste, il fit signe à Fliss.

— Entre.

Elle le suivit en salle de consultation.

— Il a une bonne tête, ce Maximus, commenta-t-elle en lui emboîtant le pas. Et il t'adore.

— C'est un chien sympa. Je n'aime pas le voir dans cet état.

— Il souffre d'un syndrome respiratoire ?

Tout en parlant, elle se planta devant une affiche recommandant la vaccination pour chiens et chats.

— On voit beaucoup de problèmes de ce type avec des chiens brachycéphales, dit-elle. Du coup, il faut qu'on adapte nos temps de promenade en conséquence, vu la grande fatigabilité de ces essoufflés chroniques. Tu vas l'opérer, alors ?

Il exposa les particularités du cas à Fliss, surpris une fois de plus par l'étendue de ses connaissances. Et encore plus surpris de réussir à rester concentré et capable de parler boulot en alignant des phrases cohérentes.

Elle portait de nouveau un de ces jeans coupés qui lui faisaient des jambes interminables. Et ses bras étaient nus aussi.

— Tu es en plein boulot, non ? J'arrive au mauvais moment.

En ce qui le concernait, il était sûr d'une chose : elle ne pourrait *jamais* arriver au mauvais moment.

— Non, ton *timing* est parfait. C'était ma dernière consultation de la matinée.

— Et elle a été longue, ta matinée, à voir ta tête.

— J'ai commencé la journée avec un chat qui avait réussi à se coller quasiment un mètre de ficelle dans l'intestin. Et à partir de là, ça a été de mal en pis.

Mais c'était elle, surtout, qu'il était pressé d'entendre. Quelque chose, visiblement, lui pesait sur le cœur.

— Qu'est-ce que je peux faire pour toi, alors ? Je suppose que ce n'est pas le vétérinaire que tu viens voir ?

Il se pencha pour saluer Héros d'un tapotement amical.

— J'ai réfléchi à ce que tu m'as dit, l'autre fois.

Seth se redressa lentement.

— Ah oui ?

— Au sujet de l'antenne que je pourrais ouvrir ici dans les Hamptons.

Juste une question de boulot, donc ?

Il se demanda si elle avait médité aussi sur le reste de ce qu'il lui avait dit cet après-midi-là.

— Tu m'avais objecté que ce serait trop compliqué vu que tu ne comptes pas rester ici très longtemps.

— En fait, je vais peut-être prolonger un peu mon séjour. Le temps de voir si le projet est viable. Cela me permettrait de garder un œil sur ma grand-mère par la même occasion.

— Tu le ferais essentiellement pour ta grand-mère, alors ?

Elle reporta son attention sur le poster vantant les bienfaits de la vaccination antirabique.

— Ce serait bien pour elle, non ? Non pas qu'elle ait vraiment besoin de moi. Il y a presque tout le temps du monde à la maison. Ça défile en permanence.

— Ta grand-mère a beaucoup d'amis. Tu n'as pas d'autres raisons de rester que celle-là, donc ?

— Quelle autre raison voudrais-tu que j'aie ?

Son ton était détaché, mais elle lui jeta par-dessus l'épaule un regard étonnamment espiègle.

— Il se pourrait que tu joues un tout petit rôle dans ma décision. Mais ta part est vraiment *minuscule*, alors ne va pas te faire des idées.

Des idées, il en avait déjà des quantités.

— Juste pour info, qu'est-ce qui t'a fait changer d'avis ? Mes talents culinaires, mon bateau, mes épaules ou l'infinie sexitude de mes épais cils noirs à l'italienne ?

Le sourire de Fliss s'élargit.

— Tous ces éléments à la fois, mais avant tout ta chienne. Je suis folle de Lulu.

— Harriet n'a pas besoin de toi, là-bas, à Manhattan ?

— C'est assez calme en ce moment. Beaucoup de New-Yorkais sont partis pour échapper à la chaleur et aux touristes. Et je peux m'occuper de toutes les tâches administratives d'ici — les factures, les coups de fil, je m'en charge sans problème. J'ai installé mon bureau dans notre ancienne chambre à coucher. Mais il faut que je fasse de la pub. Tu m'as dit que je pouvais afficher mes coordonnées sur le tableau dans ta salle d'attente ?

— Sans problème. Tu veux du papier et un feutre ?

— Non, ça ira. J'ai déjà fait imprimer le nécessaire.

Elle sortit des cartes de visite de son sac et lui en tendit une.

Il examina le carton qui reposait dans sa main. Élégant. Professionnel.

Les Woof Rangers.

Promeneurs de chien professionnels.
Service attentif et personnalisé.

— Tu les as imprimées depuis qu'on est allés faire de la voile ? Cela ne remonte qu'à quelques jours !

— J'avais déjà la maquette. J'ai juste eu un détail ou deux à modifier. Je suis allée voir l'imprimeur sur Ocean Road. Il a fait du bon boulot. Et, pendant que j'attendais, il m'a nourrie avec des cookies. Donc ça a été assez cool.

— Tu pensais faire de la pub où, sinon ?

— J'ai mis une petite affiche au supermarché et j'ai l'intention d'aller voir d'autres commerçants une fois que j'aurai ramené Héros à Matilda.

Il la regarda se mouvoir avec cette énergie nerveuse qu'il connaissait bien.

Quelque chose n'allait pas.

— Laisse-moi quelques cartes supplémentaires, si tu veux. J'en distribuerai ici et là quand je ferai des visites à domicile.

— Tu as le temps de manger un bout avec moi ? Je pensais qu'on pourrait pique-niquer sur la plage, comme ça, Lulu en profitera aussi. Ce serait l'occasion de discuter.

Fliss lui proposait de discuter ?

— Tu penses à un sujet en particulier ?

— Oh non, pas du tout.

Le regard de Fliss se déroba face au sien.

— Je m'entraîne à dire un peu plus ce qui me passe par la tête, c'est tout.

— Et qu'est-ce qui te passe par la tête en ce moment ?

— Rien de spécial.

Il ne la croyait pas un instant.

— OK, ça marche. J'ai un peu de temps devant moi. Et la plage me va bien.

Il prit ses clés avant qu'elle ait le temps de changer d'avis, échangea quelques mots avec la réceptionniste et se dirigea vers sa voiture.

— Tu as vu Matilda ?

Elle se glissa sur le siège passager à côté de lui.

— Tous les jours, oui, lorsque je vais promener son chien. La maternité lui va comme un gant.

Était-ce là que les choses coinçaient ? Il scruta un instant ses traits.

— C'est difficile à vivre pour toi ? De la voir avec son bébé, je veux dire ?

— Pas du tout. Sérieux. Je crois que j'ai évacué tout ce qu'il me restait de chagrin le soir de la naissance, sur la plage. J'ai un faible pour Rose, en fait. J'adore sa petite bouille.

— Alors qu'est-ce qui ne va pas ? Et ne me réponds pas qu'il n'y a rien, car je sais qu'il y a quelque chose.

— Rien d'important. Tout baigne.

S'il avait touché un dollar chaque fois que Fliss lui avait dit que tout allait « bien », « super », « impeccable », il aurait pu s'acheter tout le parc immobilier des Hamptons.

Il démarra.

— Tu as raison de vouloir t'entraîner à communiquer. Tu as besoin d'améliorer ta pratique. Généralement, quand quelqu'un veut parler d'un problème, il commence par le décrire. C'est la première étape.

Elle se frotta les mains sur les cuisses.

— Ma grand-mère m'a dit des choses, c'est tout. Rien d'important.

Mais assez important quand même pour la faire débarquer à son cabinet au beau milieu de la journée.

— La santé de ta grand-mère t'inquiète ?

— Pas vraiment. Elle a vu son médecin hier et il a trouvé qu'elle récupérait bien. Les ecchymoses se sont bien atténuées. Elle fatigue vite, mais il semble que ce soit normal. Et j'ai l'impression qu'elle reprend confiance en elle. On a fait pas mal de cuisine, toutes les deux.

— *On ?*

Il trouva une place de stationnement sur Main Street, entre une voiture bourrée d'estivants et un vieux pick-up cabossé plein de matériel de pêche.

— Tu as participé ?

— Tu seras sans doute heureux d'apprendre que mes compétences aux fourneaux s'améliorent petit à petit.

— Attends-moi ici. J'achète ce qu'il faut pour le pique-nique et je reviens.

Il se dirigea vers le bâtiment aux bardeaux vieillis qui abritait le traiteur Ocean Deli et réémergea cinq minutes plus tard. L'avantage d'être le vétérinaire du coin, c'était que ça lui servait de laissez-passer coupe-file en presque toutes circonstances.

Fliss était restée assise exactement là où il l'avait laissée et regardait droit devant elle.

Il ignorait ce que sa grand-mère avait bien pu lui raconter, mais il était clair que les paroles de celle-ci avaient eu un fort impact sur elle.

— Fliss ?

Elle tressaillit.

— Quoi ? Oh... Désolée. J'étais ailleurs.

Lui prenant le sac en papier kraft des mains, elle se le posa sur les genoux.

Il laissa sa voiture devant chez lui et ils poursuivirent directement vers la mer. Une fois assis sur les marches qui descendaient vers la plage, il lui tendit un sandwich.

— Dinde, laitue, tomate et bacon. Et maintenant, raconte-moi.

Elle demeura un instant silencieuse.

— Je ne sais pas si...

— Raconte-moi ou je te déshabille de force et je te jette à l'eau. Elle est glaciale, accessoirement.

Il planta les dents dans son sandwich.

— Ce qui te tournicote dans la tête, dis-le simplement comme ça vient, Fliss. Ce ne sera peut-être pas aussi difficile que tu le penses.

— Ma grand-mère m'a dit des trucs, c'est tout.

— Des trucs ?

— Sur ma mère. Des histoires dont je ne savais rien. Comme une idiote, je m'étais toujours imaginé que...

Il attendit, s'exhortant à la patience, conscient que pour certaines personnes parler était aussi difficile et risqué que de se lancer sur la glace avec des patins aux pieds. Il fallait du temps pour acquérir les bons gestes. Et les chutes étaient inévitables en cours d'apprentissage.

— Tu t'étais toujours imaginé quoi ?

— Maman était enceinte lorsqu'elle s'est mariée. Ça, je l'ai toujours su. Mais je pensais qu'elle avait épousé mon père parce qu'elle l'aimait et que dans un premier temps elle s'était contentée de la situation en pensant qu'il finirait, la contagion aidant, par l'aimer lui aussi en retour. Le fantasme classique, quoi.

Elle n'avait toujours pas touché à son sandwich.

— Grams m'a appris que ce n'était pas du tout ainsi que les choses s'étaient passées.

— Ta mère n'attendait pas d'enfant ?

— Si, si, elle était enceinte. Mais le problème, ce n'était pas que mon père ne l'aimait pas. Le problème, c'est qu'*elle* n'était pas amoureuse de lui.

Le regard rivé sur l'océan, elle pensait clairement à tout sauf à manger.

— Ma mère n'a *jamai*s été amoureuse de mon père, en fait.

— Tu en es sûre ?

— Maintenant, oui. Lorsque mon père l'a rencontrée, elle aimait quelqu'un d'autre. Mais cet homme et elle ne pouvaient pas faire leur vie ensemble... Il était marié, avec des enfants, précisa-t-elle en réponse à sa question non formulée. Grams m'a dit que maman a complètement perdu pied lorsque cet homme l'a quittée. Et c'est là qu'elle a croisé le chemin de mon père.

— Dans une phase de grande vulnérabilité.

— Voilà. Et mon père était fou d'elle. Des deux, c'était lui qui était transi d'amour. Pas elle. Et je n'y ai vu que du feu. Pas une seconde, je ne me suis doutée de quelque chose. Toutes ces années vécues auprès d'eux, j'ai été sourde et aveugle... Ça me rend dingue de n'avoir rien vu, rien compris.

— Je ne peux pas dire que j'ai passé beaucoup de temps en compagnie de tes parents mais, pour le peu que j'ai pu voir, ton père n'affichait pas un comportement très amoureux envers ta mère.

Il songea à l'atmosphère familiale dans laquelle il avait lui-même baigné, sous l'égide bienveillante du couple que formaient ses parents. Les sourires partagés, les éclats de rire. Même dans leurs querelles, on percevait l'empreinte de leur amour et leur respect mutuel. D'après ce qu'il avait glané auprès de Daniel, ces deux qualités avaient été notoirement absentes dans la maison Knight.

— Lorsque je suis arrivée ici, Grams a fait une remarque — elle m'a dit que cela avait été dur pour elle de voir sa fille faire le mauvais choix en amour. Je pensais qu'elle parlait de mon père, mais ce n'était pas ça. J'ai sans doute tort d'aborder ce sujet avec toi... En fait, je ne suis même pas censée être au courant.

— Et pourquoi serais-tu censée ne rien savoir ?

— Parce que c'est le secret de ma mère.

— Et elle ne s'en est jamais ouverte à toi ?

— Non. J'aurais voulu qu'elle le fasse, pourtant. Cela m'aurait aidée à mieux comprendre certaines choses. Grams m'a dit qu'elle était tombée amoureuse à dix-huit ans.

L'âge qu'avait Fliss lorsqu'ils s'étaient mariés, songea Seth.

— Ta grand-mère t'en a dit plus sur l'homme en question ?

— C'était un artiste qui était venu passer six mois dans le coin pour peindre. Il était marié, ce que ma mère ne savait pas — au début. Il venait prendre tous ses repas dans le petit café où maman était serveuse. Elle aimait la peinture, et il l'a encouragée, conseillée, guidée. Il a même acheté un tableau qu'elle a fait.

— J'ignorais que ta mère peignait.

— Moi, je savais. Mais je pensais que c'était juste un hobby pour elle... Enfin, bref, ils ont vécu le parfait amour jusqu'au mois de janvier. Et là, vlan, il avoue à ma mère que sa femme et ses enfants sont de retour dans le Connecticut. En fait, le couple avait testé une séparation temporaire pour essayer de voir où ils en étaient. Ils se sont apparemment aperçus que les liens entre eux étaient restés très forts. Quand le peintre est parti, Grams a cru que maman ne s'en relèverait pas. Cet homme était son premier amour. Et elle avait cru dur comme fer qu'ils vieilliraient ensemble.

Seth ne dit rien.

Se projeter dans un avenir à deux, il en avait lui-même fait l'expérience.

Il se pencha pour lui retirer le sandwich avant qu'il ne lui tombe des mains.

— Donc le peintre a repris sa vie maritale et familiale. Que s'est-il passé ensuite ?

— Ma mère s'est effondrée. Elle a arrêté la peinture, s'est mise à perdre du poids, n'avait plus envie de rien. Grams se rongeait d'inquiétude pour elle. Puis un jour, mon père a poussé la porte du café et tout s'est joué très vite. Il était venu passer un week-end dans les Hamptons avec des amis. Dès qu'il a vu ma mère, il ne l'a plus lâchée. Elle, elle repoussait ses avances. Mais elle était brisée, fragile, paumée. Alors que mon père était persévérant, plus âgé qu'elle, avec un certain charisme. Il lui a fait une cour obstinée, méthodique, acharnée. C'est un trait de caractère que je lui ai toujours connu : il ne renonçait jamais.

Fliss se frotta nerveusement les mollets avec les paumes.

— Je n'oublierai jamais les repas familiaux dans notre maison de Manhattan. Généralement, il me prenait pour cible de ses attaques verbales, façon sniper. Et il ne s'arrêtait pas, continuait de s'escrimer tant qu'on était à table. On se disputait avec une telle violence que, par moments, je me serais bien planquée sous la table avec Harriet.

— Mais tu ne l'as jamais fait.

Seth la connaissait assez pour savoir qu'elle avait toujours fait face et enduré les salves paternelles pour détourner l'attention de sa sœur plus vulnérable.

— Donc ton père a fini par convaincre ta mère de sortir avec lui ?

— Il a obtenu qu'elle accepte une invitation à dîner, a commandé les meilleurs vins. Dans un moment de faiblesse, elle a couché avec lui. Et est tombée enceinte. Mon père était ravi. Pas parce qu'il rêvait d'avoir une progéniture, mais parce qu'il voulait ma mère à tout prix et qu'il était prêt à toutes les extrémités pour l'obtenir.

Un voile de tristesse tomba sur la voix de Fliss.

— J'ai toujours su que la vie de ma mère avait été difficile, mais l'histoire que je m'étais construite dans ma tête n'avait rien à voir avec la réalité.

— Ta grand-mère n'a pas essayé d'intervenir ?

— Si, si. Du mieux qu'elle a pu. Elle a tenté de convaincre maman que son enfant pourrait rester en lien avec son père même s'il n'y avait ni mariage ni vie commune. Mais ma mère n'a rien voulu entendre. Dans son idée, il fallait donner à son bébé — Daniel — un environnement familial digne de ce nom. Grams lui demandait si elle aimait mon père, et elle répondait juste : « C'est quelqu'un de bien. »

Fliss fronça les sourcils.

— Et j'avoue que ça me questionne, qu'elle ait pu affirmer ça, dans le temps. Du coup, je suis curieuse de savoir comment il était, mon père, lorsqu'elle l'a connu. Peut-être moins irritable et impatient ? Grams dit qu'elle avait déjà perçu certains signes chez lui qui lui avaient déplu. Dans la manière dont il courait après ma mère, par exemple. Façon bulldozer. Il est passé en force alors qu'elle était en pleine phase de déprime et pas en état de prendre des décisions qui engageaient son avenir. Mais lui ne s'inquiétait pas de savoir ce qui était bon pour elle et ne se préoccupait que de ses propres objectifs. D'après Grams, il était quand même sincèrement persuadé que maman finirait par l'aimer aussi.

— Mais ce n'est pas ce qui s'est passé.

— Pas vraiment, non. Et, sous l'effet de la frustration, il est devenu plus dur, plus amer.

— Mais pourquoi tes parents ont-ils mis tant d'années avant de se séparer ?

— Mon père ne voulait pas entendre parler de divorce. Il savait que ma mère l'avait épousé pour Daniel. Puis il y a eu notre double naissance, à Harriet et moi. Nous étions trois armes commodes que mon père brandissait pour garder maman. Il lui disait que, si elle demandait le divorce, il ferait en sorte qu'elle n'obtienne pas le droit de garde. Ça, je le savais déjà, mais je comprends maintenant que, s'il la menaçait de nous garder avec lui, c'était uniquement pour ne pas la perdre elle. Comme il n'avait pas réussi à se faire aimer, il était prêt à utiliser tous les moyens de pression à sa portée. Daniel m'a toujours dit que c'était parce qu'elle n'avait pas les moyens de payer un avocat. Mais d'après Grams, si cela avait été un problème d'argent, elle aurait vendu *Sea Breeze* sans hésiter. Finalement, ma mère a attendu qu'on quitte la maison pour faire elle-même ses bagages.

— Daniel a pu l'aider à trouver un avocat, c'est ça ?

— Plus tard. Beaucoup plus tard.

Elle fixa les yeux sur l'océan.

— C'est peut-être pour ça que mon père avait tant de colère en lui. Parce qu'il avait échoué dans sa quête d'amour, malgré l'immense énergie qu'il avait investie dedans. Je ne dis pas que je lui trouve des excuses, parce qu'il n'en a pas. Mais cela m'aide au moins à comprendre pourquoi notre famille était à ce point dysfonctionnelle. Si on m'avait annoncé que je dirais un jour une chose pareille, je ne l'aurais pas cru, mais mon père me fait presque de la peine. Jusqu'à présent, en fait, je ne voyais mes parents... que comme des parents, justement, au lieu de les considérer comme des individus à part entière, avec leurs espérances et leurs rêves.

— Je crois qu'on fonctionne tous plus ou moins comme ça, non ? Sans compter que les parents ont leurs secrets et qu'ils ne partagent pas tout avec leur progéniture.

— C'est leur droit, bien sûr. Mais il y a des secrets qui pèsent lourd pour les générations qui suivent. Ma vie aurait été plus simple si ma mère m'avait parlé de son passé.

— Et comment expliques-tu que ta grand-mère ait sorti ce vieux secret des oubliettes *maintenant* ?

— Parce que je faisais le lien entre ce qui s'est passé pour nous et ce qui est arrivé à ma mère. Je pensais qu'elle était tombée enceinte et avait épousé un homme qui ne l'aimait pas.

Il lui fallut un instant pour réaliser ce qu'impliquait sa comparaison. Lorsqu'il comprit, il bondit.

— Parce que tu croyais que je ne t'aimais pas ?

Elle se leva comme une flèche.

— Je n'aurais jamais dû te dire ça. C'est idiot. N'y pense plus.

Fliss dévala les marches qui menaient à la plage. Elle était déjà à mi-chemin de l'eau lorsqu'il la rattrapa.

— Stop !

Il la retint par une épaule.

— Apparemment, ce n'est pas seulement la relation entre tes parents que tu analysais de travers. Tu te méprenais tout autant sur la nôtre.

— Seth...

— *Non.* C'est à mon tour de l'ouvrir. Et si tu te sauves maintenant, je te suivrai, donc ne gaspille pas ton énergie. Je ne me suis pas marié avec toi parce que tu étais enceinte. Le fait que tu attendais un enfant a juste eu une influence sur le moment et sur le lieu.

— Mais...

— La vérité, c'est que je n'ai jamais réussi à tourner la page. J'ai essayé. Crois-moi, j'ai tout fait pour passer à autre chose. Pendant ces dix années, il y a eu des femmes dans ma vie, c'est clair. Mais, entre elles et moi, ça n'allait jamais nulle part. Et tu sais pourquoi ? Parce que aucune d'entre elles n'était toi. Je ne me suis pas marié avec toi parce que tu étais enceinte, Fliss. Je me suis marié avec toi par amour.

Il lui serra les épaules avec force.

— Par amour, tu m'entends ? Seulement et uniquement par amour.

Chapitre 16

Fliss le regardait, muette et incrédule. Seth l'avait *aimée* ?

Non, impossible.

Des paroles qu'il avait eues chez lui l'autre soir lui remontèrent à l'esprit.

« Peut-être que je n'avais pas envie de te laisser partir et que le bébé m'offrait une excuse commode pour te retenir ? »

— Ce n'est pas possible... Je ne peux pas te croire.

— Je te l'ai dit pourtant, que je t'aimais. Clairement. Et tu le sais.

Une pointe de frustration perçait dans sa voix.

— Tu me l'as dit lorsque tu as appris que j'étais enceinte. Pas avant.

Seth jura tout bas.

— Alors j'ai mal choisi mon moment, mais cela n'enlève rien au caractère de vérité des mots que j'ai prononcés.

— Peut-être. Mais essaie de te mettre à ma place, Seth. Je te dis que j'attends un enfant et tu me réponds que tu m'aimes et qu'on devrait se marier. Ça pouvait paraître un peu forcé, comme déclaration d'amour, non ?

Il garda le silence un instant.

— Oui, reconnut-il finalement. Oui, je comprends maintenant que tu aies pu avoir cette impression.

— J'ai pensé que tu me disais ça pour me déculpabiliser de t'avoir fait ce coup en traître.

Il serra les lèvres.

— Je ne pense pas que la communication ait été le point fort de notre relation. Mais nous allons changer cela.

Fliss déglutit avec peine. Un nœud se formait dans sa gorge et ses yeux picotaient.

Il l'avait donc aimée ? Il était sincère ?

Son cœur saigna. Si c'était vrai, elle avait jeté cet amour aux orties. Elle avait tenu au creux de sa paume une précieuse promesse qu'elle avait broyée entre ses mains sans prendre un instant la mesure de ce qu'elle rejetait.

Elle renifla et le repoussa faiblement.

— Si tu m'aimais vraiment, tu aurais pu me le dire plus tôt, Carlyle.

— C'est vrai. Mon sens du *timing* était nul. Mais il s'est beaucoup amélioré avec la maturité.

— Trop tard. Que tu m'aies aimée ou non à l'époque, le temps qui passe a déjà tout englouti. Je n'ai pas les capacités requises pour vivre une relation amoureuse épanouie, Seth. Toute cette gymnastique mentale et affective qui consiste à s'ouvrir à l'autre en confiance, ce n'est pas pour moi. J'aurais aimé pouvoir le faire. Mais j'en suis incapable.

— Si, tu en es capable. Cela n'exigera de toi qu'une chose : que tu me donnes ta confiance. Et cette fois, je saurai te prouver que tu peux me l'accorder sans risque. Je vais te montrer que je ne suis pas ton père. C'est quelque chose à quoi nous n'avons pas assez réfléchi ensemble, il y a dix ans. J'étais loin d'avoir tout saisi de toi, à l'époque. Je ne me rendais pas compte à quel point tu étais fragilisée par les jugements odieux de ton père. J'interprétais tes réactions à travers une grille de lecture basée sur mes propres expériences familiales. Et évidemment, ça ne collait pas.

La main de Seth allait et venait dans le dos de Fliss, chaude et rassurante.

— À t'entendre, on pourrait croire que ça va être simple. Mais il n'y a *rien* de simple, chuchota-t-elle, la voix étouffée par le coton de la chemise de Seth. Je suis nulle quand il s'agit de dire ce qui se passe en moi. Même quand j'essaie, ça sort tout de travers.

Seth lui lissa les cheveux.

— Parce que tu vis avec la crainte que, si tu exposes ce qu'il y a de fragile en toi, ce sera piétiné aussitôt avec de grosses bottes. Ça, je peux le comprendre maintenant. Et on y travaillera ensemble.

— Comment ?

Il l'écarta de lui.

— Comme pour tout le reste. On s'exerce, c'est tout. Rien ne vaut l'entraînement pratique.

— Tu veux que je m'exerce à te parler de moi ? Bon. Je fais un mètre soixante-cinq, j'ai une ceinture noire de karaté et je soulève quarante kilos au développé couché. J'ai un...

— Tu énumères des faits, Fliss. Et ce sont des sentiments que je veux. Dis-moi comment tu te sens, là, tout de suite ?

— Euh... Une pointe de nausée ? Une mégadose d'angoisse ?

— Parce que tu as peur que ça se termine par de la souffrance comme la première fois, mais aujourd'hui n'est pas hier. Nous avons grandi, toi et moi. Tout se passera bien.

— Tu n'en sais rien.

— Je t'ai dit ce que je ressentais pour toi, il y a dix ans. Tu peux peut-être aussi me nommer les sentiments que tu avais pour moi ?

Jusqu'à présent, elle n'avait jamais révélé à personne à quel point elle l'avait aimé. Sa grand-mère avait probablement deviné. Mais de là à prononcer les mots à voix haute…

Et face à Seth, c'était encore plus difficile qu'avec n'importe qui d'autre.

Il l'attira de nouveau contre lui.

— OK. On va essayer autrement. Pendant les dix années où nous avons été séparés, tu as eu une histoire sérieuse avec un autre mec ? Tu as été amoureuse ?

— Qu'est-ce que ça change ? Il n'y a plus rien à sauver de notre histoire, Seth. Même s'il y a eu de l'amour entre nous, le temps a appuyé sur la touche « Suppr ».

L'agitation dans son cœur lui disait qu'elle mentait. Mais elle n'était pas en état de l'admettre. Et peut-être ne le serait-elle jamais.

Apprendre à communiquer était une chose. Mais se mettre à nu ? Pour de vrai ?

Si elle reconnaissait avoir encore des sentiments forts pour Seth, ce serait comme si elle déshabillait son cœur tout à fait. Et ses réflexes d'autoprotection étaient féroces, instinctifs. Balayaient tous ses fragiles élans de partage.

— Tu as *déjà* changé, Fliss. Tu m'as parlé de toi comme tu ne l'avais jamais fait auparavant. Je ne savais pas que ta mère était enceinte quand elle s'est mariée, par exemple. Cela clarifie pour moi certains de tes comportements passés. Je saisis mieux pourquoi tu avais tiré toutes ces conclusions hâtives sur moi, à l'époque. Cela montre à quel point je te comprenais peu et mal, même si à l'époque je pensais le contraire. Cette fois-ci, ce sera différent.

Cette fois-ci ?

Elle se dégagea de ses bras à contrecœur.

— Tu ne comptes quand même pas sérieusement t'infliger une récidive ! J'ai toujours été synonyme d'emmerdements, Seth.

Il rit doucement.

— Je sais. C'est un des aspects de toi que je préfère.

— Mon père te dirait que...

— *Non.*

Il lui posa un doigt sur les lèvres.

— Ce que ton père dit de toi n'aura jamais la moindre incidence entre nous. Jamais.

— Il n'y a pas que mon père. Ta sœur aussi t'a mis en garde contre moi.

— Ça tombe bien : toute ma vie, j'ai toujours fait le contraire de ce que me conseillait Vanessa, et jusque-là je m'en suis porté très bien.

Il lui prit le visage entre les mains, la forçant à le regarder.

— Il n'y a que deux personnes qui comptent ici et ce sont celles qui sont impliquées dans cette relation. Toi et moi autrement dit. Je peux être patient. Je peux attendre pendant que tu apprends la confiance, te laisser le temps de découvrir que je ne la malmènerai pas. Mais ne laisse jamais quelqu'un d'autre décider de ce qui doit ou non se passer entre nous. Il y a toi, il y a moi, et personne d'autre.

Personne d'autre.

Il le pensait vraiment.

Et elle était tentée. Tentée jusqu'au vertige.

Elle ne comptait plus le nombre de fois où, le soir dans son lit, sous le manteau protecteur de l'obscurité, elle s'était interrogée sur ce qui serait arrivé si elle n'était pas tombée enceinte. Combien de fois n'avait-elle pas souhaité en secret qu'une seconde chance leur soit accordée ?

Cette chance, Seth la lui donnait aujourd'hui.

Elle songea à l'abîme dans lequel elle était tombée dix ans plus tôt.

Et sut que, si tout s'effondrait entre eux de nouveau, elle ne s'en relèverait peut-être pas une seconde fois.

— Il y a un truc dont je voudrais te parler, Harriet.

Fliss était allongée, fenêtres grandes ouvertes, sur le lit de la chambre mansardée. Elle écoutait le bruit de l'océan d'une oreille pendant qu'elle parlait au téléphone.

Sa sœur soupira à l'autre bout de la ligne.

— Tu m'inquiètes. Depuis deux semaines, tu es plus ou moins aux abonnés absents tout le temps. Et chaque fois que je suis sans nouvelles de toi, j'ai de sales pressentiments. Généralement, ça signifie que tu me caches quelque chose. Grams va bien, au moins ?

— Impeccable. Ses amies défilent en permanence. La maison est plus pleine que Times Square en juillet.

— Grams dit que tu es très occupée, toi aussi.

— Je passe ma journée à promener des chiens.

Et à voir Seth.

La veille, ils avaient fait du surf après une matinée sur la plage. L'avant-veille, la soirée s'était déroulée au Beach Hut où ils s'étaient gorgés de langoustes.

Rien qu'eux deux. Seuls. Elle oscillait en permanence entre la terreur et une surexcitation heureuse.

— Qu'est-ce que tu as à m'annoncer, alors ?

— Tu te rappelles que je t'ai parlé d'un projet d'extension pour notre activité ? Qu'est-ce que tu dirais si on ouvrait une antenne dans les Hamptons ?

La moitié de nos clients quittent New York en été pour venir se réfugier ici.

— Mais ils trouvent des promeneurs de chien sur place, non ?

— Pas tous. Je me souviens que Claudia Richards s'était plainte de ne pas trouver un service équivalent au nôtre, ici, dans les Hamptons.

— Ça fait juste une personne.

— Je promène déjà cinq chiens.

— Dont Charlie. Et ne me dis pas que tu factures tes services à Grams !

— Elle tient absolument à me payer.

Harriet s'en étrangla presque.

— Fliss ! Tu ne peux pas accepter d'argent de notre grand-mère !

— Essaie de le lui faire comprendre. Elle est encore plus tête de pioche que moi. Une fois qu'elle a décidé un truc, tu ne le lui enlèves plus du crâne.

Elle n'en revenait toujours pas de s'être autant rapprochée de sa grand-mère au fil des semaines.

— Elle dit que ma présence ici auprès d'elle affecte forcément notre chiffre d'affaires et qu'elle tient au moins à me régler les promenades que je fais faire à Charlie. Et ses copines veulent me payer aussi. Si je continue comme ça, je vais bientôt me balader avec la moitié du cheptel canin de South Fork.

— J'ai du mal à t'imaginer paradant avec des toutous bling-bling. Tu as doublé tes tarifs ?

Ce fut un soulagement d'entendre rire Harriet.

— Non. Et je ne promène aucune bestiole de luxe, en fait. Que de bons gros chiens bien de chez nous.

— Et tu envisages d'offrir ce même service de façon permanente ?

— Pourquoi pas ? J'ai fait quelques simulations

chiffrées et a priori ça pourrait être une activité à géométrie variable. Si tu es d'accord, j'officialise.

— Mais comment ça pourrait marcher ?

Harriet paraissait inquiète.

— Tu vas bientôt revenir ici. Comment on va faire pour gérer tout ça de Manhattan ?

Fliss rassembla son courage. Elle avait passé des heures à réfléchir à la façon dont elle allait amener son annonce de choc sur le tapis.

— J'envisage de rester encore ici quelque temps.

— Mais tu viens de me dire que Grams va bien ?

— C'est vrai.

— Alors pourquoi t'éterniser ? Plus tu passes du temps là-bas, plus tu auras d'occasions de tomber sur Seth.

Fliss regarda fixement le mur.

— Je suis tombée sur lui assez souvent, en fait.

— Ah zut. Tu as dû te décomposer.

— Je ne suis pas si décomposée que ça. Pour être honnête, il n'y a pas eu que des rencontres de hasard entre nous.

Un silence tomba à l'autre bout du fil.

— Tu le vois sur une base régulière, alors ?

— Régulière est un bien grand mot, mais...

Fliss passa son téléphone d'une main à l'autre.

— Je le vois assez souvent, oui.

— Et tu le vois comment ?

— Habillé jusqu'à présent. Donc, concrètement, je ne vois pas grand-chose.

— Je voulais dire : *avec quelle régularité* ?

— Cela prouve une fois de plus que, malgré notre grande ressemblance physique, nos fonctionnements mentaux divergent radicalement. Je croyais que tu voulais savoir dans quel état de dénudation je rencontrais Seth.

Et la réponse était : pas assez dénudés du tout. À part une fois sur le bateau, il ne l'avait même pas embrassée. Et l'absence de contact physique entre eux commençait à devenir une vraie torture.

— La vérité, c'est que je le vois quotidiennement. Parfois même jusqu'à deux fois par jour.

Il y eut un nouveau silence prolongé. Fliss fronça les sourcils et regarda son téléphone pour s'assurer qu'elles étaient encore connectées.

— Harriet ? Tu es encore là ?

— Je suis là, oui.

La voix de sa sœur était inhabituellement froide.

— Pourquoi tu ne m'as rien dit de ce qui se passait entre Seth et toi, Fliss ?

— Il n'y a rien de spécial à raconter. Je suis allée dîner chez lui le lendemain de la naissance du bébé de Matilda. Il a dit qu'il voulait qu'on s'explique et qu'on fasse la paix. Puis il m'a emmenée faire de la voile. Nous avons plus ou moins réussi à nous mettre au clair sur le passé.

Elle avait hésité à parler à sa sœur des révélations que Grams lui avait faites, mais il lui avait paru préférable de le lui dire lorsqu'elles se verraient en personne.

— Depuis, on passe pas mal de temps ensemble. On partage nos repas, on va nager. L'autre fois on a fait du kayak, même. C'était chouette.

— Tu sors avec lui, en somme ! C'est sérieux entre vous, Fliss ?

Sérieux ? Son cœur tressaillit dans sa poitrine.

— Pas du tout ! Juste amical. On partage quelques activités, c'est tout.

— Genre sexe entre amis ?

— Eh bien non, justement. La grande idée de Seth,

c'est qu'on devrait se concentrer plutôt sur autre chose pendant un certain temps.

Et même un temps certain. Elle se surprenait à se demander si cette période probatoire aurait une fin.

— Tu es sûre que c'est une bonne idée ? Tu m'inquiètes, là.

— Ah, non, non ! Tu n'as aucune raison d'être inquiète !

— Je t'ai vue souffrir comme une damnée, il y a dix ans, Fliss. Je n'ai pas envie que ça recommence.

— Lui a souffert aussi. Et tout ça remonte quand même à une décennie. On peut dire qu'il y a prescription, non ?

— Si le passé est si loin derrière toi, pourquoi as-tu fui Manhattan comme une dératée en te faisant passer pour moi ?

— C'est juste mon côté hystérique.

— Tu en as parlé avec lui ? Mais non, quelle question. Tu es systématiquement secrète et renfermée, même avec moi.

Fliss fronça les sourcils. Si Harriet avait su de quel bourbier émotionnel elle l'avait toujours tenue à l'abri, elle aurait été soulagée qu'elle ait choisi de tenir sa langue.

— On a quand même réussi à se parler un peu, Seth et moi. L'ennui quand on garde tout pour soi, c'est que ça crée des malentendus. Et même d'énormes malentendus, parfois.

Si elle n'avait pas été aussi obstinément mutique avec lui, à l'époque, leur amour aurait peut-être eu une chance.

Et si leur mère n'avait pas été aussi secrète avec ses filles, elles auraient eu quelques clés pour mieux comprendre l'échec du couple parental.

Était-ce pour protéger ses enfants ou pour se protéger

elle-même que leur mère leur avait menti ? C'était une question qui ne cessait de lui tourner dans la tête.

— Donc tu lui as parlé. Vraiment.

La voix de Harriet était tendue.

— Un peu, oui. Il y a encore des progrès à faire, mais j'essaie.

— Super.

Le ton de sa sœur exprimait tout sauf l'enthousiasme. Fliss se demanda si Harriet craignait qu'elle ne se mette en danger en se montrant *trop ouverte* avec Seth.

C'était une peur qu'elle ressentait elle-même. Parler librement à quelqu'un était quelque chose de tout à fait neuf pour elle. Même avec sa sœur, à qui elle aurait pu tout dire, elle avait choisi le parti pris du silence, pour éviter de l'entraîner avec elle par le fond.

— Mais parle-moi de toi, maintenant. Ça roule à Manhattan ?

— Je veux d'abord que tu m'en dises plus sur ce qui se passe entre toi et Seth !

La tentation de se confier était si forte que Fliss en suffoquait presque. Mais elle se ferma par réflexe.

— Qu'est-ce que tu veux que je te raconte d'autre ? Je viens déjà de tout te dire.

Harriet n'insista pas et elles passèrent à autre chose. Mais ce mensonge resta en travers de la gorge de Fliss. Comme si une ombre venait de tomber sur la relation sans nuages qu'elle avait toujours entretenue avec sa sœur.

Seth mettait un point d'honneur à passer le plus de temps possible avec Fliss. Même lorsqu'il avait des journées ultra-chargées à la clinique, il s'arrangeait pour la voir au moins une heure ou deux. En méditant sur le problème de Fliss, il était parvenu à la conclusion que la confiance venait avec la familiarité et que la familiarité s'établissait à force de contacts répétés. Une consigne qui lui allait comme un gant. Il était même passé la voir à l'improviste chez sa grand-mère, et les avait trouvées toutes les deux en train de s'activer côte à côte dans une cuisine qu'embaumaient des effluves pâtissiers tout bonnement divins.

Il avait accepté le café proposé et, assis à la vieille table en bois de cèdre, avait vu Fliss pétrir sa pâte avec une expression d'intense concentration sur les traits.

Lorsqu'elle avait sorti une fournée de cookies dorés, la concentration avait cédé la place à la fierté.

Sa grand-mère en avait cassé un en deux pour vérifier la texture et le verdict était tombé : réussite parfaite.

Seth en avait dégusté quatre. Qu'elle sache cuisiner ou non lui importait peu, mais il avait plaisir à la voir se rapprocher de sa grand-mère. Dans son idée, l'ouverture à l'autre requérait une pratique constante. Et le fait de pratiquer avec des personnes de confiance ne pouvait être que thérapeutique pour elle.

— Au fait, docteur, je vous ai encore vu avec Fliss sur la plage, l'autre jour ! Vous êtes inséparables tous les deux, on dirait.

Jed Black sortit de sa caisse le chaton de sa fille et le plaça sur la table d'examen.

— Il faut dire que c'est un beau brin de fille.

— En effet.

Le fait de s'afficher régulièrement avec Fliss lui valait réflexions, taquineries et toutes sortes de questions de la part des gens du coin. Mais leurs réactions l'amusaient plutôt. Pour lui, elles faisaient partie intégrante de la vie qu'il avait choisie. Vivre dans un cercle restreint de personnes, revoir chaque fois les mêmes familles, prendre soin des mêmes animaux lui plaisait. Tout comme il trouvait du plaisir à travailler avec la société protectrice des animaux locale. Il appréciait que les gens du pays soient toujours si prompts à recueillir les animaux abandonnés.

— Avec cette paire d'yeux bleus qu'elle a et ces jambes qui n'en finissent plus... Je suis sûr que vous devez avoir un peu de mal à vous concentrer, ces temps-ci ?

— Je vous assure que ma concentration est excellente, Jed. Qu'est-ce qu'il a ce chaton, au juste ? À première vue, il me paraît en parfaite santé.

Il caressa le petit animal et sentit la légère trémulation du minuscule félin sous ses doigts. Si Fliss découvrait à quel point les gens se passionnaient pour leur relation, repartirait-elle à Manhattan en courant ?

Il ne lui restait plus qu'à croiser les doigts en espérant que non.

Il reporta son attention sur le chaton de la famille Black et, malgré la salle d'attente pleine et les urgences de dernière minute, réussit à boucler ses consultations de la matinée. Dans l'après-midi, plusieurs chats se présentèrent, puis un chien boiteux et un lapin en butte à des problèmes dentaires.

Son dernier patient de la journée était un chat cracheur et souffleur qui se débattit comme un possédé lorsque sa propriétaire essaya de le placer sur la table.

Nancy vint à la rescousse et prit une serviette pour éviter qu'il ne se fasse mal.

— Je l'ai pris au refuge pour animaux, expliqua Betsy Miller. Ils m'ont dit que personne ne s'était jamais intéressé à lui parce qu'il est moche et qu'il a un sale caractère.

— Et vous cherchiez précisément un animal doté de ces deux particularités ?

Seth examina la gorge du chat, puis ses oreilles, et

lui palpa l'abdomen pendant que l'animal se tortillait et cherchait à le repousser à coups de dent et de patte.

— Oui, je sais, je sais, mon vieux... Ça ne t'amuse pas d'être ici. Je te comprends, tu sais. Vraiment. Il y a des jours où ça me fait plus ou moins le même effet qu'à toi.

Betsy le regarda procéder d'un air pensif.

— Comment vous dire, docteur ? Je cherchais un animal qui aurait *réellement* besoin de moi. Et, en voyant celui-ci, j'ai pensé que je pourrais avoir mon utilité. Qu'il lui fallait quelqu'un qui soit prêt à faire un bout de chemin à sa rencontre pour voir plus loin que ce qu'il montre dans un premier temps.

— Si tout le monde avait votre cœur et votre intelligence, Betsy, notre planète s'en porterait tellement mieux.

Seth prit le pouls du chat.

— Il est un peu rapide, mais le contraire aurait été étonnant.

L'animal apeuré lui rappelait un peu Fliss. Fliss qui sortait ses griffes à la moindre alerte. Fliss qui sifflait et crachait pour se protéger de toute intrusion.

Le chat se calma petit à petit et finit par se montrer tout à fait docile en fin de consultation.

— Il se sent en confiance avec vous, commenta Betsy.

Nancy acquiesça.

— Tous les animaux l'aiment. Parce qu'il est patient. Et il procède avec lenteur. Jamais de gestes brusques. C'est une bonne chose.

Pas toujours, non.

Avec Fliss, il avait procédé avec trop de lenteur. Attendu trop longtemps.

Mais rien ne lui interdisait de changer de rythme et d'accélérer un peu le mouvement...

Chapitre 17

— Un secret, dit Seth.

Ils étaient allongés sur le dos dans le sable. Cette fois, lorsqu'ils avaient jeté l'ancre près de l'île, ils avaient plongé du bateau pour nager jusqu'à la plage. L'eau était si froide que Fliss peinait à retrouver son souffle.

Elle roula sur le ventre et sourit.

Un secret.

C'était un jeu qu'ils avaient mis en place entre eux. La règle était de révéler une chose de soi que l'autre ne savait pas encore.

En jouant ainsi, elle avait appris que Seth était parti en Californie pour essayer de laisser sa vie passée derrière lui, mais qu'il n'y était finalement resté que deux ans. Elle savait aussi qu'il ne se sentait toujours pas en paix avec la décision de vendre *Ocean View* et que la relation qu'il avait eue avec son père avait été encore plus forte qu'elle ne l'avait cru.

Son cœur en pleurait pour lui.

Elle lui jeta un regard en coin.

— À huit ans, j'ai voulu savoir ce que ça faisait d'embrasser quelqu'un. Alors j'ai coincé Ricky Carter derrière la remise à vélos.

— Ça ne compte pas. Ce n'est pas assez personnel.

— Tu n'as pas vu le baiser.

Il l'attrapa par les épaules et la fit rouler sur le dos.

— *Qui* est ce Ricky Carter, d'abord ? Je veux son adresse et son numéro de téléphone.

— La dernière fois que j'ai entendu parler de lui, il zonait quelque part en Floride.

— Bon. Qu'il y reste. Maintenant, dis-moi quelque chose de personnel. Quelque chose qui compte pour toi.

— OK : lorsque tu m'embrasses, ça ne me fait pas du tout le même effet qu'avec Ricky Carter.

— Quand je t'embrasse comme ça, tu veux dire ?

Il approcha son visage du sien et Fliss frissonna. Son ventre se tendit et son cœur papillonna. Ils s'embrassaient de plus en plus souvent désormais et, chaque fois, son excitation s'élevait d'un cran. C'était comme si Seth avait décidé de faire monter lentement la pression, de reconstruire leur sexualité brique après brique pour amener leurs deux corps à se réapprivoiser en douceur.

Elle avait cessé de se dire qu'elle devait combattre ses sentiments, cessé de dresser la liste des raisons prouvant qu'ils commettaient selon toute probabilité une monstrueuse erreur.

Il releva lentement la tête.

— Il vaut mieux pour Ricky qu'il ne t'ait pas embrassée trop voluptueusement, sinon je ne donne pas cher de sa peau.

Sa voix était chaude et basse, chargée d'une troublante langueur. Et le désir dans ses yeux était comme une promesse différée.

Elle savait qu'il faisait durer le plaisir de l'attente et elle ne pouvait s'empêcher de se demander combien de temps cela durerait. « Le sexe, ça occulte parfois un peu trop les enjeux », lui avait-il dit une fois. Mais elle ne pouvait s'empêcher de penser que l'abstinence forcée finissait par créer un effet de brouillage identique. À force de désir frustré, elle avait de plus en plus de mal à garder les idées claires. Et ses défenses en béton se délitaient une à une.

— Ah, le baiser de Ricky... C'était comme sombrer lentement dans un océan de sensations. J'aurais eu besoin d'un gilet de sauvetage.

Il sourit.

— J'ai un rival non négligeable, apparemment.

Il n'avait jamais eu l'ombre d'un rival, ni avant, ni après, ni pendant. Là était le problème.

Elle gémit lorsqu'il posa les lèvres à la base de son cou. La discrète abrasion d'un léger début de barbe lui procura une agréable série de frissons.

— Un secret, Seth ! À ton tour, maintenant.

Il releva la tête un instant.

— Je ne supporte pas les champignons dans les pizzas.

— Ce n'est pas un vrai secret. Ça ne compte pas.

— Si je suis celui qui doit manger la pizza, ça compte, si. J'adore les champignons par ailleurs. Mais dans la pizza, non.

Elle sentait la pression de son corps tendu de désir contre le sien.

— OK. Message reçu. Jamais de pizza aux champignons. Dis-moi quelque chose de personnel, maintenant.

Tête baissée, il poursuivit ses explorations buccales en descendant au niveau de ses clavicules.

— Je suis déterminé, chuchota-t-il, les lèvres tout contre sa peau. Lorsque je me fixe un objectif, je ne m'arrête pas avant de l'avoir atteint.

Parlait-il d'eux deux ? Ou d'autre chose ? Ce qu'il faisait avec ses lèvres empêchait Fliss d'utiliser ses neurones à bon escient.

— Tu voulais être véto. Et c'est ce que tu es devenu.

Cette fois, il releva la tête pour la regarder entre ces longs cils noirs dont la réputation n'était plus à faire, s'il fallait en croire les copines de sa grand-mère.

— C'est un exemple. Il y en a d'autres.

— Lesquels ?

Elle voulait tout savoir à son sujet. Tout.

Au cours des quelques semaines écoulées, elle avait appris pas mal de choses. Qu'il était aimé et respecté parmi les gens du coin, déjà, pour commencer. Partout où elle allait, c'était « le Dr Carlyle » par-ci et « le Dr Carlyle » par-là. Chez certaines, ledit respect se rapprochait plus de l'adulation. Et les quelques anecdotes sur Seth qu'elle aurait pu louper en faisant les courses dans les magasins du secteur lui étaient chaque fois obligeamment fournies par la bande d'amies de sa grand-mère.

C'était grâce aux Princesses du Poker qu'elle savait qu'il avait mis au point un programme de proximité pour aider le refuge local pour animaux. Et qu'il encourageait activement ses clients à adopter des animaux abandonnés plutôt que de se tourner vers des éleveurs.

Toujours grâce à cette même source d'information, elle avait appris qu'il avait risqué sa vie pour sortir quatre chevaux d'une écurie en flammes et qu'il n'avait pas hésité à faire deux visites à domicile pour aider une adolescente tombée en dépression après la mort de son chat.

Seth lui-même n'évoquait jamais ses faits d'armes, même lorsqu'ils jouaient à échanger leurs secrets. Cette discrétion ne la surprenait pas. Il faisait ce qu'il estimait avoir à faire, parce qu'il obéissait à ses convictions — jamais pour épater la galerie.

Il aimait les animaux et, s'il pouvait faire quelque chose pour améliorer leur sort, il le faisait.

— Tu avais quel âge quand tu as décidé que tu voulais devenir vétérinaire ?

— Huit ans. On randonnait avec mon père et on est tombés sur un chien attaché à un piquet au fond d'un jardin à l'abandon. Les propriétaires avaient déménagé en le laissant crever sur place. Il n'avait plus que la peau sur les os. À ce stade, il ne demandait même plus à être sauvé. Mais mon père l'a récupéré quand même et l'a emmené au refuge pour animaux. J'allais rendre visite à ce chien tous les jours et je m'occupais de lui. Les gens du refuge ont fait un super boulot avec lui. Petit à petit, avec une patience infinie, ils amenaient cet animal lourdement traumatisé à leur faire confiance. Pour moi, c'était comme s'ils opéraient de la magie. J'étais fortement impressionné et je me suis juré de devenir comme eux. D'apprendre.

Il écarta d'un geste caressant les cheveux qui tombaient sur le visage de Fliss.

— Je n'ai jamais oublié ce chien car il m'a appris quelque chose d'important.

— C'est-à-dire ?

— Qu'il faut voir plus loin que le comportement explicite. Si un animal ou un être humain fait preuve d'agressivité, c'est souvent parce qu'il y a une raison sous-jacente.

Cette fois, elle avait la certitude qu'il ne parlait pas que du chien. Son cœur se mit à battre plus vite.

— Et c'était quoi, sa raison ?

— Ce chien n'était que hargne et fureur. Mais, une fois qu'il a compris que personne au refuge ne lui voulait du mal, la colère qui semblait faire partie de son caractère est tombée et il est devenu sympa, affectueux et docile.

— Il a fini par trouver une bonne famille d'adoption ?

— Oui. Enfin, j'aime à penser que c'est le cas.

Seth roula sur le dos et se protégea les yeux du soleil avec le bras.

— Il a vécu avec nous pendant quatorze ans. Et je n'ai jamais eu de meilleur chien que lui. Maintenant encore, il me manque.

Fliss se dressa sur un coude pour le regarder, consciente qu'aucun homme jamais ne l'avait affectée comme Seth. Il se jouait de sa volonté avec son sourire sexy et son visage dont elle aimait chaque trait. Il déjouait chacune de ses défenses avec pour seules armes son empathie et sa patience.

Être fort, pour Seth, ce n'était jamais l'art d'enfoncer l'autre, que ce soit avec des coups ou avec des mots. La force ne s'affirmait ni par le pouvoir ni par les poings, même si elle le savait tout à fait capable de se battre physiquement si les circonstances l'exigeaient.

Non, être fort pour lui, c'était se montrer à la hauteur de ses valeurs et de ses convictions. C'était avoir le courage de les mettre en œuvre, quel que soit le prix à payer.

Elle se demandait parfois si la fascination qu'il avait exercée sur elle au début n'était pas liée au fait qu'il représentait en tout point l'opposé de son père.

Les conversations entre eux coulaient presque sans heurts, à présent. Il évoqua ses équipées d'adolescent, son premier rendez-vous avec une fille, lui raconta la chute de cheval de Bryony qui lui avait valu une mauvaise fracture du bras. Elle lui parla de ses études, de la vie de voyageuse que menait désormais sa mère et la rencontre riche en péripéties entre Daniel et Molly. Elle faillit lui confier qu'elle était allée voir son père à l'hôpital, un soir de pluie et de tristesse, mais elle n'était pas encore prête à exposer cette part d'elle-même restée à vif, même si elle appréciait de plus en plus les qualités d'écoute de Seth.

C'était un interlocuteur toujours attentif à ce qu'elle disait, mais aussi à tout ce qu'elle ne disait pas. Et sous la discussion qui se déroulait avec une apparente décontraction venaient affleurer par vagues l'intense chimie sexuelle et la tension permanente du désir entre eux.

Elle ressentait plus de facilité à lui parler qu'avant et n'aurait su dire d'où cela venait.

Consciente que l'heure tournait, elle se redressa et essuya les grains de sable restés collés à ses bras.

— Un secret. Le dernier. C'est toi qui commences.

— Hé, je viens de t'en confier au moins cinquante. C'est ton tour.

— Sûrement pas, non. Tu te mélanges les pédales.

— Ça doit venir de ce maillot que tu portes. Voir tes seins semi-dénudés m'embrouille le cerveau.

Il se pencha vers elle mais elle le repoussa en riant.

— Un secret. À ton tour.

Il resta un instant silencieux puis son regard glissa sur les lèvres de Fliss.

— Je suis heureux que tu sois venue te réfugier ici pour me fuir.

— On ne peut pas dire que j'ai réussi à fuir grand-chose.

— Je suis heureux aussi de ça.

Elle découvrit soudain qu'elle ressentait la même chose — et son cœur manqua un battement.

Où cela allait les mener, elle n'en avait pas la moindre idée. Pas plus qu'elle ne savait ce qu'elle ferait une fois qu'ils seraient à destination.

Mais pour le moment, le trajet l'enchantait.

Seth passa la journée suivante en salle d'opération puis rentra directement chez lui pour se doucher et se changer avant de s'acquitter d'une obligation qu'il appréhendait. Il s'était surpris une fois ou deux à espérer une urgence qui lui aurait offert une excuse commode pour se soustraire au rendez-vous qui l'attendait.

Tant qu'il avait été occupé à opérer, il avait réussi à ne pas y penser mais, maintenant que rien ne venait plus distraire son attention, il s'apercevait qu'il lui manquait l'autodiscipline nécessaire pour ne pas tomber dans de noires ruminations. Il connaissait bien la liste des différents stades du deuil et les avait tous expérimentés dans le désordre : le choc, le déni, la colère — son moral n'avait pas cessé de faire le grand huit depuis le décès paternel.

Et maintenant, il lui incombait de vendre *Ocean View* , la maison qui était pour lui comme le dernier trait d'union qui le maintenait encore en lien avec son père.

En se garant devant chez lui, il eut la surprise de trouver la voiture de Fliss stationnée devant la maison.

Son humeur s'éclaircit. Puis il réalisa à regret que, si elle avait prévu quelque chose, il ne pourrait pas se rendre disponible ce soir.

Il s'était promis de franchir le pas aujourd'hui, pour la mise en vente, puis de faire l'ermite sur sa terrasse en partageant son blues avec le soleil couchant. Et éventuellement avec une bière.

Il descendit de voiture, avec l'envie irraisonnée d'embarquer Fliss dans sa chambre et de ne plus en ressortir pendant au moins une semaine.

Oublie ça, Carlyle. Il ne se servirait jamais d'elle comme d'une distraction ou d'un remède.

— Je ne pensais pas te trouver ici.

— J'ai un secret !

Elle leva le doigt, engageant le jeu qui était devenu leur rituel à deux.

— J'aime bien être là où on ne m'attend pas, dit-elle. Je pensais te faire une surprise. À ton tour maintenant de me surprendre. Je veux une surprise, une vraie. Tout à fait *dark*, *hot* et sulfureuse.

Elle s'adossa contre le flanc de sa voiture, son regard provocant scintillant d'humour, jusqu'au moment où elle discerna son expression. L'amusement disparut, aussitôt remplacé par l'inquiétude.

— Qu'est-il arrivé ? Un de tes patients est mort ? J'ai entendu dire que le chien des Jenkins avait été renversé par une voiture.

— Le chien va s'en sortir, même s'il a dû passer deux heures sur la table d'opération.

Il avait d'ailleurs passé presque autant de temps à rassurer et apaiser Lily et Doug Jenkins, bouleversés à l'idée qu'ils auraient pu perdre un animal qui faisait partie intégrante de leur famille.

C'était peut-être la tension liée à l'intervention chirurgicale qui avait déclenché le mal de tête qui lui martelait le crâne. Et non pas la perspective de vendre au plus offrant la maison qu'avait tant aimée son père.

— Tu as l'étoffe d'un héros, docteur Carlyle. Tu devrais déjà être au champagne.

Il avait rarement eu aussi peu le cœur à célébrer quoi que ce soit.

— Pas ce soir, non. J'ai un rendez-vous.

Et il ne voulait pas la mêler à ces transactions plombantes.

Fliss se détacha de la voiture pour s'avancer vers lui.

— Je croyais qu'on faisait dans la communication, toi et moi ? Je suis néophyte à ce jeu, mais il me semble que c'est le type même de situation où tu es censé me confier ce qui te donne cette expression amère et le regard sombre ?

— Je dois retrouver Chase à *Ocean View* . Tu te

souviens que je t'ai parlé d'une de ses connaissances qui serait intéressée ? Le mec doit venir visiter dans une demi-heure.

— Oh ! Seth...

Elle lui glissa les bras autour de la taille et se serra contre lui.

— Je ne savais pas que ta décision était prise. Et je ne pensais pas que ça irait aussi vite, surtout.

Il respira l'odeur de ses cheveux, sentit son corps mince pressé contre le sien, et se demanda pourquoi il ne pouvait pas l'entraîner à l'intérieur, débrancher le téléphone et laisser le reste du monde à la porte.

— Ça va aller.

Elle émit un rire bref et se détacha de ses bras pour planter son regard dans le sien.

— Normalement, la rétention émotionnelle, c'est mon rayon. Pas le tien.

— Exact. Dans ce cas, oui, je reconnais que ça ne m'enchante pas d'aller faire visiter *Ocean View* à un acheteur potentiel bardé de millions.

— Pourquoi ne pas attendre un peu avant de vendre ? Rien ne presse, si ?

— J'ai eu ma mère au téléphone hier soir. De toute la famille, je suis visiblement le seul qui freine des quatre fers. Les autres aimeraient autant que ce soit fait rapidement.

Il soupira.

— Mon père adorait cette maison. Je sais que c'est idiot, mais c'est comme si, en m'en débarrassant, je le perdais une seconde fois.

Il lui avait raconté le déroulement cauchemardesque de la nuit où son père avait fait son arrêt cardiaque — l'appel frénétique de sa mère à 2 heures du matin, le départ sur les chapeaux de roues, le trajet échevelé jusqu'à l'hôpital. Puis l'horreur d'être arrivé trop tard, d'avoir loupé le dernier adieu, de ne pas avoir pu échanger un mot ou un regard. Les regrets et les remords qui s'étaient succédé ensuite sans relâche. Les mots qu'il aurait voulu prononcer et qu'il avait gardés pour lui. Les moments qu'il aurait voulu partager et qu'il avait passés ailleurs. La découverte implacable que la vie que l'on avait la prétention de vouloir organiser n'en faisait qu'à sa tête et que la tragédie choisissait ses victimes à l'aveugle et sans pitié. Qu'une vie qui semblait idéale pouvait basculer dans le néant d'un instant à l'autre et que le fleuve du temps ne se laissait jamais naviguer à contre-courant.

Autant de pensées inutiles, lancinantes, écrasantes.

— Tu ne peux pas différer la vente jusqu'au moment où tu te sentiras prêt ?

— Puisque ma famille a décidé qu'on se séparait de cette maison, autant que ce soit le plus tôt possible. Il vaut mieux vendre maintenant, avant qu'elle ne nous coûte une fortune en entretien. Si Chase a un acheteur potentiel prêt à payer cash, je ne peux pas m'offrir le luxe de laisser passer l'occasion.

— Dans ce cas, je viens avec toi.

— Non, non, pas question. Ça va être sinistre.

— Et alors ? On est amis, non ? Les amis sont là pour les bons comme pour les mauvais moments.

Elle verrouilla sa voiture et glissa les clés dans sa poche.

— Allez, c'est parti.

Il n'était pas d'humeur à se battre avec elle, de toute façon.

— Avec un peu de chance, je m'apprête à faire la vente la plus rapide de l'histoire de l'immobilier. Maman n'aura plus aucune inquiétude financière à avoir.

— Toi, le fric ne t'intéresse pas, observa-t-elle.

Jamais je ne t'ai vu t'en inquiéter. Avec toi, ce n'était jamais une question d'argent.

— Je fais partie de ces privilégiés qui n'ont jamais eu trop de soucis à se faire de ce côté-là.

— Il y a des tas de gens qui n'ont pas de soucis d'argent mais qui passent quand même leur vie à ne penser qu'à ça. Les considérations pécuniaires dominent leur existence, déterminent chacune de leurs décisions. Ça, et les conventions. Se comportent-ils comme la mode du moment l'exige ? Portent-ils la tenue adéquate ? Se montrent-ils aux bons endroits, fréquentent-ils les bons réseaux ? Toi, tu t'en foutais, de tout ça. Et tu t'en fous encore. Tu ne t'inquiètes pas de savoir si le marché est favorable ou si Chase va réussir à tirer le maximum d'*Ocean View* . Ce qui te préoccupe, en revanche, c'est d'avoir à te séparer d'un lieu qui a été un point d'ancrage pour ta famille, un lieu où tu as passé tes étés et tes fêtes de Noël pour aussi longtemps que tu te souviennes.

Il se souvenait, oui. De chaque année. De chaque moment.

Il effleura la main de Fliss.

— Elle est tellement imprégnée, cette maison — chaque recoin, chaque tableau, chaque arbre du jardin nous parle de lui. Pour maman, c'est trop violent. Ça la submerge, l'enfonce dans son chagrin et lui fait perdre ses moyens. Pour moi...

Il hésita et elle hocha la tête.

— Je comprends. Chaque fois que retournes là-bas, à *Ocean View* , tu te sens proche de lui, connecté. En vendant la maison, tu as l'impression de brader tes souvenirs et de les fourguer à des inconnus.

— C'est un peu l'effet que ça me fait, oui. Mais je considère que les besoins de ma mère sont prépondérants, dans ce cas précis. Les miens ne comptent pas.

— Ils comptent pour moi. *Toi,* tu comptes pour moi.

Elle glissa sa main dans la sienne, et il lui effleura la joue d'une caresse.

Le soleil avait déposé un discret pointillé de taches de rousseur sur le nez de Fliss et lui avait éclairci les cheveux. Le bleu de ses yeux en paraissait plus lumineux que jamais.

Mais comment avait-elle réussi à se mettre dans la tête qu'elle était la « mauvaise jumelle » ?

Fliss était une des personnes les plus loyales qu'il ait jamais rencontrées. Et sa droiture était totale. Un instant, par contraste, ses pensées le ramenèrent à Naomi et à ses manipulations compliquées.

Fliss était directe. Elle ne manœuvrait pas.

Si Chase fut surpris de la voir arriver avec lui, il garda son étonnement pour lui. Il embrassa Fliss avec effusion et la remercia une fois de plus de l'aide qu'elle avait apportée à Matilda, lui jurant une reconnaissance éternelle. Alors seulement, il se tourna pour leur présenter son ami.

Todd Wheeler était banquier d'affaires à Wall Street et son téléphone sonnait en permanence. Seth songea qu'à sa place il serait devenu fou au bout de cinq minutes, mais pour Todd il s'agissait de toute évidence de la normalité la plus banale.

— Wheeler, oui... J'écoute.

Il répondait par monosyllabes dures et hachées.

— Non... Exact... Ces actions vont crever le plafond...

Seth s'en fichait, de ces histoires de cotations en bourse. Tout ce qu'il demandait, c'était que Todd achète la maison et qu'ils en finissent une bonne fois pour toutes. Mais c'était à peine si le banquier d'affaires semblait regarder autour de lui.

Ce type allait-il réellement lâcher une partie substantielle de son capital pour un lieu sur lequel il prenait à peine le temps de jeter un coup d'œil ?

Todd mit fin à l'appel et Seth réussit à grimacer un sourire poli.

— C'est une grosse journée pour vous ?

— Toutes mes journées sont de grosses journées.

Todd jeta un coup d'œil à sa montre.

— On y va ?

Seth se retint de lui demander s'il était sûr d'avoir le temps de faire la visite. Il se força à le précéder de pièce en pièce, se sentant comme enveloppé par le vide sépulcral de sa maison d'enfance.

La raison aurait voulu qu'il se lance dans un argumentaire de vente détaillé et qu'il remplisse le lourd silence peuplé d'échos en soutenant une conversation polie. Mais il était incapable de rassembler l'énergie nécessaire.

Dans la bibliothèque, Todd prit encore trois appels d'affilée. Seth échangea un regard avec Fliss qui esquissa une discrète grimace.

La tête comique qu'elle faisait lui remonta très légèrement le moral.

Plus tard, quand ils en auraient fini avec ce Todd, ils iraient faire une grande marche sur la plage, se dit-il.

Lorsque le banquier finit par glisser son téléphone dans sa poche pour la cinquième fois, Seth lui montra le reste du rez-de-chaussée. Il s'attarda dans l'élégante salle à manger où sa mère avait organisé d'innombrables dîners animés, puis poursuivit son chemin jusqu'à la grande cuisine qui avait été le cœur de la maison et offrait une vue sur l'océan à tomber par terre.

Lorsque Todd prit son septième appel, Seth commença sérieusement à regretter de ne pas avoir laissé Chase lui montrer la maison sans lui.

Dans chacune des pièces de la vaste demeure silencieuse, il sentait la présence invisible de son père. Il se souvenait du dernier Thanksgiving qu'ils avaient passé là tous ensemble, avec la famille encore au complet. Naomi s'était jointe à eux. Mais, dès l'instant où elle avait mis les pieds dans la maison, il avait compris qu'il avait commis une erreur en lui proposant de venir. Elle en avait tiré des conclusions quant à l'avenir et il l'avait entendue pouffer de rire dans la cuisine avec Vanessa. Clairement, elles montaient une intrigue, toutes les deux. Et il était visé par le complot.

Naomi était venue là avec de grandes attentes, persuadée que son invitation préludait à une demande en mariage en bonne et due forme.

Comme rien ne venait, elle avait tenté de lui tendre des perches — qu'il s'était bien gardé de saisir. Petit à petit, l'exaspération de Naomi était montée, et il l'avait laissée renfrognée et boudeuse en compagnie de Vanessa pour sortir faire de la voile avec son père. À cette époque de l'année, les eaux de Gardiner's Bay étaient agitées et leurs deux expériences combinées n'avaient pas été de trop pour affronter le vent et les flots. Cette course contre les éléments avait été à la fois terrifiante et excitante, et c'était une des plus belles sorties en mer dont il gardait le souvenir.

Un autre événement majeur de cette journée était resté imprimé dans sa mémoire. Alors qu'ils naviguaient ensemble, son père avait observé que le choix d'un partenaire de vie était une décision majeure et lourde de conséquences. « Si tu t'embarques dans cette aventure, il faut que ce soit avec quelqu'un qui a envie de s'élancer avec toi. Pas avec quelqu'un qui te tirera en arrière. »

Seth avait compris qu'aux yeux de son père Naomi n'était pas un bon choix pour lui. Ce qui l'avait conforté dans sa propre prise de conscience.

C'était une des dernières conversations de fond qu'ils avaient eues ensemble. Et ce jour-là avait signé le déclin de sa relation avec Naomi. Plutôt que de s'obstiner à chercher une femme avec qui il retrouverait la même proximité qu'avec Fliss, il avait pris la résolution de se remettre en quête de l'original au lieu de courir après une hypothétique copie.

Le décès de son père, peu après, lui avait rappelé que la vie était courte — trop courte — pour gaspiller de précieuses années en se trompant de partenaire.

Ils venaient d'entamer, toujours en silence, la visite du premier étage, lorsqu'il entendit Todd poser une question à Chase sur le rendement locatif.

Le rendement locatif ?

Pour lui, acheter une maison pour y vivre n'était pas une question de retours financiers mais de retours *émotionnels.* Il ne mesurait pas l'immobilier en termes de surface habitable mais en termes de qualité de vie.

C'était la raison pour laquelle il avait choisi de s'installer juste à la frontière de la réserve naturelle.

Il avait vu le potentiel du lieu. Pas pour réaliser une juteuse opération financière mais pour construire un futur heureux. Un endroit où il pouvait créer des racines et fabriquer ses propres souvenirs. Et un endroit où — pourquoi se le cacher ? — il espérait un jour fonder une famille.

Peut-être que, quelque part, sans qu'il en ait eu vraiment conscience, ce désir avait toujours été présent en lui.

Todd étant une fois de plus occupé au téléphone, Seth ouvrit les portes-fenêtres et passa sur le balcon. La maison donnait sur un paysage de dunes, vagues de sable sculptées par le vent que prolongeait une plage naturelle de sable blanc. C'était là qu'il avait joué toute son enfance avec ses sœurs, tenu son rôle d'arbitre lorsqu'elles se livraient une guerre hurlante et sans merci pour des motifs depuis longtemps tombés dans l'oubli.

Mais les voix d'enfants s'étaient tues. Ils étaient adultes désormais et il n'entendait plus que le chuintement doux des vagues qui déferlaient paresseusement sur le sable.

Des pas résonnèrent derrière lui et la main de Fliss vint se poser sur son bras.

— Ce type est une menace pour ma santé mentale. Tu n'as vraiment pas d'autre acheteur que lui ? Parce que j'aimerais bien l'assassiner si tu n'y vois pas trop d'inconvénients. Je te promets de verser le moins de sang possible. Je pourrais le pousser du balcon ni vu ni connu. Ou les noyer dans la piscine, lui et son téléphone de l'enfer.

Il n'aurait pas imaginé être en état de sourire aujourd'hui, mais il se surprit à le faire.

— Il fait son boulot, je suppose.

— Son boulot, en ce moment, consiste à visiter cette maison.

— Il ne l'achètera jamais, Fliss.

Au moment où il prit conscience que la transaction avait très peu de chances d'aboutir, il s'aperçut à quel point il avait espéré parvenir à un accord rapide afin d'opérer une coupure nette, franche et immédiate. Si Todd tournait les talons, la vente serait plus longue et plus compliquée, et il passerait des mois à se dépatouiller avec des agences immobilières.

D'innombrables inconnus arpenteraient la maison de son enfance et piétineraient ses souvenirs en y laissant l'empreinte de leurs pas.

Fliss tapota le sol du pied.

— S'il voulait bien renoncer à son téléphone cinq minutes pour se concentrer sur ce qu'il est censé être en train de faire, il pourrait tomber amoureux de cette belle demeure ancienne et décider de l'acheter.

— Des types comme Todd Wheeler ne tombent pas amoureux d'un bien immobilier. Ils raisonnent en termes de retour sur investissement. Ce qu'il voit, ce n'est pas un lieu potentiel où vivre mais 750 m² de surface habitable avec vue sur l'océan et accès aisé à l'héliport.

Fliss prit un air féroce.

— Hum... Je vais voir si je peux remédier à ça.

Elle s'engouffra à grands pas dans la maison, et Seth jugea plus prudent de la suivre.

Il savait qu'elle ne noierait pas Todd Wheeler dans la piscine. Mais, connaissant Fliss, il n'excluait pas qu'elle puisse tout de même commettre quelques dégâts.

D'un pas résolu, elle traversa deux chambres à coucher et finit par retrouver la trace de Todd et de Chase dans une des pièces du fond avec vue sur les jardins.

— Excusez-moi.

Elle se planta devant Todd et lui adressa un sourire amical.

— Je pourrais vous parler un instant ?

Seth s'immobilisa dans l'encadrement de la porte et vit Todd froncer les sourcils.

— Oui, bien sûr.

Son téléphone sonna et il jeta un coup d'œil sur l'écran.

— Je dois prendre cet appel. Si vous voulez bien patienter un instant...

— Non. En fait, non...

Le sourire toujours scotché en place, Fliss lui prit l'appareil des mains.

— Je vous conseille de les faire attendre un peu.

C'est toujours profitable en affaires de savoir faire patienter ses interlocuteurs.

Songeant que ce n'était pas le moment d'éclater de rire au nez de son acheteur potentiel, Seth recula d'un pas pour se dérober à sa vue.

Il ne se serait pas lui-même autorisé à faire remarquer à Todd que son comportement était déplacé, mais Fliss semblait déterminée à lui dire sa façon de penser.

— Vous devriez plutôt porter votre attention sur la tâche en cours, lui recommanda-t-elle d'un ton aimable. Parce qu'une fois que vous serez sorti d'ici il sera trop tard. Or je vais vous dire une chose : si vous laissez cette maison vous passer sous le nez, vous vous en mordrez les doigts. Et, si j'étais votre femme — ce qu'en toute franchise je me réjouis de ne pas être car je ne suis pas sûre de vouloir faire ménage à trois avec un téléphone —, je pourrais être tentée de vous en vouloir. Vous ne retrouverez pas de sitôt une demeure en bord de mer avec un potentiel comme celle-ci.

— Avant de me prononcer là-dessus, il faudra d'abord que je revienne avec mon architecte.

— Je ne vous parle pas de son potentiel en tant que projet immobilier. Je pense au potentiel qu'à cette maison d'apporter une qualité nouvelle à votre vie de famille. J'essaie de vous aider à ouvrir les yeux sur ce que vous ne semblez pas être à même de percevoir.

— Écoutez, la propriété est belle, mais ce n'est pas la seule sur le marché. Dans le secteur que je vise, j'en ai repéré plusieurs autres, plus grandes, que je tiens à visiter d'abord.

Le choc sourd de la déception prit Seth à la gorge. C'était exactement ce qu'il avait redouté.

— Des maisons plus *grandes* ?

Fliss, elle, ne s'avouait pas encore vaincue, apparemment.

— Vous avez combien d'enfants, Todd ? Dix ? Onze ?

— Deux, rectifia-t-il avec impatience.

— Mais vous avez l'intention de venir ici avec tout le reste de votre famille au grand complet ? Votre belle-mère, peut-être ? Une ribambelle de cousins ?

Todd se raidit.

— Ce serait juste pour nous quatre, mais la question n'est pas là. Je ne saisis pas très bien où vous voulez en...

— J'essaie de comprendre en quoi un supplément d'espace pourrait vous être utile par rapport à celui dont vous disposeriez ici. À quatre, en emménageant à *Ocean View* , chacun d'entre vous pourrait changer de chambre chaque jour pendant une semaine. Des amis, il est possible d'en recevoir autant qu'on veut, ici, et il y a même une maison d'invités aménagée dans les dépendances. Lorsque vos enfants atteindront la puberté, ils pourront s'octroyer chacun leur aile, s'ils décident qu'ils ne veulent plus voir personne et qu'ils détestent le monde entier... Naturellement, il y a toujours moyen d'acheter encore plus grand, mais à quoi bon ?

— C'est ce qu'on appelle investir.

— Donc, ce n'est pas une maison pour votre famille que vous recherchez. Vous visez un bénéfice financier.

— C'est un facteur qui entre forcément en ligne de compte.

Todd soutint le regard de Fliss.

— J'ai cru comprendre par Chase que cette propriété n'était pas encore sur le marché.

— Une maison aussi attractive que celle-ci ne sera jamais dans les petites annonces. Si vous vous êtes déplacé jusqu'ici au beau milieu d'une journée de travail chargée, c'est parce que vous savez qu'une occasion comme celle-ci ne se présente pas tous les jours. C'est parce que cette maison de maître a un authentique caractère et que d'autres acheteurs potentiels n'attendent que le feu vert pour se présenter. Si Seth a accepté de vous la montrer en premier, c'est uniquement parce que vous êtes un ami de Chase. Tout revient donc à une seule et unique question : êtes-vous oui ou non amoureux de cette maison ?

— Amoureux ?

Le banquier parut déconcerté.

— Une décision d'achat se prend sur des bases financières. Pas émotionnelles.

— Ce n'est pas un bien immobilier dans lequel vous vous trouvez, c'est un lieu de vie — une maison de famille. Par simple curiosité, Todd, comment comptez-vous présenter les choses à votre femme ? « Tiens, ma chérie, je nous ai acheté une maison, mais ne perds pas ton temps à défaire tes valises et ne t'y attache surtout pas, parce que, s'il y a moyen de réaliser une plus-value intéressante, je la vendrai et on pliera bagage pour aller ailleurs. » C'est ce que vous vous préparez à lui dire ? Parce que, si c'est le cas, je la plains. Et vos enfants avec. Comment s'appellent-ils, d'ailleurs ? Ils ont quel âge ?

— Katy a huit ans et Grant en a six.

— Une fille et un garçon. Si vous avez décidé d'acheter une résidence ici, c'est pour qu'ils aient la chance de grandir en passant leurs étés dans les Hamptons. Je suis sûre qu'ils vont adorer la plage.

Le ton de Fliss se radoucit.

— Ils joueront à cache-cache, là, dans ces dunes, tout près de la maison. Et ils reviendront avec du sable collé sous leurs pieds et du soleil plein les yeux.

Des enfants exubérants, ivres de mer et de vent. Des enfants heureux.

Seth fronça les sourcils.

Le tableau qu'elle avait brossé était si net qu'il retrouvait la caresse de l'air iodé dans ses narines et qu'il lui semblait entendre les rires de ses sœurs. Et la voix de leur mère leur intimant l'ordre de s'essuyer les pieds pour ne pas mettre du sable plein la maison.

Todd ne dit rien.

— Peut-être que vous emmènerez Grant faire de la voile avec vous, tout comme Seth allait naviguer avec son père.

La voix de Fliss vibrait d'une conviction presque désespérée. Seth se demanda pourquoi elle insistait encore. Pensait-elle vraiment convertir un type comme ce Wheeler en l'espace d'une seule discussion et métamorphoser le businessman aux dents longues en *pater familias* au grand cœur ?

— Fliss...

— Seth vous a dit que son père et lui passaient toutes leurs heures libres ici à bricoler leur sloop ? Pas à la marina, mais ici sur le débarcadère, juste devant la maison. Je vous parle de Grant mais ce sera peut-être Katie qui tombera amoureuse de la mer et des bateaux, qui sait ? Et quand on s'occupe de l'entretien d'un bateau familial, que ce soit en cale sèche ou sur l'eau, ce n'est pas la valeur marchande du voilier qui importe, Todd. Ce qui compte, c'est le temps passé en famille, ce sont les paroles qui s'égrènent — et parfois qui s'ancrent en nous à jamais — alors qu'on vernit une coque en bois ensemble ou qu'on tire des bords dans la baie. Quelle que soit la façon dont vous occuperez votre temps ensemble dans cet environnement, Katy et Grant se souviendront de ces moments comme des temps forts qui auront marqué leur enfance. C'est cela que vos enfants garderont en mémoire plus tard, et pas le montant de la plus-value que vous réaliserez. Cette maison, ce n'est pas juste du bois et des briques, c'est un cœur et c'est une âme.

Lorsqu'elle se tut, un grand silence accueillit ses paroles.

Cette fois, semblait-il, Todd n'avait plus rien à répondre.

Et Seth non plus.

Il comprit qu'elle n'essayait pas de convertir Todd ni de lui faire la morale. Fliss s'était mis en tête de vendre *Ocean View* et elle le faisait avec autant de passion et de conviction que si la maison lui appartenait en propre.

Elle dépeignait l'ambiance du lieu par petites touches subtiles, à la manière d'une artiste, évoquant des visions d'une vie de famille si idylliques qu'il en aurait presque acheté la maison lui-même s'il n'avait pas été le vendeur.

Todd toussota.

— Je ne crois pas que...

Mais elle ne lui laissa pas le temps de protester.

— Formulons les choses autrement : quand vous investissez de l'argent, vous attendez que ça vous rapporte. Mais qui dit que les bénéfices doivent être seulement financiers ? Cette maison est un investissement dont vous engrangerez les retours sous forme de moments privilégiés avec vos proches. Les dividendes du bonheur partagé se distribuent sous forme de souvenirs précieux, et les souvenirs ne meurent jamais. Rien ne peut nous les enlever, même pas un effondrement du marché. Emmenez votre fils faire de la voile, apprenez à surfer à votre fille, et vous leur offrirez une richesse qu'ils garderont en héritage. Un jour ou l'autre, ils quitteront la maison parentale mais ils emporteront leurs souvenirs avec eux. Et *ça,* c'est investir dans l'avenir de vos enfants, Todd.

Ils emporteront leurs souvenirs avec eux.

Un point de tension se dénoua dans la poitrine de Seth.

Il avait toujours pensé que ses souvenirs étaient ancrés dans les murs de la vieille demeure familiale, mais Fliss avait raison. Il les portait en lui et il les garderait, quoi qu'il fasse et où qu'il aille. La vente de la maison n'y changerait rien.

Ravalant une montée d'émotion inattendue, il s'avança à son tour dans la chambre. Au même moment, Chase réapparut en s'excusant copieusement.

— Désolé, c'était Matilda au téléphone. Elle voulait que je fasse quelques courses en rentrant. Vous avez terminé ? Ou tu veux voir encore autre chose, Todd ?

— Non, c'est bon. On m'attend à Manhattan.

D'un bref hochement de tête, le banquier prit congé de Fliss et de lui.

— Merci pour la visite.

Seth ne dit rien. Les paroles de Fliss continuaient de lui résonner dans la tête.

Chase lui assena une tape amicale sur l'épaule.

— Je vais reconduire Todd à l'aéroport. Tu m'as dit que tu bossais le week-end du 4, Seth, mais tu pourrais te libérer le soir ? On a envie de réunir quelques amis proches. Rien de compliqué parce que Rose nous tient occupés la nuit et que Matilda est encore un peu fatiguée. Mon frère Brett viendra s'il arrive à se libérer. Et il y aura un autre couple d'amis, c'est tout.

Seth se força à concentrer son attention sur les réalités pratiques du moment.

— Normalement, je ne fais que la journée et Tanya assurera la garde de nuit.

Todd haussa les sourcils.

— Parce qu'il y a des gens qui choisissent un jour de fête nationale pour conduire leur animal chez le vétérinaire ?

— Contrairement à ce que beaucoup de gens pensent, c'est toujours une période de pointe pour nous. Déjà, pour commencer, à cause de la chaleur — les gens vont laisser leur animal de compagnie dans la voiture et l'oublier pendant qu'ils font un barbecue sur la plage. Certains donnent des os dangereux à leurs chiens ; d'autres oublient de fermer une porte ou une grille, et les animaux s'échappent et se blessent. Quant aux feux d'artifice, je pourrais t'en parler pendant des heures. Et ça ne s'arrête pas là. Le lendemain, il y aura des débris de pétards partout, certains chiens gourmands les avalent et ça repart pour les consultations.

Chase parut surpris.

— J'ignorais tout ça.

— Comme la moitié de la population, d'ailleurs. C'est pour cette raison que ça défile à nos permanences tout le week-end.

— Tu viendras avec ton téléphone, au cas où... Et toi, Fliss ?

— Grams et moi, on va se mettre en cuisine parce qu'elle organise un déjeuner de fête avec ses copines. Mais je devrais être libre vers 17 heures, et Grams se couche tôt.

— Parfait. Alors on vous attend tous les deux.

Tous les deux.

Seth nota que Chase les englobait dans une entité commune, comme s'ils formaient un couple. Cette attitude était caractéristique de Chase. Un autre ami que lui aurait peut-être émis une mise en garde prudente. Lui aurait rappelé qu'avec Fliss ça n'avait pas marché la première fois et qu'il risquait de s'en prendre de nouveau plein la figure.

Mais Chase, lui, comprenait. Il savait que, lorsque les enjeux étaient cruciaux, on pouvait être disposé à prendre tous les risques.

Il sourit à son ami.

— C'est toi qui cuisines ?

Chase prit un air peiné.

— Quoi ? Je suis capable de jeter une côte de bœuf sur une grille de barbecue, comme tout le monde. Mais je me suis assuré les services d'une chef, en l'occurrence. Vous connaissez Eva ?

Fliss hocha la tête.

— Elle fait partie d'Urban Aladine, le service de conciergerie à New York qui a donné un super coup de boost à notre activité. C'est Eva qui cuisine, alors ? Si la réponse est oui, comptez sur moi quoi qu'il arrive.

Seth raccompagna Todd et Chase en bas du perron, et suivit le véhicule des yeux jusqu'à ce qu'il disparaisse de sa vue.

Il regarda autour de lui et trouva le monde transformé. Tout avait changé. Le ciel semblait plus bleu, l'air plus frais, le nuage gris dans lequel il avait vécu depuis le décès de son père s'était dissipé et, pour la première fois, il se sentait la tête claire.

En regagnant la maison, il constata que même à l'intérieur le brouillard opaque des souvenirs s'était levé.

Et il savait qui avait accompli ce petit miracle.

Il se tourna vers Fliss.

— Tu as vendu ma maison.

Elle s'avança pour poser la main sur son bras.

— Tu m'en veux ? Tu n'étais même pas certain de vouloir qu'elle parte.

— C'est vrai, je n'étais pas prêt. Mais je le suis maintenant. Tout ce que tu as dit à Todd m'a parlé aussi. Je pensais que les souvenirs étaient indissociables de ces murs et j'ai compris en t'écoutant qu'ils étaient juste indissociables de moi. J'ai perdu mon père, mais la mémoire reste. Et la transmettre est en quelque sorte mon héritage. Merci de m'avoir aidé à en prendre conscience.

Fliss passa les bras autour de lui.

Comment les autres pouvaient-ils rester aveugles à sa générosité, à sa loyauté chaleureuse ?

Il avait vu l'éclat déterminé dans ses yeux lorsqu'elle défendait sa sœur. Il lui était arrivé aussi de la voir voler à la rescousse de son frère. Mais c'était la première fois qu'elle se battait pour lui.

— Tu as été incroyable. Audacieuse et téméraire, sincère et juste.

Il se tourna vers elle en se demandant jusqu'où il pouvait aller dans ses paroles. Était-il trop tôt encore ?

— Tu sais ce qui me réjouit le plus là-dedans ?

— Que je ne sois pas en état d'arrestation pour meurtre, même s'il y a eu provocation ?

Il sourit.

— Ce qui me rend le plus heureux, c'est que tu l'aies fait pour moi.

— Tu as dit que tu voulais vendre. Qu'il le fallait. Je peux comprendre que, tant qu'à devoir te séparer de la maison, tu aimerais autant que ça se fasse vite, alors j'ai essayé d'y mettre du mien.

— Tu m'as défendu. Tu t'es battue pour moi, même. En t'avançant tout droit sur la ligne de front.

Il traça du bout du doigt l'arrondi de sa joue.

— Quand je te voyais te battre, c'était toujours pour des gens à qui tu tenais. Tu le faisais pour Daniel. Pour Harriet.

Dans le silence qui tomba entre eux se détacha un cri de mouette sur fond de respiration calme de l'océan.

— Je tiens aussi à toi, murmura-t-elle. J'ai toujours tenu à toi.

Il aurait eu tant de mots à lui dire en réponse. Mais il gardait sa consigne de prudence en tête.

— Pour moi aussi, tu comptes énormément, Fliss. Je crois que ça a commencé le jour où je t'ai vue sur la plage en train d'incendier une gamine qui s'était moquée du bégaiement de Harriet.

— Il y avait tout le temps un crétin quelque part pour l'imiter. Et plus on se foutait d'elle, plus les problèmes d'élocution s'aggravaient. J'ai du mal à être patiente avec les brutes.

— Ou avec les hommes esclaves de leur téléphone, apparemment.

— Quel con, ce type, franchement. Je lui aurais bien pris son foutu smartphone pour le lui enfiler dans...

— Je vois, oui.

Il l'attira dans ses bras.

— On retourne chez moi ? Je te fais à dîner. Tu mérites bien ça en guise de commission.

— Et si Todd n'achète pas ?

— Tu me devras un repas. Et je ne manquerai pas de te le réclamer.

Elle lui lança un regard suggestif à travers ses cils baissés.

— J'ai d'autres idées sur la façon dont tu pourrais rétribuer mes services.

— Felicity Knight, s'agirait-il, par hasard, d'une proposition osée de votre part ?

— C'est possible. Je suis une fille dangereuse, tu l'oubliais ?

— Pas vraiment, non. Pourquoi crois-tu que je sois là avec toi, à ton avis ?

Il glissa une main dans sa nuque et leurs bouches se trouvèrent avec une avidité qu'ils ne contenaient plus ni l'un ni l'autre. Il enfonça les doigts dans ses cheveux et leur blondeur lisse lui coula sur les mains.

Avec les pouces, il caressait la ligne fragile de ses mâchoires. Il avait envie de tout explorer chez elle, chaque centimètre carré de chair, chaque millimètre carré de son âme. Il voulait la dépouiller de son short et de son minuscule top provocant, et découvrir tout ce qui avait changé dans son corps depuis la dernière fois qu'il l'avait touché.

Il sentit Fliss tirer sur sa chemise pour glisser les mains dans son dos et remonter le long de sa colonne vertébrale.

L'onde de désir qui le parcourut fit écho à l'excitation qu'il buvait à ses lèvres. Avec un gémissement sourd, Fliss se plaqua contre lui.

Encore une minute à s'embrasser comme ça et ils se retrouveraient nus l'un et l'autre à faire l'amour adossés au mur le plus proche.

Il se dégagea de son étreinte en se demandant s'il avait encore toute sa raison.

Fliss se posait clairement la même question car elle chancela en fixant sur lui un regard vacillant.

— Tu es sûr qu'on s'arrête là ? murmura-t-elle, pantelante.

Il serra les mâchoires.

— Oui.

— Pourquoi ?

Elle retira ses mains comme à regret, remit la chemise de Seth en place et fit un pas en arrière.

— Tu as toujours peur que mon cerveau cesse de fonctionner une fois qu'on sera dévêtus ?

— C'est un facteur qui entre en jeu, oui.

Même si c'était de son propre cerveau surtout qu'il se méfiait.

— Tu as une volonté que rien ne peut corrompre, Seth Carlyle. Je me demande comment j'ai réussi à te mettre le grappin dessus, la première fois.

— Je fonctionnais à l'impulsion, à l'époque.

Mais maintenant, il réfléchissait beaucoup plus.

Il la désirait, là sur place, dans cette maison de son enfance qui portait en elle tant de souvenirs enfouis. Mais faire l'amour avec Fliss n'était que le début de ce qu'il voulait vivre avec elle. Il réalisa que, contrairement à ce que redoutait Vanessa, il ne pouvait pas *retomber* amoureux de Fliss — pour la bonne raison qu'il n'avait jamais cessé de l'aimer.

À l'âge de vingt-trois ans, elle était entrée dans son cœur, s'était logée dans ses pensées et glissée sous sa peau. Et elle n'en était plus jamais ressortie depuis.

Chapitre 18

Fliss ne prononça pas un mot pendant le trajet du retour. Elle restait muette, avec une conscience exacerbée de chacun des gestes de Seth : ses mains qui se mouvaient sur le volant, sa cuisse musclée tout contre la sienne. Il était magnifique, avec un corps ferme et puissant. Et elle avait tout autant de mal à garder ses propres mains sagement posées sur ses genoux que lorsqu'elle avait dix-huit ans.

Elle commençait à regretter d'avoir accepté son invitation à dîner. D'autant plus qu'elle serait incapable d'avaler une bouchée. L'excitation qui n'avait cessé de monter pendant leur baiser la laissait à cran avec l'estomac noué.

En fait, elle se sentait encore comme une adolescente, avec les paumes moites et le cœur agité.

Un peu fou tout ça, non ?

Elle avait beau essayer de garder son attention fixée droit devant, elle se surprenait régulièrement à tourner la tête en direction de Seth. Le haut de sa chemise était déboutonné, et elle entrevoyait un pan de peau hâlée qui fit grimper sa tension d'un cran supplémentaire.

— Tu es bien silencieuse. Ça va ?

— Ça va très bien.
— Fliss...
— OK. Tout ne va pas bien. Je ne sais pas si la frustration sexuelle est inscrite au tableau des pathologies reconnues, mais, si c'est le cas, j'ai atteint un stade avancé, voire extrême de la maladie. Tu as décidé qu'il fallait qu'on se concentre l'un sur l'autre sans se laisser obnubiler par le sexe. Et en théorie, ça se tient. Je suis preneuse. De la théorie, je veux dire. Pas du sexe, car question sexe, à l'évidence, je ne prends rien du tout...
— Je crois que...
— Laisse-moi terminer ! J'ai déjà assez de mal à trouver mes mots comme ça, OK ? Tout ce que j'essaie de te dire, c'est que j'en suis arrivée à un stade où le sexe — censé ne pas devoir prendre toute la place — en prend tellement que je suis devenue incapable de penser à autre chose. Et ça me rend à moitié zinzin.
Elle ferma les yeux.
— Oublie le dîner, d'accord ? Reconduis-moi à la maison, plutôt. Je vais prendre une douche froide. Et regarder un documentaire animalier.
— Tu as envie de regarder un documentaire animalier ?
— Non. Mais je crains que ma compagnie ne soit dangereuse pour toi. Je sens la *bad girl* en moi qui se réveille. Tu n'as pas intérêt à te trouver à proximité quand ça arrivera.
— Peut-être que si, au contraire.
Il déboucha dans son allée à une vitesse inaccoutumée et s'immobilisa en envoyant voler une pluie de gravillons. Le temps de couper le contact et il avait déjà les bras passés autour d'elle.
Ce qu'elle lut dans ses yeux fit battre son cœur plus vite.

— Je croyais que tu n'en avais pas envie, dit-elle.

— J'en crève d'envie depuis le début. Je faisais juste preuve d'autodiscipline, c'est tout.

— L'autodiscipline, c'est très mauvais pour la santé. Pas *healthy* du tout, crois-moi.

Elle était tellement aveuglée par le désir qu'elle était à deux doigts de déchirer sa chemise.

— Seth, c'est sérieux. J'ai une envie impérieuse de — que dis-je ? Un besoin *vital* de...

— Moi aussi, alors si tu pouvais arrêter de parler le temps qu'on s'extirpe de cette voiture et qu'on se rabatte à l'intérieur ? Je sais qu'il y a dix ans on avait l'art de faire l'amour dans les endroits les plus inattendus, mais j'aimerais autant qu'on évite de s'afficher devant les voisins.

Ils titubèrent hors de la voiture ou presque, et Seth réussit, elle ne sut trop comment, à trouver la clé de chez lui et à ouvrir sa porte. Ce fut tout juste s'ils ne tombèrent pas enlacés à l'intérieur. Déjà, il l'embrassait à corps perdu, couvrant sa bouche de la sienne. Leurs langues se mêlèrent, s'entrelacèrent, se frottèrent et bataillèrent avec un élan érotique éperdu, et c'était si bon qu'elle se demanda comment elle avait survécu si longtemps sans les baisers de Seth.

Pourquoi la même chose ne s'était-elle jamais passée avec d'autres que lui ?

Pourquoi aucun autre homme n'avait-il su l'étourdir ainsi de plaisir rien qu'en l'embrassant ?

Sa bouche toujours soudée à la sienne, il la poussa contre le mur et referma la porte d'un coup de pied. Il la cloua contre la cloison, l'emprisonnant entre ses jambes, l'enfermant dans la cage de ses bras. Un long frisson d'anticipation la parcourut car elle savait désormais que ce qu'elle avait entamé, il était prêt à le mener à son terme.

Elle noua les bras autour de son cou, et il lui attrapa la taille puis les cuisses, tout en la maintenant contre le mur. Elle s'agrippait à lui, lui pétrissait le dos, émue jusqu'à l'ivresse par sa solidité, sa force d'homme. Encore et encore, elle chuchota son nom, l'encourageant dans un souffle et lui couvrant le visage de baisers fiévreux. Leurs respirations étaient aussi sonores et hachées l'une que l'autre. Son cœur cogna avec une force brutale lorsqu'il glissa une main entre ses jambes. L'excitation lui coupa le souffle et lui affaiblit les membres. Elle le désirait avec une force telle que c'en était indécent, et gémit longuement sous la lente et experte invasion de ses doigts. La bouche de Seth lui imposa silence et sa langue fit l'amour à la sienne, accompagnant le rythme de sa main. Elle aurait voulu parler, lui dire que ses caresses lui mettaient le corps en joie, qu'elle défaillait de plaisir et qu'il lui avait manqué terriblement, mais ses pensées se bousculaient et s'empêtraient, et il lui était impossible de formuler ce qu'elle éprouvait. Jamais elle n'avait ressenti quelque chose de pareil. *Jamais.* Et c'était lui qu'elle voulait, si fort qu'elle en sanglota presque lorsqu'il retira sa main.

Elle émit une protestation sourde puis comprit qu'il s'interrompait juste pour enlever la lingerie qui le gênait.

Sa culotte atterrit sur le sol. Son soutien-gorge suivit.

Les doigts tremblants d'impatience, elle déboutonna la chemise de Seth.

Elle l'avait vu sur la plage, en short et même avec moins que cela. Et pourtant, elle ne se rassasiait pas de le regarder, encore et encore, se nourrissant de sa vue.

Son corps avait gardé la mémoire du sien — tout était resté gravé, tant la sensation que le goût de sa peau. Elle le connaissait intimement et de partout, et ses doigts possessifs prenaient attentivement la mesure des quelques changements que les années avaient apportés. Son torse s'était étoffé, ses muscles avaient gagné en puissance. Sous ses mains qui le parcouraient, elle le sentait solide et stable — un homme qui savait qui il était et ce qu'il attendait de la vie.

Les années de séparation rendaient presque douloureux le désir qui les affamait l'un de l'autre. Elle lui arracha ce qu'il lui restait de vêtements mais Seth prit le temps de sortir le nécessaire de la poche de son jean. Leur hâte les rendait maladroits et Fliss murmura une protestation impatiente. Mais déjà il la soulevait et ses mains étaient fermes sur ses cuisses alors qu'il la plaquait de nouveau contre le mur. Leur besoin de se retrouver était si violent qu'il les suffoquait presque. Elle noua les jambes autour de lui et poussa un cri de pure volupté lorsqu'il entra en elle. Le son presque animal qui montait de sa gorge exprimait la conjonction du choc et du plaisir alors qu'elle se dilatait, s'ouvrait pour le prendre et l'enchâsser dans l'écrin consentant de son sexe. Ses sens s'affolaient et chaque poussée des hanches puissantes de Seth la faisait virevolter plus loin, plus haut dans les stratosphères. Jamais elle ne s'était sentie à ce point privée de tout contrôle. Elle s'agrippait aux bras de Seth de toutes ses forces, comme s'ils étaient le seul point stable auquel elle pouvait encore s'arrimer au sein de ce chaos. À chaque coup de reins, il lui prenait tout, puis le lui rendait au centuple jusqu'à ce qu'elle ne soit plus que désarroi, frissons et chair palpitante.

Il n'y avait que Seth pour susciter un pareil emballement de tous ses sens et elle se demanda s'il viendrait un moment où l'attirance physique entre eux prendrait des proportions plus sereines. Une certitude : ils n'en étaient pas encore là, et son désir en cet instant était si impérieux et sauvage qu'elle s'y abandonna sans retenue et sentit son plaisir se dilater jusqu'à l'extrême avant de basculer vers son accomplissement. Son corps se convulsa dans un orgasme volcanique. Mêlant leurs bouches, il but ses cris de plaisir en conjuguant sa jouissance à la sienne.

Un long moment s'écoula avant que l'un ou l'autre ne bouge. Elle demeurait là, comme foudroyée, le front appuyé sur son épaule.

Seth finit par la reposer au sol. Tout en la maintenant dans son étreinte, il glissa les doigts sous son menton pour qu'il puisse voir son visage. Encore dans un état second, elle leva les yeux vers lui. Comment un simple échange de regards pouvait-il dépasser en intimité tout ce qu'ils venaient de faire ensemble ?

Seth remonta la main dans sa nuque et lui maintint la tête en lui caressant doucement la joue.

— Ça va, Fliss ?

Sa voix était grave et tendre, son regard d'une intensité qui semblait la dénuder jusqu'au cœur.

— Je ne sais pas. Je préfère que tu attendes encore un peu avant de me lâcher, si ça ne t'ennuie pas.

— Je me suis contenu.

— Vraiment ? On ne peut pas dire que ça se soit senti.

Elle se félicitait d'être toujours prise en étau entre le mur et lui, car ses jambes ne lui paraissaient pas encore en mesure de la soutenir.

— Je veux dire : j'ai essayé de différer le moment où ça arriverait.

— Je sais. Et je profite de l'occasion pour te dire que ce n'était pas forcément une bonne idée.

— J'avais un plan tout tracé : on allait commencer par passer du temps ensemble. Puis je t'aurais amenée à me parler. Pour ensuite te persuader petit à petit de t'extérioriser.

— Nous avons passé du temps ensemble. Tu m'as fait parler. Je me suis extériorisée.

Comme elle ne l'avait encore jamais fait avec personne. Le simple fait d'y penser la terrifiait encore.

— Et après, monsieur Carlyle ? Quelle était la suite du programme ?

— Je pensais qu'on pouvait passer au stade 4. Avant que tu me demandes une définition du stade en question, je te précise tout de suite que je n'avais pas prévu de détails de mise en scène. Mais, dans mon idée, cela aurait dû être lent, progressif et romantique. Pas du sexe effréné conclu à la va-vite contre le mur, à peine franchi le pas de la porte.

— Ça a fonctionné pour moi.

Elle aurait pu rester à le dévorer des yeux jour et nuit. Les Princesses du Poker avaient raison. Cet homme avait des cils incroyables.

— Tu peux m'en dire un peu plus sur tes plans « romantiques » ?

— Je n'ai pas de formule prédéfinie. Mais j'avais plutôt dans l'idée que ça se passerait dans un lit.

— Le mur a son charme aussi.

À la réflexion, elle avait quand même quelques petites douleurs par-ci, par-là dont elle commençait tout juste à prendre conscience.

— Mais tu as raison. Peut-être que la prochaine fois on pourra partir sur une option allongée classique.

Il écarta les cheveux qui tombaient sur le visage de Fliss.

— Je ne t'ai pas fait mal, au moins ? Parce que j'aurais juré avoir entendu quelque chose craquer quand on s'est plaqués contre le mur.

— C'était juste le fracas de ma volonté qui se brisait.

Elle releva la tête et l'examina à travers les mèches rebelles qui s'obstinaient à lui retomber sur les yeux.

— Maintenant, je vais peut-être pouvoir oublier le sexe et me concentrer sur le reste.

— Tu crois que ça va marcher ?

— Bien sûr. Le moment venu. Une fois que tout ce bouillonnement sera retombé. Naturellement, ça peut prendre un certain temps.

Elle testa ses jambes et eut la surprise de constater qu'elles semblaient soutenir son poids.

— Tu as eu la présence d'esprit d'utiliser un préservatif. L'un de nous au moins a retenu la leçon, depuis la dernière fois. Tu en as toujours en réserve dans ta poche ?

Elle avait posé la question avec nonchalance. Il lui prit les épaules pour l'obliger à le regarder.

— Tu crois que je me tiens toujours fin prêt pour un plan sexe à l'impro dès que l'occasion se profile ?

— Je ne sais pas. A priori, toutes les femmes qui te connaissent te trouvent renversant, donc j'imagine que c'est aussi bien d'avoir ce qu'il faut sur toi en toutes circonstances.

Après ce qui venait de se passer entre eux, elle ne pouvait que se féliciter qu'il ait eu le nécessaire sur lui. Raison de plus pour qu'elle se déteste elle-même de lui avoir posé cette question. En laissant deviner son sentiment d'insécurité sous-jacent.

— Oublie ce que je viens de te dire. Je me mêle de ce qui ne me regarde pas.

Le regard de Seth s'assombrit.

— S'il y a bien quelqu'un que cela regarde, c'est toi. Et la réponse, c'est oui, je suis préparé et prudent. Mais seulement depuis ton arrivée ici. Avant cela, je n'avais aucun problème pour traverser ma journée de boulot sans céder à des élans sexuels incontrôlés.

Ces mots lui firent chaud de partout.

— Tu veux dire qu'il n'y a que moi qui te fais cet effet « incontrôlé » ?

— Ça en a tout l'air, oui.

Elle pétrit doucement les muscles massifs de ses épaules.

— On pourrait faire une seconde tentative. À l'horizontale, cette fois.

Il jeta un regard sur le côté.

— Lulu porte ton soutien-gorge... dans la gueule.

— Tu crois qu'on l'a choquée ?

— Rien ne choque Lulu.

Il reporta son attention sur Fliss, l'embrassa lentement, en prenant tout son temps, puis s'écarta.

— On continue là-haut ?

— Je me demande si je n'ai pas laissé mon top sur le seuil de ta porte.

— Pas grave. Ça devrait arrêter net d'éventuels visiteurs.

Il la souleva dans ses bras et elle poussa un petit cri.

— Qu'est-ce que tu fais ?

— Le sexe dans l'escalier, c'est très inconfortable. Et ça pourrait bien nous arriver si tu grimpes les marches devant moi. Donc j'aime autant éviter.

Ils réussirent à atteindre le premier étage, en riant et en trébuchant, et atterrirent sur le lit de Seth, leurs corps nus baignés d'un rayon de lune.

Il la caressa avec une savante lenteur. Ses mains hardies, d'une habileté presque diabolique, procédaient avec science et patience, exacerbant chaque instant de plaisir en le prolongeant presque à l'infini. Ils firent l'amour, bouches soudées, peau à peau, dans un état presque hypnotique, plongés en apnée dans les profondeurs tremblées de l'intime. Jamais encore ils n'avaient pris le temps de se découvrir de cette façon, avec cette langueur attentive, presque recueillie.

L'obscurité était remplie de sons légers et de murmures. Seth voulait tout. Exigeait tout. Et elle se donnait au-delà même de ce qu'il demandait. Lorsqu'elle finit par jouir, elle eut l'impression de rouler dans une vague immense qui menaçait de la dissoudre à jamais.

Après l'amour, ils restèrent longtemps allongés, les yeux clos, ses jambes prisonnières des siennes.

Puis Seth souleva la tête et lui passa doucement le pouce sur le front.

— J'avais oublié ta cicatrice. Tu ne m'as jamais dit comment tu t'étais fait ce truc.

Elle haussa les épaules.

— Je me suis cognée contre un arbre.

— Tu es sûre ? Parce je passe pas mal de temps à t'observer, ces jours-ci. Et, quand je te regarde te mouvoir, je n'ai pas l'impression de voir quelqu'un qui aurait une propension marquée à se fracasser la tête contre le premier poteau venu.

— Puisque tu veux tout savoir, je me suis battue.

— Et tu t'es battue pour quoi ?

— Pour le plaisir. Ça m'excitait plus de mettre des peignées aux garçons que de faire mes exos de maths.

Elle lut dans les yeux de Seth que son explication ne le convainquait pas. Il était ainsi fait qu'il cherchait toujours le bon côté des gens. Seth Carlyle ne jugeait pas, il essayait de comprendre.

— J'ai juste remis les pendules à l'heure à un abruti qui persécutait Harriet.

— Encore une fois, tu as volé au secours de ta sœur.

— Il s'appelait Johnny Hill. C'était le capitaine de l'équipe de foot et une sinistre petite brute. Il la faisait pleurer, ce sombre crétin. Et je n'accepte pas qu'on fasse pleurer ma sœur.

— Alors tu t'es interposée... Et tu as fait la même chose pour moi cet après-midi. Tu as épousé ma cause.

Elle réalisa qu'elle avait effectivement mis tout son cœur, toute son énergie dans le combat qu'elle avait mené pour lui. Elle était investie dans leur relation. Très investie, même... Son estomac se noua lorsqu'elle comprit qu'elle était dedans jusqu'au cou. S'il y avait eu une bouée de sauvetage à portée de main, elle se serait cramponnée.

— Oui, et alors ? lui lança-t-elle sur un ton de défi. C'est grave, docteur ?

Il plaça une main dans sa nuque et chuchota contre ses lèvres.

— Je suis important pour toi.

— Peut-être.

Il lui paraissait dangereux de l'admettre. Cela équivalait à se dépouiller volontairement de son armure et à s'exposer sans protection.

— Quoi qu'il en soit, tu es d'une loyauté sans faille envers ta sœur. Tu ferais tout pour la défendre.

Il effleura sa cicatrice du bout des doigts.

— Je pense que cela fait de toi la « bonne jumelle ».

— Ce n'est pas la vision que le proviseur du lycée a eue de moi. Il a prononcé une exclusion temporaire à mon encontre. Et tant que je restais confinée à la maison, je ne pouvais plus protéger Harriet. Après cela, j'ai été plus prudente.

Elle se félicita du changement de sujet. Tant qu'il n'essayait pas de la faire parler sur ses sentiments pour lui, elle voulait bien tout lui raconter.

— Depuis ce jour-là, tu as arrêté de te castagner avec les garçons ?

— Dans le périmètre scolaire en tout cas.

Elle se tourna sur le côté et posa une main sur le torse de Seth.

— Bon, à ton tour, maintenant. Montre-moi tes cicatrices, Carlyle.

— Je n'ai pas de cicatrices. Pas à l'extérieur, en tout cas.

— Et à l'intérieur ?

Il glissa la main dans ses cheveux.

— Je n'ai jamais cessé de penser à toi, Fliss. J'en ai conservé quelques égratignures internes.

Ces mots lui scièrent la poitrine. Ils lui faisaient penser au temps qu'ils avaient perdu et à ce qui aurait pu être.

— Je suis désolée de t'avoir fait du mal.

— Moi aussi, je t'ai fait du mal. On a commis des erreurs l'un et l'autre. Je crois que ça s'appelle être humain.

— Je n'aurais pas dû me replier sur moi-même. Si j'avais su te dire les choses, on aurait peut-être limité les dégâts.

— Quelqu'un qui a passé son enfance et son adolescence à ériger des barrières autour de lui ou d'elle pour survivre ne peut pas toujours les rouvrir sur commande. Il lui faut du temps après pour apprendre à dire les choses, à s'exposer.

Fliss hocha la tête. Brusquement, il lui parut vital que Seth comprenne.

Elle se dégagea du cercle de ses bras et s'assit, les bras passés autour de ses genoux.

— Mon père savait exactement comment s'y prendre pour manipuler son monde. Il flairait les faiblesses des gens de loin et les utilisait contre eux. C'était son but de faire souffrir. Ça, je l'ai compris très vite, quand j'étais petite, et j'étais déterminée à ne jamais montrer que ses coups m'atteignaient. Plus je me montrais indifférente, plus il s'acharnait.

Elle secoua la tête.

— Peut-être qu'il aurait été plus malin de fondre en larmes à la première attaque verbale. Mais ma fierté me l'interdisait. Dès qu'on laissait entrevoir le moindre signe de faiblesse, il se jetait sur vous comme une bête de proie. La seule façon de survivre avec lui, c'était d'offrir une surface lisse et neutre. Alors je dissimulais. Ce n'est pas que je me cachais comme Harriet, sous la table ou dans sa chambre. Je me cachais en moi-même. C'est là que j'ai construit tous ces murs. C'était très concret dans ma tête : je m'imaginais dans un château, avec les troupes ennemies qui fondaient sur moi. Alors je remontais le pont-levis et les méchants restaient dehors. C'est comme ça que je me représentais mon père.

Il s'assit pour arranger les draps autour d'eux.

— Comme l'ennemi ?

— Il y avait des jours où je le vivais comme ça. Il était railleur avec moi, me répétait en permanence que j'étais inutile et sans valeur. Et j'ai passé toute ma vie adulte à lui prouver qu'il avait tort. C'est fou, non ? D'une certaine façon, je lui donnais encore un pouvoir sur moi. Je voulais lui montrer que je pouvais obtenir mon indépendance financière et réussir sans son aide. Entre-temps, le fait de dissimuler mes sentiments était devenu comme une seconde nature. Si j'avais abaissé le pont-levis pour te laisser entrer, il n'y aurait plus eu de murs pour m'abriter. Et j'avais trop peur. Il fallait coûte que coûte que je me protège. Je voyais la vulnérabilité de ma mère. Celle de Harriet. L'idée d'être comme elles me terrifiait.

— Et maintenant ? Tu t'ouvres de plus en plus. Tu as abaissé le pont-levis et tu m'as laissé entrer dans la cour du château. Tu m'as confié des secrets que tu avais toujours gardés pour toi. Les murs se sont-ils effondrés pour autant ?

Elle sourit à demi.

— Pour l'instant, ils sont toujours debout.

Il hocha la tête, le regard pensif.

— Il n'y a pas que les ennemis qui se présentent devant les portes du château. Tu avais peur d'abaisser le pont-levis car tu craignais les assauts. Mais je ne suis pas là pour miner tes défenses, ma chérie. Je suis de ton côté. Tu pourrais voir en moi l'armée alliée venue en renfort.

— Mon père me serinait en permanence que je ne ferais jamais rien de bon de ma vie.

Elle prit une profonde inspiration.

— Je n'ai jamais répété ça à personne. J'avais toujours peur, si je le disais à voix haute, que quelqu'un se mette à renchérir en disant : « Tu ne vois pas qu'il avait raison ? »

— Fliss...

— J'ai travaillé comme une dingue parce que je ne voulais plus jamais dépendre de personne, dans la vie. Et que je voulais assurer aussi la liberté et l'indépendance de Harriet. Mais il n'y avait pas que ça. Si je me démenais, c'était aussi, en secret, pour que mon père finisse par ouvrir les yeux et qu'il me voie enfin comme quelqu'un de bien. Je pensais qu'il admettrait un jour qu'il s'était trompé à mon sujet et qu'il avait toutes les raisons d'être fier de moi. Mais ça n'est jamais arrivé.

Seth l'attira dans ses bras.

— Tu n'as pas besoin de lui pour connaître ta vraie valeur.

— Oui, je sais, c'est absurde. Et pourtant, j'ai continué pendant des années à courir après la reconnaissance de mon père. Quand il a fait son infarctus, je suis allée le voir à l'hôpital — le cœur battant de je ne sais quel espoir insensé. Je me disais que nos regards se rencontreraient et que tout serait dit — tout serait pardonné. Dans les films, c'est toujours un peu comme ça que ça se passe.

Elle enfouit son visage contre le torse de Seth, et il lui caressa doucement les cheveux.

— J'imagine que, dans ce cas particulier, la scène dans la vraie vie ne s'est pas déroulée comme dans une série TV ?

— Quelqu'un d'autre à sa place aurait peut-être su saisir l'occasion de tirer un trait sur le passé et de recommencer sur de nouvelles bases. Mais pas mon père.

Elle se tut un instant.

— Même le fait d'être malade et affaibli ne lui a pas adouci le caractère. Il n'y a eu ni regrets ni repentir dans son cas. Je suis entrée dans sa chambre d'hôpital, et il m'a demandé ce que je voulais. C'était une bonne question. J'ai compris là, sur place, que je ne lui demandais qu'une chose et c'était son approbation. Mais j'ai su au même moment que je ne l'aurais jamais.

Elle sentit les bras de Seth se resserrer autour d'elle.

— Il m'a repoussée et je crois que ça a été encore pire que tout ce qu'il m'avait fait jusque-là. Je n'ai jamais parlé à personne de cette visite que je lui ai faite à l'hôpital. Pas même à Harriet.

— C'est lui qui avait tout à perdre en te rejetant.

— Si perte il y a, elle n'a pas été que pour lui. Mais il faut que j'apprenne à vivre avec.

Elle souleva la tête pour le regarder.

— Ça m'a fait du bien de t'en parler.

— Et ça m'a fait du bien que tu puisses me le dire.

— C'est étonnant comme le fait de mettre des mots sur cette histoire a suffi à la dédramatiser. Ça libère aussi. Je pourrais y prendre goût.

— Tant mieux. Parce que je prends goût à t'entendre.

Il posa les lèvres dans son cou et mordilla doucement.

— Et je prends goût à tout un tas d'autres trucs aussi.

Un engouement que Fliss partageait. Lorsqu'ils retombèrent enlacés et que leurs lèvres se retrouvèrent, elle comprit qu'elle avait perdu son temps toutes ces années en essayant de rencontrer quelqu'un d'autre. Elle n'avait jamais voulu d'un autre. Le seul à avoir jamais compté, c'était lui. Rien que lui.

Seth.

Chapitre 19

Le temps fila sans qu'elle le voie passer.

Fliss trouva de nouveaux clients, promena quelques chiens supplémentaires et étendit son activité sans difficulté. Le fait que les nouvelles locales circulaient vite fonctionna à son avantage. Grâce au bouche-à-oreille, elle se trouva rapidement surbookée — avec du temps de reste, tout de même, à consacrer à Seth.

Ils roulèrent jusqu'à la petite ville balnéaire de Montauk et admirèrent les surfeurs à Ditch Plains. Sur ce coin de côte sauvage, elle eut plus que jamais de la peine à imaginer que New York n'était qu'à quelques heures de là. Elle passait une bonne partie de ses journées pieds nus dans le sable et respirait l'air de l'océan.

Ils fréquentaient assidûment le restaurant de la marina où on servait de magnifiques produits frais de la mer et il leur arrivait entre deux flâneries sur la plage de se percher sur les tabourets d'un des bars à cocktails qui fleurissaient sur le front de mer.

Ils prirent le ferry pour Shelter Island et se baladèrent dans la réserve naturelle, avec ses bois, ses marais, ses paysages épurés où la nature gardait sa force intacte. Ils louèrent des kayaks et virent des tortues aquatiques rares, des crabes violonistes, des hérons bleus et des aigrettes. Après l'effort, pour reposer leurs muscles tétanisés, ils trouvèrent une guinguette sur la plage où ils mangèrent de la soupe de palourdes et des tacos aux crevettes de roche tout en regardant les derniers rayons de soleil diluer leurs ors sur les eaux moirées. Là, loin des fastes plus ostentatoires de South Fork, et même si l'île attirait désormais les « rich and beautiful » de l'establishment, elle trouvait une nature superbe et sauvage qui l'enchantait.

Mais ses moments préférés étaient ceux qu'elle passait sur la terrasse de Seth à goûter le silence peuplé d'oiseaux tout en regardant la lumière décliner lentement sur l'océan.

Lorsque le jour de la fête nationale arriva, elle constata qu'elle s'était entièrement adaptée à la vie qu'elle menait désormais dans les Hamptons.

Le 4 juillet, elle ouvrit les yeux sur un ciel plus bleu que bleu où brillait un soleil prometteur. Elle enfila un short et un T-shirt, et trouva sa grand-mère à la cuisine en train de peser des noix de pécan. Une odeur de pâtisserie flottait dans l'air et une montagne de belles pommes rouges du jardin occupait le centre de la table, prêtes à être pelées.

Fliss embrassa sa grand-mère sur la joue.

— On ne voit plus aucune marque extérieure de ta chute. Comment tu te sens ?

— Moins raide. Il se pourrait que vous ayez à me supporter encore quelques années, dans cette famille.

— J'y compte bien. Et tes amies aussi, d'ailleurs. Il vous reste encore plusieurs saisons de *Sex and the City* à voir. Tu ne peux pas manquer ça.

Fliss se versa du café et bâilla sans retenue, la main devant la bouche. Sa grand-mère lui jeta un regard en coin.

— Tu es de bien bonne humeur, toi, ce matin. On peut savoir à quoi tu t'es occupée cette nuit pour avoir les yeux qui brillent comme ça ?

Fliss referma les mains sur son mug.

— Il vaut mieux que tu ne saches pas, non. Ça pourrait être fatal pour ton cœur.

— Tu sous-estimes l'état de mes artères.

Sa grand-mère mesura la farine et la versa dans une grande jatte en terre.

— C'est un plaisir de te voir avec ce sourire pétillant, en tout cas.

— Quelle raison aurais-je de ne pas sourire ? Le soleil brille. J'ai huit clients dans les Hamptons et deux prospects à appeler. La coloc avec toi, c'est plutôt cool. Et, contrairement à ce que tout le monde pensait, je ne suis pas si mauvaise cuisinière que ça. La vie est belle.

— Donc tu n'as pas l'intention de retourner à Manhattan dans l'immédiat ?

Sa grand-mère creusa un puits au centre de la farine.

— Au départ, j'avais cru que tu ne tiendrais pas plus d'une semaine, dit-elle.

— Il n'y a quand même pas dix ans que je suis là non plus.

Fliss fit un rapide calcul dans sa tête et le résultat l'effara. Comment le temps avait-il pu filer aussi vite ? Les journées estivales s'étaient succédé jusqu'à ne plus former qu'une suite délicieusement indifférenciée de levers puis de couchers de soleil sur l'océan.

— J'aime bien être ici avec toi. Tu es de bonne compagnie.

Sa grand-mère l'examina par-dessus le bord de ses lunettes.

— Tu essaies de me convaincre que tu restes là pour le plaisir de cohabiter avec ta vieille grand-mère ? Je sais que nous sommes sympas, nous les Princesses du Poker, mais j'ai tendance à penser que ce qui te retient dans les Hamptons est jeune, sexy, appartient à l'espèce masculine et a un excellent feeling avec les animaux.

Pas seulement avec les animaux.

— Bon, d'accord. Il fait partie des raisons pour lesquelles je reste. Mais c'est toi qui m'as poussée dans ses bras, alors ne me juge pas.

— Ai-je l'air de te juger ? Je suis ravie pour toi. Et maintenant, assez causé et occupons-nous plutôt de ces pommes. Tu as un couteau de cuisine sur la table. Je veux que tu me les pèles et que tu les coupes en tranches. Fines et régulières. Pas de gros morceaux, surtout.

Fliss se leva pour piquer une noix de pécan dans le bocal placé sur le plan de travail.

— Elles arrivent à quelle heure, tes copines ? Il faut que je me prépare mentalement à l'inquisition.

— Le gros du bataillon devrait être là pour midi. Et si tu voulais bien arrêter de picorer tous les ingrédients, il nous restera peut-être un petit quelque chose à avaler tout à l'heure.

— Tu es un vrai tyran en cuisine. Et pourtant, bizarrement, j'adore faire le marmiton avec toi.

Elle en était elle-même la première surprise. Ce n'était pas tant le fait de cuisiner en lui-même que le plaisir de l'activité partagée qu'elle appréciait.

— Harriet n'en reviendra pas lorsque je lui ferai des pancakes. Chez nous, je ne touche jamais aux fourneaux. C'est elle qui s'occupe de tout et, Daniel et moi, on se contente de mettre les pieds sous la table.

— Ta sœur sait tout faire dans une maison. Maintenant que Daniel vit avec Molly, il n'y a plus que Harriet qui ne soit pas casée. J'aimerais bien qu'elle se décide à rencontrer quelqu'un. Elle sort un peu, à New York ?

— Attends, Grams... Ça veut dire quoi, ce « il n'y a plus que Harriet qui ne soit pas casée » ? Et moi, tu m'oublies ?

— Pour toi, il n'y aura jamais personne d'autre que Seth. Tu le sais. Je le sais. Alors pourquoi ne pas le dire tout haut ?

Sa grand-mère se pencha sur sa recette pour vérifier quelque chose et Fliss la regarda fixement, le cœur battant.

— Tu ne vas pas un peu vite en besogne, Grams ? Avec Seth, on n'a jamais parlé d'avenir ou un truc comme ça. On se voit, c'est sympa. Et ça s'arrête là.

Sa grand-mère reposa sa cuillère en bois.

— Et lui ? Qu'est-ce qu'il en dit ?

— Je n'en sais rien, mais je suis morte de peur.

Fliss s'aperçut que c'était un soulagement de l'admettre à voix haute.

— Il en a pris plein la figure à cause de moi il y a dix ans. Et ça n'a pas été mieux de mon côté. J'ai une trouille bleue que ça tourne mal entre nous une seconde fois. La dernière chose dont j'ai envie, c'est de lui infliger ça. Et je ne me sentirais pas la force de vivre un nouvel échec non plus. Je me dis qu'on prend un gros, gros risque, lui et moi.

— Tout ce qui est beau et important dans la vie implique presque toujours une prise de risque. Et l'amour en fait partie. Même s'il nous met en danger, il nous enrichit, nous fait grandir et nous rend plus humains. Tout le monde n'a pas la chance de le rencontrer. Et certaines personnes le trouvent mais ne peuvent pas le vivre pour une raison X ou Y. Alors, quand l'amour croise ton chemin, je te conseille de le saisir à deux mains. Je pense que Harriet donnerait volontiers tout ce qu'elle possède pour connaître ce que tu vis.

Pour connaître quoi ? La sensation de ventre noué ? De bouche sèche ? De soudaines montées d'angoisse ?

Contrairement à sa sœur, elle n'avait jamais considéré l'amour comme quelque chose de simple. Harriet pensait qu'il suffisait que les sentiments soient là pour que le reste coule de source. Alors que pour elle, Fliss, c'était bien plus compliqué.

Mais elle devait reconnaître que ce qu'elle vivait avec Seth valait la peine d'être expérimenté.

— J'essaie de la pousser à s'inscrire sur un site de rencontre en ligne. Harriet, je veux dire. Mais elle n'a pas l'air trop tentée.

Sa grand-mère fit la grimace.

— Je la comprends. Je ne me vois pas aller passer une soirée avec je ne sais quel type que je n'aurais jamais rencontré dans la réalité.

— On est obligés de faire comme ça, maintenant, pourtant. Je sais que ce n'est pas top. Mais personne n'a plus le temps de faire des rencontres dans la vraie vie, vu qu'on a tous la tête dans le guidon — et l'œil rivé sur nos portables et tablettes, accessoirement.

— Elle ne bégaie plus avec des inconnus ?

— Non. Plus depuis des années. Elle a pris confiance en elle. Tant qu'elle reste dans sa zone de confort, tout va bien.

Sa grand-mère replaça le sucre et la farine dans le placard.

— Et qu'est-ce qui se passe quand elle en sort ? Elle ne perd pas trop pied quand même ?

Fliss fronça les sourcils.

— Sa zone de confort, elle n'en sort jamais, en fait. Je m'occupe de tout l'administratif, des nouveaux contacts clients — tout ce qui la stresse, je gère.

Elle, elle s'occupe des animaux et de nos promeneurs de chien. On reste chacune dans nos domaines de compétence respectifs.

— Si tu restes cantonnée dans ce que tu sais faire, comment veux-tu grandir et t'améliorer ? Tiens, prends tes compétences culinaires, par exemple. Tes pancakes sont excellents. Ce qui prouve qu'avec de la patience et de la pratique on peut acquérir de nouvelles capacités.

— Tu voudrais que je demande à Harriet de faire la compta et de passer des séries de coups de fil à des inconnus ? Ça l'angoisserait un maximum.

— Je dis juste que nous avons presque toujours en nous les ressources nécessaires pour faire plus que ce dont nous nous estimons capables.

Fliss se demanda si sa grand-mère parlait encore de Harriet...

— Tu as probablement raison. Cela fait une semaine que je n'ai rien brûlé, tu as remarqué ?

— J'ai remarqué des tas de choses, en fait. Comme le fait que tu continues de protéger ta sœur.

Grams plaça le bocal avec les noix de pécan hors de sa portée avant qu'elle puisse y replonger la main.

— J'ai constaté aussi que tu travaillais beaucoup et que ta paperasse est étalée sur ma table de cuisine. Je te suggère de mettre tes documents à l'abri avant qu'ils soient couverts d'épluchures de pommes.

Fliss empila ses dossiers et les casa sur un coin du buffet.

— C'est normal que je protège ma sœur.

Sa grand-mère ne répondit pas et continua d'étudier sa recette.

— Il me faudra six œufs. Tu peux me les casser dans un saladier ?

— Sans problème.

Fliss sortit la boîte à œufs pendant que sa grand-mère mesurait et coupait le beurre.

— C'est normal pour des sœurs de se protéger entre elles, non ?

— Tu veux dire que Harriet te protège aussi ? glissa Grams.

— Non. Je suis l'aînée.

Fliss cassa ses œufs un à un sur le bord du saladier et examina le résultat avec satisfaction.

— Tu vois ? Il y a un mois, j'aurais passé des heures à extirper les morceaux de coquille. Et là : rien. Nickel. Tu es fière de moi ?

— Tu le sais, que je suis fière de toi. Je l'ai toujours été.

— Je ne m'en doutais absolument pas. Jusqu'à ce que tu me le dises l'autre jour.

— Je regrette qu'on n'en ait pas parlé plus tôt. Je me revois assise ici à me faire violence pour ne pas l'ouvrir alors que ton père t'étrillait avec une férocité sadique.

Fliss jeta les coquilles d'œuf.

— Je m'en souviens, de cette scène, oui. Maman lui avait dit qu'il aurait dû être fier de moi, au contraire. Et il lui a répondu que, le jour où je lui donnerais enfin une bonne raison d'être fier, il le serait.

— Et depuis, tu t'es décarcassée sans relâche pour prouver ta valeur. Tu as monté ta propre entreprise et tu lui as donné une belle envergure. Tu l'as fait en partie pour toi et en partie pour ta sœur, mais je suis sûre qu'au cœur de ta motivation il y a le désir de prouver que ton père se trompe.

Fliss songea à sa visite à l'hôpital.

— Il ne sait même pas ce que je fais de ma vie. Et il s'en fout complètement, d'ailleurs.

— Je ne parle pas de prouver quoi que ce soit à

ton père. Je te parle de te prouver à *toi-même* ta valeur. À force de jeter de l'acide dans l'eau, on finit par contaminer la mare.

Fliss la regarda fixement. Le sang lui cognait aux oreilles.

— Que veux-tu dire ?

— Tous ces jugements que ton père portait sur toi... Il en reste forcément quelque chose, non ? Comme une infection qui refuse de guérir. Ses mots se sont ancrés en toi petit à petit et depuis tu te débats avec la marque empoisonnée qu'ils ont imprimée en toi. Réfléchis à cela, veux-tu ? Et ce serait bien de ne plus écouter la petite voix dans ta tête qui murmure que tu n'es pas à la hauteur et que Seth mérite mieux que toi. Le fait est que Seth n'a *jamais* trouvé mieux. Alors commence à regarder la personne que tu es, pas l'image déformée que ton père a projetée sur toi.

Fliss déglutit avec peine.

Sa grand-mère voyait-elle juste ? Le regard qu'elle portait sur elle-même portait-il encore la marque laissée par les jugements de son père ?

Pendant des années, elle s'était dit que chaque choix qu'elle faisait, chaque direction ou chemin qu'elle prenait, avait été commandé par le désir de convaincre son père qu'il s'était trompé à son sujet.

La vérité, c'était qu'elle avait essayé de se convaincre *elle-même* qu'elle valait mieux qu'elle ne le pensait.

Pour Seth, la journée du 4 juillet fut moins agitée qu'il ne l'avait prévu. Il aurait pu rester chez lui et prendre ses appels de la maison, mais il avait décidé d'aller quand même à la clinique pour se débarrasser de ses tâches administratives. On lui amena juste en urgence un chaton heurté par une roue de vélo. Puis dans la journée un chien qui avait avalé un bouton. À part ça, ce fut le grand calme, pour un jour de fête nationale.

Tanya, son associée, vint le relayer de bonne heure.

— Tu passes trop de temps dans cette clinique, Seth.

— Et toi ? C'est pareil, non ?

— Moi, c'est différent. Mes enfants sont grands.

Elle lui retira le stéthoscope qu'il avait gardé autour du cou.

— Allez, file, docteur Carlyle. Va t'amuser maintenant.

— Si tu as besoin de moi, je...

— Je t'appellerai. Et maintenant, DETENTE. Fonce faire la fête. Ouste !

Seth fit un crochet chez lui pour se doucher et se changer, puis passa prendre Fliss chez sa grand-mère. Avec un large sourire, elle se laissa tomber sur le siège passager et sa jupe courte remonta sur ses longues cuisses dorées par l'été. Il songea à la fille dévorée par la nervosité qu'il avait trouvée sur le bord de la route un mois plus tôt et mesura les progrès accomplis.

Arrivés chez Chase et Matilda, ils traversèrent la pelouse pour se diriger vers l'arrière de la maison, à la limite du paysage de dunes.

Seth tourna les yeux vers l'océan et le sable doré. Cette portion de plage était déserte. Salué par le fracas des vagues et un son joyeux de rires, il prit la mesure de son bonheur.

Il aimait son métier, avait des amis en or, et passait sa vie au bord de l'eau. Que pouvait-il désirer de plus ?

Fliss, songea-t-il. Plus que tout le reste encore, c'était elle qu'il voulait dans sa vie.

Et Chase, même avec sa colossale richesse et ses relations haut placées, était exactement comme lui.

C'était une des raisons pour laquelle leur amitié avait traversé les années.

Il laissa Fliss prendre Rose des bras de sa maman aux traits tirés par la fatigue et rejoignit Chase. Son ami lui fourra d'office une bière entre les mains.

— Il n'y a pas si longtemps, quand on traînait un air de fatigue et des yeux battus, c'était parce qu'on avait passé la nuit à faire l'amour. Ou la fête. Maintenant, c'est autre chose... Ma mère prétend qu'il faut laisser pleurer les bébés. Mais ça n'a jamais été mon truc de laisser une fille en larmes sans rien faire. Encore quelques nuits comme celle-ci et c'est moi qui m'effondre en sanglots.

Seth eut un large sourire.

— Elle n'a que deux semaines et déjà elle fait de toi ce qu'elle veut.

— Voilà qui résume assez bien la situation, oui... Je me suis dit que tu préférerais la bière aux margaritas glacées ?

— Tout juste.

— Chase !

Matilda leur faisait signe à l'autre bout du jardin. Chase récupéra sa bouteille de bière vide.

— On a besoin de moi par là-bas. Eva a fait toutes les salades et les desserts, mais je suis chargé du barbecue.

Il se dirigea vers sa femme, suivi de Seth. Fliss était en grande conversation sur la terrasse, un verre de margarita à la main. Elle riait de bon cœur d'une réflexion que Matilda venait de faire. À la voir ainsi, aussi libre et naturelle, on avait du mal à repérer la citadine en elle. La ville n'avait pas l'air de lui manquer, en tout cas.

Au cours des semaines écoulées, le seul sujet qu'ils avaient évité d'aborder était la question de son retour à Manhattan. Il espérait que son amour de l'océan convaincrait Fliss de rester.

Mieux encore, il espérait que son amour pour *lui* aurait cet effet.

Il eut la surprise de constater qu'elle avait encore ses chaussures aux pieds. Les chaussures en question, cela dit, se résumaient à une paire de tongs décorées de strass qui mettaient en valeur la jolie couleur de sa peau et ses ongles discrètement vernis. Il était prêt à parier que, dès que l'ambiance commencerait à se détendre, les sandales seraient abandonnées quelque part et qu'il la retrouverait pieds nus.

— Seth !

Elle lui faisait signe de la rejoindre.

— Tu connais Eva, d'Urban Aladine ? C'est grâce à leur service de conciergerie que nous croulons sous le boulot, avec Harriet. Elle est là-bas avec Paige et Frankie, près de la tonnelle. Viens, je vais te présenter.

Seth échangea quelques mots avec le trio de jolies jeunes femmes, mais Fliss restait en première ligne de ses pensées. Il ne voyait qu'elle, en fait.

Et il avait besoin d'en savoir plus sur ses projets. Besoin d'un peu plus de certitudes sur la façon dont elle envisageait — ou non — un avenir pour eux deux.

La soirée se déroula dans une ambiance détendue et une débauche de gambas grillées, de côtes de bœuf passées au barbecue et d'épis de maïs dégoulinants de beurre fondu. Après la ronde des desserts, Matilda s'éclipsa pour tenter d'endormir Rose.

Le soleil disparaissait déjà à l'horizon dans un flamboiement de rouges et d'ors, et une douceur particulière flottait dans l'air tiède saturé d'odeurs marines.

Seth aida Chase à débarrasser et à ranger, puis se munit de deux bouteilles de bière et partit à la recherche de Fliss.

Elle n'était nulle part en vue, mais il repéra ses tongs abandonnées à la limite des dunes et il suivit l'empreinte de ses pas jusqu'à la plage. De petites empreintes. Délicates. La marque de ses propres pieds lui paraissait immense en comparaison.

Fliss était menue mais pleine d'énergie. Une lutteuse. Et il aimait cet aspect chez elle. Il était difficile d'affronter la vie sans avoir au moins une pointe de combativité farouche dans son armure.

Il la trouva assise dans le sable, juste assez loin de l'océan pour garder ses jolis orteils au sec.

Des feux d'artifice offraient leurs bouquets au loin, illuminant le ciel nocturne de leurs fantaisies scintillantes.

Il se laissa tomber sur le sable, passa un bras autour d'elle et ils suivirent des yeux le déploiement poétique de formes et de couleurs.

Lorsque l'ultime pluie d'étoiles fut retombée dans la mer, il l'attira dans ses bras et l'embrassa à lui couper le souffle.

— Hum... Ça veut dire quoi, ça ?

Elle semblait avoir du mal à reprendre sa respiration.

— On est le 4 juillet. J'ai droit à un baiser de fête nationale.

— Tu cherches à recréer un feu d'artifice à ta façon ?

— On pourrait le dire comme ça.

— Tu as appelé ta famille ?

— J'ai eu ma mère, oui. Ils ont l'air d'apprécier le Vermont.

— C'est trop bête que tu aies été obligé de bosser alors que tu aurais pu te joindre à eux.

Il garda le silence un moment, regardant tomber les ultimes flèches du feu d'artifice qui laissèrent derrière elles un ciel lisse piqué d'étoiles.

— Ce n'était pas de la malchance, en fait. J'aurais

très bien pu me mettre en congé. C'est moi qui ai demandé à assurer une permanence.

Elle tourna la tête vers lui.

— Tu n'avais pas envie d'être en famille ?

— Je me suis promis que je passerais Thanksgiving avec eux mais là, tout de suite, non — je ne me voyais pas participer à un événement familial sans que mon père soit là. Mais j'avais peur de les blesser en le leur disant, alors je me suis abrité derrière mes obligations professionnelles. J'imagine que c'est une façon passablement égoïste d'aborder le problème.

— Je pense que c'est juste humain de ta part.

Elle posa la tête sur son épaule.

— Et tes deux sœurs sont avec ta mère, donc ce n'est pas comme si elle se retrouvait toute seule. Tu n'as pas à te sentir coupable de prendre en compte tes propres besoins. Chacun a le droit de composer avec son chagrin et de l'aménager à sa façon.

Fliss ne portait jamais de jugement. À aucun moment, avec elle, il n'avait eu le sentiment d'avoir à coïncider avec une image idéalisée qu'elle aurait eue de lui.

— Avec ça, il faut que je m'occupe de trier et d'évacuer les affaires personnelles de mon père. Le mobilier peut rester jusqu'à ce que la maison soit vendue, mais il y a le reste : les livres, les documents, son matériel de voile. Ça ne va pas être une partie de plaisir de mettre le nez là-dedans.

— On le fera ensemble.

Ensemble.

Il voulait lui demander combien de temps encore elle comptait rester.

Lui demander s'ils avaient un avenir, elle et lui.

Il attendit en silence dans l'espoir qu'elle lui en dise un peu plus sur ses intentions. Mais Fliss demeura muette. Plongée dans ses pensées, elle regardait droit devant elle.

— J'aime tellement être ici, murmura-t-elle.

— Moi aussi.

Mais qu'aimait-elle vraiment, au juste ? La plage ? Ou lui ? Lui *et* la plage ?

— Tu crois que tu pourrais vivre ici dans les Hamptons ?

Elle se raidit imperceptiblement.

— Peut-être.

S'il lui disait ce qu'il ressentait pour elle, partirait-elle en courant ? Ou lui répondrait-elle que c'était réciproque ?

Était-il prêt à prendre le risque de voir la première hypothèse se vérifier alors que la soirée était si belle ?

Il soupira. Depuis le temps qu'il attendait la réponse à sa question, il pouvait bien patienter quelques jours de plus.

Chapitre 20

Une pièce après l'autre, méthodiquement, Fliss triait et époussetait dans la grande maison d'été des Carlyle, emballant avec soin tous les effets personnels. De temps en temps, elle s'interrompait pour aller voir où en était Seth qui faisait les cartons dans une autre chambre.

Elle savait à quel point cette épreuve était lourde pour lui et elle tenait à ce qu'il la sente présente à ses côtés.

Leur relation avait évolué. Le fait de communiquer avait créé entre eux une proximité affectueuse, une attention et un respect mutuels qui avaient été absents dix ans plus tôt. Ce qui les unissait aujourd'hui était toujours aussi sexuel, mais aussi plus profond, plus intense.

— Tu veux le garder, ce truc ?

Elle lui montra un petit vase qu'elle trouvait très laid et fut soulagée lorsqu'il secoua la tête.

— Ce machin hideux ? Tu peux le mettre au rebut.

Il examina l'objet de plus près.

— Attends, j'ai un doute… Je me demande si ce n'était pas Bryony qui avait fabriqué ça en classe.

Mets-le dans les cartons destinés à ma mère pour qu'elle puisse décider elle-même de son sort.

Fliss hocha la tête et enveloppa le vase dans du papier journal. La tâche qui incombait à Seth lui paraissait horrible. Cela devait être un vrai crève-cœur de se replonger dans l'histoire familiale à travers tous ces objets et d'avoir à trancher sur la destinée de chacun.

Mais l'amour n'était pas un objet que l'on pouvait jeter ou garder. L'amour était un sentiment et, depuis quelque temps, les sentiments n'avaient plus de secret pour elle.

Elle prit un livre sur une étagère, et une photo glissa d'entre ses pages. En se baissant pour la ramasser, elle vit qu'il s'agissait d'un portrait d'elle et de Seth, pris le jour de leur mariage.

Sa main trembla alors qu'elle examinait le cliché. Elle se souvenait du soleil torride et de l'impression de fête et de folie douce. Son sourire était si radieux qu'il débordait presque du cadre de la photo. Et Seth rayonnait du même bonheur exalté. Il était si beau qu'elle se souvenait d'avoir vu les gens se retourner sur eux pour le regarder.

Ce jour-là, elle avait eu le sentiment de marcher en lévitation. Les difficultés liées aux circonstances avaient été occultées par l'exultation face à l'avenir à trois qui les engageait ensemble, Seth, leur futur enfant et elle.

L'espoir, oui, l'espoir avait été omniprésent. Un espoir qu'elle avait perdu en même temps que son bébé.

L'idée que tout n'était pas fichu et qu'elle pourrait avoir une seconde chance ne lui avait pas traversé l'esprit.

Peut-être parce qu'elle ne s'en était pas sentie digne.

Elle scruta de nouveau la photo. Son amour pour Seth éclatait sur son visage. Oui, elle avait aimé

Seth il y a dix ans et elle l'aimait avec la même force aujourd'hui. Avait-elle d'ailleurs un jour cessé, vraiment cessé, d'aimer cet homme ? Elle n'aurait su le dire avec certitude, mais peu importait.

Une émotion forte la traversa sans qu'elle puisse lui donner un nom. L'excitation ? La terreur ?

— Fliss ?

Elle ne l'avait même pas entendu s'approcher.

— Seth...

— Tout va bien ?

Il jeta un coup d'œil sur la photo qu'elle tenait à la main, et sourit.

— Tu l'as trouvée où ?

— Glissée dans un des livres de ton père.

Était-elle prête à s'ouvrir à lui des sentiments dont elle venait de prendre conscience ? C'était encore si neuf. Si frais.

— Je comprends maintenant pourquoi je ne la retrouvais plus. Ne la perds pas, surtout. J'adore cette photo.

— Moi aussi.

Sa bouche était si sèche qu'elle avait du mal à parler. Elle aurait aimé se donner un peu de temps pour réfléchir à la meilleure manière d'amener le sujet sur le tapis. Mais ce ne serait peut-être pas plus mal d'y aller à l'impro.

— Seth, il y a quelque chose que je voudrais te dire. Je...

Elle s'interrompit lorsque le téléphone de Seth sonna, partagée entre le soulagement et la frustration.

— Vas-y. Réponds. C'est peut-être la clinique.

Seth hocha la tête et effleura l'écran. Elle vit son expression changer pendant qu'il écoutait.

— J'arrive tout de suite... Le chien des Christies a

été percuté par un cerf, expliqua-t-il en se tournant vers elle.

Fliss fit la grimace.

— Les sabots de cerf sont coupants. Va vite.

Il prit ses clés de voiture.

— Qu'est-ce que tu voulais me dire ?

— T'inquiète. Ça attendra tout à l'heure.

Cela lui laisserait du temps pour préparer ce qu'elle avait à lui confier.

— Je croise les doigts pour le chien. Tu me trouveras ici quand tu auras fini. Il y a encore des tonnes de livres à mettre en cartons.

Pour sa déclaration d'amour, elle pourrait peut-être soigner un peu sa mise en scène ? Ajouter une touche poétique ?

Il existait des cadres mieux adaptés pour parler d'amour que ces objets poussiéreux et tous ces souvenirs liés au passé familial de Seth. Elle attendrait qu'ils soient juste tous les deux. En commençant par mettre d'abord discrètement une bouteille de champagne au frais.

Ils descendraient la boire au clair de lune sur la plage. Et peut-être qu'ils feraient l'amour dans le sable, comme deux adolescents ?

Reportant son attention sur les livres, elle les plaça avec soin dans des cartons qu'elle étiqueta au fur et à mesure.

Il y avait longtemps qu'elle ne s'était pas sentie le cœur aussi léger.

Elle était amoureuse. Et cette fois, elle n'avait pas peur de le lui dire. Elle brûlait d'impatience, même.

Fliss se releva et se dirigea vers la cuisine en massant son dos douloureux. Elle se versa un verre d'eau et le but d'une traite. Le téléphone sonna alors qu'elle avait encore le verre à la main.

C'était la ligne fixe.

Elle hésita. Répondre ou ne pas répondre ?

Réponds donc au cas où. C'est peut-être important. Quelqu'un qui essaie de joindre Seth.

Une voix féminine s'éleva à son oreille.

— Allô, Seth ?

Fliss sut instantanément qui était au bout du fil et fut tentée de raccrocher en silence. Mais la part raisonnable d'elle-même lui rappela que, tôt ou tard, il faudrait qu'elle en passe par cette discussion.

— Salut, Vanessa. C'est Fliss.

Il y eut un bref silence.

— Fliss... Ça faisait longtemps.

— Je donne un coup de main à Seth pour vider la maison. Mais il n'est pas là pour l'instant. Il opère un chien blessé.

— Ah, OK. Dans un sens, ça tombe bien que je t'aie au bout du fil. Il y a déjà un moment que je voulais te parler, de toute façon.

Les jambes coupées, Fliss se posa sur la chaise de cuisine la plus proche.

— Tu voulais me parler ?

Ça sentait le roussi.

Gravement, même.

— Je te dois des excuses.

— Des excuses ?

Elle avait probablement mal compris.

— Des excuses, oui. Dans le temps... Quand je t'ai appelée.

La voix de Vanessa rendait un son étrange, presque étranglé.

— Je n'ai pas été très... très sympa.

C'était l'euphémisme du siècle.

— Tu ne m'aimais pas beaucoup, dit Fliss.

— Ce n'est pas vrai. Seth est mon frère. Je reconnais

qu'on se chamaille souvent et parfois on s'exaspère tellement qu'on se jetterait n'importe quoi à la figure. Mais je tiens à lui. Je l'aime. Et quand tu l'as plaqué d'un seul coup, il y a dix ans...

La bouche de Fliss était si sèche qu'elle pouvait à peine former une syllabe.

— Quoi ?

— Je me suis fait un sang d'encre pour lui, c'est tout. Il lui a fallu du temps pour se relever de cette rupture, Fliss. Il broyait du noir. Tu l'avais fracassé.

Fliss sentit une douleur se former derrière ses côtes.

— Ce n'est pas du tout ce que je voulais.

— Je te crois mais ça a été dur pour lui. Le fait que vous ne vous soyez jamais expliqué le rendait à moitié fou. Comme il ne savait plus quoi faire de sa peau, il s'est jeté sur ses études. Tu es probablement la raison pour laquelle il a fini premier de sa promotion. Pendant bien deux ans, il n'est pas sorti avec une seule fille.

Entendre cela fut un choc.

— Deux ans ?

— Oui. Puis il est parti en Californie. Aussi loin que possible de tout et de tout le monde. Il disait qu'il voulait prendre un nouveau départ, mais je crois surtout qu'il ne supportait plus de se retrouver dans des lieux qui lui rappelaient ta présence.

Fliss regardait fixement devant elle.

Il n'y avait eu personne dans sa vie pendant *deux ans* ? Et il s'était exilé en Californie à cause d'elle ?

Pas un instant, l'idée ne lui avait traversé l'esprit qu'elle pouvait être liée à son départ pour la côte Ouest. Il n'en avait pas fait mention une seule fois au cours du mois écoulé.

Elle savait qu'il avait mal vécu leur rupture, lui aussi, mais il n'était pas entré dans les détails. Et elle ne s'était pas inquiétée pour lui, à l'époque, l'imaginant soulagé d'échapper aux responsabilités qui accompagnaient leur mariage précipité. Son père n'avait d'ailleurs pas manqué de lui faire remarquer qu'il ne faudrait pas trois mois à Seth pour oublier jusqu'à son existence.

— Tu es sûre ? demanda-t-elle d'une voix étranglée. Il n'y a eu personne pendant deux ans ?

— Peut-être même plus longtemps que cela. Bryony et moi, on lui collait toutes les filles possibles et imaginables sous le nez, mais il ne les voyait même pas. Au début, parce que tu occupais encore toute la place. Et ensuite, je suppose, par crainte de s'engager et de se planter une seconde fois.

Fliss était soudain transie, comme si on l'avait immergée dans de l'eau glacée.

Seth avait cessé de sortir. S'était exilé à l'autre bout du pays pour se guérir d'elle.

Elle l'avait détruit.

— Mais il a quand même eu d'autres copines par la suite ! protesta-t-elle, horrifiée. Puis il a rencontré Naomi. Donc ça allait mieux.

— Pas vraiment, non. Ça collait plutôt bien entre eux et Naomi était raide amoureuse de lui. Seth, lui, restait plus réservé. J'avais l'impression qu'il avait choisi d'y aller un pas après l'autre. De ne surtout rien précipiter, après la claque qu'il avait prise avec toi. Mais j'ai vraiment cru à un moment qu'il était le point de s'engager. Je me disais que leur couple avait ses chances, et puis papa est mort et tout s'est effondré.

— Seth et votre père étaient très soudés, très proches, murmura-t-elle d'une voix étranglée.

— Je sais. Et Seth n'a plus été le même depuis. Il a rompu avec Naomi. Et il a accepté le remplacement à Manhattan pour te revoir.

— Pas uniquement pour ça, quand même !

— Pour quelle autre raison à part toi ? Prends le temps de réfléchir à la question deux minutes, Fliss : Seth n'a jamais aimé la ville. S'il est parti exercer quelques mois en plein cœur de New York, c'est parce qu'il avait besoin d'y voir plus clair sur ce qui n'avait pas fonctionné entre vous à l'époque. Je crois que la mort de notre père a été un électrochoc. Il a compris qu'il ne pourrait pas aller de l'avant avant d'avoir vérifié d'abord s'il y avait encore quelque chose de possible entre vous. Le fait que je te trouve dans la maison familiale me dit que oui. Et j'avoue que ça me fait peur. *Pas* parce que je ne t'aime pas, Fliss. Tu veux que je te dise franchement ? Tu fais partie des femmes que j'admire et je suis sûre qu'en d'autres circonstances nous aurions été amies. Mais je suis angoissée pour mon frère.

Vanessa marqua un silence hésitant.

— Je sais que tu n'as pas grandi dans des conditions faciles.

Fliss se tendit.

— Écoute, Vanessa, je...

— Non, s'il te plaît, laisse-moi finir. Je ne trouve pas de bonne façon de te dire ce que j'ai à dire, donc je vais être directe et je ne peux qu'espérer que tu me pardonneras. Je sais que tu n'es pas quelqu'un qui s'extériorise facilement. Et je comprends. Honnêtement, je peux tout à fait le comprendre. Mais Seth, lui, a *besoin* de transparence, d'échanges, de confiance réciproque. C'est l'homme le plus franc du collier que je connaisse. Il ne joue pas, il ne triche pas. La dernière fois, il ne savait rien de la nature réelle de tes sentiments pour lui et ça le déstabilisait. Ça a été terrible pour lui que tu rompes d'un coup, en refusant de lui fournir l'ombre d'une explication. D'où mon angoisse. Parce que c'est peut-être super entre vous maintenant, mais qui nous dit qu'au premier problème qui se présentera tu ne tourneras pas encore une fois les talons sans rien dire ? Je ne sais pas comment Seth s'en relèverait, cette fois-ci. Et je n'ai pas envie de voir mon frère en repasser par là.

Fliss déglutit avec peine.

Seth plaçait toute sa foi en elle. Mais elle n'avait jamais été une star acclamée de la gymnastique communicationnelle au quotidien.

Ils avaient échoué une première fois. Qu'est-ce qui lui garantissait qu'ils ne tomberaient pas sur de nouveaux obstacles qu'elle serait incapable de franchir ?

Saurait-elle être la compagne ouverte et spontanée dont Seth avait besoin ? Pour le moment, tout allait bien, mais qu'est-ce qui lui prouvait qu'elle ne se murerait pas de nouveau dans sa coquille en cas de crise ?

Et si elle le détruisait une seconde fois ?

Un doute corrosif attaquait la tranquille certitude qu'elle avait ressentie juste avant l'appel de Vanessa.

— Fliss, tu es encore là ?

— Je suis là, oui.

« Je veux te connaître à quatre-vingt-dix pour cent. » Fliss regarda droit devant elle. Jusqu'à présent, elle s'en tirait plutôt pas mal, non ?

Mais elle n'avait pas été consciente des enjeux comme elle l'était maintenant. Et de ce qui pourrait arriver si l'aventure tournait mal.

— Tu dois te demander de quel droit je me permets de te dire tout ça. Mais Seth est mon frère. Je t'ai vue défendre Harriet, donc je pense — j'espère — que tu comprendras que je puisse faire la même chose pour Seth.

— Je comprends tout à fait, oui, murmura-t-elle d'une voix rauque.

Si quelqu'un avait procuré à Harriet des cicatrices comme celles qu'elle semblait avoir elle-même infligées à Seth, elle l'aurait brisé en menus morceaux.

— Je suppose que tu me détestes ?

Fliss se secoua et se remit debout.

— Non. Tu aimes ton frère. Tu le protèges. Et tu as raison. Je ferais la même chose à ta place.

— Tout ce que je demande, c'est que mon frère soit heureux, c'est tout. Seth est à l'image de notre père. Ce qu'il veut, c'est une maison et une famille. Construire une vie avec la femme qu'il aime. Et pour Seth, très clairement, cette femme, c'est toi. Si tu n'es pas sûre d'être sur la même longueur d'onde, si tu ne peux pas lui donner ce dont il a besoin, il faut qu'il le sache. Et sans attendre.

Fliss reposa lentement le combiné et se dirigea vers la bibliothèque d'un pas de somnambule. Découvrir qu'elle avait opéré de tels ravages sur Seth lui coupait les jambes. Elle avait l'impression d'avoir été passée à la lessiveuse.

Il ne restait plus trace du bonheur qui l'avait portée sur ses ailes quelques minutes plus tôt. Seule subsistait une sensation nauséeuse de panique. Le doute s'était insinué dans chaque recoin de son être. La petite voix intérieure à laquelle elle croyait avoir imposé silence après des années et des années de combat s'élevait de nouveau, si fort qu'elle n'entendait plus qu'elle.

Et si elle échouait à devenir la femme dont Seth avait besoin ?

Elle se laissa tomber lourdement au sol entre les cartons qui symbolisaient le passé de Seth. Un passé dont il faisait le tri, prêt à se dégager d'hier pour faire un pas vers demain.

Vers un avenir dont il souhaitait qu'elle fasse partie.

*
* *

Seth poussa la porte de la maison silencieuse et posa ses clés de voiture sur le plan de travail.

— Fliss ?

Pas de réponse. Serait-elle déjà partie ? Après ces longues heures passées à ranger, trier et trimballer des cartons, il ne pourrait pas lui en vouloir d'avoir déclaré forfait.

Il crut entendre bouger dans la bibliothèque et se dirigea au son. Il trouva Fliss occupée à vider les rayons et perçut aussitôt la tension inhabituelle dans ses épaules.

— Fliss ?

Elle se figea un instant avant de se tourner vers lui. Il nota une joue maculée de poussière et son expression d'immense fatigue.

— L'opération s'est bien passée ? Comment va le toutou ?

— Il récupère. Mais toi, tu n'as pas l'air en grande forme, en revanche. Arrête ces cartons, Fliss. Tu es fatiguée.

Quelque chose lui disait cependant que ce qu'il lisait sur le visage de celle-ci n'avait rien à voir avec l'épuisement.

Elle scotcha le carton qu'elle venait de remplir et s'essuya les mains sur son short.

— Tu as raison. Je vais peut-être m'arrêter là pour aujourd'hui. Il me faut une douche d'urgence.

— Bonne idée. Je préparerai le dîner pendant ce temps.

— Pas ce soir. Je pensais plutôt rentrer chez ma grand-mère.

Il l'avait quittée en grande forme. Souriante, affectueuse, attentive à lui changer les idées et à le soutenir tout en abattant du travail avec énergie.

Se pouvait-il que ce soit juste un gros coup de pompe ? Ou était-il arrivé quelque chose ?

Il prit un des cartons qu'elle avait remplis et le porta dans l'entrée.

— Quelque chose ne va pas, Fliss ?

Il plaça son chargement sur une des piles déjà formées et fit le tour des possibilités dans sa tête. Le problème, de toute évidence, ne pouvait pas le concerner lui.

— Tout va bien pour Harriet ?

— Oui, oui.

Sans le regarder, elle tira un énorme carton hors de la bibliothèque.

— Fliss...

— En fait, tout ne va pas si bien pour ma sœur. Elle a besoin de moi. Je rentre demain à Manhattan.

— Qu'est-ce qui lui arrive ?

— Elle ne s'en sort pas. Ce n'était pas très correct de ma part de partir et de la laisser avec toute l'organisation sur les bras.

Son cerveau rétif mit un instant à assimiler ce que cette annonce impliquait.

— Attends... Tu retournes définitivement en ville ?

— Voilà.

Il était sidéré. À quoi il s'était attendu, il n'aurait su le dire. Mais sûrement pas à ça.

— Mais hier encore, tu me disais que tu adorais l'océan, la plage. Que tu pourrais vivre ici !

— C'étaient le soleil et la sangria qui parlaient par ma bouche.

— Tu n'avais pas bu une goutte de sangria.

— C'était juste une image.

Elle repoussa les cheveux qui lui tombaient sur

les yeux et laissa une nouvelle traînée de poussière sur sa joue.

— C'était irréaliste de penser pouvoir rester ici. Je n'avais pas réfléchi.

Elle partait...

Il était encore en train d'essayer de procéder par déduction pour essayer de comprendre ce qu'elle ne lui disait pas, lorsqu'elle passa devant lui, ses clés de voiture à la main.

— Stop.

Il eut tout juste le temps de plaquer une main contre le battant pour l'empêcher de sortir.

— Tu me caches quelque chose. Qu'est-ce qui s'est passé ?

— Rien. Tout va bien.

— Arrête ! Tu recommences. Tu te replies et tu me laisses dehors, à me cogner contre un mur. C'est le retour au château fort. Mais tu n'as pas besoin de remonter le pont-levis, Fliss. Pas avec moi. Jamais. Tu le sais, que je ne suis pas là pour te persécuter. À moins que...

Brusquement, il comprit ce qui se passait et il se demanda pourquoi il avait été si long à deviner alors qu'il la connaissait par cœur.

— En fait, tu as peur.

— Peur de quoi ? Je ne vois pas ce que j'aurais à craindre.

Il fit un pas vers elle.

— Rien à craindre, vraiment ? Et le fait que tu m'aimes ? Ce n'est pas terrifiant, ça, peut-être ?

Les yeux de Fliss s'écarquillèrent.

— Je n'ai jamais dit que...

— Non, tu ne l'as encore jamais dit.

Il attendit. Attendit et attendit qu'elle prononce les

mots, enfin. Attendit qu'elle s'ouvre et qu'elle laisse parler son cœur.

Essaya de ne pas se laisser atteindre par son silence.

— Le fait que tu ne trouves pas le courage de le dire tout haut ne signifie pas que tu n'éprouves pas de sentiments. Tu m'aimes. Quelque part au cours du mois écoulé, tu en as pris conscience et maintenant tu te sens menacée, vulnérable, et tu cherches à te protéger de ce que tu ressens. C'est pour ça que tu veux te précipiter ventre à terre à Manhattan.

— Ce n'est pas vrai.

— Tu es sûre ?

Tout lui paraissait très clair, à présent.

— J'ai attendu que tu mettes des mots sur cet amour qui est là, entre nous, mais tu t'es tue une fois de plus. Si tu avais partagé tes peurs avec moi, on aurait pu en venir à bout ensemble. Mais tu préfères restée terrée en silence dans ta grotte solitaire. Je t'aime, Fliss. Je t'aime comme je n'aimerai sans doute plus jamais. Mais si tu ne peux vivre que murée dans cette perpétuelle défiance, si tu dois en permanence couvrir d'un manteau de fumée tout ce qui vibre et vit en toi, comme c'est le cas maintenant, on n'y arrivera jamais, tous les deux. Ça ne pourra pas marcher entre nous, tu en es consciente, au moins ?

Il attendit qu'elle proteste, qu'elle s'insurge, qu'elle lui jette enfin son amour à la figure. Mais son visage restait fermé et son regard inaccessible. Et son silence finit par être plus blessant encore que des paroles de rejet ne l'auraient été.

Il revit les semaines écoulées, songea à ce début d'été qu'ils avaient passé ensemble. Quelque chose en elle avait paru se déplier et s'épanouir, comme une fleur fragile déploie ses corolles hésitantes. Il n'avait aucun doute sur ses sentiments pour elle et il aurait été prêt à jurer qu'elle l'aimait en retour. Mais il se trompait peut-être.

Quoi qu'il en soit, à présent qu'elle était acculée, dos au mur, elle revenait à sa configuration par défaut et sombrait dans un mutisme obstiné.

Il fit une ultime tentative pour lui tendre la main.

— Je sais que tu as peur.

— Ce n'est pas de la peur, non. C'est...

L'exaspération se mua en fatigue. En épuisement, plutôt. Que pouvait-il faire de plus pour lui prouver qu'elle n'avait rien à craindre de lui ? Que lui restait-il encore à essayer ? Rien. Strictement rien. La balle était dans le camp de Fliss. Et elle n'avait pas envie de la prendre au bond, de toute évidence. Il avait espéré la guérir du passé, mais il semblait avoir lourdement échoué une fois de plus.

— Tout s'arrête là, alors ?

Elle laissa passer un court silence insoutenable.

— Il faut croire, oui.

Il aurait voulu protester. La secouer par les épaules et tenir ferme jusqu'à ce que la vérité cachée jaillisse enfin. Mais son cœur — son cœur douloureux et fracturé — savait que, si elle ne pouvait pas lui donner ses peurs, son amour et son cœur en partage, leur relation s'enliserait dans d'impossibles marécages.

— Sois prudente au volant. Il y a du monde sur la route.

Elle hocha la tête. Un nouveau silence douloureux suivit.

— On a passé un bout d'été sympa ensemble, dit-elle.

Un bout d'été sympa ?

Il n'avait pas eu l'intention d'en dire plus, mais ce fut plus fort que lui.

— Tu sais aussi bien que moi qu'il s'agit de tout à fait autre chose qu'un « bout d'été sympa ». Mais tu feras comme si, car le déni de réalité est ta grande spécialité. Très pratique, comme mécanisme de défense, c'est sûr.

La déception le rendait amer, entamait sa légendaire patience.

— Tu refuses d'admettre que tu souffres comme une dingue alors que je le sais et que je le vois. Si ça s'arrête là entre nous, ce n'est pas parce que l'amour n'est pas au rendez-vous. C'est fini parce que tu refuses de me parler des peurs qui te rongent. Parce que tu ne veux pas prendre le risque de laisser l'autre t'approcher, là où tu es à nu et vulnérable. Et, même si l'amour est là — même si l'amour est fort —, rien ne sera jamais possible si tu choisis l'exil dans ta forteresse intérieure. Pour ma part, je ne peux pas en repasser par là où je suis déjà passé. C'est *niet*, Fliss.

Il lui ouvrit sa porte, le cœur lourd, la poitrine plombée.

— Au revoir.

Chapitre 21

Se sentant à peu près aussi vaillante qu'un hérisson mort aplati au bord d'une route, Fliss poussa la porte de la maison de sa grand-mère. Elle avait jeté un coup d'œil à sa tête dans son rétroviseur et constaté les dégâts externes. Ils n'étaient pas beaux à voir, mais l'intérieur était pire. Elle avait l'impression de saigner du dedans, avec le cœur lacéré et l'espoir en lambeaux. Vu qu'elle semblait avoir perdu ses capacités à dissimuler ses sentiments, elle priait pour que sa grand-mère soit montée faire une sieste. Ou, mieux même, partie faire une course avec une amie.

La porte de la cuisine s'ouvrit, douchant ses espoirs.

Fliss se composa une expression détachée mais, à sa grande surprise, ce ne fut pas Grams qu'elle vit apparaître.

— Harriet ?

Non. Elle n'était pas en état de gérer sa sœur. Pas maintenant. Ses quotas d'épreuves pour la journée auraient dû être largement dépassés, pourtant. Elle grimaça un sourire de commande et s'appliqua à retrouver ses vieux réflexes de dissimulation.

— Je ne pensais pas te trouver ici.

— Visite spontanée.

Sa sœur scruta son visage.

— Mais qu'est-ce qui t'arrive ?

— Rien. Tout va bien. Maintenant, dis-moi ce que tu fais là ?

— Je me faisais du souci pour toi.

— Pour moi ? Tu rigoles. Je pète la forme depuis que je suis au bord de l'océan. Tu aurais pu appeler ou envoyer un texto. Ça t'aurait épargné le trajet.

Et elle se serait épargné l'épuisante nécessité de jouer la comédie. Elle ne se sentait pas la force de faire bonne figure devant Harriet maintenant. Ses ressources intérieures étaient épuisées jusqu'à la dernière goutte.

— J'ai covoituré avec Chase pour venir de Manhattan. Co-hélicoptéré, plus précisément.

— Waouh. Classe. Te voilà membre à part entière de la jet-set.

Fliss posa son sac, consciente d'être crasseuse et toute couverte de poussière. Elle avait espéré s'enfermer dans la salle de bains pour laisser ses larmes couler sous la douche. Mais ce moment de laisser-aller salutaire allait devoir être remis à plus tard.

— Où est passée Grams ?

Leur grand-mère pourrait peut-être distraire Harriet le temps qu'elle se ressaisisse. Il lui suffirait de quelques minutes sous la douche. Juste le temps nécessaire pour se souvenir comment on remontait ce fichu pont-levis.

— Elle est dans sa chambre. Tu sors d'où, comme ça ? Tu as une mine de déterrée.

— J'ai aidé Seth à vider la maison de ses parents.

Elle passa dans la cuisine et fit couler du café en espérant que la caféine lui rendrait au moins une fraction de son énergie perdue.

— Et maintenant, dis-moi ce qui t'amène ici, Harriet. Je veux la *vraie* raison. Je te connais. Tu n'as pas fait ce trajet en hélico sans raison. J'adore cette robe, d'ailleurs. Tu es très belle en vert, ma chère sœur.

Harriet soutint calmement son regard.

— C'est reparti entre toi et Seth.

Fliss s'assit.

— On est amis. Rien de plus.

Et probablement même moins que ça, maintenant. Elle se sentait groggy, comme si elle avait pris un coup en pleine poitrine.

— Mais Grams m'a dit que…

— Tu connais Grams. C'est une grande romantique. Elle rêve de nous caser, toi et moi.

Harriet fronça les sourcils.

— Qu'est-ce que tu me caches, encore ?

— Rien. Je te dis tout. Quatre-vingt-dix/dix. Telle est ma nouvelle devise.

— Quatre-vingt-dix quoi ?

— Rien.

Fliss se leva et manqua renverser sa chaise.

— Je vais prendre une douche et je reviens tout de suite.

— Fliss…

Sur le point de craquer, elle esquiva la main tendue de sa sœur. Il suffirait que Harriet l'effleure pour qu'elle se dissolve en larmes et finisse sous forme de flaque.

— Je me sens trop crade. Il faut que je me passe sous l'eau d'urgence.

— Tu es complètement bouleversée, surtout.

— Non, non. Tu te fais des idées.

Elle remarqua alors le coffret aux souvenirs ouvert sur la table.

— Grams t'a raconté, pour maman ?

Fliss dévisagea sa sœur, qui ne broncha pas.

— Ça m'a fait un coup d'apprendre ça, reprit-elle. J'ai toujours cru qu'elle aimait papa. Et pas le contraire. Pauvre maman.

Et pauvre de moi, en l'occurrence. Qu'allait-elle faire de tout cet amour, maintenant ? Le stocker dans une boîte et le glisser sous un lit, comme l'avait fait sa mère ? Si seulement cela pouvait être aussi simple.

— Je suis surprise qu'elle ait pu garder un secret aussi énorme pendant toutes ces années.

Harriet planta son regard dans le sien.

— Pourquoi surprise ? C'est un trait de famille, la passion du silence et la manie du secret.

— Comment ça ?

— Tu ne me dis jamais rien. Tu as toujours été muette comme une tombe.

— Ce n'est pas vrai !

Son cœur cognait vite et fort dans sa poitrine. Elle se disputait rarement avec sa sœur. Même enfants, elles ne se chamaillaient que les rares fois où elles n'étaient pas déjà occupées à contrer d'autres attaques.

— Ce qui est sûr, en tout cas, c'est que tu me caches quelque chose *maintenant* ! Je suis venue parce que je ne suis pas rassurée de savoir que tu as renoué avec Seth. Je pensais que tu pourrais avoir besoin d'en parler avec quelqu'un de proche.

— C'est gentil. Mais il n'y a rien de spécial à dire, je t'assure.

Et voilà. Sa capacité de dissimulation était de retour. Elle retrouvait le mode d'emploi : nier, cacher, sourire. Passer le balai, puis répéter l'opération. Elle pouvait le faire.

Harriet se pencha vers elle.

— Il s'est passé quelque chose. Pourquoi refuses-tu de me parler ? *Pourquoi* ne veux-tu rien me dire, bon sang ?

Parce que pour rien au monde elle ne voulait que Harriet sache à quel point elle allait mal.

— Il n'y a rien de spécial.

— Ouais, c'est ça.

Harriet reposa son mug avec une telle violence que le café éclaboussa la table.

— OK, va la prendre, ta douche. Je sors marcher.

— Quoi ? Pourquoi ? Non !

Fliss se leva à son tour. Que s'était-il passé pour que Harriet s'énerve ainsi ?

— Ne pars pas comme ça. Qu'est-ce qui t'arrive ? Cela ne te ressemble pas de te comporter de cette façon.

Harriet actionna la poignée de la porte d'une main tremblante.

— Et toi, ça te ressemble trait pour trait de te comporter comme tu te comportes.

— Comment ça ? Ça veut dire quoi ?

Sa sœur se retourna, le regard découragé, les yeux noyés de larmes.

— Tu sais pourquoi je suis venue ici ? Parce que je me ronge les sangs à ton sujet. Il y a dix ans, tu étais dans un tel état après la rupture avec Seth que j'ai vraiment eu peur que tu sombres pour de bon. Oui, je crevais de *peur* pour toi, Fliss.

La voix de Harriet tremblait.

— J'ai cru que tu allais te briser et qu'il n'y aurait plus moyen de recoller les morceaux.

— J'étais...

— Ne me dis surtout pas que « tout allait bien », parce que c'est faux et archi-faux. Tu souffrais comme une dingue, mais tu restais muette sur ta douleur et je l'acceptais car tu as toujours fonctionné comme ça, à vouloir régler tous tes problèmes toute seule, dans ton coin.

Harriet prit une inspiration tremblante.

— Mais il y a quelques mois, lorsque Daniel a annoncé que Seth bossait à Manhattan, j'ai bien vu dans quel état son arrivée t'a mise. Tu ne dormais plus. Tu grignotais du bout des lèvres. Tu affirmais que sa présence à Manhattan ne te gênait pas, parce que le déni est une seconde nature chez toi, mais je savais que l'idée de tomber sur lui te terrorisait. Là-dessus, tu disparais dans les Hamptons pendant un mois en donnant à peine de tes nouvelles. Et tu sais ce qui est le pire, pour moi ? C'est que maintenant encore tu continues de me refuser tout accès à ce qui se passe en toi. Là, tu es mal — *très* mal, même —, ça se voit comme le nez au milieu de la figure, mais tu ne saisis pas la main que je te tends. Une fois au moins dans ta vie, tu ne pourrais pas me *dire* les choses, tout simplement ?

Elle avait essayé avec Seth. Et à quoi cela l'avait-il menée, d'être dans « l'ouverture » et le « partage » ?

— Je te promets que tu n'as aucune raison de t'inquiéter pour moi, Harriet.

La voix de sa sœur se brisa.

— Tu me prends pour qui, Fliss ? Tu crois que je ne le sais pas quand tu vas mal ? Ce n'est pas parce que tu n'as pas assez confiance en moi pour me parler que je ne le sens pas quand tu broies du noir.

Elle avait la bouche si sèche, tout à coup. Ses mains tremblaient.

— Mais *j'ai* confiance en toi. Il n'y a personne au monde en qui j'ai plus confiance.

— Alors pourquoi ce refus obstiné de partager tes problèmes avec moi ?

— Parce que je n'en ressens pas le besoin.

— Oh non, là je craque ! Ce n'est pas possible, merde… !

Harriet se mordit la lèvre, tourna les talons et quitta la pièce, laissant Fliss interdite.

— Hé, Harriet ! Attends ! Mais qu'est-ce qui te... ? J'essayais de te protéger, c'est tout.

Mais elle parlait dans le vide.

— Peut-être que ta sœur n'a pas toujours envie d'être protégée.

La voix de sa grand-mère s'éleva derrière elle.

— Peut-être que, pour une fois, elle aimerait être celle qui soutient et qui secourt. C'est normal entre sœurs, non ? Tu me l'as dit toi-même.

Fliss sentit un nœud se former dans sa gorge.

— Je ne veux pas qu'elle souffre pour moi. Tu trouves que c'est si anormal que ça de vouloir l'épargner ?

— Une vie d'homme — ou de femme — ne se traverse pas sans passer par l'expérience de la souffrance, Fliss. Ça commence dès l'enfance et ça fait partie de notre construction en tant qu'humains. Nous apprenons à faire avec — comme ça a été le cas pour toi et Seth. Ce qui rend la douleur tolérable, c'est de pouvoir la partager avec ceux qui nous entourent. Ceux qui nous aiment.

— J'aime Harriet ! Je ne veux que son bien !

— Tout comme elle t'aime et veut ton bien aussi. Est-ce que tu la laisses parfois te le témoigner ?

Fliss déglutit avec peine. Ferma un instant les yeux.

— J'ai toujours voulu être forte pour deux.

— Peut-être que ce n'est pas toujours ta force qui l'intéresse. Peut-être que par moments, tout ce qu'elle demande, c'est de pouvoir être forte pour toi. D'être celle qui écoute et qui offre son épaule en soutien.

« Tu caches quatre-vingt-dix pour cent de qui tu es et tu en montres à peine dix. »

C'était différent dans les deux cas. Avec Seth, elle

s'était protégée elle-même alors qu'avec Harriet elle cherchait à préserver sa jumelle.

Mais tout le monde, semblait-il, voulait qu'elle vide son sac.

Sa grand-mère versa du café dans un mug et le lui tendit.

— Bois ça et file te débarbouiller. Tu as une mine épouvantable.

— Et je me sens tout pareil. Je fais tout de travers. J'ai déçu Harriet et c'est terminé entre Seth et moi.

Les mots étaient sortis tout seuls. Avant qu'elle ait réalisé ce qui se passait, elle se retrouva solidement enveloppée dans les bras de sa grand-mère.

— J'espérais que je pourrais en parler avec toi, mais, dès que j'ai franchi le pas de la porte, je suis tombée sur Harriet. Et j'ai essayé de ne rien laisser paraître mais...

— Là, là... Tu peux tout me raconter, bien sûr, murmura Grams d'une voix réconfortante. Mais je pense que ce serait encore mieux si tu allais voir ta sœur.

— Elle est furieuse contre moi. Je l'exaspère.

Mais elle savait déjà au fond d'elle-même qu'elle devait essayer. Malgré les élancements dans sa tête, elle prit la douche qui s'imposait, enfila un short et un T-shirt propres, et partit vers la plage.

Elle trouva Harriet assise dans les dunes avec Charlie.

Pour la première fois de sa vie, Fliss se sentit intimidée face à sa propre sœur.

— Harriet ?

Celle-ci tourna la tête et Fliss vit qu'elle avait les yeux rouges d'avoir pleuré. D'un geste mal assuré, sa jumelle attira Charlie contre elle.

— Je suis désolée. Je ne voulais pas te claquer la porte au nez, mais je n'en pouvais plus de me heurter à un mur. C'est dur de savoir que ma propre sœur me voit comme une petite chose faible et pathétique qu'il faut à tout prix garder à l'abri du moindre courant d'air sous sa cloche de verre.

— Ce n'est pas ça du tout !

Fliss se laissa tomber dans le sable à côté d'elle et sentit les herbes longues lui chatouiller les mollets.

— Si je me tais, c'est parce que je t'aime et que j'ai juste envie de t'apporter du positif. Je ne veux pas te voir triste. Alors j'essaie de te tenir à l'abri de mes émotions négatives.

— Et tu crois que je vis ça comment, Fliss ? Je vais te dire une chose : voir souffrir sa jumelle, la personne dont tu es la plus proche au monde, c'est horrible. Mais ce qui est beaucoup plus dur encore, c'est d'être tenue en permanence à l'écart.

Les yeux de Fliss se remplirent de larmes.

— Ce n'était pas mon intention. Au contraire.

— Que tu l'aies voulu ou non, tu m'as laissée livrée à ma seule imagination pour me représenter les phases sombres que tu traverses. Et les scénarios que je me fabriquais étaient probablement encore plus noirs que la réalité elle-même. Je ne suis pas fragile, Fliss. J'ai vécu la même enfance que toi. Je sais que vous m'avez protégée, Daniel et toi, et je vous en suis reconnaissante. Mais s'il y a une chose dont je n'ai pas besoin d'être préservée, c'est de tes émotions. Je suis tout à fait capable de les entendre et de les partager. Je sais qu'en te taisant tu te protèges aussi toi-même. Mais ce n'est pas super pour moi de me dire que tu as peur que mon écoute manque de respect, de tact ou de délicatesse. Je me sens blessée, Fliss, parce que, même si nous sommes sœurs et jumelles, tu ne me fais pas assez confiance pour te montrer à moi sous un jour fragile.

Fliss vit les larmes dans les yeux de sa sœur, et sa

propre gorge se serra dangereusement. Comme si ce n'était pas déjà assez nul d'avoir tout gâché avec Seth, elle enchaînait en heurtant la sensibilité de Harriet. Elle avait fait pleurer sa sœur. Sa sœur qu'elle s'était fait un point d'honneur à toujours garder à l'abri de la souffrance et de la tristesse.

Ce fut la fameuse goutte qui fit déborder le vase.

— Je regrette, Harriet. Je n'ai jamais pensé que je pouvais te nuire en gardant mes coups de blues pour moi. Je croyais que c'était une ligne de conduite responsable, au contraire. Qu'en étant protectrice avec toi je prouvais ma valeur et évitais de donner raison à papa. Ce n'est pas par manque de confiance envers toi, je te le jure. C'est juste que...

Les mots s'étranglaient dans sa gorge.

— Je suis cassée, là, Harriet. Je n'en peux plus.

Elle sentit les bras de sa sœur l'entourer et se cramponna à elle de toutes ses forces. Elle se laissa bercer pendant qu'elle sanglotait et livra à Harriet un récit entrecoupé et hoquetant de son histoire avec Seth. Elle laissa tout sortir en vrac, lui parla sans retenue de ce qu'elle n'avait jamais partagé avec personne : son amour éperdu pour Seth, la douleur d'avoir perdu leur enfant.

À bout de larmes, elle finit par se dégager en reniflant.

— Je parie que tu regrettes maintenant d'avoir insisté pour que je te raconte ce qui n'allait pas.

Elle s'essuya les joues du revers de la main. Harriet lui effleura les cheveux.

— Arrête. Je ne dis pas que ça me fait plaisir de te voir souffrir. Ça me déchire, même. Mais je ne veux pas que tu souffres seule. Tu es ma sœur. Tu m'as toujours défendue comme une lionne.

Fliss extirpa un mouchoir de la poche de son short.

— Je suis plus âgée que toi.

— De trois minutes.

— Ces trois minutes m'ont investie d'une responsabilité. J'ai l'impression que je ne pourrai plus jamais m'arrêter de pleurer. Ces dernières semaines...

Elle posa la tête sur l'épaule de sa sœur.

— ... elles ont été magiques. Magnifiques. Et j'ai tout gâché. Je l'aime tellement. Ça me terrifie.

Elles restèrent assises là, épaule contre épaule — si semblables et si différentes —, les yeux rivés sur l'océan.

— Vanessa n'aurait jamais dû te faire la leçon au téléphone.

— J'aurais fait exactement comme elle, à sa place. Tout ce qu'elle m'a dit était vrai.

Fliss se frotta les joues avec les paumes.

— Elle a pris la défense de son frère. C'est un combat que je respecte.

— Seth sait que tu l'aimes ?

— Je ne le lui ai jamais dit en ces termes, mais il sait. Il m'a dit que, si je commençais à me fermer au moindre début de complication entre nous, cela ne pourra jamais marcher, même si on s'aime.

Harriet acquiesça.

— Ce n'est pas faux.

Fliss fit la grimace.

— Ouille. C'est toi la romantique, qui me dis ça ? Je comptais sur toi pour m'assurer que tout allait s'arranger et que nous vivrions heureux avec beaucoup d'enfants. Tu es censée croire à ces choses-là.

— J'y crois, oui. Mais, pour que ça arrive, il faut aussi le vouloir. Et y mettre du sien. Je n'ai jamais dit que ça se faisait tout seul.

Fliss renifla.

— La version où il arriverait sur son destrier blanc pour m'enlever au soleil couchant, ça aurait été pas mal, non ?

— Tu aurais pris du sable dans les yeux. Et vous vous seriez disputés pour savoir qui serait assis derrière et qui devant. Et le cheval en aurait eu marre et aurait fini par faire une grève du zèle.

— Alors, ce serait quoi, ton plan ? C'est moi qui enfourche le coursier pour aller enlever mon chevalier en armure ?

— Mon idée, c'est qu'il serait temps que tu prennes une vraie décision. Quelle valeur accordes-tu à l'amour ? Es-tu oui ou non prête à en payer le prix ?

Harriet étendit les jambes devant elle.

— Il y a des tas de gens qui vont au bout de leur vie sans jamais trouver ce que tu as connu avec Seth. Regarde-moi. Regarde maman. Toi, tu as la chance d'aimer et d'être aimée. Et ça fait dix ans que ça dure.

— Ce qui ne m'a pas empêchée de tout foutre en l'air.

— Non.

Harriet se remit sur pied.

— Maintenant, tu arrêtes de te lamenter sur ton sort, tu vas le voir et tu lui dis franco ce que tu ressens pour lui. Tu ne le lui as jamais dit pour de vrai, Fliss ! Dis-le-lui clairement ! Cela changera peut-être la donne. Ce serait criminel de ne pas au moins vous donner cette chance.

— C'est trop tard, maintenant. Seth a rompu définitivement. Il m'a dit que ça ne pouvait pas marcher entre nous.

— Parce que tu venais de lui annoncer froidement que tu repartais pour de bon à Manhattan ! Mets-toi à sa place. Il t'a vue détaler comme un lapin derrière tes barricades. Je sais que c'est terrifiant d'aller le voir et de lui dire que tu l'aimes, mais tu es courageuse, Fliss. Je t'ai vue te dresser face à des gens qui font deux fois ta taille. Et souviens-toi comment tu étais avec papa ! Tu as toujours eu tous les courages pour défendre les autres, alors pour une fois trouve le cran de te battre pour toi !

Fliss se prit la tête entre les mains.

— Où est passée ta compassion, Harriet ?

— Elle viendra plus tard, si tu essaies et que tu échoues. Mais l'heure n'est pas aux lamentations. Pour l'instant, je motive les troupes. L'amour est trop rare et trop beau pour que tu aies le droit d'y renoncer sans te battre. Alors, go !

Fliss prit une inspiration tremblante.

— Tu as raison. Je crève de peur. Je ne me sens aucun courage pour lui dire ce que je ressens. C'est dur de briser une vie entière d'habitudes. Plus lâche que moi, tu meurs.

— N'importe quoi. Tu as le cœur plein de bravoure, au contraire.

Harriet tendit la main et tira sa sœur sur ses pieds.

— C'est normal d'avoir peur, normal de chercher à parer les coups. Tu continueras probablement toujours à te protéger. Mais cesse de le faire avec moi. Et avec Seth. Et fonce lui parler.

— C'est comme si tu m'envoyais marcher sur un fil tendu au-dessus du vide sans filet.

Harriet l'entoura de ses bras.

— Allez, la funambule. Je serai ton filet. Si tu tombes, je te rattraperai.

Seth sablait les poutres d'une des chambres à coucher à l'étage lorsqu'il entendit frapper à grands coups à sa porte. Même l'activité physique vigoureuse n'avait pas amélioré son humeur.

Il éteignit le compresseur et alla ouvrir.

Elle se tenait sur le seuil, l'air plus sage et réservé qu'à l'ordinaire dans sa robe à fleurs.

— Fliss...

— Pas Fliss, non, Harriet. Alors, surtout, ne fais rien qui puisse nous mettre mal à l'aise l'un et l'autre, comme m'embrasser ou un truc comme ça.

Elle entra chez lui sans attendre d'y être invitée, ce qui fit naître un doute dans son esprit. Avait-il réellement affaire à Harriet, ou Fliss jouait-elle à un nouveau jeu ?

La timide Harriet faisant irruption chez lui d'autorité ? Ce n'était pas très cohérent comme scénario, si ? Il scruta le visage de celle-ci avec attention mais finit par se rendre à l'évidence : c'était bel et bien Harriet qui déboulait chez lui avec cette étonnante assurance.

— Qu'est-ce qui se passe ? Comment va Fliss ?

— C'est toujours difficile à dire, n'est-ce pas ? Fliss étant Fliss, elle n'affiche pas ses états d'âme sur des T-shirts personnalisés. Même si ça faciliterait la vie de son entourage si elle adoptait ce genre de pratique. Je suis ici parce que j'imagine que tu tiens encore à elle ?

Les mâchoires de Seth se crispèrent.

— Evidemment que je tiens à elle ! C'est quoi, cette question ?

— Si elle est importante pour toi, pourquoi l'avoir repoussée ?

— Parce qu'elle garde ses sentiments en confinement solitaire, derrière une porte bardée de verrous et que, même moi, je n'y ai pas accès. Et dans ces conditions, on n'ira pas loin.

Harriet secoua la tête.

— OK. Elle a eu un coup de panique. Mais avant cet appel téléphonique, elle s'est montrée plutôt loquace, non ? Elle s'est ouverte à toi comme elle ne s'était jamais ouverte avec personne. Et, quand je dis personne, je m'inclus moi-même dans le lot. As-tu la moindre idée des efforts qu'elle a dû consentir pour se livrer comme elle l'a fait ? Est-ce que tu *sais* depuis combien de temps j'essaie de la persuader de me parler enfin ? Je me suis battue toute ma vie sans résultat. Et enfin, *enfin* elle se déboutonne un peu avec toi et, *vlan*, elle se prend un rejet cinglant dans les dents.

Seth avait l'impression qu'on venait de lui verser un seau d'eau glacée sur la tête.

— *Quel* coup de téléphone ?

Harriet le regarda fixement un instant.

— Peu importe. Oublie ça. Ce qui compte, c'est que cet été tu l'as convaincue de baisser la garde. Et qu'au premier vacillement de sa part, dans un moment de grande vulnérabilité pour elle, au lieu de rester patient et de l'aider à franchir ce mauvais passage, tu l'envoies promener de façon définitive.

Il fronça les sourcils.

— Je ne l'ai pas...

— Je n'ai pas terminé.

Harriet fit un pas dans sa direction, le regard étincelant. Comment avait-il pu penser que la jumelle de Fliss était une fille calme, placide et douce ? L'espace d'un instant, ce fut comme s'il avait Fliss elle-même sous les yeux.

— C'est saisissant...

— Quoi ?

— Peu importe. Tu étais en train de m'expliquer en quoi j'avais merdé sur toute la ligne avec ta sœur.

— Exact. Tu l'as apprivoisée, amadouée, poussée petit à petit à sortir de sa coquille en lui jurant tes grands dieux qu'avec toi elle ne courait aucun risque. Et voilà qu'à la première esquisse de mouvement de recul de sa part tu passes en mode attaque. Au lieu de l'aider à analyser ce qui lui arrive, de comprendre qu'on peut être en voie de guérison sans être à l'abri d'une petite rechute temporaire, qu'est-ce que tu fais ? Tu lui appuies sur la tête et tu la pousses énergiquement vers le fond. À ton avis, tu lui montres quoi en agissant comme ça ? Qu'elle ne peut pas compter sur toi pour la soutenir. Dix contre un que du coup elle va y retourner, dans sa forteresse. J'ai peur, vraiment peur, de ce qui peut se passer pour elle. Si toi, tu déclares forfait et que tu renonces à la sortir de là, alors personne n'y arrivera.

— Dis-moi, d'abord : c'était qui, ce coup de fil ?

— Vanessa. Et inutile de prendre ce regard assassin, car ça a été une bonne conversation entre elles. Honnête et sincère.

Harriet se planta devant lui, ce qui acheva de le convaincre du changement survenu en elle.

Ils avaient tous changé en dix ans. Lui-même autant que Fliss et Harriet.

— J'aurais dû me douter qu'il s'était passé quelque chose de cet ordre. Et tu as raison, j'ai eu tort de m'emporter et de lui parler comme je l'ai fait. Je me suis apparemment trompé sur beaucoup de choses — y compris sur toi. Je découvre que tu peux être une vraie tueuse quand tu veux.

— Exact. Maintenant, tu sais. Et c'est aussi bien. Jusqu'où mon côté « tueuse » peut aller, je n'en ai encore aucune idée, surtout lorsqu'il s'agit de défendre ma sœur. Donc à l'avenir, évite de la faire souffrir.

Il esquissa un sourire.

— À partir de maintenant, je dormirai les portes fermées.

— Recommence encore une fois à faire pleurer ma sœur et ce sera sans doute une bonne idée.

*
**

Il lui avait fallu deux heures de marche forcée en long et en large sur la plage pour emmagasiner la dose de courage qui devrait lui permettre de prendre sa voiture et d'aller frapper chez Seth. Deux heures à tourner et retourner la question dans sa tête et à mesurer les risques.

Et risques il y avait.

Lorsqu'elle poussa enfin la porte de la maison de sa grand-mère, elle trouva Harriet à la cuisine en train de s'affairer aux fourneaux avec Grams.

Toutes deux levèrent les yeux à son entrée.

Fliss fronça les sourcils en voyant la tête de sa sœur.

— Ça va ? Tu es toute rouge. On dirait que tu viens de courir un mille mètres.

Harriet essuya la farine sur ses mains.

— C'est la chaleur du four... Alors ? Ta grande marche a livré ses résultats ?

— Elle m'a aidée à réfléchir, oui. Je...

Les bras repliés sur sa poitrine, elle puisa au fin fond de ses réserves de courage.

— ... Il faut que j'aille faire un tour. Je reviens dans un moment.

— OK. Pas de souci.

Très calme, Harriet versa ses pommes coupées en tranches dans un plat et les parsema d'un mélange de cannelle et de sucre complet. Elle attendit que la porte d'entrée se soit refermée derrière Fliss pour s'effondrer sur la chaise la plus proche et lever les yeux vers sa grand-mère.

— Tu crois que j'ai fait une bêtise en allant le houspiller comme ça ?

— Tu as très bien agi, mon petit. Et c'était courageux de ta part. Je suis admirative. Je n'en reviens pas que tu aies pris ta voiture pour aller lui dire ta façon de penser.

— Je n'en reviens pas non plus. J'ai tremblé du début à la fin.

— Pas de bégaiement ?

— Pas l'ombre d'un balbutiement, non. Et je me suis sentie forte. Être en position de la protéger elle, pour une fois, ça m'a fait un bien fou. Et maintenant, il ne reste plus qu'à espérer que ma sœur réussira à lâcher ses défenses en béton armé — au moins le temps de lui dire qu'elle l'aime.

Pendant les dix longues minutes que dura le trajet, Fliss lutta sans relâche contre la tentation de faire demi-tour. Et s'il ne lui ouvrait pas sa porte ? Ou, pire encore, s'il ouvrait mais qu'il refusait de lui parler ? Il lui avait dit expressément que c'était terminé entre eux et qu'ils n'avaient aucun avenir ensemble.

Et il avait eu l'air de le penser sérieusement.

Elle tambourina contre la porte avant d'avoir le temps de changer d'avis, en priant pour qu'il ne soit pas parti faire un tour. Elle n'était pas sûre de trouver la force morale de revenir faire une seconde tentative.

Le battant s'ouvrit et Seth apparut. Douché. En jean noir et chemise. Si beau qu'elle resta scotchée, incapable de prononcer les mots qu'elle avait préparés. Ils étaient là, quelque part, mais pas moyen de les faire sortir.

Si seulement il avait été en tenue de bricolage avec de la peinture plein les cheveux... Non. Cela n'aurait rien changé, parce qu'il l'aurait impressionnée tout autant. Ce n'était pas l'extérieur de cet homme qu'elle aimait mais ce qu'il y avait en dedans.

— Je suis venue te dire deux ou trois choses.

Il ouvrit la porte plus grand.

— Cela tombe bien, car j'ai à te parler également.

— OK. Mais c'est moi qui commence.

Elle entra à grands pas dans la cuisine et se plaça de manière à être séparée de lui par la largeur de l'îlot.

— Je vais repartir du début. Lorsque j'ai appris que tu étais à Manhattan, je me suis décomposée. L'idée d'une rencontre surprise me sciait les jambes. J'étais convaincue que tu avais une opinion de moi abominable...

Le voyant ouvrir la bouche, elle leva la main.

— Non, laisse-moi terminer. Je veux tout te dire. Et si je ne le fais pas maintenant, je n'y arriverai peut-être plus jamais. Je te raconte les choses telles que je les ai vécues, c'est tout. Je me sentais coupable et je trimballais cette culpabilité en moi. Ce qui ne m'empêchait pas de m'interroger encore et encore sur ce qui se serait passé si nous n'avions pas perdu notre bébé... En y repensant, je me rends compte que sur le moment, quand j'ai fait cette fausse couche, j'aurais été incapable d'en parler avec toi. C'était trop horrible. J'étais tombée en chute libre dans un néant sans forme et sans fond. Et le fait de vivre encore à la maison sous le regard féroce de mon père n'aidait pas. Ce qu'il y avait de détruit en moi, je n'aurais pas su le mettre en mots, c'était incommunicable. Même pas à toi, ou peut-être devrais-je dire, *surtout* pas à toi, dans la mesure où tu détenais le pouvoir de me blesser plus encore que quiconque. Après cela, je ne t'ai plus revu ni entendu pendant dix ans. Et tout à coup, tu étais là.

— Ralentis un peu. Tu parles à toute vitesse.

— Il n'y a que comme ça que je peux le dire... Ne sachant comment t'affronter à Manhattan, j'ai choisi la voie de la lâcheté et je suis venue chercher refuge ici. Avec le résultat que tu sais. Inutile de préciser que la rencontre m'a désarçonnée.

En besoin urgent de réconfort, elle s'accroupit pour serrer Lulu dans ses bras.

— Ce qui m'a déstabilisée encore plus, c'était ta persévérance. Et puis de découvrir ta version des événements — ce que toi tu avais ressenti, il y a dix ans. J'ai pris la mesure des dommages provoqués par mon mutisme. Par mon repli systématique.

Seth changea de position.

— Moi aussi, j'avais tout faux, à l'époque. J'aurais dû me placer de ton point de vue pour saisir ce qui se passait en toi. Mais, même si j'avais eu un aperçu de la façon dont ton père pouvait se comporter, je me suis basé sur mes propres repères familiaux pour essayer de décrypter ta situation. Chez nous, tout finissait toujours par sortir, même si c'était de façon explosive. Personne n'avait besoin de se murer dans le silence pour survivre. Je savais qu'il t'était difficile de verbaliser tes émotions, mais je ne me rendais pas compte que ça pouvait aller jusqu'à l'impossibilité complète. Je n'avais aucune idée de ce qui se passait dans ta tête. Si j'avais su…

— Je propose qu'on laisse tomber les « si ». Admettons que nous avons commis des erreurs. La seule chose qui compte encore maintenant — et c'est la raison de ma présence ici — …

Elle se tut. Déglutit avec peine.

— … c'est que je ne veux pas les renouveler, ces erreurs. Cette fois, je veux que ça sorte pour qu'il n'y ait pas de malentendus. Pour que tu saches. Tu voulais du quatre-vingt-dix… Je te donne du cent pour cent. Je te dis très précisément ce que je ressens pour qu'il n'y ait plus de malentendus.

Seth hocha la tête.

— OK. Va pour le cent pour cent.

— Je me sens en dessous de tout, Seth. Nous avons

passé un début d'été merveilleux, nous avons ri et... Et, oui, tu as réussi à me faire retomber amoureuse de toi — il se peut même que cela n'ait pas été une rechute et que je ne me sois jamais sevrée de toi depuis dix ans. Je ne sais pas...

Lulu chercha à se dégager de son étreinte un peu trop énergique. Fliss la lâcha et vit la chienne s'éclipser dans un coin. Loin d'elle l'idée de lui en vouloir de se débiner de la sorte. Elle était la première à fuir dès que les émotions faisaient rage. Et en cet instant, elle était troublée, perdue et étourdie d'amour, mais la terreur dominait l'ensemble.

— Je pensais qu'on tenait le bon bout. J'ai mis mon cœur à nu pour toi.

— Tu ne l'as pas ouvert, non. Tu l'as protégé.

— Si, je l'ai ouvert. Je ne l'ai peut-être pas exprimé avec des mots, mais je t'ai montré ce que je ressentais. Tu savais. Tu le *voyais*. Et, juste au moment où je me préparais à te le déclarer dans les formes, tu as dû partir en catastrophe à la clinique. Ce n'était pas grave. Mais quand Vanessa a appelé et qu'elle m'a parlé des ravages que j'avais commis sur toi...

— En aucun cas, ma sœur n'avait à se mêler de ça !

Elle leva la main pour l'arrêter.

— Si. Elle a eu raison de me dire ce qu'elle m'a dit. Elle l'a fait pour te protéger et je comprends qu'elle soit inquiète de me voir resurgir dans ta vie. Jusque-là, je n'avais pas mesuré l'impact réel des événements d'il y a dix ans sur toi. Je pensais que tu m'avais épousée pour légitimer l'enfant, et l'idée que tu aurais pu souffrir à cause de quelqu'un comme moi ne m'effleurait même pas. Quand Vanessa m'a tout expliqué, la culpabilité m'est tombée dessus. Une culpabilité écrasante à l'idée que *moi* j'avais pu te faire tant de mal. Ça a provoqué une petite crise émotionnelle.

Elle se dirigea vers Lulu qui, voyant l'approche du danger, rampa en hâte pour se réfugier sous la table de la cuisine.

— Après la conversation avec Vanessa, j'ai compris au moins une chose : je n'ai pas le droit de prendre le risque de récidiver. Je flippe comme une malade à l'idée que je pourrais être toxique avec toi sans le vouloir. Et j'ai perdu confiance en ma capacité à être le genre de femme qu'il te faut.

— Fliss...

— Ce n'est pas le fait de m'ouvrir et de te parler de moi qui me rend vulnérable, c'est le fait de m'ouvrir et de t'aimer. Ça, c'est cent pour cent anxiogène. Je suis un homard sans sa carapace, une huître sans sa coquille. En pensant à ce que m'a dit Vanessa tout à l'heure, j'oscille, je vacille et je ne suis pas sûre du tout d'être assez « normale » pour faire le job. Sachant maintenant que si je ne suis pas à la hauteur, c'est *toi* qui ramasses. J'en conclus que tu serais en bien meilleures mains avec cette Naomi, l'amie de Vanessa.

Un silence tomba. Seth prit une inspiration.

— Je peux parler, maintenant ?

Une part d'elle-même ne voulait qu'une chose : s'enfuir. Mais elle se souvint que Harriet lui avait fait promettre de prendre le temps d'écouter Seth jusqu'au bout. Pour savoir. Elle écouterait donc. Et elle saurait. Puis elle tournerait les talons. Et elle pourrait s'effondrer tranquillement une fois que la rupture serait consommée.

Il devrait être possible de tenir encore une petite demi-heure, même si elle allait finir par se perforer la paume à forcer d'y enfoncer les ongles.

— Alors déjà, pour commencer, je ne suis pas

amoureux de Naomi. C'est la grande amie de Vanessa et elle a passé beaucoup de temps avec nous, ces dernières années. Elle et moi, on a été ensemble quelque temps, je ne te l'ai pas caché. C'est une fille très bien. Très attachante.

Fliss se prépara à détaler.

— Tu vois ! Elle est parfaite pour toi !

— Tu pourrais peut-être t'asseoir, Fliss, au lieu de rester debout comme ça.

Elle ignora sa suggestion.

— D'après tout ce que j'entends, c'est une fille très douce.

— Pur sucre, oui. Mais tu crois vraiment que la guimauve et le sirupeux font partie de mes goûts ?

Elle réfléchit un instant.

— Il est vrai que trop de douceur pourrait t'exaspérer à la longue. Ça manquerait cruellement de vraies disputes entre vous. Et ça fait du bien de se battre de temps en temps. Ça évite de s'encroûter trop vite.

Les coins de la bouche de Seth frémirent.

— Quand mon père est mort, j'ai compris que je ne voulais pas vivre ma vie à moitié. Ce qui aurait été le cas si je m'étais contenté d'une relation amoureuse tiède. J'ai besoin de vivre, de sentir. Pas de végéter dans quelque chose qui me faisait l'effet d'un compromis. De me caser pour me caser.

Les yeux de Seth ne lâchaient pas les siens.

— Dès l'instant où j'ai compris ce que je désirais vraiment, j'ai rompu avec Naomi. J'ai décidé d'être clair avec moi-même et avec les autres. Je savais ce que je voulais. *Qui* je voulais.

Son regard plongea en elle plus profondément encore et les genoux de Fliss se liquéfièrent.

— Continue comme ça et elle va finir par me faire de la peine.

Elle s'agenouilla pour passer de nouveau les bras autour de Lulu et tirer réconfort de sa chaleur rassurante.

— Vanessa a dit que tu voulais le même type de couple que tes parents. Que tu ne le trouverais jamais.

— Je l'avais déjà trouvé, dit-il doucement. Depuis des années. Mais j'ai été assez idiot pour le laisser filer. Il n'y a jamais eu personne d'autre que toi, Fliss. Et, quand mon père est mort, j'ai compris qu'il fallait coûte que coûte que je te retrouve. Que je sache une fois pour toutes s'il restait encore quelque chose à sauver de nous. La vie est trop courte et trop belle pour la vivre hantée par des « et si » et des regrets. Alors j'ai trouvé ce remplacement à Manhattan.

— Et tu n'as jamais envisagé de venir frapper à ma porte ?

— Je savais que l'approche directe ne marcherait pas. J'ai eu dix ans pour réfléchir à ce qui s'était passé. Dix ans pour méditer sur la façon dont j'avais merdé.

— C'est moi qui...

— Nous avons fait fausse route, l'un et l'autre. Mais ça ne peut plus nous arriver, car nous avons changé en profondeur tous les deux. Alors voici mes cent pour cent à moi : je t'aime. Je te demande de le croire. De me faire confiance sur ce point.

Le cœur de Fliss débordait et sa voix s'étrangla.

— Je te crois, Seth. Je te fais confiance. Je t'aime. Le tout à cent pour cent. Et la peur de te perdre est plus grande que la peur de te le dire.

Pour la première fois depuis qu'elle était arrivée chez lui, Seth sourit.

— Dans ce cas, tu pourrais peut-être lâcher cette chienne et venir me l'exprimer d'un peu plus près ?

Fliss garda les bras autour de Lulu.

— Je croyais que c'était juste des mots que tu voulais. Et puis je l'aime, ta chienne.

— Moi aussi, je l'aime. Et elle fera toujours partie de notre famille. Mais pour le moment, je considère que sa place est au second plan. Cette discussion ne concerne que nous.

— Notre « famille », tu as dit ?

— Oui. C'est ce que nous sommes. Et c'est ce que nous continuerons à être dorénavant.

La tête lui tournait lorsqu'elle donna un dernier baiser à Lulu et se leva lentement.

Avant d'avoir compris ce qui lui arrivait, elle était dans les bras de Seth et ils s'embrassaient passionnément.

— Je t'ai toujours aimée.

— C'était sexuel.

— Et puis ça a été de l'amour. J'étais tellement fou de toi que j'ai foncé droit devant sans même me demander si c'était prématuré pour nous ou non. Je n'ai pas pris le temps de m'assurer de la solidité de nos liens. Pas pris le temps de construire notre relation. Et quand je t'ai perdue, du jour au lendemain, je ne savais plus où me tourner tellement ça faisait mal. Tu dis que tu te sentais coupable, mais je m'en voulais peut-être encore plus que toi. Je t'avais mise enceinte et on avait perdu le bébé. Je souffrais et je te savais désespérée. Mais tu étais devenue inaccessible.

— Si j'avais été plus courageuse et si je ne m'étais pas repliée sur ma douleur solitaire, nous n'aurions peut-être pas rompu. Mais j'étais convaincue jusque dans les tréfonds de ma chair que rien ne nous liait plus dans la mesure où je n'attendais plus d'enfant.

— Un bébé, ce n'est pas un liant, Fliss. Plein d'enfants naissent parce que leurs parents espéraient rafistoler leur couple à travers eux. Mais ça ne marche pas. Ça empire plutôt les choses, au contraire. S'il y a un liant qui fonctionne, en revanche, c'est l'amour. C'est l'amour qui fait que la barque reste à flot, même quand les tempêtes se déchaînent.

— J'ai passé ma vie à me barricader, sans voir que ce qui me protégeait d'un côté m'isolait et me desséchait de l'autre. Je laissais l'agressivité et la haine à ma porte, mais je bloquais aussi l'amour.

Elle se dégagea du cercle de ses bras.

— Je me suis pris la tête avec Harriet avant de venir ici. La dernière fois que c'est arrivé doit remonter à notre enfance. En fait, c'est elle qui s'est disputée avec moi plus que l'inverse. Elle m'a crié mes quatre vérités et j'ai eu droit à mes cent pour cent pur jus. Elle m'a fait comprendre à quel point mon refus de me confier à elle la blessait et qu'elle en avait ras la casquette de mes manies protectrices. C'est à peine si je reconnaissais ma sœur, mais elle m'a fait réfléchir et j'ai compris qu'elle avait raison.

— Elle t'a dit qu'elle était venue me voir ici ?

— Non ? *Harriet ?* Comment ? Quand ?

— Il y a un petit moment. Je me suis fait incendier. Et je peux t'assurer que ta sœur est impressionnante quand elle se met en colère.

— En colère ? Tu dois te tromper. Elle a crié un peu quand on s'est disputées tout à l'heure, mais sinon Harriet ne s'énerve jamais.

— C'est ce que je croyais aussi. Et je suis sûr que ta sœur est d'un naturel plutôt doux. Sauf en certaines circonstances.

— Et lesquelles ?

— Lorsqu'elle pense que sa jumelle est menacée, elle peut être terrifiante.

Il la serra plus étroitement dans ses bras.

— Elle est venue s'interposer pour te protéger.

Elle s'est plantée devant moi et rien n'aurait pu la faire bouger de là. Il a fallu que je lui jure que je ne te ferais plus jamais pleurer. Dans un contexte de totale franchise et comme nous sommes à cent pour cent, il me paraît juste de te le dire. Mais je pense que Harriet aurait préféré que je garde le secret, donc inutile de le mentionner.

— Et Vanessa préfère probablement que tu ne saches pas qu'elle a appelé, donc ne lui en parle pas non plus.

Elle appuya la joue contre son torse.

— Je veux savoir ce que tu penses, Seth. Savoir tout ce qu'il y a dans ta tête.

— Je t'aime. Voilà ce qu'il y a dans ma tête. Et dans mon cœur.

Il lui caressa le menton du bout des doigts et elle sentit ses yeux se remplir de larmes.

— Moi aussi, je t'aime.

Du plat du pouce, il lui essuya la joue.

— Ne pleure pas. Par pitié, pas de larmes, OK ? Harriet a menacé de me tuer si ça arrivait encore une fois.

— Ce sont des larmes de bonheur.

— Je ne veux plus de larmes du tout. Ne plus jamais te voir pleurer. Et surtout ne plus jamais être la cause de tes larmes.

— Même quand ce sont de bonnes larmes ?

— À la rigueur. À condition que tu sois heureuse. Je peux venir vivre et travailler à Manhattan si c'est ce qui te convient le mieux.

— Tu ferais ça pour moi ? T'enfermer en plein cœur de New York ? Alors que tu adores être ici et que tu es amoureux de ta maison au bord de l'eau ?

— Je suis amoureux de toi ; le reste, c'est matériel. S'il faut que tu sois basée à Manhattan, on ira à Manhattan. Du moment que ça fonctionne pour toi.

— Et si ça fonctionnait pour moi de rester ici ? Je peux monter quelque chose dans le coin. Et ce n'est pas si loin que ça de Manhattan. Chase a de la place dans son hélico et il fait de fréquents allers-retours.

— Tu pourras aussi faire de l'hélico-stop avec Todd.

Elle en oublia un instant de respirer.

— Avec *Todd* ? Sérieux ? Il achète ?

— Ça a l'air d'en prendre le chemin, oui. Il a appelé tout à l'heure. Il vient ce week-end avec sa famille pour une visite. Il aimerait qu'on dîne tous ensemble dans la foulée.

— Diable... Nous voilà à tu et à toi avec les riches de ce monde. Je vais être obligée de troquer mon vieux short contre une robe, si ça continue.

Elle leva un regard rieur vers lui.

— Je crois que je n'aurais aucun mal à m'adapter ici, à vivre dans ta maison, avec Lulu et l'océan.

— Tu es sûre ? Ce n'est pas un problème par rapport à Harriet ?

— Elle ne veut plus que je la materne.

Fliss poussa un soupir.

— Et c'est un vieux réflexe chez moi d'être protectrice avec elle. Peut-être que ce sera une bonne chose pour elle que je ne sois plus sur son dos, à la coller de trop près.

— Tu es bien consciente que tu vivras dans un endroit où tout le monde connaît tout le monde ? Que les Princesses du Poker te réclameront des détails scabreux en permanence sur ta vie privée ?

— J'envisage de diffuser une *newsletter* mensuelle pour les dispenser d'avoir à partir à la chasse aux rumeurs. Tu pourras l'afficher sur le panneau d'information de ta clinique.

Il rit doucement.

— Si tu décides de prendre tes quartiers ici, on va

te réclamer des gâteaux maison pour chaque manifestation caritative locale — et Dieu sait qu'il y en a.

— Aucun problème. Je suis devenue experte en pâtisserie — même si je ne précise pas le nombre de fournées perdues qui ont précédé mon ascension jusqu'à cette noble position.

Il appuya son front contre le sien.

— Donc tu es vraiment prête à poser tes valises ici pour de bon ? À investir cette maison avec moi ?

— Pour toujours.

Il leva la tête et regarda autour de lui. Un sourire se dessina sur son visage.

— Jusqu'à aujourd'hui, c'était juste des murs que j'avais autour de moi. Maintenant, c'est autre chose. C'est vraiment une maison. Un foyer.

— Parce que tu as vendu *Ocean View*. Et que tu as emménagé ici pour de bon.

Il secoua la tête.

— Non. C'est parce que tu es là. Tu fais vivre ce lieu. Je t'aime.

— Je t'aime aussi. Sauf qu'avant j'étais persuadée que je n'étais pas la bonne compagne pour toi. Mais c'est parce que je me voyais à travers le filtre du regard méprisant de mon père. J'avais beau me révolter ; tout au fond de moi, j'adhérais à la vision qu'il avait de moi. C'est un peu comme si on se regardait tous les jours dans un miroir déformant : on finit par croire qu'on ressemble vraiment au reflet pourri qu'on a sous les yeux tout le temps. C'est en partie la raison pour laquelle ça n'aurait jamais pu marcher entre nous la première fois. Parce que je croyais dur comme fer que je ne valais pas grand-chose, que j'étais Bad Fliss, la mauvaise jumelle, et que j'avais foutu ta vie en l'air.

— Et maintenant ? Tu le crois toujours ?

Elle secoua la tête.

— Non. J'ai passé ma vie jusqu'ici à essayer de prouver à mon père que j'étais moins nulle qu'il ne le prétendait. Et quelque part en cours de route, je me suis convaincue moi-même de ma valeur — à défaut de le convaincre lui. Mais tout ça, je n'en ai pris conscience que récemment, au fil de mes discussions avec Grams.

Il plongea les yeux dans les siens.

— Je ne sais pas ce que tu en penses, mais je serais d'avis qu'on se marie. Une seconde fois. Le plus vite possible.

Le regard de Seth sur elle provoqua toutes sortes de phénomènes internes étranges. Une montée d'excitation, une poussée de désir, mais avant tout l'effervescence d'un amour fou.

— Je pense comme toi. Ça m'irait bien qu'on se marie sans trop attendre.

— Mais pas à Las Vegas, cette fois ?

— Je veux bien me marier partout, à condition que ce soit avec toi.

Elle l'embrassa et ce fut comme si son bonheur se répandait en vagues généreuses, débordait pour envahir la pièce, la maison, le monde.

— Juste une petite réserve quand même, Seth : j'espère que tu ne vises pas le Plaza Hotel au mois de juin, avec limousine et fioritures. Parce que je serais obligée de te décevoir.

Il rit doucement.

— Je pensais plutôt à une noce un peu sauvage sur la plage. Des langoustes grillées au feu de bois, tout le monde assis dans le sable. Chanter et danser sous les étoiles jusqu'au bout de la nuit. Matilda renversera probablement quelques verres de champagne, il y en aura forcément parmi nous qui finiront à l'eau pour un bain de minuit et tu te retrouveras pieds nus à te demander où tu as bien pu semer tes chaussures. Ça te parle, cette formule ?

Le rire au cœur, elle se suspendit à son cou.

— Non seulement ça me parle, mais je nous y vois déjà.

Remerciements

Un énorme merci à Flo Nicoll, ma relectrice, pour avoir enduré mes incessantes questions sur sa vie de jumelle à l'occasion d'un bref vol vers Berlin. Elle a dû se féliciter que nous n'ayons pas embarqué pour l'Australie...

Toute ma reconnaissance va à mes équipes de publication, tant au Royaume-Uni qu'aux USA, qui se démènent pour que mes romans parviennent entre les mains des lecteurs. Merci aussi à mon agent, Susan Ginsburg, à Writers House, pour ses sages conseils.

Ma gratitude va également à mes merveilleux lecteurs, particulièrement ceux sur Facebook, toujours prêts à apporter leur contribution pour des détails comme les noms de chiens. Sans eux, tous les chiens dans mes livres s'appelleraient Rover.

Mes derniers remerciements, mais sûrement pas les moindres, vont à ma famille qui, avec patience et humour, supporte de vivre avec la romancière que je suis.

Vous avez aimé
Un été dans les Hamptons ?

Découvrez les autres romans
de Sarah Morgan

Harper
Collins
POCHE

Découvrez les séries de

SARAH MORGAN

From New York with love

SÉRIE COUP DE FOUDRE À MANHATTAN

SÉRIE SNOW CRYSTAL

Composé et édité par HarperCollins France.

Achevé d'imprimer en avril 2020.

CPi
BLACK PRINT

Barcelone

Dépôt légal : mai 2020.

MIXTE
Papier issu de sources responsables
FSC® C108412
FSC
www.fsc.org

Pour limiter l'empreinte environnementale de ses livres, HarperCollins France s'engage à n'utiliser que du papier fabriqué à partir de bois provenant de forêts gérées durablement et de manière responsable.

Imprimé en Espagne.